AF894540

Wojciech

Burdelak

# Franca

Copyright © 0Wojciech Burdelak., 2023 rok
Tytul; FRANCA
Korekta: Wojciech Burdelak
Projekt okładki: Jacek Jesionowski
Wydanie drugie poprawione
Miejsce i data wydania Polska 10.2023
ISBN 978-83-969383-3-6

Książka jest objęta ochroną prawa autorskiego. Wszelkie udostępnianie osobom
trzecim, upowszechnianie i upublicznianie, kopiowanie oraz przetwarzanie jest
nielegalne i podlega właściwym sankcjom.

Franca
Pragnienie Blasku
Poszukiwanie Mroku
Wojciech
Burdelak

Książki autorstwa
Wojciecha Burdelaka

Nemo
Wybrany
Porzucony
Zagadka
Zbrodnia Ikara
Pomyłka
Życzeniodawca
Pomieranie
Więzy Rodzinne

wojciechburdelak.pl

*Dla Mateusza,*

*mojego syna.*

*Za to wszystko,*

*co od niego otrzymałem.*

„Charakter miała cudny, jak przeklęta żmija
Jadem pluła na boki, kąsać tylko chciała
Świat był dla niej mały, ludzi nie znosiła
A dla siebie była królową bez mała
Buta z pychą, jej siostry, bratem poniżanie
Lecz życie sprawdzić zechciało,
Dokąd sięgnąć zdoła i czemu podoła
Gdy wyzwanie dłoń swoją złoży na jej głowie
Zadanie nieliche sobie wyznaczyła,
Nie będąc świadomą co przyszłość szykuje
Ból wraz z poniżeniem nagle się zjawiły
I porwały nieszczęsną w wartką nurtu rzekę”.

# *1.*

Deszcz padał niemalże od samego rana. Nie był może zbyt intensywny, ale za to niezwykle zdeterminowany, aby to co było w powietrzu znalazło się jak najszybciej na ziemi. Od nadmiaru wody dosłownie w każdej nierówności terenu powstały już spore kałuże. Kratki wpustowe mozolnie odprowadzały deszczówkę, ale miały problemy z przepustowością. Warszawa dawno nie została obdarowana tak hojnie przez matkę naturę. Zasnute ciemnymi, ciężkimi chmurami niebo nie dawało szans, że wkrótce coś się zmieni. Wszędzie jak okiem sięgnąć ciągnęły się tabuny obłoków. Tak to przynajmniej wynikało z obserwacji człowieka stojącego praktycznie w bezruchu. Tkwił w tym miejscu od prawie godziny. Gdyby nie zdobycze cywilizacji, które rezolutni twórcy wymyślili i umieścili w telefonach, to nigdy by nie uwierzył, że to się zaraz zakończy. Mężczyzna, trzymał parasol nad głową i kilkukrotnie już trochę nieporadnie z racji, że używał tylko jednej ręki skorzystał z kilku aplikacji pogodowych i wszystkie informowały, że za jakieś półgodziny przestanie padać. Oczywiste było, że wszystkie one nie mogły się mylić.

Wiał wiatr ze wschodu, a więc to stamtąd należało spodziewać się rozpogodzenia. Mężczyzna nie miał z tego miejsca wglądu w cały nieboskłon, ponieważ wszędzie pięły się w górę ściany mniejszych lub większych budynków. Ufał technologii, ale gdzieś z tyłu głowy tliła się myśl, że to raczej nie może być możliwe, aby po tak krótkim czasie pogoda miała się diametralnie zmienić. Był perfekcjonistą i lubił mieć wszystko pod kontrolą, dlatego tak go irytowało, że nie ma wpływu na pogodę. Stał tutaj od ponad dwóch godzin. Gdyby nie rozłożony i trzymany w prawej dłoni parasol przemókłby do przysłowiowej suchej nitki. Oczywiście mógł pójść na skróty i pojawić się tutaj dziesięć minut przed końcem, ale uznał, że to za duże ryzyko.

Zawsze należało się liczyć z trudnymi do przewidzenia wydarzeniami, które sprawiłyby, że impreza uległaby skróceniu.

Obiekt jego zainteresowań znajdował się w budynku po drugiej stronie ulicy, a on sam miał już serdecznie dosyć tak deszczu, jak i czekania. Nie mógł jednak, ot tak po prostu wejść sobie do środka i spędzić tam czas, w którym trwało wydarzenie. Po pierwsze nie miał zaproszenia, a po drugie mógłby zostać zapamiętany, a tego nie chciał. Czas wlókł się niemiłosiernie, a on już bardzo pragnął przystąpić do realizacji swojego planu.

Mężczyzna raz jeszcze zerknął w niebo i ciężko westchnął. Wysunął lewą rękę przed siebie, aby rękaw koszuli podciągnął się nieco i odsłonił zegarek. Spojrzał na tarczę i uśmiechnął z zadowoleniem oraz nieskrywaną ulgą. Nareszcie jego męczarnie związane z nieproduktywnym czekaniem dobiegły końca.

- Za dziesięć minut powinna skończyć – wyszeptał. Spojrzał w lewo, a później w prawo, sprawdzając czy nie nadjeżdża jakiś pojazd, a gdy upewnił się, że jest bezpiecznie ruszył spokojnym krokiem w stronę budynku naprzeciwko. W zamieszaniu jakie zawsze na końcu towarzyszy tego rodzaju imprezom na pewno nie zostanie zauważony ani też nikt nie wpadnie na pomysł, aby żądać od niego zaproszenia. Zanim otworzył drzwi, aby wejść do środka zamknął parasol, rozejrzał się i po kilku sekundach zastanowienia podjął decyzję, gdzie powinien go zostawić. Oparł go o ścianę, zaraz za wysokim krzakiem rosnącym obok wejścia. Gdy odchodził rączka parasola obróciła się ukazując wygrawerowane inicjały: „SK".

- Dobrze, Doruś! Tak, trzymaj, kochanie. – Przystojny, zbliżający się do trzydziestki mężczyzna był wyraźnie zachwycony młodą, zjawiskowo wręcz piękną kobietą, która akurat przechodziła obok niego. Uniósł oba kciuki ku górze i uśmiechnął triumfalnie. – Jeszcze tylko dziesięć minutek i będzie koniec. Jesteś najlepsza, moje ty kochanie i pięknie wyglądasz w tej bieliźnie. Pamiętaj o tym.

- Spadaj, Julian! – kobieta fuknęła, gdy tylko usłyszała te słowa i spojrzała na rozmówcę niemalże z odrazą. Ten człowiek działał jej na nerwy, a dziś jej granica tolerancji dla niego była bardzo cienka i krucha. Pieprzony adorator! Kto go tu w ogóle wpuścił? To było miejsce dla osób, które współtworzyły to wydarzenie, a nie dla jakichś łachmytów z zewnątrz.

Ten, którego nazwała Julian, na moment zdusił uśmiech, ale po sekundzie pozwolił mu na powrót zagościć na twarzy, gdyż tej kobiecie był gotów wybaczyć naprawdę wiele. Nie zdążył jednak nic z tym zrobić, gdyż ujrzał tylko tylne części ciała Doroty opakowane w bardzo seksowny strój, które zlustrował z zadowoleniem. Jej perfekcyjna figura zawsze robiła na nim wielkie wrażenie, i tak było również tym razem. Kilka sekund później zniknęła za drzwiami damskiej garderoby, gdzie wstęp miały tylko modelki oraz spece od kostiumów i charakteryzacji. Jakiś mężczyzna przeszedł korytarzem spoglądając ciekawie w jego stronę, ale on nie zwrócił na ten fakt najmniejszej uwagi. Gdyby zwrócił, to wiedziałby, że to ten sam mężczyzna, który wcześniej czekał na nich nieopodal wejścia do budynku i nawet poprosił Dorotę o autograf. Nie otrzymał go i w dodatku został wzorcowo wręcz spławiony. Jedyne co do niego dotarło to zapach fatalnej wody kolońskiej, której ten ktoś używał.

Julian odwrócił się plecami do drzwi, na których wisiała tabliczka

„OSOBNIKOM Z JAJAMI WSTĘP WZBRONIONY”

i skupił uwagę na fragmencie wybiegu, który z tego miejsca był dostępny jego oczom. Chwilę patrzył w tę stronę, ale mignęła mu tylko jedna modelka i to tak szybko, że nie zdążył jej się dokładniej przyjrzeć. Zawiedziony tym faktem przekręcił głowę, odszukał najbliższe krzesło i usiadł na nim ostrożnie. Zdusił grymas uśmiechu i westchnął ciężko. Zaczeka tu na wybrankę swego serca, która jeszcze raz, a może dwa wyjdzie z garderoby i ruszy w stronę wybiegu. Gdzieś w tle rozbrzmiewała niezbyt głośna, subtelna muzyka, która w zamyśle miała pasować do dzisiejszego pokazu.

Po drugiej stronie korytarza wisiało sporych rozmiarów lustro. Zwykła próżność nakazała mu spojrzeć. Zobaczył przystojnego mężczyznę o chłopięcej twarzy i zamyślonych, piwnych oczach. Nie był narcystycznym typem, ale wiedział doskonale, że jest przystojny. Podobał się kobietom, to również nie umknęło jego uwadze, choć miał problemy z określeniem, czy one bardziej lubiły jego pieniądze, czy powaby atrakcyjnego ciała. Odruchowo poruszył górną wargą, tak, że jego delikatny, wypielęgnowany wąsik ruszył kilkukrotnie w górę i w dół. Był wysokim brunetem i tak do końca nie był pewny, czy ten dodatek pod nosem nie jest trochę... – przez moment szukał odpowiedniego określenia – gogusiowaty. Zaśmiał się w duchu z tego określenia i odwrócił wzrok od lustra.

- Moja Dorcia ma dzisiaj gorszy dzień – powiedział szeptem do siebie, próbując ją w ten sposób usprawiedliwić. Byli ze sobą już jakiś czas i czuł się za nią odpowiedzialny. Bardzo pragnął, aby ich związek był typowym, ale tak nie było. Ona miała trudny charakter, a on znowu był ugodowy i to chyba aż za bardzo. Dał się pozbaść, ale nie miał nic przeciwko temu. – Do końca pokazu nie będę jej wchodził w paradę – dodał i zamknął oczy. Udam, że śpię, żeby jej nie prowokować, a kiedy to się już skończy spróbuję ją jakoś udobruchać. Kolacja w dobrej, ekskluzywnej restauracji zwykle czyniła cuda. Dorota lubi dobrze zjeść. Zresztą, kto nie lubi?

- A w dupę z tym wszystkim! – Dorota Palicka warknęła wściekle pod nosem, gdy tylko zamknęła drzwi za sobą. Gdyby tylko było można to zaklęłaby głośno, a może nawet splunęła, tak była naładowana negatywną energią. Nie była tu jednak sama i gdy tylko odwróciła się plecami do drzwi natknęła się na kilka ciekawskich par oczu wpatrzonych w jej osobę. Błyskawicznie przekonała się, że nie ma w nich ani krzty życzliwości, więc na jej twarzy pojawił się inny grymas. Coś co inni nazywali manią wielkości, a ona miarą własnej wartości.

Wszystko ją dzisiaj irytowało, niemalże od samego rana. Kiedy tylko budzik zadzwonił o siódmej, wiedziała już, że to nie będzie dobry dzień. Dzisiaj był dzień pokazu strojów kąpielowych, a tego akurat nienawidziła. Uwielbiała pokazywać się w futrach, powłóczystych sukniach, kapeluszach i wszystkim, co dodawało kobiecości. Majtek, staników i innego rodzaju bielizny po prostu nie cierpiała eksponować na pokazach. Czuła się wówczas, jakby była niemalże nago. Równie dobrze bielizna, którą na siebie wkładała mogłaby być uszyta z przezroczystej folii. W takich chwilach rozumiała, co niegdyś czuli niewolnicy wystawiani na aukcjach na sprzedaż.

- Jak tam pani Doroto? Publiczność na poziomie, czy może przyszli tylko popatrzeć na cycki i tyłki? – spytała próbując żartować specjalistka od charakteryzacji. Kobieta, która z racji wieku mogłaby być jej matką czekała w miejscu, które Dorota powinna szybko zająć.

- Jak zawsze. – Odetchnęła i spojrzała na kobietę, która jej zdaniem zadała głupie pytanie. Nienawidziła bezsensownych pytań, bo w jej mniemaniu mogli je zadawać tylko głupcy, a ona gardziła głupcami. – A jak niby ma być? Na widowni prawie sami napaleni faceci, reszta to pewnie lesby. Wszyscy się na ciebie gapią i wzrokiem ci ściągają gacie i górę. Nie ma tam nikogo, kto by był zainteresowany najnowszymi trendami. Po prostu rzygać się chce na to wszystko.

Usiadła na obrotowym krześle posadowionym przed dużym lustrem i spojrzała na swoje odbicie. Nie spodobało jej się to co zobaczyła. Na sali, gdzie znajdował się wybieg było naprawdę gorąco, a ona miała zawsze skłonności do nadmiernego pocenia. Antyperspirant, którego używała pomagał tylko w pachwinach. Nie mogła go jednak użyć na twarzy i dlatego pot zmył nieco tuszu w kącikach oczu, co sprawiło, że nie tylko nie wyglądała profesjonalnie, ale wręcz żałośnie. Mogła mieć tylko nadzieję, że stało się to po tym jak już wracała do garderoby. Ten głupiec Julian powinien był jej zwrócić na ten fakt uwagę, ale pewnie nie zauważył albo nie chciał robić przykrości. Widziały to jednak zapewne inne dziewczyny, a to już było niedobre. Pieprze te głupie dziewuchy! warknęła w myślach.

W tym zawodzie wszystko działo się w ekspresowym wręcz tempie. Na wybiegu zawsze powinien ktoś być i spacerować, kręcąc tyłkiem, uśmiechając przy tym kretyńsko, a przecież ilość dziewczyn była ograniczona. Musiały się naprawdę śpieszyć, aby zrobić swoje i błyskawicznie zmienić strój, dlatego uznała, że trzeba trochę pogonić tę rozgadaną babę.

- Nie przesadza pani? – Niska, tęga makijażystka przypomniała jej w ten sposób po co się tu znalazła. – Wszystko bym oddała, aby być na pani miejscu.

- Nie pieprz mi tu dziewucho, tylko rób swoje, bo stracisz robotę! – warknęła i sięgnęła po szklankę z wodą. Szybko się jednak opamiętała, a swój wybuch postanowiła przeistoczyć w żart. Upiła łyka, przejechała językiem po ustach i już nieco spokojniejszym tonem dodała: – Zamiast ust powinnaś mi raczej pomalować brodawki na czerwono, żeby się lepiej prezentowały. A jak ty masz w ogóle na imię? Bo jakieś masz, prawda?

- Marysia, znaczy Maria i... Przepraszam, pani Doroto... ale jak to, brodawki? – Makijażystka stała w pozycji wyczekującej i nie bardzo wiedziała, co powinna zrobić. Nie rozumiała czy to był żart, czy może jakaś zboczona fanaberia. Dorota Palicka była tu gwiazdą i do tego jeszcze bardzo rozkapryszoną oraz niesłychanie wredną. Lepiej było z nią nie zadzierać. Niejedna z dziewczyn straciła już przez nią pracę.

- Dobra, już dobra. Rób swoje, Mario. – Palicka pokręciła głową wyraźnie zniesmaczona tępotą kobiety.

- Oczywiście, proszę pani.

- I nie waż się dotknąć moich cycków – dodała zdejmując stanik i sięgając po kolejny z kolekcji. Majtki oczywiście zmieni za parawanem. Choć miała doskonałą figurę, której niejedna mogła jej pozazdrościć, to jednak nie lubiła paradować nago przed obcymi ludźmi.

- Co proszę? – Maria nadal nie do końca rozumiała, a bała się ponownie strzelić gafę dopytując.

- Nie, nic, spokojnie. – Uniosła wyprostowaną dłoń na wysokość twarzy w powszechnie rozpoznawalnym geście – STOP. – A z tymi brodawkami to ja żartowałam. Rób swoje i lepiej się pośpiesz.

Dorota nie poczekała już na reakcję adresatki swoich słów, tylko uśmiechnęła się delikatnie – a właściwie złośliwie – po czym rozparła wygodnie na krześle i zamknęła oczy. Niech ta głupia baba zrobi swoje, aby mogła ponownie wyjść na wybieg. I tak w ogóle, to kto wpadł na ten kretyński pomysł, aby do każdego stroju robić nowy makijaż?

- Ładny tatuaż, pani Doroto. – kobieta skomentowała na widok małej, czerwonej różyczki, którą Dorota miała wytatuowaną na lewym nadgarstku. Chciała się przypodobać i choć trochę poprawić atmosferę.

- Oczywiście, że ładny. Brzydkiego bym sobie przecież nie zrobiła – odparła złośliwie. Miała w tym momencie zamknięte oczy, dlatego nie dostrzegła, ale chyba usłyszała cichutkie westchnienie. Głupia cipa, dodała w myślach. Czuła delikatne muśnięcia w różnych miejscach twarzy i zastanawiała się, jak długo jeszcze.

- Już, proszę pani, gotowe – głos sponad głowy oznajmił koniec przysłowiowej przerwy. Komunikat został zakończony lekkim sapnięciem, które mogło coś znaczyć, ale nie musiało.

Palicka otworzyła oczy, przekręciła się na obrotowym krześle i zerknęła na swoje odbicie w lustrze. Pokiwała głową z uznaniem. Ta dziewucha może nie należała do najmądrzejszych, ale na pewno znała się na swoim fachu. Ten makijaż podobał jej się bardziej od poprzedniego. Był niewątpliwie subtelny i delikatniejszy, ale przy tym podkreślał to, co potrzeba. Poprzednie dziewczyny nie popisały się, ale za to ta odwaliła kawał solidnej roboty. W końcu wiek w tym przypadku szedł w parze z doświadczeniem. Szkoda tylko, że za kilka minut to wszystko zniknie. Postanowiła zapamiętać sobie tę Marię, czy może Marysię i poprosić, żeby ją obsługiwała, gdy znowu przyjdzie odwiedzić ten przybytek.

- No i dobrze – szepnęła zadowolona i wstała z krzesła. Posłała kobiecie przelotny uśmieszek, który miał być zamiennikiem dla słowa: dziękuję.

- Brodawek nie ruszałam... proszę pani. – Maria czuła, że jej klientka jest zadowolona, ale nie do końca wiedziała, czy dobrze zrobiła próbując teraz żartować.

Palicka odruchowo spojrzała w dół na swoje piersi. W tym momencie uzmysłowiła sobie, że nie założyła stanika. Nadal trzymała go w lewej dłoni. Założyła go błyskawicznie i odwróciła plecami sugerując, aby kobieta pomogła jej zapiąć haftki.

- Gdzie gacie... yyy... – Zamierzała zakończyć pytanie imieniem, ale stwierdziła, że już go nie pamięta. – Jak ty masz na imię? – dodała w pośpiechu.

- Już mówiłam, że Maria, proszę pani, a majteczki od kompletu są tutaj. – Trzymała dolną część stroju kąpielowego dwoma palcami, jak gdyby miała do czynienia z czymś bardzo cennym albo budzącym odrazę.

Palicka przyjrzała się przez chwilę jej twarzy. Niekształtna, niemal okrągła facjata, wąskie, małe usta, mięsisty nos. Wszystko w jej wizerunku było złe, wręcz fatalne. Figury nawet nie zamierzała oceniać. Nie rozumiała tylko, dlaczego ktoś taki, kto potrafi czynić cuda pomadką i innymi akcesoriami do makijażu, nie próbuje poprawiać swojej urody. Czy ta kobieta nie patrzyła w lustro, nie była świadoma jak wygląda, czy może było jej to obojętne? Ktoś taki nie pasował do tego świata. Nawet nie zauważyła, kiedy otrzymała od podświadomości bodziec do pokazania na co ją stać.

- Powinnaś coś z tym zrobić – powiedziała złośliwie i złożyła usta w podkówkę, co miało potwierdzić jej negatywne wrażenia. Była ciekawa reakcji, sposobu w jaki ta baba będzie się tłumaczyła. Lubiła obserwować ludzi, wręcz cieszyła się ich nieudolnymi tłumaczeniami.

- Z czym? Maria ponownie nie pojęła o co chodzi. Mogła oczywiście zignorować tą wredną modelkę i odejść, gdzieś w bok, ale czuła, że to oznaczałoby kłopoty.

- Z czym? – Palicka powtórzyła z niedowierzaniem. – Z tą swoją twarzą, kobietko. Wygląda okropnie.

- Ale jak to? – zapytała nieśmiało, bo jeszcze się łudziła, że może jest to jakiś rodzaj chorego żartu albo czegoś innego, czego znaczenia jeszcze nie pojmowała.

- Jesteś brzydka, słyszysz? Nie pasujesz do nas. Obniżasz nam średnią, ha, ha. – Zaśmiała się rubasznie zapominając, że nie są tu same.

Palicka przesadziła z tym śmiechem. W jednej chwili, wszystkie kobiety, które znajdowały się pomieszczeniu spojrzały w jej stronę. Niektóre pokiwały głowami zniesmaczone takim zachowaniem. Jednak kilka sekund później wszystkie powróciły do swoich zajęć. W tym miejscu nie było nikogo, kto by nie wiedział, że z Palicką lepiej nie zadzierać.

- Ale ja, że niby, co... – Twarz kobiety zrobiła się kredowo biała, a w oczach pojawiła się wilgoć. Otworzyła usta, aby coś powiedzieć, ale nie zdążyła.

- Dorota, dawaj! Teraz twoja kolej! – ktoś zawołał od drzwi.

Natychmiast się odwróciła i zakończyła tłumaczenia, które i tak nie miały większego znaczenia. Ta baba była tępa, jak... spróbowała znaleźć porównanie, ale na nic nie wpadła. Musiała już iść, a jeszcze nie zmieniła dolnej części. Wiedziała, że to chodzi o nią. Z całej grupy jeszcze tylko jedna dziewczyna miała tak samo na imię, ale tamta była akurat na zewnątrz. Zaklęła bezgłośnie pod nosem, wyrwała tej kretynce, która stała z rozdziawionymi ustami bieliznę z ręki i pobiegła za najbliższy parawan.

Dwadzieścia minut później wychodziła z garderoby na korytarz licząc, że nie natknie się na tego palanta Juliana, który ubzdurał sobie w tym swoim malutkim móżdżku, że jest jego dziewczyną. Przespali się kilka razy, ot i wszystko. Owszem miał kilka pozytywnych cech, które w nim ceniła, ale nie na tyle, aby coś do niego czuć. W głowie na sekundę pojawiła się lista jego zalet: był przystojny – tego nie można mu było zarzucić – szarmancki, wykształcony, no i niewątpliwie bogaty. W tym przypadku jednak pieniądze nie odgrywały istotnej roli, gdyż ona miała ich równie dużo albo i więcej. Kilka lat spędzonych na wybiegach, występy w reklamach i kontrakty we Francji zapełniły jej konto siedmiocyfrowymi sumami. Nie była głupia, więc powierzyła swoje aktywa specowi od finansów, który obiecywał krociowe zyski. Nie zamierzała w tym szambie tkwić bez końca. Miała 23 lata, a czas biegł nieubłaganie. W dodatku wszystkie młodsze dziewczyny, którym się mniej poszczęściło czekały tylko, kiedy powinie jej się noga, aby natychmiast zająć jej miejsce. Świat mody, był jak pole bitwy, jak preria pełna drapieżników.

- Wreszcie, Doruś – Ten, na którego liczyła, że go tu nie zastanie rozłożył szeroko ręce i uśmiechnął, jak gdyby był najszczęśliwszym z ludzi.

- A ty co tu? – spojrzała wyraźnie zniesmaczona. Znowu będzie próbował ją adorować i prawić te swoje kretyńskie komplementy, których tak nie cierpiała. Poza tym była zmęczona i jedyne czego pragnęła, to znaleźć się jak najprędzej w swoim mieszkaniu, położyć do łóżka (sama) i zasnąć. – Powinieneś pojechać do domu. Nie potrzebuję niańki, jestem dorosła.

- Jak mógłbym cię zostawić? Czekałem na moją Dorotkę. Cierpliwie czekałem. – Zrobił krok w jej stronę, ale zatrzymał się przeczuwając chyba, że wybranka jego serca nie jest w najlepszym nastroju. – Dostanę chociaż buziaka w nagrodę? – Pomimo wątpliwości zrobił z ust dziubek i czekał.

- Pieprz się, Julian! – niemalże krzyknęła i dodała do tego grymas, który powinien starczyć za wszystko. Rozejrzała się, czy nikt nie patrzy i zrobiła krok w tył. Włożyła rękę do torebki i wyciągnęła paczkę papierosów.

- Proszę. – Julian natychmiast złożył usta, aby przybrały naturalny kształt i przystawił zapaloną zapalniczkę.

- Nie dziękuję – szepnęła, po czym zaciągnęła się dymem.

- Oj, coś nie mamy humorku – bardziej stwierdził niż zapytał i ponownie się uśmiechnął.

Dorota obserwowała go poprzez chmurę dymu, która pomiędzy nimi zawisła. Tym razem, jak jej się zdało powiedział to z politowaniem. – Nie zawsze muszę mieć humor – stwierdziła wypuszczając kłąb dymu.

- Ale ja wiem, co mojej Dorci poprawi humorek.

- Jest tylko jedna rzecz, która poprawi mi humor – rzekła głośno, a w myślach szybko dokończyła. – Jak się ode mnie odpieprzysz, kretynie.

- Jaka?

- Jak mi znikniesz z oczu – odpowiedziała, zaciągnęła się i dmuchnęła mu dymem w twarz.

- Nie chcesz rozmawiać, to tylko powiedz, zrozumiem, ale nie obrażaj mnie, na Boga! – Machnął ręką przed nosem, po czym cofnął się o krok i patrzył na nią urażony.

- Wreszcie pojąłeś, bystrzaku. Jak ty w ogóle dałeś radę skończyć studia? – Zdmuchnęła z czoła kosmyk włosów, który zsunął się na wysokości prawego oka. Opadł jednak z powrotem, co tylko spotęgowało jej ledwo tłumioną furię.

- Co cię ugryzło, dziewczyno? – dopytał, choć tak naprawdę nie interesował go powód. Miał dobre intencje i pewne plany na dzisiejszy wieczór, ale widział, że wali głową w mur. Znowu miała ten swój atak wścieklizny.

- Nic mnie nie ugryzło. Jestem dla ciebie wyrozumiała, tak jak zawsze. – Na jej twarzy zagościł cyniczny uśmieszek.

- Ty, wyrozumiała? – Zmrużył lekko oczy i głęboko odetchnął. – Ty chyba nawet nie wiesz, co to słowo oznacza?

- Dokładnie, ty mały fiutku. Jestem cholernie wyrozumiała i doskonale wiem, o czym mówię.

- O Boże, Doroto? Czemu... przepraszam, dlaczego taka dla mnie jesteś?

- Taka?

- Wredna. Na rękach bym cię nosił, a ty...

- Ja wredna? – Zgasiła niedopałek na niewielkim talerzyku, który stał na stoliku, tuż obok. Zrobiła to w nieco teatralny sposób.

- Dorota, dlaczego?

- A spadaj, fiucie! Myślisz, że jesteś mi potrzebny do szczęścia?! Przyczepiłeś się do mnie jak rzep do psiego ogona. Do niczego się człowieku nie nadajesz. Nawet w łóżku jesteś beznadziejny. Nawet w głupim łóżku! – wykrzyczała mu to niemalże w twarz, po czym spojrzała na boki sprawdzając, czy są sami.

- Boże słodki, ty jesteś chora – powiedział to najspokojniej jak tylko potrafił, choć w środku się w nim gotowało. Wypuścił ciężko powietrze z płuc i pokręcił głową z politowaniem. – Boże, Dorota... Nienawidzę cię i kocham zarazem. Traktujesz mnie jak śmiecia, a ja bym ci wszystko oddał. Nie chcesz mnie, to trudno, chociaż boli. Boli to jak cholera. – Podniósł rękę, jak gdyby chciał dotknąć jej twarzy, opuścił ją jednak czym prędzej, gdy nie dostrzegł nawet śladu zachęty z jej strony. – A więc dobrze. Usunę się z twojego życia i obiecuję, że już mnie więcej nie spotkasz, chyba, że sama poprosisz o spotkanie. Raz ci jeszcze pomogę, gdyby cię kiedyś coś złego spotkało, ale to wszystko. Zwykle są trzy życzenia, ale ty masz tylko jedno. Rozsądnie więc wybierz w przyszłości swoje ostatnie życzenie, bo reamaku nie będzie. – Wiedział, że nie zabrzmiało to zbyt dobrze, ale tak właśnie myślał w tym momencie. Drżącą ze zdenerwowania ręką wyjął z kieszeni paczkę papierosów i tym razem to on zapalił. Nie spytał czy ona też ma ochotę ani tym bardziej o zgodę.

Dorota uśmiechnęła się kpiąco, a jej spojrzenie było skierowane, gdzieś poza niego, jak gdyby był przezroczysty i nic dla niej nie znaczył. Musiała jednak jeszcze o coś zapytać, co było bardzo ważne.

- Miałeś coś dla mnie zrobić, pamiętasz? – Spojrzała mu teraz prosto w oczy. – Tak się umówiliśmy. Jeśli jesteś taki honorowy, jak twierdzisz, to dotrzymaj słowa.

- Tak, pamiętam – odpowiedział i wypuścił nieco teatralnie dym przez nos.

- No i co?

- Trudno było znaleźć odpowiedniego człowieka, ale w końcu chyba mi się udało. Nie wiem jednak, czy ten ktoś się nie rozmyśli. Trudno powiedzieć.

- To kiedy? – Z jednej strony chciała wiedzieć, a jednocześnie wolała, aby pozostało to tajemnicą.

- Nie wiem. To już nie ode mnie zależy – powiedział szeptem, jak gdyby bał się reakcji. Kiedy jakiś czas temu wyskoczyła z tym tematem uznał, że z nikim nie będzie rozmawiać, a jej prośbę uznał za chorą fanaberię. Nikt nie mógł być aż tak perwersyjny, wręcz zboczony, aby prosić o coś takiego. Później jednak zmienił zdanie i postanowił zrobić, co kazała. Trochę teraz ponaginał fakty, bo po prostu inaczej nie potrafił.

- Kurwa, nawet tak prostej rzeczy nie byłeś w stanie tak do końca załatwić! – Oddychała mocno przez nos, jak byk na corridzie, który szykuje się do wściekłej szarży na torreadora. – No to dobra jełopie, zrobimy inaczej! Zostaw mnie w spokoju! Mam dosyć ciebie, tego twojego kretyńskiego uśmieszku i tego wszystkiego co związane z tym wszystkim! Mówię również o modzie, jakbyś nie zrozumiał. Odchodzę, uciekam, robię sobie przerwę! Nie ma mnie dla nikogo, a zwłaszcza dla ciebie! Muszę odpocząć od tego całego chujostwa! Wyjadę, gdzieś daleko, gdzie nikt mnie nie namierzy i, i...

- Dorota, ty nie mówisz poważnie i przestań przeklinać.

- Bo co, jełopie? Chcesz się zabawić w moją matkę albo babcię?

- To ci nie przystoi. Damy się tak nie zachowują – stwierdził wyraźnie oburzony.

- Nie?! Damy mówisz, że tak nie mówią?! To uzmysłów sobie wreszcie, że ja nie jestem żadną pierdoloną damą!

Mężczyzna, który ubzdurał sobie, że są parą, patrzył teraz na nią z politowaniem, wymieszanym z dziwną, trudną do określenia ciekawością. Dla niej to było jak prowokacja. Nie powinien tak na nią patrzyć, a zwłaszcza teraz, gdy była tak cholernie wściekła. Postanowiła, że taki brak szacunku należy jak najszybciej odpowiednio uhonorować.

- Panie Julianie Kosma, spierdalaj, pan! – Krzyknęła mu w twarz, opluwając przy tym jej dolną część.

Zaskoczony cofnął gwałtownie głowę, sięgnął do kieszeni marynarki i wytarł chusteczką twarz. Poczuł się odarty z godności, a właściwie to bardziej, jak człowiek drugiej, niższej kategorii. Ta kobieta odzierała go z męskiej dumy, o honorze nie wspominając. Teraz już nie był zły. Było mu już tylko zwyczajnie przykro. Wiedział już co zrobi. Wróci do domu i upije się do nieprzytomności, a jutro, gdy się ocknie, to spróbuje sobie przypomnieć, czy to mu się tylko śniło, czy wydarzyło się naprawdę. Odwrócił się na pięcie i ruszył w kierunku wyjścia. Po zrobieniu kilku kroków odwrócił lekko głowę i powiedział głośno: – Do widzenia, pani Doroto.

- Nareszcie! – krzyknęła za nim, po to tylko, aby utwierdzić go w przekonaniu, że jest u niej spalony.

Poczuła olbrzymią satysfakcję, że wreszcie pozbyła się kłopotu. Chwilę jeszcze stała nieruchomo, zastanawiając się, jak jutro spławi Juliana. Znała go na tyle dobrze, żeby wiedzieć, że nie odpuści. Dziś da jej spokój, ale jak wytrzeźwieje, to spróbuje pogadać przez telefon. Najprościej by było ignorować jego próby, ale ileż można wysłuchiwać tej samej melodii ustawionej jako dzwonek w telefonie. Po chwili namysłu postanowiła, że pójdzie do salonu i zgłosi Juliana numer jako nękający. Już oni coś wymyślą. Zadowolona z własnej pomysłowości ruszyła w ślady Juliana. Wychodząc z budynku modliła się w duchu, aby go nie spotkać. Mógł przecież czekać w samochodzie licząc, że już jej przeszło.

- Nic mi nie przeszło! – rzuciła nerwowo pod nosem i rozejrzała się wokół. Samochodu Juliana nie było, ale za to w oddali pojawiła się taksówka.

Podeszła do krawędzi jezdni i pomachała. Na szczęście w aucie nie było pasażerów. Kierujący zauważył jej gest i podjechał do miejsca, gdzie stała. Kilka sekund później siedziała już z tyłu, przepinając się regulaminowo pasem.

- Dokąd? – Kierowca był konkretny i nie zadawał zbędnych pytań.

- A skąd mam niby wiedzieć! – krzyknęła, ale natychmiast się opanowała. Zamiast przeprosić za swój wybuch podniosła jedynie dłoń w przepraszającym geście.

- Czyli? – kierowca zachował stoicki spokój.

Dorota nie była w tej chwili w nastroju do dyskusji o pogodzie ani o polityce, czy o tym podobnych bzdurach. Kierowcy zwykle co chwila zerkali w lusterko i przyglądali się jej z nieskrywaną ciekawością. O próbach zagadywania nie wspominając.

- Niech mnie pan zawiezie do jakiejś fajnej knajpki. Muszę się koniecznie napić. – Nie musiała tego dodawać, ale jakoś tak samo przyszło, jak gdyby szukała dla siebie usprawiedliwienia. Kobiety rzadko miewają takie pragnienia, ale taksówkarze słyną z tego, że wiele już widzieli i że nic ich nie dziwi.

- Oczywiście, proszę pani – odpowiedział bezemocjonalnie i powoli ruszył z miejsca.

- Muszę odreagować, rozumie pan. – Ponownie coś jej kazało spróbować tłumaczeń.

- Taa, jasne. – kierowca podsumował zdawkowo i zerknął w wewnętrzne lusterko. Dorota natychmiast poczuła się atakowana.

- Ma pan coś przeciwko?! I co się pan tak na mnie gapi?! Mam coś kurwa na twarzy?!

W odpowiedzi zobaczyła jedynie wzruszenie ramion, a wzrok taksówkarza powrócił na przestrzeń przed maską samochodu. Nie miała pojęcia, czy chce ją w ten sposób obrazić, czy może ten gest nie ma znaczenia. Z przekory jednak zapytała: – Panie, coś się panu nie widzi, do cholery?

- Szanowna, pani, ja naprawdę jestem już cholernie zmęczony i nie chce mi się prowadzić tego rodzaju dyskusji, a poza tym... – Pociągnął nosem i ostro skręcił w prawo. Samochodem zarzuciło gwałtownie i można było odnieść wrażenie, że zrobił to specjalnie. – W dupie mam, co tam pani będzie robić i jakie są tego powody. To pani życie i pani problemy, a ja mam dosyć swoich, żeby jeszcze panią się przejmować.

Kilka minut później samochód podjechał pod lokal, w którym jeszcze nigdy nie była. Szyld i wejście sugerowało, że lokal należy do tych na poziomie. Pomyślała, że zostawi tam majątek, ale to akurat nie było problemem.

- 32 złote, 40 groszy. W zaokrągleniu 32 złote, proszę panią. – Taksówkarz odwrócił się i wyciągnął rękę w jej stronę.

- Tak, tak, oczywiście – powiedziała to bardziej do siebie niż do mężczyzny i zaczęła nerwowo grzebać w torebce. Wyszukała portmonetkę i na chwilę znieruchomiała. O czymś myślała, po czym wyjęła banknot dwustuzłotowy i machnęła nim mężczyźnie niemalże przed nosem.

- Nie będę miał wydać. – Zerknął do saszetki, którą nosił na pasku na brzuchu. – Nie ma pani drobniej?

- To też pan nie wydaje. Okej? Poczeka pan za mną tutaj, bo nie chcę później czekać pół godziny na taksówkę, a potem odwiezie mnie do domu. Tyle starczy? Może być?

- Starczy, oczywiście, że starczy. – Taksówkarz wyglądał teraz na wniebowziętego.

- Nie wiem ile mi zejdzie – zagadała wysiadając. – Najwyżej coś tam jeszcze panu dołożę.

- Spokojnie, mnie się nie nigdzie śpieszy.

- I oby nie przyszło panu do głowy, żeby mnie oszukać i spierdzielić. Nie ze mną takie numery. Zapamiętałam pana numer boczny – rzuciła zamykając drzwi.

# 2.

Metalowe drzwi otworzyły się z hukiem, gdy masywne skrzydło z impetem uderzyło o ścianę. Dorota Palicka podskoczyła instynktownie i całkowicie zdezorientowana, ale i przestraszona spojrzała w kierunku wejścia. Chwilę wpatrywała się w pusty oczodół futryny, ale autora zamieszania nie ujrzała. Pusta przestrzeń wyglądała irracjonalnie. Przecież ktoś musiał te drzwi otworzyć – przeciąg raczej nie wchodził w rachubę? Same z siebie nie uczyniłyby tego, potrzebowały czyjejś ręki, a sprawca tego zamieszania powinien w tej chwili być dostępny dla jej zmysłu wzroku. Oczywiście mógł to zrobić i ukryć się za ścianą, ale po co? W tym czasie, gdy przeprowadzała w głowie prywatne śledztwo drzwi z leciutkim skrzypieniem zaczęły powracać na swoje miejsce. Widok przestrzeni w sąsiednim pomieszczeniu zawężał się stopniowo, aż wreszcie zupełnie znikł. Delikatne kliknięcie oznajmiło jej, że pomieszczenie, w którym przebywała jest znowu zamknięte.

Podejrzewała, a właściwie wręcz była pewna, że zaraz coś się wydarzy. Jej kwatera – miejsce, gdzie się znajdowała – była jasno oświetlona, ale ona nie miała głowy do tego, aby przyjrzeć się wnętrzu. Stała nieruchomo z ramionami opuszczonymi wzdłuż boków i niemalże jak zahipnotyzowana wpatrywała się w brązowy kolor drzwi. Coś kazało jej patrzeć w tę stronę, a ona zwykła zawierzać głosowi rozsądku lub podświadomości. Wierzyła w instynkt oraz tak zwany szósty zmysł, a więc posłusznie patrzyła, jednocześnie pilnie nasłuchując. Trwała w tym stanie próbując dociec, co sprawiło, że się tutaj znalazła. Pamiętała pokaz, rozstanie z Julianem i drinka, którego zamówiła w pubie. Dalej była już tylko nicość. Jeżeli jej pamięć można było porównać do szkolnej tablicy, to mogła przyjąć, że ktoś, kto nie był specjalnie wysoki wytarł część informacji, aż do miejsca, do którego mógł, a właściwie zdołał sięgnąć.

Czas biegł niezwykle wolno. Czuła łoskot bijącego w piersiach serca, które zachowywało się teraz jak zegar odmierzający upływ czasu. Oddychała powoli, próbując w ten sposób uspokoić ciało i umysł. Zmysły miała stępione i wszystko co wokół wydawało się sztuczne i bez wyrazu. Już raz się czuła podobnie, gdy kilka lat temu dała się namówić na jakiś narkotyk, którego nazwy już nie pamiętała. Czy była szansa, że tym razem stało się podobnie? Ten dylemat postanowiła odłożyć na później, teraz czekała na coś, co powinno się wydarzyć w bliższej lub dalszej przyszłości.

Jej cierpliwość została wreszcie nagrodzona. Mosiężna klamka skierowała się w dół, a skrzydło drzwi zaczęło się ponownie odchylać w jej stronę. Tym razem miała pewność, że zobaczy, kto za tym stoi. Teraz dopiero zwróciła uwagę na fakt, że wokół unosił się dziwny zapach. Mieszanka wilgoci i czegoś jeszcze, co trudno było zidentyfikować. Być może była to pleśń, ale nie do końca. To pachniało, jak grzybnia, jak odpady biologiczne, które ktoś zapomniał wyrzucić lub celowo zmagazynował w jakimś celu.

Niespodziewanie coś zaszurało za jej plecami. Zaskoczyło ją to i zaciekawiło, więc odruchowo przekręciła głowę. Jej spojrzenie natrafiło na pustkę. Rozbieganym wzrokiem szukała czegoś nietypowego. Słyszała doskonale, że coś się wydarzyło, gdzieś z tyłu, ale sprawcy tego zamieszania nie potrafiła dostrzec. To było podobne do trzepotu skrzydeł, ale nie dałaby sobie za to ręki obciąć. Dobrych kilka sekund jeszcze trwało nim powróciła do poprzedniej pozycji i skierowała wzrok w stronę drzwi. To co zobaczyła wręcz ją zaszokowało. Musiała teraz wyglądać komicznie z tymi oczami wybałuszonymi z ciekawości, ale i totalnego zaskoczenia. Wcześniej próbowała sobie wyobrazić, kim jest, a właściwie kim będzie ten tajemniczy ktoś, który zamierzał wejść do środka lub tylko wiedziony ciekawością rzucić na nią okiem. Teraz wszystko stało się jasne i już doskonale widziała jak wygląda tajemniczy wizytator, ale zupełnie nie była przygotowana na coś takiego.

W wejściu tkwił, a właściwie siedział mężczyzna. Nie byłoby w tym być może nic dziwnego, gdyby nie fakt, że przedmiot, na którym siedział to był wózek inwalidzki. Ten człowiek mógł mieć około czterdziestu lat i nie wyglądał na okaz zdrowia. Ból na jego twarzy wymalował bruzdy, które świadczyły, że zmaga się z chorobą, a ona dzierży pałeczkę zwycięstwa. Włosy, które kiedyś były blond koloru teraz zdecydowanie zmierzały ku siwiźnie. Nogi miał przykryte niewielkim kocykiem w pomarańczową kratę, na którym spoczywała lewa ręka. Prawa natomiast ściskała coś co było umieszczone na oparciu, ponad prawym kołem. To wyglądało jak joystick i zapewne służyło do sterowania tym nietypowym pojazdem. Mężczyzna wpatrywał się w nią, ale jednocześnie wyglądał tak, jak gdyby jej nie dostrzegał.

- Witaj, nazywam się Dorota Palicka – przedstawiła się, ale nie wywarła tym żadnego wrażenia na mężczyźnie.

Obserwowała go i prawdę mówiąc nadal była zaszokowana, że widzi kogoś na wózku inwalidzkim. Nie rozumiała dlaczego jest tak zaskoczona tym faktem. Nie raz przecież i nie dziesięć miała do czynienia z różnymi akcjami charytatywnymi, na które spędzano tabuny kalek albo ludzi upośledzonych. Szczególnie ci drudzy budzili w niej odrazę. Uśmiechała się wtedy do nich i mówiła jakieś w jej mniemaniu kretyńskie słowa, że dobrze, iż tu są, i tym podobne. Była uprzejma, bo organizatorzy dobrze za to płacili, ale tak naprawdę gardziła nimi wszystkimi. Być może właśnie, dlatego teraz tak się czuła, gdyż wiedziała, że ten człowiek nie znalazł się tutaj przypadkowo. Jaki jednak jest powód jego przybycia mogła tylko zgadywać, a ona nienawidziła zgadywanek.

Wózek powoli wtoczył się do środka i zatrzymał kilka metrów od niej. Pasażer, a właściwie kierowca tego wehikułu miał kilkudniowy zarost, co dopiero teraz zauważyła. Pachniał potem, a właściwie to śmierdział niczym ktoś, kto od tygodnia nie brał kąpieli. Dorota aż wzdrygnęła się z odrazą.

- Jesteśmy straceni – mężczyzna wyszeptał, ale na tyle głośno aby usłyszała. Oczy miał zaszklone i zaczerwienione, jak gdyby zbierało mu się na płacz albo płakał, zanim tu trafił.

- Jak to? – również wyszeptała, nieświadomie próbując dostosować się, a właściwie dostroić do mężczyzny.

- Zostaliśmy porwani. To koniec. – Pokręcił głową na boki, a później zatoczył wózkiem koło, wokół własnej osi.

- Kto nas porwał? – dopytała niejako z urzędu. Przede wszystkim to jeszcze nie nabrała pewności, że padła ofiarą kidnapingu, a poza tym nawet gdyby tak było, to nie miałoby dla niej znaczenia kto, a raczej dlaczego? Przecież dopiero co odzyskała świadomość i nadal nie wiedziała jak się tu znalazła, gdzie jest ani tym bardziej jak się stąd wydostać. A tutaj takie oświadczenie od schorowanego człowieka, który być może bredził. Odruchowo spojrzała w górę zatrzymując na moment wzrok na kloszu lampy przymocowanej do sufitu. W tym czasie z oczywistych względów straciła z oczu chorego mężczyznę. Zamyśliła się tracąc kontakt z rzeczywistością.

- On nas zabije. To pewne, że tak. Zrobi to, tak, tak – mężczyzna wypowiedział te słowa takim tonem, jakby był nauczycielem, który poucza ucznia. – Śmierć i tylko śmierć nas tu czeka.

To sprawiło, że przypomniała sobie, gdzie jest, więc ponownie spojrzała na mężczyznę. Wózek stał teraz odwrócony do niej tyłem, dlatego nie widziała twarzy rozmówcy. Dała by sobie jednak rękę obciąć, że wychwyciła w ostatnim zdaniu nutkę cynizmu lub nawet drwinę.

- Czy on tu jest? Ten porywacz jest tutaj? Znaczy, gdzieś blisko? – Tym razem zależało jej na odpowiedzi. Atmosfera stawała się dziwna, wręcz złowroga, choć prawdę powiedziawszy trąciła kiepskim horrorem. Z tym, że wcześniej oglądała tego rodzaju filmy z perspektywy widza, a teraz najwyraźniej była postacią pierwszoplanową. – Ten, co nas niby porwał, jest tu?

- Śmierć nam pisana – padły złowróżbne słowa.

- Śmierć... nam... pisana? – powtórzyła, niejako sylabizując zasłyszane zdanie. Zabrzmiało to jak pytanie, ale ona pragnęła tylko potwierdzenia, że to co usłyszała było prawdziwe.

- Tak i nic ani nikt nas nie uratuje. Módl się jeśli potrafisz, bo on już się zbliża i zaraz tutaj będzie. – Słowa były przytłumione i przerywane głośnym sapaniem, jak gdyby ten kaleka miał problemy z oddychaniem. Wcześniej nie zwróciła na ten fakt uwagi albo dopiero teraz mężczyzna, który dzielił z nią wspólny los zaczął mieć tego rodzaju problemy.

- Kim ty jesteś, biedaku? – Zrobiło jej się go żal, choć zawsze wychodziła z założenia, że kalecy ludzie powinni usunąć się w przysłowiowy cień i nie przeszkadzać młodym i zdrowym elementom społeczeństwa prowadzić normalny tryb życia.

- Poznałaś już Markiza?

- Jakiego znów Markiza? – Zrobiła duże oczy. – Jesteś pierwszą osobą, którą tu widzę. O kim mówisz?

- No o nim – Wskazał głową w swoją prawą stronę.

Podążyła spojrzeniem we wskazanym kierunku. Zrobiła to akurat w momencie, gdy niewielki ptak wylądował na posadzce. Podskakiwał nieco chaotycznie i dziobał betonową płaszczyznę, jak gdyby nie miał nic lepszego do roboty.

- A co mnie obchodzi jakiś ptak, człowieku! – Zareagowała nerwowo. – Mało to ptaków na świecie? Teraz jest, a za moment sobie poleci, gdzie zechce.

- Ten jest wyjątkowy.

- Dobrze, niech i tak będzie. A więc to jest ten Markiz. A co w nim takiego wyjątkowego?

- To jego ptak. Jak zobaczysz Markiza, to wiedz, że zaraz zobaczysz jego.

- Porywacza?

- Tak, ale to nieistotne. Ważne jest to, że on najpierw zabije mnie. Tak, tak, właśnie mnie. Później tamtą kobietę... – Głowa mężczyzny zaczęła nieznacznie podrygiwać. – A ty będziesz musiała na to patrzeć. – Westchnął ciężko i po chwili kontynuował. – Będzie dużo krwi, mnóstwo krwi, gdy on podetnie nam gardła. Nigdy wcześniej nie widziałaś tyle bólu i tyle krwi.

Padły złowrogie słowa, a wózek zaczął jechać w kierunku wyjścia. Toczył się powoli, a ona tylko odprowadzała go wzrokiem. Zanim zebrała myśli, wyjechał z pomieszczenia i zdecydowanie skręcił w prawo. Ten fakt zaskoczył ją, a jednocześnie sprawił, że ponownie zaczęła przytomnie myśleć.

- Ej, ty! – zawołała i po chwili powtórzyła zawołanie. Kilkanaście sekund później, gdy nie doczekała się odpowiedzi zawołała raz jeszcze, ale tym razem wściekła, że została zignorowana. – Ty, ty cholerny kaleko!? Co tu jest grane?! Co tu się do diaska dzieje? – krzyczała zamiast zwyczajnie ruszyć się z miejsca i pogonić za mężczyzną, dogonić go i zrobić cokolwiek. Wszystko wokół było jakieś takie nienaturalne niczym sen, ale ona wiedziała, że nie śni. Tak oczywista rzecz jak pogoń przerastała jednak teraz jej możliwości i prawdę mówiąc w ogóle o czymś takim nie pomyślała.

- Zaśnij teraz, a gdy się obudzisz wszystko będzie już prostsze. – Dobiegły zza załomu przytłumione słowa, które były jak zapowiedź czegoś znaczącego, co dopiero ma nastąpić.

- Obudź się wreszcie! Halo, suko!... Pobudka! – męski głos zabrzmiał w pomieszczeniu z siłą zbliżoną do głośnego krzyku.

Dorota Palicka, topowa modelka na krajowej scenie, będąca właśnie u szczytu kariery, z trudem uniosła powieki, ale jej wzrok natychmiast zmierzył się z intensywnym światłem, które ją oślepiło w wyniku czego, odruchowo z powrotem je opuściła. Nie miała bladego pojęcia, gdzie jest ani tym bardziej co się wydarzyło jakiś czas temu. Coś sprawiło, że znalazła się w sytuacji, której zupełnie nie rozumiała. Nie potrafiła skupić myśli, aby przywołać jakiekolwiek wspomnienie z przeszłości. Wiedziała kim jest, ale zrozumienie tego co się dzieje, przerastało jej możliwości intelektualne. Wiedziała tylko jedno, leżała na czymś twardym i ktoś na nią krzyczał, a ona bardzo tego nie lubiła. Uniosła nieco powieki, tworząc niewielką szparkę, aby przyzwyczaić wzrok do nowych warunków. Przez moment zastanawiała się, czy może powinna udawać nieprzytomną albo śpiącą. Jednak epitety jakie usłyszała podziałały na nią jak płachta na byka.

- Suko, suko, suko – powtarzała szeptem. – Suko? – zapytała tym razem głośniej i zmarszczyła twarz, jak gdyby dopiero teraz pojęła co znaczy to słowo. – Ty to... ty do mnie to mówisz? – Potrząsnęła głową, aby w ten sposób otrzeźwić umysł i już szerzej otworzyła oczy. Zobaczyła zarys postaci – czyli, że był ktoś, kto wypowiedział słowa – ale nadal nie miała pewności czy tamte zwroty były skierowane pod jej adresem. Mogła tu przecież być jeszcze jakaś inna kobieta?

Co by jednak nie było, nie tolerowała takiego zachowania. Podniosła się z trudem – podpierając rękami – jak gdyby ktoś jej załadował sto kilogramów na plecy. Wyprostowała się i ściągnęła łopatki, kręcąc przy tym barkami niewielkie kółka. To miało pomóc rozmasować nieco górną partię ciała. Zamierzała rozejrzeć się wokół, aby sprawdzić, czy oprócz niej i tego kogoś, kto wyglądał na faceta, jest ktoś jeszcze, ale nie zdążyła. Coś zaszurało i silny cios w lewy policzek odrzucił jej głowę w przeciwną stronę oraz sprawił, że znowu zamknęła oczy i syknęła z bólu. Zachwiała się i odruchowo zacisnęła zęby. Część twarzy paliła żywym ogniem, nie pozwalając skupić myśli na niczym konkretnym.

- A jest tu ktoś jeszcze, szmato? – Do jej uszu dotarły szybko wypowiedziane słowa, choć miały pewien problem z dotarciem do jej świadomości.

Głowa Doroty powoli wróciła do poprzedniej pozycji. Na powrót uniosła powieki, tylko po to, aby ujrzeć, że ten, który wymierzył jej niespodziewany cios, cofnął się o kilka kroków. Chyba nigdy wcześniej nikt jej nie uderzył – przynajmniej nie pamiętała o takim incydencie – a zwłaszcza ktoś taki, o kim nic nie wiedziała. Natychmiast w głowie pojawiło się wspomnienie szkolnej bójki, w której uczestniczyła, gdy była w szóstej klasie. Jedna z dziewczyn, z innej klasy próbowała jej coś udowodnić, ale nie dała rady. Wiele ją to wówczas kosztowało, pod postacią otarć na naskórku i zadrapań, ale sam fakt, że przeciwniczka ani razu jej nie uderzyła wydał jej się wówczas czymś, co zasługiwało niemalże na medal. Kolejne co jej przyszło do głowy, to stwierdzenie, że umysł ludzki potrafi funkcjonować naprawdę szybko, gdy zajdzie taka potrzeba. To co teraz robiła trwało w przysłowiowym mgnieniu oka, a ona jeszcze znajdowała czas na mało istotne wspomnienia z dzieciństwa. Skupiła się jednak na zadaniu, które sobie podświadomie zafundowała. To przecież było jak wezwanie do boju. W jednej chwili zapomniała o bólu, wpuszczając w to miejsce furię, która zawsze w podobnych sytuacjach przejmowała nad nią władzę.

- Ty skur… – nim dokończyła, zerwała się z miejsca, w którym stała i ruszyła z wystawionymi, jak szpony ptaka paznokciami w stronę, gdzie stał ten, którego należało nauczyć dobrych manier. Gdy uniosła ręce coś zdzwoniło, ale nie zwróciła na to uwagi.

Nie wiedziała jaki dystans udało jej się przebyć, gdy nagle jej wyprawa została przerwana, aż tak niemożliwie silnym szarpnięciem za lewą rękę, iż upadła z impetem na podłogę. Pomimo tego, że nadal nie czuła się w pełni sobą, a umysł funkcjonował na połowie mocy natychmiast zrozumiała, że właśnie szarpnęła czymś (zapewne liną), czym była do czegoś przywiązana. Świadomość, że ktoś mógłby, że zechciał ograniczać jej wolność, jeszcze dodało oliwy do ognia. Natychmiast przekręciła ciało, uklękła i wsparła się na dłoniach. Na ułamek sekundy spojrzała na swoją lewą rękę. Na nadgarstku miała założoną jedną z dwu obręczy policyjnych kajdanek, a sąsiednia była zatrzaśnięta na ogniwie łańcucha.

Prawdę mówiąc, to nigdy nie widziała z bliska takich gadżetów i nawet nie miała pewności, czy istnieją inne kajdanki niż policyjne. Wiedziała tylko, co to jest i do czego służy. Druga obręcz była zatrzaśnięta na oczku metalowego łańcucha. Ten zaś leżał, jak gdyby nigdy nic na podłodze i ciągnął się, gdzieś za jej plecy. – Zapłacisz mi za to, gnoju! – warknęła i raz jeszcze ponowiła atak. Ponowne szarpnięcie uświadomiło jej, że to przecież nie ma sensu. W dodatku za drugim razem poczuła, jak obręcz zdarła jej kawałek skóry na nadgarstku wywołując w tym miejscu ostre szczypanie. Zerknęła na moment w tę stronę. Na szczęście wytatuowana różyczka nie doznała uszczerbku. Poraniony naskórek się zagoi, ale z tatuażem na pewno byłoby gorzej. Nie wiadomo, czy dałoby się odtworzyć to, co zafundowała sobie miesiąc temu i z czego była taka dumna. Szybko wyrzuciła z głowy rozważania o ozdobie na skórze. Miała przecież teraz ważniejsze rzeczy do zrobienia.

Tym razem na szczęście nie upadła. Widocznie podświadomie była na to przygotowana i dlatego jej ciało zachowało równowagę. Stanęła wyprostowana i złapała się na tym, że dyszy ciężko, jak gdyby przebiegła kilka kilometrów. Wreszcie miała okazję przyjrzeć się człowiekowi, który zapewne stał za tym, że się tu znalazła.

Miała przed sobą kogoś, kto był średniego wzrostu i szczupłej budowy ciała. Czarna kominiarka nasunięta na twarz uniemożliwiała rozpoznanie rysów twarzy. W materiale znajdowały się zaledwie dwa otwory na oczy. W dodatku okulary przeciwsłoneczne zakrywały to, co według przysłowia było zwierciadłem duszy. I dobrze, stwierdziła. Nie była w nastroju do lustrowania jego spojrzenia. Błyskawicznie uznała, że nie ma też znaczenia, jakiego koloru są jego oczy, gdy ona sama miała poważne problemy. To był szczegół niewarty uwagi w tym momencie. Zapewne za jakiś czas będzie miała okazję zobaczyć więcej.

Niższej części stroju poświęciła jednak trochę więcej uwagi. Obszerny, jak gdyby za duży o kilka rozmiarów pomarańczowy sweter maskował budowę ciała, a nawet płeć, gdyż sięgał kilkanaście centymetrów poniżej krocza. Właśnie złapała się na tym, że nie jest w stu procentach pewna, co do płci osobnika, przed którym stała. Gdyby ta część ubrania była krótsza to na podstawie wypukłości charakterystycznej dla tej męskiej części ciała mogłaby wyciągnąć oczywiste wnioski. Brak nierówności na wysokości piersi też niczego nie wyjaśniał. To przecież mogła być kobieta z małym biustem. Nawet tych kilka słów, które usłyszała nie pozwalały na ustalenie w stu procentach, czy ma do czynienia z mężczyzną. Dorota pomyślała, że pierwsza myśl jest najlepsza i dlatego przyjęła, że to musi być facet.

Wpatrywali się w siebie przez kilkanaście sekund. Powoli docierało do niej to, co powinno być oczywiste od samego początku. Została porwana, a ten, kto tego dokonał stał dwa metry przed nią. Gdyby nie osłaniał twarzy to zapewne ujrzałaby jego usta wykrzywione w ironicznym uśmieszku. Była wściekła, choć instynkt podpowiadał, że raczej powinna się bać. Czas płynął, a żadne z nich nie wypowiedziało ani słowa. Czuła, że to ona powinna zacząć, że on na to czeka. Otworzyła usta i bez zastanowienia palnęła pierwsze, co jej przyszło do głowy: - Jesteś mężczyzną?

- Na pewno nie kobietą – odpowiedź padła niemal zaraz po jej pytaniu.

Rozumiała, że ma do czynienia z bystrzakiem. Palnęła cholerne, wręcz kretyńskie pytanie, na które na pewno nie był przygotowany, a on nie potrzebował ani sekundy do namysłu.

- Ale chyba nie pedałem? – ponownie jej się wymsknęło.

Boże święty, pomyślała. Co ją mogło obchodzić jakiej orientacji seksualnej jest ten facet. Niech będzie sobie nawet zoofilem. Miała to zwyczajnie, gdzieś. Uznała, że widocznie nie jest dzisiaj w szczytowej formie intelektualnej. Powinna się skupić i zapytać o coś istotnego. To było proste, ale tylko w teorii. Ona, która miała zawsze ciętą ripostę do każdej sytuacji teraz odczuwała niemoc, której nie potrafiła przełamać. Po chwili dotarło do niej, że nie usłyszała odpowiedzi. – Pytałam o coś. – W ten sposób ponagliła mężczyznę.

- Nie, nie jestem gejem. – Odpowiedź została wypowiedziana powoli i spokojnie, jak gdyby miała przed sobą nauczyciela, a ona była niezbyt ogarniętą uczennicą.

- To dobrze, nie lubię gejów. – Wyjaśniła nie wiadomo po co swój stosunek do homoseksualistów.

- Wisi mi to – odparł oschle i pomachał ręką jak wahadłem.

Teraz dopiero zauważyła w jego ręku plastikową butelkę z wodą mineralną. Natychmiast poczuła suchość w gardle. Mężczyzna, jak gdyby czytał jej w myślach, gdyż sekundę później butelka zawisła pół metra od jej twarzy, a ten, który wykonał ten gest ruchem głowy pokazał, że to dla niej. Wzięła ją, odkręciła i wypiła łapczywie kilka łyków wody gazowanej. Po kilku sekundach beknęła głośno, ale nie przeprosiła. Ten gnój nie zasługiwał na to, aby była dla niego miła lub grzeczna. Opuściła rękę trzymającą butelkę, ale tak, aby nie uronić ani kropli.

- Co mi dałeś? – zapytała ponownie o mało istotną rzecz. – Że plotę od rzeczy?

- Słucham? O co pytasz, kotku?

- Nie jestem dla ciebie żadnym kotkiem, świrze! – Wybuchnęła. – A pytam, czym mnie uśpiłeś, że nadal coś czuję i jestem otumaniona?!

- Czy to ma znaczenie? – wypuścił głośno powietrze przez nos, co zabrzmiało, jakby z niej szydził.

Spuściła wzrok i spojrzała na swoją lewą dłoń, jak gdyby chciała sprawdzić, czy nie przewidziało jej się z tymi kajdankami. Oczywiście nadal tam tkwiły ograniczając jej wolność. Obręcz tkwiła kilka centymetrów poniżej tatuażu. Do głowy natychmiast napłynęła kretyńska wręcz myśl, że jej czerwona różyczka nie powinna znaleźć się w takim towarzystwie. Odwróciła głowę i spojrzała za siebie. Drugi koniec łańcucha był przypięty kłódką do metalowego kółka, które wystawało ze ściany na wysokości jej twarzy. Przyjrzała się uważniej kłódce. Ku jej zaskoczeniu zauważyła, że nie należała do standardowych modeli, a była otwierana i zamykana na szyfr. Cztery bębenki wystające z boku sugerowały – jak szybko policzyła w pamięci – że przy ogromnym pechu miałaby 9999 prób, aby złamać kod. To było ze strony mężczyzny niedopatrzenie, czy może lekceważenie jej możliwości intelektualnych?

Przestała się interesować kłódką i przyjrzała się łańcuchowi, który ograniczał jej ruchy. Nie był tak długi jak pierwotnie myślała (chociaż tak naprawdę to nie zastanawiała się nad takim niuansem). Był, co oczywiste metalowy i miał nie więcej jak trzy i pół, może cztery metry. Jej spojrzenie powędrowało ku innym przedmiotom. Pod ścianą na podłodze leżał rozłożony gruby koc, a tuż obok stało czerwone, plastikowe wiadro. Nie domyśliła się do czego służy, dopóki nie zwróciła uwagi na leżącą na kocu rolkę papieru toaletowego. Natychmiast zrobiło jej się niedobrze, gdy pomyślała, że miałaby się w to wypróżniać, a on później wynosiłby to co tam zostawiła. Z powrotem odwróciła głowę i spojrzała na mężczyznę. Nadal tu był i nadal się w nią wpatrywał.

- Dla mnie ma – przypomniała sobie, że zadała pytanie, na które nie usłyszała konkretnej odpowiedzi.

- To samo, co teraz.

- W tej wodzie też coś było, znaczy jest? Nie wyczułam. Znowu mnie usypiasz? Po co? Chcesz mnie zgwałcić? – Tak naprawdę nie chciała tego wiedzieć, a on ponownie, jak gdyby odczytywał jej myśli, zmienił temat.

- To dobrze, że zapoznałaś się ze swoim nowym mieszkaniem, to dobrze – stwierdził i głośno westchnął, jak gdyby poczuł ulgę, że tę część spotkania ma już za sobą.

Teraz dopiero wychwyciła, że ma miły w brzmieniu głos, chociaż to określenie w tej sytuacji było nie na miejscu. Okazało się oczywiste, że jej oprawca nie powinien się kojarzyć z niczym pozytywnym. Wreszcie też nabrała pewności w kwestii płci. Stwierdzenie, że to jest facet błyskawicznie jednak straciło na znaczeniu.

- Mieszkanie? Pchi... Powinieneś mnie jeszcze koniecznie zameldować – skomentowała odruchowo i szybko rozejrzała się po pomieszczeniu. Nie było na czym dłużej skupić wzroku. Kwadratowe pomieszczenie, białe ściany, brak okna, jaskrawo świecąca lampa nad głową i brązowe, metalowe, ciężkie drzwi, to było wszystko. – Jak dla mnie trudno to nazwać mieszkaniem. I nie licz na to... – nie zdążyła dokończyć.

- Dokładnie. Przyzwyczajaj się, bo długo tu pomieszkasz.

- Pieprzenie! – powiedziała przez zęby. To, że jest agresywna, nie dziwiło ją. To była część jej natury, charakteru, który otrzymała w spadku po rodzicach. Zerwała z nimi kontakt, podobnie jak i z resztą rodziny już kilka lat temu. Zrobiła to celowo. Nie potrzebowała do szczęścia ubogich krewnych, którzy by pukali bez przerwy do drzwi i prosili o wsparcie. Jednak nie rozumiała zupełnie skąd ta odwaga? Powinna być przecież przerażona, a tu takie masochistyczne, wręcz samobójcze zachowanie.

- Brzydko się wyrażasz, Dorotko – skarcił ją słownie i pokiwał palcem wskazującym na boki, naśladując mimowolnie ruch wycieraczki samochodowej.

- Nic ci do tego, fiucie! – odpowiedziała bezczelnie.

- Będę cię musiał ukarać – zagroził, ale zabrzmiało to jakoś tak bezosobowo, dziwnie, wręcz nieenergicznie. Dorota pomyślała, że chyba robi to celowo, żeby ją zmylić albo uśpić jej uwagę.

- Niby, jak? – Po raz kolejny jej słowa emanowały bezczelnością. To nie było rozsądne. Mogła się bawić w przepychanki słowne dopiero wtedy, kiedy będzie miała szanse na wygraną, a tymczasem była zdana na łaskę tego mężczyzny.

- A jak byś chciała, kochanie? Lubisz na ostro? Wyglądasz na taką co lubi.

Dorocie opadła szczęka i zapomniała języka w ustach. O co mu chodziło? Czy to miała być zapowiedź, że zostanie brutalnie zgwałcona, czy może perspektywa pewnych wyrafinowanych i okrutnych tortur?

Mężczyzna nie poczekał na odpowiedź, tylko odwrócił się do niej plecami i ruszył w kierunku drzwi. Nie skojarzyła, że zamierza wyjść, dopóki nie pociągnął drzwi ręką. Otworzyły się bezszelestnie. To co jej dosypał lub dolał do wody musiało zacząć już działać, gdyż poczuła, że ciężko jej się myśli. Zanim zniknął jej z oczu zdążyła zawołać: – Ej, ty! Gdzie idziesz i co ze mną będzie?

- Zobaczysz – odpowiedział i lekko obrócił głowę, jak gdyby chciał na nią spojrzeć, ale zrezygnował.

- Chcesz mnie tu trzymać? Czy to jest porwanie?

- A jak myślisz? – odpowiedział pytaniem.

- Świrze, mówię do ciebie! Odpowiadaj jak pytam!

Sekundę później drzwi zamknęły się a ona została sama. Przyjrzała się tym razem uważniej płaszczyźnie drzwi. Ku swojemu zaskoczeniu zauważyła, że nie miały klamki (jedynie otwór na klucz), a wcześniej chyba posiadały ten atrybut. Zerknęła jeszcze wyżej i dostrzegła, że około półtora metra nad podłogą był szklany judasz. Szybko spojrzała na wiadro i zaraz potem na wizjer, przez który mogła być obserwowana. Jej ciało wstrząsnęło się z odrazą, gdy pomyślała, że ktoś mógłby ją podpatrywać, gdy będzie się załatwiać. Szybko zapomniała o tym, gdy przypomniała sobie jaką przed momentem zrobiła z siebie idiotkę.

- Ale to rozegrałam! – warknęła na siebie. – Czy jesteś mężczyzną? Czy jesteś pedałem? Chryste! Głupia pipa ze mnie! Tylko na tyle mnie stać? – Potrząsała skutą ręką, aż łańcuch odpowiedział w charakterystyczny sposób.

Stała w bezruchu, bezradna i nie wiedziała co z nią dalej będzie. Facet zniknął, a ona została z nielichym mętlikiem w głowie. Oddychała powoli, niemalże majestatycznie, co w jej mniemaniu miało sprawić, że mózg się lepiej dotleni i wreszcie wejdzie na podwyższone obroty. Zupełnie zapomniała o tym, że przecież wypiła coś rozpuszczonego w wodzie, którą jej podał w butelce. A co będzie jeżeli wykorzysta to, że znowu zaśnie i dokona na niej gwałtu albo zrobi jakieś inne obrzydlistwa? A może to jakaś gra i tak naprawdę wcale niczego jej nie poddał?

Rozumiała, że musi w jakiś sposób przejąć inicjatywę, ale ta inicjatywa, to było coś nieokreślonego, czego zarysów nie potrafiła sobie wyobrazić, a co dopiero wprowadzić w życie. Na swoje usprawiedliwienie miała tylko to, że nigdy wcześniej nie znalazła się nawet w przybliżeniu w podobnej sytuacji. To ona zwykle wiodła prym i dyktowała warunki, a tutaj nie miała niczego – nawet swobody ruchu.

- Oprócz tego pieprzonego koca i pierdolonego wiadra nic nie mam – wyszeptała bezradnie.

Na moment zerknęła na płachtę materiału, który miał pełnić funkcję łóżka, a zaraz potem na wiadro. Natychmiast poczuła parcie na pęcherz. Przez ciało przebiegł dreszcz, gdy zacisnęła mięśnie odpowiedzialne za powstrzymywanie sikania. Szybko zerknęła na drzwi, a konkretnie na wizjer i przypomniała sobie, że nie słyszała odgłosu kroków, gdy odchodził. Nie zwróciła uwagi na jego buty, ale musiał mieć lekkie obuwie, skoro nie hałasowały. Mógł więc w każdej chwili podejść do drzwi tak, aby nie usłyszała i podpatrywać, co robi. Perspektywa sikania na oczach drugiej osoby, a do tego jeszcze mężczyzny napawała ją odrazą. Będzie musiała koniecznie coś wymyślić, kiedy już nie da rady dłużej wytrzymać.

Raz jeszcze zlustrowała pomieszczenie, licząc, że może pominęła coś istotnego. Niczego nowego nie zauważyła. Uniosła lewą rękę i spojrzała na metalowe kółko kajdanek. W filmach widziała, jak można się ich pozbyć nie posiadając kluczyków. Złożyła dłoń tak, aby stanowiła jak najmniejszą powierzchnię i spróbowała zsunąć metal. Zatrzymał się u nasady dłoni i to było wszystko. Nawet gdyby posmarowała dłoń olejem, to w niczym by nie pomogło. W filmowym świecie wszystko było możliwe, ale to było realne. Westchnęła ciężko i zaklęła w myślach.

Prawą ręką złapała za łańcuch i ruszyła w stronę koca. Usiadła powoli. Czuła się zmęczona, rozbita i obolała, jak gdyby tamten policzek nie był wszystkim co otrzymała w prezencie od tego parszywego drania. Oparła plecy o ścianę i zamknęła oczy. To był chyba odpowiedni moment, aby wszystko przemyśleć. Nie wiedziała, kiedy facet wróci. Nie wiedziała czy jest sam, czy może ma wspólnika i co najważniejsze, nie wiedziała jakie są jego intencje. Wiedziała natomiast jedno. Łatwo nie sprzeda skóry. Jeżeli ten facet myślał, że trafił na zahukaną i przestraszoną gąskę, to bardzo się mylił.

- Boże, jaka ja jestem głupia – rozpoczęła szeptany monolog. – Zamiast zapytać o co tu chodzi, jakie ma plany, ile chce za uwolnienie? to pytałam o jego płeć i takie tam. Niezła ze mnie negocjatorka. Muszę się przygotować na kolejne spotkanie. Trzeba się dowiedzieć, czego ten piździelec ode mnie chce. Bo przecież musi czegoś chcieć.

Nie potrafiła sobie przypomnieć nic z samego porwania. Bo to przecież musiało być porwanie. Sama tu przecież i do tego dobrowolnie nie przyszła. Nie przykuła się łańcuchem do ściany i nie przytaszczyła tych wszystkich akcesoriów. W tamtym barze trochę przesadziła z alkoholem i teraz czuła silne pragnienie. Raz jeszcze rozejrzała się, ale teraz już uważniej. Tym razem szukała konkretnej rzeczy. Coś się stało z jej torebką. Miała tam klucze od mieszkania, dokumenty, telefon, pieniądze i całą gamę przedmiotów niezbędnych każdej kobiecie. To, że zabrał jej rzeczy osobiste, a zwłaszcza telefon powinno być oczywiste, a jednak ją to zaskoczyło.

- Okradłeś mnie, fiucie! – krzyknęła, aż echo odbiło się od ścian.

Ten okrzyk, jak gdyby odarł ją z energii. Wszystko wokół zrobiło się niczym wykonane z gęstego, ale przezroczystego żelu. Coś lub ktoś ścisnął jej mózg niewidzialną obręczą tamując przepływ myśli. Poczuła się senna i niezmiernie znużona. Ziewnęła przeciągle nie zasłaniając ust. Zerknęła na swoje stopy i zaskoczona stwierdziła, że nie ma butów

Skurwiel zabrał mi też buty! pomyślała. Torebkę, buty i ciekawe co jeszcze? No, chociaż rajstopy zostawił. To chyba dobrze. W tych pieprzonych rajstopach czuję się chyba lepiej, chociaż nie mam pojęcia dlaczego. A wziął, to wziął, co mi tam. Co bym tu niby miała robić w szpilkach. Zaraz, ale czy ja byłam w szpilkach, czy może w tych brązowych czółenkach? Ale czy one były na pewno brązowe? Myślenie sprawiało coraz większe problemy. Gdyby teraz ktoś ją zaczął przepytywać z tabliczki mnożenia, to zapewne poległaby z kretesem nawet na najprostszych działaniach.

Przypomniała sobie tego mężczyznę na wózku inwalidzkim, który twierdził, że też jest uwięziony. Wspominał również o tym, że porywacz ich zabije. Coś też chyba mówił o jakimś dziecku, ale za to akurat nie dałaby sobie ręki obciąć. Tak do końca to nawet nie była pewna, czy to się wydarzyło naprawdę, czy może to tylko wyśniła. Nie chciało jej się analizować tego dylematu. Zapyta o to później. Przypomniała sobie o butelce i szybko przystawiła ją do ust. Pragnienie sprawiło, że straciło na znaczeniu, czym woda została naszprycowana. Wypiła kilka łyków i odstawiła butelkę na bok.

Powtórnie ziewnęła i najdelikatniej jak potrafiła położyła się na boku. Teraz już tylko chciała spać. Nic już jej nie obchodziło, że jest przykuta łańcuchem, a intencje mężczyzny są nieznane. Tak, tak, teraz już tylko chciała zasnąć i odpocząć. Sen był w tym momencie dla niej priorytetem. Reszta się nie liczyła. Nawet nie zauważyła, kiedy w pomieszczeniu zgasło światło.

## *3.*

- No odbierz wreszcie dziewczyno. No dalej. Co jest z tobą, na Boga?

Julian Kosma dosłownie pięć minut temu odebrał telefon od organizatora pokazów futer w Łodzi. Niejaki Wróblewski, szycha na tamtym terenie oznajmił mu, a właściwie poskarżył, że od pół godziny próbuje połączyć się telefonicznie z Dorotą, ale ona nie odbiera. Chciał z nią ustalić warunki na jakich wystąpi za tydzień na terenie kompleksu zwanego Manufakturą. Pokaz miał się odbyć pod gołym niebem, po zmroku i miała wziąć w nim udział krajowa śmietanka modelek. Jego rozmówca postawił ultimatum, że jeżeli Dorota nie porozmawia z nim w ciągu godziny, to znajdzie kogoś w jej zastępstwie. W grę wchodziły spore pieniądze, których nawet Dorota nie powinna odpuścić, nie wspominając o krzywdzie jaką by wyrządziła własnemu wizerunkowi. Julian natychmiast zapomniał o kłótni i obiecał mężczyźnie, że się tym zajmie. W końcu jego dziewczyna nie mogła sobie pozwolić na odpuszczenie tak intratnej imprezy. Nie wspominając już, że w ten sposób mogła zrazić do siebie innych tuzów z tego szalonego, modowego światka.

Ruszył po raz kolejny na przechadzkę wokół salonu, nerwowo strzelając palcami prawej dłoni, podczas gdy lewa cały czas tkwiła przy uchu i prawdę mówiąc już trochę mu ścierpła. To jednak nie było ważne. Coś mu mówiło, że stało się coś złego. Oddychał ustami, gdyż wyszedł z założenia, że tak będzie ciszej i nic mu nie umknie, nawet najcichszy dźwięk, gdyby wreszcie odebrała.

Ostatnio posprzeczali się, a właściwie to pożarli. W odruchu rozpaczy upił się, jak przystało na odrzuconego kochanka, ale na drugi dzień spróbował nawiązać kontakt i przeprosić. Nie odbierała (tak, jak i teraz) i chyba nawet nie czytała jego sms-ów. Z tymi ostatnimi to oczywiście przesadzał. Nie mógł mieć bladego pojęcia, czy wzbudził jej zainteresowanie. W każdym bądź razie nie dawała znaku życia. To go specjalnie nie poruszyło. Wiedział jaka potrafi być honorowa. Czasami i kilkanaście dni czekała i planowała słodką zemstę, a po wymierzeniu kary, jeśli uznawała, że tyle wystarczy, wybaczała i znów byli razem. Tak musiało być i teraz. Musiał po prostu uzbroić się w cierpliwość, przywlec szaty pokutnika i czekać. Jednak telefon od Wróblewskiego zmieniał wszystko.

Chyba po raz piąty nagrał się na pocztę, licząc, że Dorota odsłucha wiadomości i wreszcie oddzwoni. Miała mnóstwo wad i parszywy charakter, ale posiadała również zasady, których się trzymała. Jedną z nich było to, że zawsze odbierała telefon. Czasami doprowadzała go tym do szału. Zwłaszcza, gdy telefon zadzwonił w momencie, gdy się kochali. Numer do Wróblewskiego na pewno miała w kontaktach i było praktycznie niemożliwe, aby świadomie nie odebrała, gdy dzwonił. Poza tym uwielbiała paradować po wybiegu w futrach. Zawsze przy tym twierdziła, że futra dodają jej kobiecości.

- Musiało się coś stać – zagadał do siebie na głos, gdy kolejna próba spełzła na niczym. Powtórnie nadusił kontakt do niej i czekał na właściwy sygnał, ale ponownie odbił się od ściany. Chwilę później spłynął na niego zdrowy rozsądek. – Uspokój się Julian. Dorota mówiła przecież, a właściwie krzyczała, że ma wszystkiego dosyć i chce odpocząć. Może rzeczywiście jest już zmęczona tym wszystkim? Ileż można żyć na walizkach? Każdy by miał dosyć. Pewnie zaszyła się, gdzieś daleko od cywilizacji i nie odbiera telefonu, bo tak sobie ubzdurała, bo tak chce. Już przecież kiedyś tak zrobiła. trwało to chyba tydzień, a potem wróciła, jak gdyby nic się nie stało. Na pewno tak właśnie jest i tym razem. A ja tu panikuję jak jakiś sztubak. Nie, nie będę panikował, ale z drugiej strony patrząc, to jednak jestem za nią odpowiedzialny. Podzwonię jeszcze. To przecież nic nie kosztuje.

To, że się pokłócili – zresztą już po raz enty – nie było żadną nowością. Dorota miała trudny, wręcz paskudny charakter i to zwykle przez nią dochodziło do kłótni. – Od słowa do słowa, awantura gotowa – jak mawiała jego świętej pamięci babcia. Powiedzieli sobie za dużo w nerwach i praktycznie ze sobą zerwali. Ale, czy to pierwszy raz?

Złapał się na tym, że zapętla się w wypowiedziach: Nie pierwszy raz i że to jej wina. To było oczywiste, ale po co to ciągle maglował? Wiedział doskonale z kim się związał. Poza tym w związkach bliskich sobie ludzi takie rzeczy się zdarzały. Raz częściej, raz rzadziej, ale nie było pary, która nie miałaby konfliktu poglądów.

Po dziesiątym chyba razie odpuścił. Zatrzymał się i usiadł delikatnie na szerokim, miękkim fotelu. Położył aparat na moment na oparciu i kilkukrotnie, szybko potrząsnął lewą dłonią, jak gdyby coś z niej strząsał. To mu pozwolił przywrócić kończynie pełną sprawność. Wciągnął potężny haust powietrza i ponownie złapał telefon. Teraz zaczął obdzwaniać ludzi, których Dorota znała. Nie było ich wielu i tak naprawdę nikt z tej listy – którą ułożył sobie w głowie – nie zechciałby gościć ją w swoich progach. Wykonanie sześciu połączeń zajęło mu kilka minut.

Ponownie odbił się od przysłowiowej ściany. Nikt nic nie wiedział i był najzwyczajniej w świecie przez wszystkich zbywany. Zrezygnowany spróbował pojąć, jak ci wszyscy ludzie mogli nic nie wiedzieć o losie jego Doroty, ba, nawet ich to specjalnie nie obeszło.

- Czy tak samo potraktowaliby Dorotę, gdyby wydzwaniała w mojej sprawie? – zapytał sam siebie i sam sobie szybko odpowiedział. – Nie, raczej nie.

Wstał z fotela i ruszył w kierunku barku. Złapał pękatą szklankę i wrócił na miejsce. Postawił ją na drewnianym stoliku z przeszklonym blatem, zaraz obok butelki wódki Sobieski i nalał do połowy. Wypił duszkiem i skręcił twarz z odrazą.

- Jezu, ależ to jest wręcz przepyszne – skomentował z przekąsem. – Gdyby nie te procenty, to za cholerę nie wziąłbym tego do ust.

Zapalił papierosa i zaciągnął łapczywie dymem, po czym rozparł się wygodniej w fotelu i zamknął oczy. Nie znał się na prawie, ale chyba było jeszcze za wcześnie na wszczynanie alarmu. A poza tym nie wiedział, czy zostanie potraktowany poważnie przez policję, skoro nie jest członkiem rodziny. Tak do końca to nie był jeszcze do niczego w stu procentach przekonany. Chyba najlepiej będzie jak dziś jeszcze odczeka, a jutro z samego rana pojedzie do Doroty mieszkania. Nadal przecież ma klucz. Może ją tam zastanie albo przynajmniej znajdzie jakąś wskazówkę, gdzie się ukryła? Powtórnie zaciągnął się dymem i powoli wypuścił go z płuc. Palenie zawsze wpływało na niego kojąco. Gdyby było inaczej, to zapewne już dawno temu rzuciłby to świństwo.

- No właśnie, klucz! – powiedział na głos, uniósł powieki i rozejrzał się wokoło. Oczywiście nie dostrzegł nigdzie metalowego przedmiotu. Spróbował przypomnieć sobie, gdzie go ostatnio widział i chwilę później stał już obok niewielkiego stoliczka z szufladą. Włożył do niej rękę i bez patrzenia namacał przedmiot. Triumfalnie podniósł go w górę, zgasił papierosa w popielniczce i powrócił na miejsce. Po około minucie pił już kolejną porcję alkoholu, ale tym razem pod postacią drinka. Uwielbiał wódkę z pepsi i lodem, ale teraz musiał mu wystarczyć sam napój. Oba składniki, które sobie serwował miały więc temperaturę pokojową, ale to już przestawało mieć jakiekolwiek znaczenie, bo znowu poczuł się pijany. Pijany Julian chciał jeszcze coś wypić, ale ten drugi wpadł na pomysł i za wszelką cenę pragnął go zrealizować.

Mógł wybrać jedno z dwóch rozwiązań. Ubrać się, zamówić taksówkę i pojechać w odwiedziny do domu Doroty albo ubrać się, zamówić taksówkę i pojechać w odwiedziny, ale dopiero jutro. To był dylemat na miarę Hamletowskiego: być albo nie być.

Szybko uznał, że jednak lepszym rozwiązaniem będzie spić się do nieprzytomności i zapomnieć jak wredną ma kobietę. Z jednej strony miał wyrzuty sumienia i czuł zwyczajną ludzką troskę, ale z drugiej jego męska duma podpowiadała, że dał się pozbaść, i że nie powinien się zachowywać, jak jakiś podrzędny pantoflarz. W głowie czuł już miłe uczucie samozadowolenia i euforii, które zawsze towarzyszy upojeniu alkoholowemu. Dopił resztę ze szklanki i przewartościował sobie priorytety na dzisiejszy dzień

- Dzisiaj odpuszczę – stwierdził nonszalancko. – Tak, właśnie zrobię. Jak jest taka honorowa, to niech sobie później wszystko poodkręca z Wróblewskim. Nie będę całe życie nadstawiał za nią karku, a właściwie tyłka. Ha, ha, tyłka, a to dobre! – Zaśmiał się z własnego dowcipu. – Jutro z samego rana pójdę do niej. Rozmówimy się, bo przecież jesteśmy dorosłymi ludźmi... – rozpoczął głośny monolog na dobre i nawet rozbawiło go, że już trochę sepleni. – I tak powinniśmy się zacho... zacho... zachowywać. A jak jej nie będzie to wejdę do środka i się rozeznam, co i jak. Tak właśnie zrobię, tak zrobię... ale dopiero jutro.

Drżącą ręką nalał sobie ponownie i uzupełnił napojem. Przesadził i rozlał trochę na blat. – O cholera! – zawołał. Pochylił się nad szklanką i usiorbał część z drinka.

- Boże, Dorota… – wypuścił powietrze przez nos i zamknął oczy. – Gdybyś miała dziewczyno taki charakter, jak jesteś ładna, to miałabyś wszystko. Jakie tam, ładna? – Uniósł gwałtownie powieki. – Piękna, to jest właściwsze określenie. Dlaczego, do cholery uroda nie może iść w parze z rozumem, a jeszcze lepiej z charakterem? – Przerwał i upił spory łyk. – Jezu, Dorota. Jakie my byśmy mieli piękne dzieci.

- Cholera, która to? – Julian otworzył oczy, westchnął głośno i spojrzał niezbyt przytomnym wzrokiem. Dopiero po kilku sekundach dotarło do niego, że jest w swoim mieszkaniu i siedzi w ulubionym fotelu, w którym zasnął. Poczuł suchość w gardle i natychmiast poszukał wzrokiem czegokolwiek, co by się nadawało do picia. Pusta butelka po wódce stała na podłodze obok jego prawej nogi, a plastikowa po napoju leżała otwarta i również opróżniona, na środku salonu. Musiał ją odrzucić, albo kopnąć, gdy po coś wstawał. Poczuł parcie na pęcherz, więc podniósł się niezdarnie i szybkim krokiem ruszył w kierunku toalety. Zaledwie kilka minut później stał przy otwartej lodówce i z lubością spijał z kartonika zimne mleko. Gdy zaspokoił pragnienie zerknął na ścianę w miejsce, gdzie wisiał zegar.

- W pół do dziesiątej? No pięknie. Zaraz, zaraz. Chyba miałem coś zrobić? – zapytał sam siebie i dla uzyskania natchnienia spojrzał na sufit. – Zadzwonić do firmy? Eee... nie to. Aha, już wiem. Klucz, Doroty mieszkanie, odwiedziny! Tak, właśnie. To jest na tę chwilę priorytet. W firmie nie poumierają, jak mnie dzień, czy dwa nie będzie. Piotruś tam wszystko ogarnie.

Otworzył lodówkę i pochylił, aby odstawić z powrotem mleko. Pociągnął ostro nosem i skrzywił twarz w grymasie wręcz odrazy. – Cholera, muszę wziąć koniecznie kąpiel. No i umyć solidnie zęby, bo oddechem to pewnie powaliłbym hienę.

- Boże, Dorota... Jak ja cię kocham, dziewczyno! – zawołał, ale niezbyt głośno. Chciało mu się wyć z rozpaczy, a właściwie bezradności, że nic nie jest w stanie zrobić. Brak kontroli nad ich związkiem doprowadzał go do szaleństwa. – Dobra, czas na kąpiel – stwierdził i skierował kroki do łazienki.

W trakcie kąpieli otrzymał niewielką wskazówkę od podświadomości, że powinien sobie koniecznie coś przypomnieć. Namydlając włosy, gdzieś z zakamarków umysłu wysunęła się króciutka scenka z udziałem Doroty. Skupił uwagę i próbował wyciągnąć z tego jak najwięcej. Zamknął oczy i czekał, aż przypomni sobie coś jeszcze. Na razie to był pojedynczy kadr, na którym znajdował się wizerunek twarzy. Chwilę potem spłynęło na niego nieco więcej. Zobaczył nagą kobietę leżącą na podłodze. Była do niego odwrócona plecami, ale on wiedział, że to Dorota. To trwało dosłownie sekundy, po czym obraz znikł, jak pęknięty balon. Zrozumiał, że to był fragment snu, który śnił, gdy był pijany. Mogło to być coś proroczego albo zwyczajne majaki pijaka. Wyszedł w pośpiechu z kabiny i zaczął się nieco chaotycznie wycierać. Pięć minut później schodził po schodach. Zamówiona taksówka powinna się pojawić lada chwila.

Nadusił palcem na dzwonek. Po drugiej stronie drzwi rozszedł się charakterystyczny: ding dong. Julian odczekał kilka sekund nasłuchując jakichkolwiek dźwięków zdradzających, że ktoś jest w mieszkaniu. Wcisnął jeszcze kilkukrotnie przycisk i tym razem już więcej nie czekał. Nieco chaotycznie wyciągnął klucz z kieszeni spodni i skierował go w stronę otworu zamka. Ręka mu drżała i dopiero po chwili wsunął go do środka i przekręcił. Chciał, aby ta nieco wstydliwa reakcja organizmu była spowodowana zdenerwowaniem, a nie wypitym poprzedniego dnia alkoholem. Uchylił drzwi i patrzył poprzez całą długość korytarza nie mogąc się zdecydować, czy powinien wejść do środka. Nigdy nie był tutaj pod nieobecność Doroty. Klucz dostał tylko po to, aby wejść gdy tu była, albo wyjść i zamknąć drzwi, gdy jeszcze spała.

- Julian, palancie, no dalej, wchodź – zachęcił się szeptem. – W końcu po to tu przyjechałeś.

Wszedł do środka i zamknął za sobą delikatnie drzwi. Cicho kliknął języczek w zamku, a on przypomniał sobie, że nie wyjął klucza. Powtórnie otworzył, wyciągnął klucz i ponownie zamknął, ale już nie tak cicho, jak poprzednio. Obrócił się na pięcie w stronę wnętrza i ruszył na poszukiwania. Raczej nie spodziewał się, że zastanie Dorotę śpiącą, pijaną lub coś w tym stylu. Logika sugerowała, że nie ma jej tutaj, ale i tak idąc, nawoływał ją cicho po imieniu.

Zaczął nie wiadomo dlaczego od kuchni. Zanim wszedł usłyszał głośne bzyczenie much. Wyobraźnia natychmiast podsunęła mu wizję rozkładających się zwłok i setek much zwabionych perspektywą makabrycznej uczty. Natychmiast odegnał złe myśli, ale i tak niezwykle ostrożnie wsunął głowę do środka. Jego uwagę natychmiast przykuło coś co leżało na kuchennym stole. Podszedł bliżej zwabiony ciekawością. Odetchnął z ulgą, kiedy przekonał się, że na płaskim talerzyku leżą dwie kanapki i to wokół tego latało i przysiadywało kilkadziesiąt owadów. Na obłożonym serem i chyba salami chlebie utworzyła się gruba warstwa pleśni i chyba czegoś jeszcze. Coś białego wiło się w kilku miejscach. Wzdrygnął się z odrazą. Sięgnął po talerz, chwycił go i szybko z grymasem obrzydzenia na twarzy wrzucił do kosza na śmieci. Muchy natychmiast rozpierzchły się w sobie tylko znanych kierunkach, a on mógł wreszcie spokojniej przystąpić do przeszukania. W tym momencie mógł być pewny jednego. Doroty nie było w mieszkaniu od momentu, kiedy przygotowała sobie ten posiłek, a później z sobie tylko znanych powodów nie zjadła go. Wydało mu się dziwne, że jedzenie tak szybko się zepsuło. Momentalnie jednak przypomniał sobie, że przecież przed tym pokazem, na którym się pokłócili byli w Sopocie. I to stamtąd pojechali prosto na kolejny wybieg. Jej bagaż trafił do jego mieszkania, a odebrać go miała, jak już będzie po wszystkim.

Ruszył ku kolejnym pomieszczeniom i dla pewności sprawdził również łazienkę. Obiektu jego poszukiwań, co było do przewidzenia również tutaj nie było. Wszystko w mieszkaniu, nie licząc pozostawionego posiłku było w jak najlepszym porządku. Dorota nie miała dobrego gustu, jeżeli chodzi o wystrój wnętrz i umeblowanie. Wszystko kupowała w meblowych sieciówkach, choć może się mylił i to on nie miał zmysłu estetycznego. Nie miała też duszy kolekcjonerskiej i nie posiadała nawet zaczątków kolekcji dzieł sztuki, choć było ją stać na coś takiego. Miała za to bzika na tle czystości. Potrafiła godzinami sprzątać, wycierać kurze lub myć okna. Kiedyś, gdy zaproponował jej, że przyśle tu kobietę, która sprzątała u niego, wpadła w szał. Twierdziła, że to są obowiązki, które sama sobie narzuciła, bo bardzo lubi tego rodzaju czynności, a jemu nic do tego.

Julian nie miał pojęcia, dlaczego to robi, ale wyciągnął telefon i wybrał numer właścicielki tego przybytku. Odczekał, aż ponownie uruchomiła się poczta głosowa i schował urządzenie na powrót do kieszeni. Po cichu liczył, że może jej telefon znajduje się w mieszkaniu, choć nie pojmował, dlaczego niby tak miało być. Zatrzymał się i opuścił głowę, bezradny. Jedyne, co mu teraz przychodziło do głowy to wizyta, na którymś z posterunków policji i zgłoszenie zaginięcia. Nie było sensu dłużej zwlekać.

Pomyślał o tym dziwnym śnie i przypomniał sobie jeszcze jeden szczegół, który umknął jego uwadze albo po prostu było to częścią odzyskiwania kolejnych fragmentów z układanki, która tkwiła w jego głowie. Kobieta ze snu była przykuta łańcuchem do ściany. W sumie to widział jedynie tę część, która biegła od jej ciała i kończyła się na mocowaniu w ścianie. Drugiego końca nie widział. Łańcuch znikał pod jej talią, ale to było oczywiste, że musiała być nim skrępowana.

- Porwana – wyszeptał przerażony. – To przecież oczywiste. Jak mogłem wcześniej na to nie wpaść? Moja Dorotka zastała porwana!

Zawsze miał bogatą, wręcz bujną wyobraźnię i teraz kiedy dotarły do niego oczywiste fakty zdało mu się, że słyszy jej przerażony głos. Rozumiał oczywiście, że to się dzieje w jego głowie, ale ziarno zostało już posiane. Julian, Julian! grzmiało pod czaszką, a on nie potrafił uciszyć tego głosu. Wprawdzie nigdy nie widział, żeby Dorota była przerażona, ale w tym momencie ton jej głosu oscylował na granicy paniki. Stał bezradny z opuszczonymi ramionami i próbował uciszyć ten głos. Musiał teraz przez chwilę spokojnie pomyśleć, ale jak miał się skupić skoro bez przerwy słyszał swoje imię.

- Przestań! Zamknij się, do cholery! Muszę pomyśleć! – krzyknął i natychmiast przestraszył się swojej reakcji. Jeszcze tego brakowało, żeby za kilka minut zajrzał tu jakiś wścibski sąsiad i zaczął dociekać, dlaczego u Palickiej jest tak głośno.

Stał nieruchomo nasłuchując odgłosów z zewnątrz. Nie mógł jednak skupić należytej uwagi, gdyż Dorota nadal nie dawała mu spokoju. Po kilku minutach uznał, że nikt nie usłyszał lub po prostu nie zareagował. Tak naprawdę, to w dzisiejszych czasach ludzie mieli, gdzieś, co się dzieje za przysłowiową ścianą. Dziś akurat nie miał nic przeciwko temu. Odetchnął głęboko, po czym ruszył w kierunku łazienki. Zapalił światło, otworzył drzwi, po czym wszedł do środka. Obmył twarz zimną, wręcz lodowatą wodą i wytarł ręcznikiem do sucha. Szok związany z zimnem sprawił, że wreszcie było cicho i spokojnie. Spojrzał na swoje odbicie w lustrze. Dziś zdecydowanie nie wyglądał dobrze. Wypity w ciągu kilku ostatnich dni alkohol pozostawił na twarzy właściwe pijakom piętno.

Głośne „szuuu" rozległo się gdzieś, w którymś z pomieszczeń. W jedną sekundę niemalże podskoczył z wrażenia i odruchowo odwrócił się twarzą do drzwi. Jego oczy nerwowo podrygiwały wyszukując czegoś niecodziennego. Pole widzenia z tego miejsca, gdzie stał, miał mocno ograniczone. Praktycznie widział jedynie fragment przedpokoju. Choć wcale nie był pewny, czy dobrze robi, to jednak ruszył powolnym, jak najcichszym krokiem ku wyjściu. Oczyma wyobraźni widział kogoś, kto zakradł się do mieszkania i teraz buszuje w poszukiwaniu sobie tylko potrzebnych rzeczy. To musiał być człowiek, który porwał jego Dorotkę. Tak podpowiadała logika. Przekroczył próg, zatrzymał się i poszukał wzrokiem czegoś, co mógłby wykorzystać jako broń. Oczywiście na nic takiego nie natrafił.

Nagle mieszkanie, które przecież tak lubił stało mu się całkiem obce, jak gdyby wychodząc z łazienki pomylił drogi i trafił do innego lokum. Niby wszystko było takie samo, ale w powietrzu snuło się coś tajemniczego, czego nawet nie pokusiłby się scharakteryzować. Wszedł powoli do sypialni i metodycznie zlustrował wnętrze. Kilkanaście sekund później obszedł trzy kolejne pomieszczenia. Została jeszcze kuchnia i właśnie wtedy, gdy podjął decyzję, że również tam ponownie zajrzy, właśnie z tej części mieszkania dobiegł dźwięk, który szybko porównał do ciągniętego łańcucha.

Po plecach przebiegły mu ciarki. Ponownie przypomniał sobie sen, który teraz jeszcze bardziej nabrał na znaczeniu. Jeżeli w kuchni rzeczywiście coś było, to on miał za zadanie zmierzyć się z tym czymś. Bardzo się bał, ale wiedział też, że jest coś winien Dorocie. W ten prosty sposób zmobilizował się do działania.

Chwilę jeszcze nasłuchiwał, ale dźwięk się już nie powtórzył. Odetchnął z ulgą. Wiedział, że na tej podstawie mógłby wzruszyć nonszalancko ramionami, po czym uznać, że zrobił swoje i wyjść na zewnątrz. Znał jednak siebie na tyle dobrze, żeby zdawać sobie sprawę, że i tak by tu powrócił, aby dla świętego spokoju wszystko posprawdzać. Wszedł do kuchni na krok, na metr, gotów zareagować na dosłownie wszystko, co mogłoby się ukazać jego oczom. Kuchnia była taka jak ją pozostawił kilka minut temu, czyli pusta.

- Pieprzona wyobraźnia! – warknął sam na siebie. Raz jeszcze omiótł wzrokiem wnętrze i ruszył w kierunku wyjścia.

# 4.

- Jeśli się poruszysz, choćby tylko drgniesz, suko albo tylko mrugniesz, to ci dupe skopie! – Dorota usłyszała złowieszcze słowa i zanim się spostrzegła, coś a raczej ktoś wykręcił jej ręce z tyłu i zręcznie je skrępował.

Wiedziała, że to kajdanki, choć nie rozumiała, dlaczego to się dzieje. Natychmiast przypomniała sobie, gdzie jest. Nie... guzik prawda! fuknęła na siebie. Ja nie mam bladego pojęcia, gdzie jestem! Wiem, że w jakimś dużym pokoju i to wszystko. Jakiś wewnętrzny głos podpowiadał jej, aby tym razem nie stawiała oporu, bo może źle skończyć. Jej sytuacja już teraz nie była godna pozazdroszczenia, więc posłuchała sugestii, gdyż nie chciała, żeby było jeszcze gorzej. Leżała na boku i prawdę mówiąc jej stawy mocno ścierpły, a więc i tak nie byłaby zdolna do walki. Trochę niezdarnie usiadła wykonując przy tym sporo niezgrabnych ruchów.

- O, i tak jest dobrze. Dobrze dla mnie, jak i dla ciebie, Dorotko. – Mężczyzna wyszedł zza jej pleców i ukazał jej się w całej okazałości. Nadal był ubrany w ten sam kretyński sweter i nadal był zamaskowany. Oczywiście pod tym maskowaniem mógł kryć się kto inny, ale ona poznała ten głos.

- Dla mnie? – szepnęła, zupełnie nie zastanawiając się, czy ją usłyszy. – A co w tym dobrego, że nie mogę się swobodnie poruszać?

- Tak, dokładnie. To same plusy. Nie będziesz próbowała podskakiwać, a to już jest coś. – Przykucnął dobre trzy metry od niej, co sprawiło, że przypomniała sobie o łańcuchu. Skręciła szyją i zerknęła w bok. Łańcuch leżał na podłodze zwinięty, metr od niej i wyglądał jak wąż wygrzewający się na słońcu. Natychmiast zwietrzyła szansę, aby zaatakować i uciec. Nawet nie pomyślała, że z tak skrępowanymi rękoma jest bez szans. Otrzeźwienie przyszło na czas. Na szczęście posłuchała zdrowego rozsądku i postanowiła zaczekać na rozwój sytuacji.

- Co teraz? – zapytała i spojrzała wyczekująco. To że nie widziała szczegółów jego twarzy było irytujące, a jednocześnie przerażające.

- Tak sobie pomyślałem, że może nie tak zaczęliśmy naszą przyjaźń, jak należało?

Dorota w słowach wyczuła ironię. Zbyt słabo znała tego człowieka, aby wiedzieć czy to dobry znak, czy może powinna zacząć się bać?

- Przyjaźń? Jaka przyjaźń, szajbusie? – wymsknęło jej się wbrew woli. – To chyba nie jest dobry sposób na nawiązywanie przyjaźni.

Adresat jej słów szybko się wyprostował i spojrzał na nią z góry. Skrzyżował ramiona na piersiach i mocno westchnął. To westchnienie mogło oznaczać dosłownie wszystko. Obserwowała go i próbowała dociec, czy zostanie za swoje słowa jakoś ukarana, czy może spłynęły po nim jak woda. To poniekąd banalne, ale zaakcentowane wypuszczenie powietrza z płuc mogło mieć znaczenie lub nie. Ulga, zwątpienie, irytacja, niespełniona nadzieja, pojęła jak trudno określić ludzkie emocje jeśli się nie widzi twarzy człowieka.

- Oj Dorotko, a właściwie, suko... – Wyglądało na to, że przerwał, aby chwilę pomyśleć.

Dorocie dreszcze przeszły po ciele, bo to zabrzmiało złowieszczo. Już nie czuła się obrażaną. Od tej chwili postanowiła, że nie da się wciągnąć w tę słowną wojnę. Ale jak długo wytrzyma? Na to pytanie nie znała odpowiedzi.

- Dziś jestem w dobrym nastroju! – Nagle zwrócił się do niej z nieskrywanym optymizmem, a nawet życzliwością.

Teraz już niczego nie była pewna. Nie miała bladego pojęcia, czy kpił z niej w tym momencie, czy wcześniej. Porywacz nie dał jej czasu na rozważania. Wyciągnął rękę w jej stronę i pochylił się. To było jak zachęta do tego, aby wstała. Przekręciła nogi, uklękła i wreszcie z trudem wstała. Pomimo tamtego gestu nie pomógł jej. Zastygł tylko w bezruchu, jak posąg, a ona ponownie nie wiedziała jak ma to odebrać.

- Dzięki za pomoc – mówiąc te słowa lekko się zachwiała.

Zareagował natychmiast czym ją zaskoczył. W jednej chwili był przy niej i złapał ją za ramię. Zacisnął mocno palce, czym sprawił jej ból, ale szybko poluzował chwyt, jak gdyby zrozumiał, że przesadził.

- Pokażę ci, gdzie mieszkasz. Oczywiście mówię tylko o drodze do łazienki. Nie będę cię przecież mył i kąpał. Raz dziennie będziesz mogła wziąć kąpiel. Już teraz capisz jak świnia, a co będzie potem? – Potrząsnął nią, jak niewielką gałęzią i ponownie silniej ścisnął ramię. Był teraz niecały metr od niej. Tak blisko jak jeszcze nigdy.

Zwietrzyła szansę i nie myśląc co robi z całej siły kopnęła go w najczulsze miejsce na ciele mężczyzny. Prawdę mówiąc to był jej dziewiczy cios, bo nigdy w życiu czegoś takiego nie zrobiła. Poczuła wielką satysfakcję, wręcz ekstazę, gdy zawył jak zarzynany zwierz, złapał się za krocze i opadł na kolana. Instynkt natychmiast podpowiedział jej, że należy jak najszybciej zakończyć sprawę kolejnym kopniakiem. Sekundę później jej kolano zetknęło się z jego twarzą. Tym razem opadł na bok, jęcząc i marudząc niezrozumiale. Zgubił przy tym okulary, ale ona nie miała teraz głowy, żeby przyglądać się jego oczom.

Rozumiała, że musi działać natychmiast. I w tym momencie popełniła koszmarny błąd. Zamiast odszukać kluczyk od kajdanek, który na pewno miał przy sobie, pognała biegiem w kierunku wyjścia. Gdyby chociaż zatrzasnęła drzwi, to miałaby szansę, że go uwięzi albo przynajmniej opóźni pogoń, która z pewnością musiała nastąpić. Ona jednak wyłączyła logiczne myślenie i pognała byle dalej od tego miejsca. Biegła nieporadnie, jak każdy, kto ma skrępowane za plecami kończyny. Wydostała się na korytarz i rozejrzała bezradnie. Miała do wyboru prawą lub lewą stronę. W każdym przypadku było to 50 procent szans, że dobiegnie do wyjścia i wydostanie się na zewnątrz. Nawet nie pomyślała, że wszystko może być pozamykane, a ona nie poradzi sobie ze zwykłym zamkiem. Wybrała lewą stronę, ale udało jej się zrobić zaledwie kilka kroków, gdyż poślizgnęła się na czymś śliskim i upadła z impetem. Trochę ją zamroczyło i kilka sekund trwało, zanim ponownie stanęła na nogi. Usłyszała za plecami jakiś hałas, ale nie zdążyła odwrócić się bo coś z impetem uderzyło ją w plecy i pchnęło na ścianę. Tracąc równowagę zamknęła oczy i zacisnęła zęby. Nawet nie przyszło jej do głowy, aby krzyknąć. Uderzyła prawym ramieniem w twardą powierzchnię i osunęła się oszołomiona na ziemię.

- Ty franco! – rozległo się, gdzieś ponad jej głową.

Myśliwy, który ją właśnie dopadł dyszał ciężko, z trudem łapiąc powietrze. Nie widziała go, bo miała oczy zamknięte i nie zamierzała ich otwierać. Rozumiała, że w ten sposób tylko go sprowokuje i zachęci do brutalnej reakcji. Poczuła silne szarpnięcie za włosy i wtedy po raz pierwszy krzyknęła z bólu.

- Oła, oła! Aaaa! – zawołała, ale nie wiedziała, że to jest dopiero preludium tego co ją czeka.

- Ty suko, ty pierdolona, franco! Chciałem po dobroci, ale się nie da!

Szarpnięcie powtórzyło się, ale teraz było jeszcze mocniejsze i bardziej bolesne. Skóra na głowie naprężyła się, gdy tysiące włosów zostało naciągniętych. Poczuła, że jest wleczona po posadzce. Kręciła głową próbując temu jakoś przeszkodzić, ale nic nie mogła wskórać, jeśli nie miała uwolnionych rąk.

- Zostaw mnie! Puść, proszę! – zawodziła. – To boli, zostaw mnie! Zostaw, sama pójdę. Przepraszam, że... Oła, to boli! O Jezu, puść! Przepraszam, przepraszam, puść, słyszysz?! Zostaw, ja prooooszę!

Wierzgała nogami próbując tak je przekręcić, aby stanąć, a właściwie spróbować podnieść się. Było to jednak niemożliwe, gdyż leżała na plecach i cały czas była w ruchu. Jedyne co mogła zrobić to modlić się albo prosić tego człowieka, żeby przestał. On jednak nie myślał przestać. Szedł powoli, jak gdyby specjalnie, aby tylko wydłużyć czas w jakim zadawał jej ból. Rozumiała, że powinna przestać walczyć, to wtedy nie będzie aż tak mocno bolało. Nogi jednak nie słuchały i nadal podejmowały nieudolne próby, a im bardziej się starały tym mocniej odczuwała ból.

- Zostaw mnie! Będę już grzeczna! Zostaw, zostaw, ty głupi... – Ból nie pozwolił jej dokończyć. Nie wiedziała już czy boli ją cała głowa, czy tylko skóra, która była siedzibą dla tysięcy cebulek włosowych. Oczami wyobraźni widziała siebie zakrwawioną i oskalpowaną. Nie miała przecież pojęcia ile mogą wytrzymać tak delikatne twory natury jakimi są cieniutkie włosy. Niespodziewanie ból nieco zelżał, co sugerowało, że naciągnięte włosy zostały już chyba uwolnione.

- A teraz leż! Leż i nie waż mi się drgnąć, bo cię zabiję, ty pieprzona franco!

Gdy usłyszała ten nakaz dopiero wtedy zrozumiała, że już ją nie wlecze. Leżała nieruchomo, tak jak kazał, ale głowa nadal bolała i nie zanosiło się, żeby ból miał zelżeć. Oczy miała na wpół przymknięte, ale zupełnie nie miała ochoty patrzeć na to co się wokół dzieje. Teraz pragnęła tylko jednego, żeby przestało boleć. Płakała, choć wcale tego nie chciała. Łzy jakoś tak same wydostały się na zewnątrz i były zapewne spowodowane doznanymi wrażeniami.

- Masz dwa wyjścia. Słyszysz co mówię? – tym razem męski głos był już spokojniejszy. Trącił jednak czymś nieokreślonym, co nakazywało podporządkować się bez dyskusji.

- Słyszę – odpowiedziała, otworzyła szybko oczy i spojrzała w górę.

- Odstawiłaś numer, który zasługuje na ból, dużo bólu! Ty skretyniała, durna babo, czy wreszcie pojmiesz, że nie jesteś już na tym swoim pierdzielonym wybiegu?! – opluł się, gdy wykrzykiwał te słowa. – To tutaj, to jest mój świat i to ja tu rządzę, zrozumiałaś?! – złapał ją za nadgarstek i mocno potrząsnął ręką. Ponieważ uchwycił miejsce, gdzie wcześniej obtarła sobie skórę, to mimowolnie zasyczała z bólu. Tym razem jednak nie poluzował uchwytu. Ręce nadal miała skute za plecami, dlatego każde potrząśnięcie sprawiało, że jej tułów poruszał się niczym w chaotycznym tańcu.

- Ttak, tak – ledwie wyartykułowała te dwa krótkie słowa. Czuła teraz drżenie całego ciała i nie potrafiła tego w żaden sposób powstrzymać.

- Zrozumiałaś, suko?! Powiedz, że zrozumiałaś, co powiedziałem! – Ostatnie słowa niemalże wycharczał.

- Zrozumiałam, zrozumiałam, zrozumiałam – Zaczęła jeszcze mocniej płakać. W sumie to już nie wiedziała co się z nią dzieje. Organizm sam reagował, bez pytania jej o zgodę. Zacisnęła dłonie w pięści i czekała. Co teraz, co teraz? pytała samą siebie. Bała się, że za moment spadnie na nią seria brutalnych ciosów. Ku jej zaskoczeniu puścił jej rękę, ale to wcale nie oznaczało, że jest już bezpieczna. Ten człowiek wydawał się być nieobliczalny.

- I dobrze – powiedział teraz już prawie ugodowo. – Tak jak mówiłem... Mam tu wodę w butelce, którą zaraz wypijesz i pięknie mi tu zaśniesz albo będę cię tak długo katował, aż stracisz zmysły. Woda czy pięści? Masz wybór – uśmiechnął się tajemniczo.

- Woda, jasne, że woda – powiedziała na tyle wyraźnie, żeby nie musieć powtarzać i pokornie wyciągnęła rękę.

## 5.

- Panie aspirancie? – Młody posterunkowy wsunął głowę do pokoju, w którym przebywało kilku umundurowanych mężczyzn i nieco lękliwie patrzył na jednego z nich.

- Jurek, młody do ciebie coś mówi. – Wysoki i korpulentny mężczyzna, którego pagony świadczyły, że jest sierżantem klepnął sąsiada w ramię i kiwnął głową w stronę drzwi. Adresat tego gestu powędrował wzrokiem we wskazanym kierunku, a kiedy przekonał się o co chodzi skrzywił twarz z niesmakiem.

- Przerwę mam – stwierdził i powędrował wzrokiem po pozostałej trójce. – A właściwie to mamy – dodał.

- Ale to chyba ważne – posterunkowy wcisnął szyję w ramiona, jak gdyby obawiał się, że ktoś mu zaraz zechce urwać głowę, za to, że przeszkadza.

- No dobra. Co tam, Piotrek? Czego znowu nie wiesz albo nie rozumiesz? A ty Waldek nie klep mnie co chwila, bo mi ramię uszkodzisz.

- Przyszedł taki jeden pan i mówi, że chce zgłosić zaginięcie, ale ja nie wiem, czy może, bo nie jest członkiem...

- Członkiem to ty jesteś. – Starszy aspirant przerwał posterunkowemu. Wstał z krzesła i pokiwał głową, jak gdyby z niedowierzaniem. Skrzywił przy tym twarz w grymasie beznadziei wymieszanej z rezygnacją i ostentacyjnie potarł nos. Otworzył usta, ale nie zdążył nic powiedzieć.

- Nie jest członkiem rodziny, tak? – Sierżant wydawał się rozbawiony dokańczając wątek. – Dobra Jurek, siadaj z powrotem na tyłku. Ja się zajmę młodym, a właściwie to jego interesantem. Pokaże mu co i jak, żeby nam jak najmniej zawracał gitarę. Będziesz mi chłopie wisiał piwo.

Sierżant wstał odsuwając przy tym krzesło niemalże jednocześnie z siadającym aspirantem. Klepnął kolegę jeszcze raz w ramię, ale tym razem nieco mocniej, po czym ruszył w kierunku drzwi z uśmiechem na ustach, co poprawiło nieco nastrój młodego policjanta.

- Prowadź młody. – Identyczny cios – gdy sierżant wyszedł na korytarz – spadł na ramię posterunkowego, ale ten tylko uśmiechnął się triumfalnie i szybko powiedział: – Za mną panie sierżancie. Facet czeka w ósemce.

- Mówiłem już Piotruś, że masz mi mówić Waldek, jak nikt nie słucha. Zrozumiałeś?

- Tak jest! To znaczy, jo.

Julian Kosma nerwowo bębnił palcami o blat biurka, przy którym go posadzono. Po drugiej stronie właśnie rozsiadał się policjant o słusznej posturze. Znał się na policyjnych stopniach, dlatego nie sprawiło mu problemu stwierdzenie, że jego sprawą zajmie się sierżant, a młody posterunkowy z jakichś nieznanych powodów usiadł pod ścianą. Pomimo tego, że nie przebywał w tym miejscu w charakterze zatrzymanego czy podejrzanego, to jednak bardzo się denerwował. Próbował się uspokoić, ale niestety bezskutecznie. Nigdy tak naprawdę w jakimś poważniejszym stopniu nie miał zatargów z prawem. Ot, złapał jako kierowca kilka mniejszych lub większych mandatów, ale to było wszystko. Po raz pierwszy w życiu gościł na komisariacie i choć był tu w charakterze praworządnego obywatela, który spełnia swój obowiązek, to jednak nie czuł się tutaj dobrze. Musiał jakoś znieść ten dyskomfort, załatwić wszelkie, niezbędne formalności, a potem grzecznie wyjść. Opuścił nieco głowę, ale „spode łba" obserwował, co robi sierżant.

Po co ja się tak denerwuję? A co by było, gdybym był aresztowany? Pewnie bym dostał zawału, pomyślał i to stwierdzenie sprawiło, że nieco się rozluźnił.

- Pozwoli pan, że się przedstawię.

- Nie trzeba panie sierżancie – Julian wszedł niejako w słowo policjantowi. Chciał niejako od ręki załatwić biurokratyczne sprawy, aby jak najszybciej rozpoczęto poszukiwania.

- Dlaczego? – brwi sierżanta wspięły się nad wyraz wysoko tworząc wygięty ku dołowi łuk.

- Trzeba się śpieszyć, a poza tym myślę, że więcej się już nie spotkamy, tak więc pańska godność nie ma dla mnie żadnego znaczenia. Przepraszam, jeśli to źle zabrzmiało, ale myślę, że czas gra tu nietuzinkową, jeśli nie decydującą rolę. – Julian wypowiedział swoją kwestię niezwykle szybko, jak gdyby miał ten tekst przygotowany już dużo wcześniej.

- Ma pan rację, że to źle zabrzmiało, panie… – policjant przerwał i zerknął na kartkę leżącą na blacie, po czym dokończył – Kosma. A więc chce pan zgłosić zaginięcie osoby?

- Nie, proszę pana. – Kosma poprawił nieco nerwowo swoją pozycję. – Ja nie chcę zgłosić, a zgłaszam.

Sierżant popatrzył na niego poprzez przymknięte powieki i wziął długopis do ręki. Przez chwilę bawił się nim nad czymś się wyraźnie zastanawiając. W końcu chrząknął, spojrzał na swojego młodszego kolegę i powiedział: – Zatem dobrze. Miejmy to już za sobą. Kim jest osoba, o której los tak się pan niepokoi?

- Już mówię, panie sierżancie. To moja znajoma, yyyy… przyjaciółka, a właściwie to narzeczona. – Julian przełknął głośno ślinę i uśmiechnął krzywo, co zapewne w jego mniemaniu miało coś oznaczać. – Dorota Palicka ma 22 lata. Wysoka blondynka, długie włosy, bardzo ładna i zgrabna, taka wie pan…? Jest modelką i to jedną z tych lepszych.

Sierżant słuchał jego wywodu lekko odchylony do tyłu, ale nic nie notował. To wydało się Julianowi bardzo dziwne, bo przecież opisywał wygląd osoby, którą w jego mniemaniu miała szukać cała Policja w tym kraju.

- Nie notuje pan? – spytał i spojrzał znacząco na nie zapisaną kartkę.

- Fotografia…

- Słucham? – Julian nie zrozumiał w jakim kontekście policjant wypowiedział to słowo. Być może to była jego wina, gdyż zbyt się śpieszył pragnąc załatwić formalności.

- Potrzebne jest zdjęcie, panie Kosma. Ma pan zdjęcie zaginionej? Najlepiej takie, no wie pan, aktualne. Miałem już takie przypadki, kiedy ludzie przynosili zdjęcia sprzed dziesięciu, czy nawet dwudziestu lat, bo w ich mniemaniu zaginiony dobrze na nim wyszedł.

Julian był przygotowany na taką ewentualność. Natychmiast sięgnął do portfela i wyciągnął z jednej z przegródek zdjęcie Doroty, które zrobiła, gdy zdała egzamin na prawo jazdy. To było pół roku temu, a więc fotografia była aktualna. Ponad blatem podał sierżantowi i rozsiadł się na tyle wygodnie, na ile pozwalało krzesło.

- To...? – sierżant pokręcił dłonią przyglądając się niewielkiej fotografii. – Nie ma pan nic większego? – Spojrzał na Juliana niemalże z wyrzutem.

- Nie mam – odpowiedział kończąc delikatnym chrząknięciem.

- Jak to pan nie ma? Mówi pan, że to modelka i do tego topowa, a ja myślę, że modelki to raczej mają problemy z paparazzi. Powinien pan tu przyjść ze stertą zdjęć i przez dziesięć minut byśmy wybierali najbardziej odpowiednie. Mam rację?

- Widzi pan... – Julian postanowił szczerze odpowiedzieć. To rzeczywiście wyglądało na czyste kretyństwo, że miał tylko coś takiego. – Moja Dorota zawsze, to znaczy nigdy nie była zadowolona ze zdjęć, na których była. Wszystkie, które miałem w domu powyrzucała. Podarła, rozbiła ramki i wrzuciła do kosza. Tylko to jedno uratowałem.

- A w komórce? – sierżant patrzył na Juliana z lekkim rozbawieniem.

- Pan się śmieje ze mnie? – Julian poczuł się urażony.

- Broń Boże, panie Kosma. Tylko, że sytuacja jest troszeczkę nietypowa. To ma pan w telefonie jakieś wyraźne zdjęcia, czy może zostały wykasowane przez pana dziewczynę, ups... przepraszam narzeczoną? – Odegnał ręką muchę, która akurat usiadła mu na policzku.

- Mam tylko to.

- No trudno. – Raz jeszcze przyjrzał się, ale tym razem nieco dłużej fotografii, po czym spojrzał na policjanta siedzącego pod ścianą. – Posterunkowy zeskanujcie to zdjęcie.

- Tak jest. – Młody chłopak zerwał się z krzesła i już po kilku sekundach zostali we dwójkę.

- To co pan myśli o tym zniknięciu, panie Kosma? – Sierżant splótł dłonie jak do modlitwy i patrzyła teraz na Juliana z wielką uwagą. Miał bystry wzrok i biła od niego pewność siebie, którą zapewne zbudował poprzez lata służby, gdy miał do czynienia z przeróżnymi ludźmi i sprawami.

- Ja myślę, że ona... – Julian przełknął ślinę i przez moment zastanawiał się jak wyjaśnić i opisać swoje spostrzeżenia. – Uciekła – dokończył i odetchnął z ulgą.

- Uciekła, powiada pan?

- Dokładnie. Widzi pan trochę się posprzeczaliśmy.

- Ile ta kobieta ma lat, bo wyleciało mi z głowy? – sierżant oparł nadal splecione dłonie na biurku i nie przestawał prześwietlać Juliana wzrokiem.

- Dwadzieścia dwa. – Julian specjalnie rozwlókł te dwie liczby, aby policjant wreszcie je sobie zakodował, a w myślach dodał, że byłoby inaczej gdyby ten głąb wszystko notował.

- Podsumujmy zatem, panie Kosma. – Sierżant zabrał ręce z biurka, wycofał się i rozsiadł wygodnie na swoim krześle. – Dorosła kobieta odchodzi od pana albo nawet wyrzuca pana ze swojego życia, a pan chce zgłosić zaginięcie, czyż nie tak?

- Tak. – Julian również chciał rozsiąść się wygodnie, ale nadal odczuwał olbrzymie zdenerwowanie.

- A w trakcie tej kłótni coś mówiła ta pani?

„Zostaw mnie w spokoju. Mam dosyć ciebie, tego twojego kretyńskiego uśmieszku i tego wszystkiego co związane z tym wszystkim. Mówię o modzie, jak byś nie zrozumiał. Odchodzę, uciekam, robię sobie przerwę. Nie ma mnie dla nikogo, a zwłaszcza dla ciebie! Muszę odpocząć od tego chujostwa. Wyjadę gdzieś, gdzie nikt mnie nie namierzy i, i..." – Na kilka sekund powróciło wspomnienie sprzed kilku dni. Aż dziw, że wszystko tak dokładnie zapamiętał. Być może było to na tyle traumatyczne, że zapisało się na trwale w jego pamięci i co jakiś czas będzie powracać.

- Mówiła, a właściwie krzyczała, że ma wszystkiego dosyć i chce odpocząć – odpowiedział na tyle spokojnie na ile było go w tej chwili stać. Głos jednak musiał mu zadrżeć, gdyż sierżant zmienił nieco nastawienie i teraz patrzył na niego ze współczuciem.

- Od pana?

- Ode mnie i od wszystkiego, bo czuje się zmęczona.

- Czyli jest taka możliwość, że pani Dorota Palicka po prostu sobie gdzieś wyjechała i ma wszystko i wszystkich gdzieś, bo musi zwyczajnie odpocząć?

Julianowi trudno było polemizować z tak rzeczową, logiczną argumentacją. Dorota bywała nieprzewidywalna i czasami traciła poczucie, na ile może sobie pozwolić. Zwykle to on ratował jej tyłek. Tak mogło być również tym razem. Istniał jednak jeden mały, ale istotny warunek – musiała nawiązać z nim jakiś kontakt. To walenie głową w mur było niezwykle frustrujące i co by nie mówić, poniżające.

- Tak może być, panie sierżancie.

- No widzi pan... – Na twarzy policjanta zakwitł kwiecisty i niewątpliwie szczery uśmiech. – Ja oczywiście muszę przyjąć od pana zgłoszenie o zaginięciu, ale niech się pan zastanowi. Dorosła osoba po kłótni z panem oznajmia, że wyjeżdża gdzieś w nieznane i zamierza odpocząć od różnych... – przerwał i popatrzył na Juliana znacząco – rzeczy. Gdy człowiek ma czegoś serdecznie dosyć to raczej zamierza odciąć się od wszystkiego, co by się kojarzyło z nieprzyjemnymi sytuacjami. Jak znam życie, to pani Palicka nie odbiera telefonów i nawet nie odpisuje na sms-y. Musi pan jej dać czas. To jak, panie Kosma, piszemy czy nie piszemy?

Julian na moment zamknął oczy i ciężko westchnął. Może ten policjant miał rację? Może niepotrzebnie panikuje? Co to by było, gdyby Dorotę, gdzieś na mazurach albo w górach dopadła policja? Wtedy dopiero by mu się dostało.

- Nie, nie piszemy. Ma pan rację. Przepraszam, chyba się wygłupiłem.

- Panie Julianie. – Policjant po raz pierwszy zwrócił się do niego po imieniu. – Ręczę panu, bo znam życie, że pani Dorota za kilka dni odezwie się i wróci do pana z podkulonym ogonem, a jeśli nie z ogonem to przynajmniej szczęśliwa i wypoczęta.

- Oby – spuentował i zaczął się podnosić.

- A jest już nasz Piotrek! – Sierżant uśmiechnął się do posterunkowego, który właśnie podchodził do biurka. – Zeskanowałeś?

- Tak panie sierżancie, proszę. – Wysunął rękę z fotografią.

- Nie mnie. To jest własność tego pana. – Sierżant wskazał właściwą osobę.

Kosma odebrał zdjęcie, podziękował i wyszedł z pokoju. Niby zakończył sprawą, ale cały czas toczył wewnętrzną walkę dwóch opcji, z których żadna nie górowała nad tą drugą.

Jakiś czas później Julian wszedł dziarskim krokiem do pub-u, który według pewnego taksówkarza miał najgorszą renomę w mieście. Zatrzymał się po dwóch krokach i omiótł wzrokiem wnętrze. W jego stronę spojrzało kilkoro par oczu, ale większość bywalców zignorowała jego osobę. Tak do końca nie rozumiał swojego postępowania. Jednak, gdy tylko opuścił posterunek pożałował, że tak łatwo dał się spławić tamtemu sierżantowi. Od samego początku nie było pomiędzy nimi przysłowiowej chemii i być może przez to właśnie tak łatwo zrezygnował. W momencie, gdy podejmował decyzję wydawało mu się, że ma rację, jednak pół godziny później jego poglądy obróciły się o 180 stopni. Spędził ten czas siedząc na ławeczce w parku i wspominając te najmilsze chwile, które przeżył z Dorotą. Jak się okazało wcale nie było ich tak wiele. Musiał się naprawdę nagłowić, aby wyszukać w pamięci pozytywy. Skoro tak było, że ich związek okazał się toksyczny, to on musiał być ślepy albo bardzo zakochany. Czy czuł, że kocha? nie potrafił odpowiedzieć twierdząco. Wiedział jednak, że ma wobec Doroty pewnego rodzaju dług, który powinien spłacić, zanim się rozstaną. I choć rozumiał, że z tą kobietą nie należy wiązać przyszłych losów, to jednak był zbyt słaby, aby z nią zerwać.

To było godzinę temu, a teraz, gdy tutaj trafił z dwoma kopertami, w których było po pięć tysięcy złotych, ku swojemu zaskoczeniu stwierdził, że pewność siebie go opuściła. Zupełnie, jak gdyby zostawił ją przed wejściem do tego przybytku, jak zostawia się rower, zanim wejdzie się do sklepu. Nadal wpatrywał się bezmyślnie w jakiś nieokreślony punkt w pomieszczeniu pełnym ludzi. Rozumiał, że nie może tak stać bez końca, jak jakiś kretyn. Wiedział, że powinien gdzieś usiąść i zamówić coś do picia. Nie miał jednak pojęcia jak to rozegrać. Należało usiąść przy wolnym stoliku, czy może wręcz przeciwnie, dosiąść się do kogoś? Rzadko bywał w takich miejscach, a teraz jeszcze miał dodatkowo misję do wykonania, którą sam sobie wyznaczył. Potrzebował kogoś, kto zna życie oraz ma pewne układy, czyli osobę, która odnajdzie jego Dorotę i da mu znać, gdzie ona przebywa. Nawet gdyby miała dostać szału, że ktoś jej przeszkadza, to jednak będzie przynajmniej wiedział, gdzie jest. To miejsce kojarzyło mu się ze światkiem przestępczym, a tacy ludzie zwykle wiedzieli więcej od policji.

Zwrócił uwagę na samotnego mężczyznę, który siedział odwrócony do niego tyłem. Chwilę jeszcze zwlekał, ale uznał, że tam właśnie usiądzie. Ruszył wolnym krokiem, zastanawiając się, jak powinien zagadać.

- Wolne? – zapytał i spojrzał na mężczyznę z góry.

- Siadaj – odpowiedź była krótka i nie dawała pola do interpretacji.

Julian odsunął krzesło, usiadł i zaczął szukać menu. Niczego takiego nie dostrzegł na stole, przy którym teraz siedział. Zerknął na mężczyznę naprzeciw siebie, aby choć pobieżnie przekonać się, z kim ma do czynienia. Zobaczył ogolonego na łyso, około trzydziestoletniego mężczyznę, który raczej nie wyglądał mu na bystrzaka. Facet był dobrze zbudowany, a opięta koszulka z krótkim rękawem podkreślała jego budowę. Na stole przed nim stała opróżniona do połowy szklanka z piwem, a obok leżała książeczka z krzyżówkami. Mężczyzna wpatrywał się w nią, bawiąc się jednocześnie długopisem

- Ktoś tu podejdzie, czy trzeba wołać? – zagadał.

Mężczyzna podniósł wzrok i spojrzał na niego zza na wpół przymkniętych powiek. Nie wyglądał na uszczęśliwionego, że ktoś mu przeszkadza. Postukał przez chwilę długopisem o blat stolika, a potem głośno sapnął.

- Tu nikt nie przyjdzie. Trzeba podejść i zamówić.

- Dzięki – Julian uśmiechnął się, wstał hałasując przesuwanym krzesłem i ruszył w stronę kontuaru. Kilka minut później wrócił z dwiema szklankami piwa.

- Proszę, to dla pana – powiedział stawiając pełną szklankę obok tej, która była już opróżniona w dwóch trzecich.

Zaskoczony mężczyzna spojrzał najpierw na Juliana, a później na piwo i z powrotem na niego. W jego spojrzeniu kryła się nieufność i coś jeszcze. Przez chwilę mierzyli się wzrokiem. Julian niemalże od razu uciekłby od tej konfrontacji wzrokowej, ale chciał uchodzić za twardziela.

- Panie... ja nie jestem pedałem. Pomyliłeś pan lokale, no i człowieka. – Mężczyzna wycedził przez zęby pełne negatywnej energii słowa.

- Ja też nie. – Julian zareagował bardzo szybko. Nigdy by nie przypuszczał, że jego gest zostanie w ten sposób odebrany. To na pewno nie było dobre preludium do tego, co chciał zaproponować temu mężczyźnie.

- To po co to piwo? – mężczyzna odłożył długopis. – Nie ma nic za friko. Czego pan chcesz?

- Konkretny człowiek, to mi się podoba – Julian wypowiedział to ze szczerym uśmiechem na twarzy. Zamierzał nawet podać mu dłoń, ale ten gest mógł zostać opacznie zrozumiany. – Jest robótka do zrobienia. – Upił duży haust piwa. Za jego plecami przesunęło się krzesło, a on domyślił się, że ktoś tam usiadł.

- Panie, ja nie chcę mieć do czynienia z glinami. Nikt tu pana nie zna i nikt dla pana nie zaryzykuje pójścia do pierdla. To tak nie działa.

- Nie chodzi o łamanie prawa – wyjaśnił szybko.

- To o co? – Mężczyzna miał teraz na twarzy wypisane wyraźne zainteresowanie.

- Sprawa wygląda tak. Szukam pewnej kobiety.

- Zniknęła? – Towarzysz Kosmy zaczął drapać się po przedramieniu, jak gdyby nagle dostał wysypki.

- Właściwie to uciekła, a ja muszę ją odnaleźć.

- To duży kraj – powiedział to niby od niechcenia. – Zna pan jakieś detale, szczegóły?

- Oczywiście, że znam, no i dobrze zapłacę.

- Ile?

- Dziesięć tysięcy, plus zwrot kosztów.

- Okeeej. – Mężczyzna specjalnie wydłużył ten zwrot, jak ktoś, kto jeszcze potrzebuje chwili do zastanowienia.

- Czyli bierze pan to?! – Kosma zapytał podniesionym głosem. Bił teraz od niego krańcowy wręcz optymizm. Pomimo tego, iż nie usłyszał jeszcze potwierdzającej odpowiedzi, to wiedział, że oto znalazł właściwego człowieka

- Biorę, biorę, ale będzie potrzebna zaliczka – Rozmówca Kosmy uśmiechnął się chytrze, ale na tyle dyskretnie, że ten grymas nie został wychwycony.

- Tak, oczywiście! – odpowiedział uradowany. Szybko sięgnął do kieszeni i wyciągnął jedną z kopert. – Tu jest pięć tysięcy. – Ściszył głos, gdy wymieniał kwotę. Dam panu moją wizytówkę i podam adres, gdzie ma pan podjechać, żebym dał jakieś zdjęcie. – Wstyd mu było, że ma tylko jedną fotografię. Pamiętał, że w domu miał ukrytą gazetę, gdzie była dosyć wyraźna podobizna Doroty.

Mężczyzna wysunął rękę ponad stolikiem i odebrał od niego kopertę. Otworzył ją i zajrzał do środka. Na jego twarzy zawitał tajemniczy uśmieszek, który jednak szybko znikł.

- Dobra, dawaj pan ten adres i numer telefonu. Muszę też wiedzieć, jak się nazywa ta babka. Wieczorem do pana podejdę po to zdjęcie.

Julian zrobił wszystko o co prosił mężczyzna, a imię i nazwisko napisał na krzyżówce. Mężczyzna wstał, chwycił przyniesioną przez

Juliana szklankę i w kilka sekund ją opróżnił. Odstawił ją, cicho beknął i popatrzył na niego z góry.

- To do wieczora, panie?...

- Julian Kosma. – przedstawił się pomimo tego, że mężczyzna przed chwilą wczytywał się w wizytówkę. Był jednak zbyt podniecony, aby logicznie myśleć.

- No właśnie. – Mężczyzna po wypowiedzeniu tych słów obrócił się na pięcie i w pośpiechu wyszedł z lokalu, po drodze chowając kopertę do tylnej kieszeni spodni.

Julian odetchnął z ulgą. Udało mu się w końcu załatwić to po co tu przyszedł. Zadowolony zamknął oczy i delektował się chwilą. Zaraz wypije to piwo, które zamówił i wróci do domu.

- Frajer. – Usłyszał za plecami. Słuch miał dobry, a to, że to określenie jest adresowane do niego wyczuł instynktownie. Odwrócił się i ujrzał starszego, otyłego człowieka, który z racji wieku mógłby być jego ojcem.

- Pan to powiedział? To było do mnie? – Julian musiał się upewnić.

- Może najpierw się przedstawię, panie Kosma. Nazywam się Robert Bakan. Podsłuchiwałem waszą rozmowę. Wie pan, takie zboczenie związane z zawodem jaki kiedyś wykonywałem.

- Policjant, zgadłem? – Julian był pewny odpowiedzi. Było w tym człowieku coś, co wręcz krzyczało: Jestem byłym gliną.

- Dokładnie. Byłem kiedyś, a teraz od pięciu lat na emerytce. Nudzę się, dlatego tu przychodzę. Lubię obserwować ludzi.

- A mnie dlaczego pan wybrał?

- Przyszedł pan tu i stanął w wejściu, niepewny co dalej, jak gdyby od jakiegoś wyboru zależało co najmniej czyjeś życie, a przecież to tylko knajpa. Dopiero po chwili podszedł pan do stolika, a później zaserwował obcemu facetowi piwo. To było oczywiste, że chce pan coś załatwić.

- A skąd pan wie, że nie znam tamtego człowieka?

- Bo przychodzę tu regularnie i znam tego gościa, a pana widzę tu po raz pierwszy.

- No dobra, to nawet logiczne... – Julian obrócił krzesło, przestawił piwo na drugi stolik i oparł łokcie na stole, wsuwając jednocześnie splecione palce pod brodę.– Ale dlaczego nazwał mnie pan frajerem.

- Frajerem, naiwniakiem, a nawet głupcem. Nie chcę pana obrażać, ale przed chwilą dał pan obcemu kolesiowi piątaka i liczy na to, że jeszcze go zobaczy.

- Mamy umowę. – Julian zaczynał rozumieć o co chodzi temu człowiekowi.

- Aaaa, umowę. Hi, hi. Spisaną na piśmie w obecności notariusza z zabezpieczeniem na wypadek nieprzewidzianych trudności. – Bakan wyraźnie teraz drwił z Juliana. – A do tego nawet pan nie zapytał jak on się nazywa. Sam pan widzi...

- Uważa pan, że źle zrobiłem?

- Źle? Panie, pan jesteś naiwny jak dziecko. Facet dostał za nic pięć tysiaków. Myśli pan, że do pana przyjdzie i łącznie za dziesięć tysięcy będzie jeździć po kraju i wypytywał o pana kobietę. Na pewno już wyrzucił pana wizytówkę na śmieci, a krzyżówki z nazwiskiem poszukiwanej nawet nie zabrał ze sobą.

Julian odwrócił głowę i spojrzał na stolik. Rzeczywiście na blacie leżała książeczka z krzyżówkami, tak jak ją tamten człowiek położył.

- Boże!... Jestem idiotą. – Julian w końcu zrozumiał, że zrobił z siebie błazna. Jak mógł być aż tak głupi? Oczywistym było, że nie miał doświadczenia w tego rodzaju sprawach, ale to go tak do końca nie usprawiedliwiało.

- Znajdę dla pana tę babkę. A wie pan dlaczego?

- Nie mam pojęcia, ale jak nie wiadomo dlaczego, to zwykle chodzi o pieniądze.

- Pieprzenie – Bakan machnął ręką, jak gdyby odganiał natarczywą muchę. Już panu tłumaczę. Miałem żonę, a właściwie to mam, bo nigdy nie znaleziono jej ciała. Piętnaście lat temu wyszła do pracy, ale nigdy nie dotarła do banku, w którym pracowała. Szukałem ją przez rok, a potem odpuściłem. Pokażę panu zdjęcie, może pan ją widział. – Szybko sięgnął do tylnej kieszeni spodni i wyciągnął portfel. Po chwili położył przed Julianem zdjęcie dowodowe przedstawiające jego żonę. Kobieta była bezsprzecznie ładna i młoda. Nie mogła mieć więcej niż 25 lat.

- To ona? – Kosma zapytał jak skończony kretyn. – To przecież było oczywiste na czyją podobiznę spoglądał.

- Ona. Widział pan ją może kiedyś? – spytał głosem pełnym nadziei, że może usłyszy pozytywną odpowiedź.

- Nie, przykro mi. – Julian nie rozumiał w tym momencie tego mężczyzny. Przecież gdy ona zaginęła to był jeszcze dzieckiem, a poza tym przez te piętnaście lat musiała się zmienić. Był jednak dobrze wychowany, dlatego wyraził współczucie.

- Dziękuję, ale to w niczym nie pomoże – Bakan wyglądał teraz na załamanego.

- A więc mamy umowę. Tak? – Kosma nie uszanował tej chwili, tylko od razu przeszedł do sedna. Stwierdził, że po raz drugi nie da z siebie zrobić idioty.

- Panie, co pan masz z tymi umowami? To jakiś kompleks, mania? – Bakan pokręcił głową z niedowierzaniem. – Ale oczywiście, że tak. W sumie to żal mi pana. I myślę, że to nie powinno być nawet specjalnie trudne.

- Pan żartuje. Przecież ona może być wszędzie.

- Oczywiście ma pan rację, ale widzi pan... W dzisiejszych czasach dzięki nowinkom technicznym można namierzyć każdego. Każdy ma telefon i każdy z niego korzysta, a zwłaszcza z facebooka. Która kobieta nie siedzi na fejsie podglądając, co słychać u znajomych i takie tam. Używając telefonu uruchamiamy GPS, który jest w oprogramowaniu. Mam znajomego, który namierzy nam telefon pana zagubionej połówki.

- Oooo, to świetnie! – Julian wypił szybko resztę piwa. Był przeszczęśliwy. Wcześniej, nawet by nie pomyślał, że to mogłoby być aż tak proste. – Wypije pan piwo, czy woli coś mocniejszego? – zwrócił się do Bakana, podnosząc się jednocześnie z krzesła.

- Za ciepło na wódkę, wolę piwo. A co do zapłaty, to będzie pana kosztowało więcej niż dziesięć tysięcy. I spokojnie, ja nie biorę zaliczek.

- A więc napijemy się piwka. Ma pan rację z tą wódką, jest zdecydowanie za ciepło.

Kosma idąc w stronę kontuary uśmiechnął się pod nosem. Coś mu mówiło, że tym razem dobrze trafił. Oczywiście szkoda było tamtych pięciu tysięcy, ale przecież człowiek uczy się na błędach. Strawi jakoś te pieniądze, bo to nic trwałego, a teraz zamówi piwo dla tego Bakana, a dla siebie chyba jednak wbrew temu, co przed chwilą stwierdził coś mocniejszego. W końcu trzeba to jakoś uczcić.

## *6.*

- Boże, słodki! – Dorota westchnęła i spróbowała podnieść głowę. Miała zawroty i czuła, że chyba zaraz zwymiotuje. – Daj mi Boże jakiś znak, że jeszcze żyję, że nie umarłam – dodała i zamrugała intensywnie, jak gdyby ten gest mógł jej w czymkolwiek pomóc.

Wszędzie wokół panowały iście egipskie ciemności. Najmniejszy nawet fragment pomieszczenia nie był choć trochę oświetlony. Nic nie widziała, dosłownie niczego, co by się wyróżniało z tego mroku. Nawet, gdy przysunęła dłoń kilka centymetrów przed oczy nie była w stanie dostrzec choćby obrysów palców. Żaden pojedynczy foton nie miał zamiaru zjawić się i poczęstować jej oczy choć namiastką jasności.

Gdyby tylko chodziło o brak widzenia, to pół biedy, ale w parze z tym ograniczeniem szedł również brak jakichkolwiek dźwięków. Z tym ostatnim akurat mogła sobie poradzić, gdyż potrafiła wytworzyć hałas. Wystarczyło pociągnąć nosem, chrząknąć, czy chociażby powiedzieć cokolwiek. Był jeszcze ten łańcuch przymocowany do nadgarstka, który wydawał charakterystyczne dźwięki, kiedy poruszała lewą ręką. Byłoby to jednak oszukiwanie samej siebie, gdyż ona pragnęła odgłosów z zewnątrz. Nie słyszała dźwięków ulicy, śpiewu ptaków, głośniej włączonego odbiornika telewizyjnego lub radia. Zupełnie, jak gdyby tamten szaleniec zamknął ją w dźwiękoszczelnej kabinie. Nie miała pojęcia jak długo spała, która jest godzina, a nawet jaki był dzień. Coś jej mówiło, że nie była w tym pomieszczeniu zbyt długo, ale może w ten sposób tworzyła swój własny abstrakcyjny świat, do którego nie będzie chciała nikogo wpuścić.

Rozumiała, że ten sen, w którym trwała nie miał naturalnego podłoża i że został wywołany sztucznie. W tamtej wodzie rzeczywiście musiało coś być, bo inaczej nie czułaby się teraz, aż tak podle. Czy to, że ją uśpił miało jakiś głębszy sens, czy może chodziło o to, żeby nie sprawiała mu kłopotów próbując na przykład ucieczki? Zrobił jej coś gdy spała, czy może był grzeczny? Choć nie. Grzeczny to było ostatnie określenie, które można by mu było przypisać. Teraz, gdy już się trochę oswoiła z tym wszystkim, będzie musiała wreszcie spróbować działać bardziej racjonalnie. Tak trudno jej się myślało, a przecież właśnie teraz potrzebowała jasnego umysłu. Głowa nadal bolała, a skóra na niej dawała takie symptomy, jak gdyby została oderwana od czaszki. Nie rozumiała, jak mogła być aż tak głupia, żeby próbować uciekać, gdy była skrępowana. Dostała nauczkę, z której koniecznie powinna wyciągnąć wnioski.

Drzwi otworzyły się niemalże bezszelestnie. Jedynie lekkie stuknięcie, zapewne wydane podczas naciskania na klamkę, wyrwało ją z odrętwienia. Dorota kątem, na wpół zamkniętego oka śledziła co się dzieje w wejściu. W pomieszczeniu nadal nie paliło się światło, ale z korytarza wpadało go na tyle dużo, że widziała teraz dużo lepiej. Mężczyzna wszedł na krok do środka, położył dłonie na biodrach i uważnie zlustrował zastaną sytuacje. Nadal miał na twarzy kominiarkę i nadal nosił ten kretyński sweter. Podniósł lewą rękę do góry i wychylił się lekko do tyłu. Następnie sięgnął dłonią poza futrynę. Musiał nadusić na włącznik, bo nagle zalała ją fala światła. Opuściła powieki i czekała, sama nie wiedziała na co. Trwało to kilkanaście, może kilkadziesiąt sekund. W końcu stwierdziła, że to nie ma sensu, otworzyła oczy i usiadła opierając się plecami o ścianę. Nadal nie miała pojęcia, czy za chwilę znowu nie zostanie nafaszerowana jakimś paskudztwem na spanie, chociaż tak naprawdę, to nie widziała powodu, dlaczego miałby to robić. Przecież do tej pory nie sprawiała problemu. No może oprócz tego, że próbowała się na niego rzucić, ale to chyba było wszystko. No i była jeszcze ta próba ucieczki, ale przecież nie można karać więzionego za to, że próbuje wydostać się na wolność. Poza tym on przyszedł z butelką i jej zawartością, zanim jeszcze cokolwiek się wydarzyło. Musiał więc zaplanować tę część już wcześniej. Jak na razie było zbyt dużo znaków zapytania, aby próbować wysnuć jakiekolwiek wnioski. Jej tok rozumowania był chaotyczny i mało logiczny. Umysł miała nadal otępiały, co bardzo jej się nie podobało.

Uznała, że teraz chyba przyszedł właściwy moment, aby dowiedzieć się czegoś więcej odnośnie swojego przyszłego losu. Jej myśli szybko przeskoczyły z przyszłości w drugą stronę. Przecież gdy ją tu przywlókł to postawił jej ultimatum. Powiedział, że albo wypije to co jest w butelce, albo w inny sposób sprawi, że zaśnie. Wybrała oczywiście butelkę. I z tego co zapamiętała to był już drugi raz. A może było tego więcej, tylko już wszystko zlało się w jedną masę, z której trudno było wyciągnąć i dostrzec szczegóły?

Przypadkowo spojrzała na swoje białe spodnie i przerażona stwierdziła, że musiała się posikać, bo na udach i w okolicy krocza miała mokrą, żółtawą plamę, która niebywale kontrastowała z resztą materiału. Nigdy wcześniej nie przydarzyło jej się coś takiego. To co jej poddał musiało być na tyle silne, że straciła panowanie nad własnym ciałem. Boże słodki, pomyślała. Dobrze, że nie zdarzyło się nic gorszego.

- Nie zdążyło się na nocnik. – Mężczyzna bardziej stwierdził, niż zapytał, a jego oczy śmiały się bezczelnie.

Nie zwróciła od razu uwagi na fakt, że nie miał już okularów. Jednak sekundę później przykuło to jej uwagę. Jej umysł nie funkcjonował jak należy. Przecież skoro zobaczyła jego oczy, to od razu powinna stwierdzić oczywistą rzecz. Skoncentrowała uwagę na otworach w kominiarce. Z tej odległości nie była jednak w stanie określić jakiego koloru były jego tęczówki. Po chwili jej spojrzenie zjechało nieco w dół i objęło całą sylwetkę. Bardzo szybko zakończyła lustrację. Stwierdziła, że szczegóły jego fizjonomii nie były, aż tak ważne w momencie, gdy miała całe mnóstwo innych problemów. Nie zainteresowało jej również to, czy zapomniał założyć okulary, czy może chodziło o coś innego.

Stał kilka metrów od niej z rękoma splecionymi na piersiach i patrzył na nią z uwagą, jak na jakiś eksponat w muzeum lub coś nietypowego, co widzi po raz pierwszy w życiu. Musiał nad czymś intensywnie myśleć, gdyż przez dobrą minutę stał nieruchomo i nie spuszczał z niej wzroku. To chyba nie oznaczało niczego dobrego, o ile cokolwiek mogło, w sytuacji, w jakiej się znalazła. Dorota złączyła kolana i podciągnęła je niemalże pod samą szyję. Poczuła wilgoć przedostającą się przez bluzkę i wzdrygnęła się z odrazą. Nawet nie próbowała się zastanawiać, jak mocno musi śmierdzieć. Objęła kolana ramionami i czekała na ruch z jego strony, ale on nie wykazywał chęci do rozmowy. Impas trwał kilka minut.

- No dobra – wypowiedział te zdawkowe słowa, odwrócił się na pięcie i jak gdyby nigdy nic ruszył w stronę wyjścia.

- Gdzie idziesz? – Dorota odruchowo zawołała. Nie interesowało ją dokąd zmierza, a bardziej to, że w wychodzi i czy zaraz wróci.

- Trzymaj ryja! – krzyknął.

- Skurwiel! – wyszeptała oburzona. Chciała to wykrzyczeć, ale obawiała się, że z tego powodu w pomieszczeniu znowu zapadnie ciemność albo, że wróci i zrobi jej krzywdę.

- Za tamten wybryk... – Zatrzymał się.

- Przepraszam – wykorzystała przerwę. Uznała, że będzie lepiej, jeżeli przeprosi.

- To powinienem był cię zabić, ale później uznałem, że to twoje kwilenie i żebranie żebym przestał, było tego warte. Myślę, że dostałaś nauczkę... w sumie to ja też. Nadal bolą mnie jaja.

- Rzadko przepraszam, a tym bardziej po raz drugi. – To zabrzmiało nieco butnie, dlatego szybko dodała: – Wrócisz tutaj?

- Spokojnie, muszę coś przynieść – rzucił tym razem niezwykle spokojnie przez ramię, zanim zniknął za ścianą, jak gdyby tamten wcześniejszy wybuch nie miał miejsca.

Chwilę później usłyszała dźwięki, które zidentyfikowała, jako przeciąganie czegoś ciężkiego po posadzce. W głowie pojawiła się myśl, że to może być krzesło, choć nie rozumiała po co miałby przynosić tego rodzaju mebel. Miała rację. Wrócił niosąc metalowo, drewniane krzesło. Wyglądało na masywne i zapewne stąd ten hałas. Postawił je w miejscu, które jak jej się zdawało było trochę dalej niż wynosił zasięg łańcucha. Położył coś na siedzisku. Chwilę trwało nim pobieżnie udało jej się zidentyfikować, co przyniósł. Niewielki przedmiot przypominający miseczkę, był owinięty w folię aluminiową. Wziął to do ręki, zrobił kilka kroków i postawił na podłodze tuż obok jej nóg, po czym najzwyczajniej w świecie wrócił i usiadł.

Patrzyła jak to robi i pomyślała złośliwie. No tak, przytaszczył krzesło. Przyniósł je, co powinno być oczywiste, żeby na nim usiąść. A ty co myślałaś, idiotko? Że na nim zatańczy? A tam pewnie jest coś do jedzenia ani chybi jakaś zupa. Natychmiast poczuła ssanie w żołądku. Jeżeli dobrze kojarzyła to ostatni posiłek jadła... no właśnie? Zastanowiła się, ale nie potrafiła sobie przypomnieć, kiedy ostatnio jadła. Chyba w domu przed wyjściem na pokaz, ale wówczas jedynie skubnęła posiłek, tak bardzo się śpieszyła.

Mężczyzna odchylił głowę do tyłu i skupił całą uwagę na czymś, co znajdowało się na suficie. Towarzyszyło temu cichutkie pogwizdywanie. Jego prawa ręka wygrywała palcami rytm na kolanie i wyglądało to jak wręcz podręcznikowe czekanie na ruch z jej strony. Po dłuższej chwili rytuał skończył się, a on westchnął ciężko i spojrzał w jej stronę.

- Coś ci przyniosłem... do jedzenia.

- Ze środkiem nasennym? – W jej pytaniu dało się wyczuć ironię. – Mam znowu zasnąć, żebyś mógł zrobić ze mną co zechcesz?

W odpowiedzi wzruszył jedynie ramionami. Ta forma reakcji mogła znaczyć dosłownie wszystko.

- Uśpisz mnie, żeby mnie wykorzystać? – Liczyła na to, że usłyszy przeczącą odpowiedź.

- Wykorzystać? – Prychnął ustami. – Jesteś ładna, nie powiem, ale śmierdzisz jak stary skunks. Może gdybym nie miał zmysłu węchu... ale mam. A mogło być tak przyjemnie, gdybyś była grzeczna. Miałabyś tu chociaż namiastkę wolności, a tak to... – prychnął ustami – dupa.

- Co tam jest do jedzenia? – ponownie spytała. Chciała tylko wiedzieć co przyniósł. W tej kwestii nie miała na nic wpływu. Musiała przecież coś jeść i pić. Pełna abstynencja od płynów i głodówka nie miały tu większego sensu.

- Fasolka po bretońsku, mniam, mniam. – Pogłaskał się po brzuchu w powszechnie rozumianym geście, a jego oczy się śmiały.

- Nienawidzę fasoli – powiedziała szczerze. Lubiła lekko strawne i nie tuczące potrawy.

- Dorotko... tu nie restauracja. A właściwie to tak, a w dzisiejszym menu jest tylko specjalność zakładu. Jest naprawdę smaczna. Wiem co mówię. Sam jadłem, no i sam zrobiłem.

- Ale ja naprawdę nie cierpię tej potrawy. Przysięgam. – Jej głos na moment stał się wręcz płaczliwy. Czuła potworny głód, który niemalże skręcał jej jelita, ale gdy pomyślała o tym smaku, to aż czuła obrzydzenie. Wiedziała, że raczej nie powinna kaprysić, gdy przypomniała sobie ostatnie wydarzenia.

- Ciekawe, dlaczego? – Pytanie trąciło nieskrywaną ciekawością.

- Bo, no bo... – Szukała w głowie odpowiedniego argumentu. – Bo będę miała gazy.

W pomieszczeniu rozległ się głęboki, rubaszny śmiech mężczyzny. Trwał około minuty albo i dłużej. Na pewno nie był udawany, bo towarzyszyły mu wręcz spazmatyczne ruchy całego tułowia.

Dorota poczuła się jak wzorcowa wręcz kretynka. Mogła przecież powiedzieć, że jest alergiczką, co by zostało być może inaczej przyjęte, a tu kolejna wpadka. Była tak samo wściekła na siebie, jak i na niego, bo on nawet nie starał się hamować rozbawienia.

- A to dobre. Jak dla mnie to możesz się nawet obsrać. Gówno mnie to obchodzi.

- Cholera! Kolejna wpadka! Czy ja już w ogóle nie myślę? – warknęła na siebie. – Albo już zupełnie kretynieję, albo rzeczywiście w tym czymś, co mi ten palant zaserwował było coś otumaniającego. Zupełnie nie potrafię zebrać myśli, a te odzywki...? Szkoda komentować.

- Co tam gadasz do siebie? A zresztą... Będziesz jadła czy nie, narowista paniusiu? – zapytał i wskazał głową na naczynie z jedzeniem. Dorota ostentacyjnie nie podążyła za jego spojrzeniem. Podniosła dumnie głowę i hardo odpowiedziała: – Nie! Wsadź to sobie... Wiesz, gdzie?

- A ja myślę, że zjesz. Czujesz to burczenie w brzuchu i skurcze żołądka? Jasne, że czujesz. Powiem tak. Jeżeli będziesz grzeczna i to zjesz, to następnym razem będzie coś dużo lepszego. Umowa stoi?

Odruchowo przełknęła ślinę. Musiała to zrobić na tyle głośno, że chyba usłyszał, gdyż cicho się zaśmiał.

- To co by to było? Mogłabym sama wybrać? – zapytała nieśmiało. Perspektywa zjedzenia jej ulubionej lazani sprawiła, że prawie poczuła w ustach jej charakterystyczny smak.

- Jemy, jemy – zachęcił ją gestem i odwrócił głowę, jak gdyby nie chciał jej krępować. Podziękowała w myślach i sięgnęła po miskę. Dopiero gdy to zrobiła przekonała się, że będzie musiała jeść palcami, a tego nie robiła od wczesnego dzieciństwa.

- Pora chyba wreszcie porozmawiać. Jak myślisz? Mieszkasz już u mnie troszeczkę, a więc mamy pewne rzeczy do przedyskutowania. Musimy ustalić pewne zasady, jakiś regulamin, no i jak to w demokracji... porozmawiać. – Zagadał zaraz po tym, gdy skończyła jeść.

- Też tak myślę – odpowiedziała szybko i choć jej sytuacja była tak oczywista, to jednak nie wiedziała jak powinna przebiegać ta rozmowa. Ma pytać, czy prosić o uwolnienie, a może negocjować z nim warunki na jakich zostanie uwolniona i powróci do domu? W pośpiechu wytarła lepkie palce w papier toaletowy, po czym zrobiła z niego kulkę i nie zastanawiając się co robi, bezczelnie rzuciła w jego stronę.

- Czy pani Dorota ma do mnie jakieś pytania? – mówiąc te słowa obserwował papier toczący się po podłodze.

A więc jednak. Nareszcie jakiś konkret, myślała. Wreszcie będzie okazja, żeby podpytać o co w tym wszystkim chodzi i jakie są jego żądania. Naoglądała się w życiu niejednego kryminalnego filmu i dobrze wiedziała, że przy porwaniach najczęściej chodziło o pieniądze.

- Dlaczego mnie porwałeś? Dla forsy? No dobra, to przecież oczywiste. – Próbowała być bezczelną, bo to się zwykle sprawdzało z ludźmi, z którymi miewała do czynienia. Ten tutaj też nie wydawał jej się kimś wybitnym. Ot miernota, która pragnie podnieść w ten sposób swoje ego. – Powiedz, ile chcesz i będzie po sprawie. Tyle zarobiłam na wybiegu, że stać mnie na to, żeby się z tobą nie musieć targować. Pewnie o tym wiesz, bo przecież nie porwałbyś biednej kasjerki z supermarketu.

- Nie – odpowiedział ciepłym, wręcz subtelnym głosem, zmieniając nieco pozycję na krześle.

- Co nie? – dopytała zaskoczona.

- Nie zrobiłem tego dla pieniędzy.

- Jak to, nie dla forsy? Wszyscy pragną pieniędzy. Wszyscy, rozumiesz?!

- Ja nie jestem wszyscy. – Podniósł się z krzesła, zrobił wokół niego jedno kółko i ruszył w jej stronę. – Mnie nie chodzi o pieprzoną mamonę. Myślisz, że wszystko kręci się wokół pieniędzy? Żal mi cię, bo jesteś jak inni. Tacy banalni, tacy mali. – Zatrzymał się w pewnej odległości.

Dorota uznała, że zapewne w miejscu, gdzie nie sięga łańcuch. Ten gość musi mieć wszystko dokładnie wyliczone, pomyślała. Jednak zawsze jest cień szansy, że się zapomni, a wtedy to ona będzie górą. Zacznie dyktować warunki i takie tam. Sceny, gdy go zaatakowała, a później gdy poniosła karę już nie były tak ważne. Ponownie zwietrzyła możliwość ucieczki. Musiała tylko być sprytniejsza od niego.

- Dobra, dobra. Daruj sobie te moralizatorskie gadki, człowieku i mów, ile mam przelać na konto, żeby się stąd wreszcie wydostać? – Czuła wzbierającą złość. – Tylko pieniądze wchodzą w grę. Nie oddam ci przecież nerki. Poniżyłeś mnie to prawda, ale to jeszcze mogę wybaczyć. Zrobimy niepisaną umowę. Płacę ci, a ty mnie wypuszczasz i zapominamy, że kiedykolwiek się spotkaliśmy. To i tak zbyt wielkie ustępstwo z mojej strony.

Dorota naprawdę wierzyła w to co mówi. Traktowała to jak pewien rodzaj gry, o pewnych nie do końca sprecyzowanych zasadach. A to przecież dawało pole do popisu dla improwizacji. Wierzyła, że forsa skusi każdego. Znaczenie miała tylko kwota.

- Raz jeszcze powtórzę, kobieto o ptasim móżdżku. Nie chodzi mi o pieprzone pieniądze ani tym bardziej o twoją nerkę. Dotarło wreszcie?

- To po co... – teraz już naprawdę nic nie rozumiała – to porwanie?

- No jak to? Po to, żebyś została moją kobietą, moją pieprzoną żoną. – Uśmiechnął się i zrobił krok w jej stronę, ale chyba tylko na tyle, aby nadal pozostać poza zasięgiem łańcucha.

- Cooo?!! – zrobiła wielkie oczy i otworzyła szeroko usta.

- Zaskoczona? Tak też myślałem. Ale przecież to oczywiste. Na pewno nie tego się spodziewałaś. A tu proszę taka niespodzianka. Wyobrażasz to sobie, Dorotko? Ty i ja... – Mówiąc te słowa, chyba się zapomniał, gdyż zbliżył się jeszcze o dwa kroki.

Wszystkiego by się spodziewała, ale nie czegoś takiego. Jednocześnie jednak patrzyła na fragment podłogi, na której się zatrzymał. Pomyślała, że ten fiut – bo tak go teraz w myślach nazywała – zapomniał się i popełnił błąd. Miała teraz okazję, aby go dopaść.

Nie był dobrze zbudowany. Zdecydowanie nie wyglądał na typ nafaszerowanego sterydami osiłka. Gdyby go tylko zaskoczyła, to mogłaby go powalić kopniakiem w krocze, a później kilkoma w twarz. Teraz już nie byłaby tak głupia i naiwna, jak poprzednim razem. Tłukłaby go tak długo, aż przestałby się ruszać. Wtedy miałaby czas na rozszyfrowanie kodu w kłódce, a jeszcze lepiej odszukania kluczyka do tych pieprzonych kajdanek. Podniosła się i stanęła wyprostowana. Nie myślała już o plamie na spodniach. Teraz należało się skupić na zadaniu.

- Zostaniesz moją żoną – uśmiech nie zniknął z jego twarzy, jak gdyby na coś czekał.

- To zabrzmiało jak polecenie, a powinno jak prośba. Co, nigdy się nikomu nie oświadczałeś? A może ty nigdy nie byłeś z kobietą? bo prawdę mówiąc wyglądasz mi na takiego, co nigdy nie ciupciał. – Wyrzuciła z siebie te słowa z szybkością karabinu maszynowego. W ten sposób budowała swoją przewagę. Po takich słowach każdy normalny facet starałby się szybko udowodnić, że jest w pełni mężczyzną i na przykład spróbować pocałunku. W tym przypadku jednak odbiła się od ściany.

- Myślisz, że mnie sprowokujesz? Że wyprowadzisz z równowagi? Taki był twój plan? Spryciula. – Pogroził jej palcem, a potem skrzyżował ręce na piersiach i wyraźnie czekał na jej reakcję.

- Pieprzenie! Myślisz, że jak jestem ładna, to też przy okazji, głupia? – Te słowa nie miały większego sensu. Powoływanie się na własną urodę, było w tym przypadku żenujące, ale nic mądrzejszego nie przyszło jej do głowy.

W odpowiedzi jedynie wzruszył ramionami, jak gdyby przechodził nad tym do porządku dziennego. Stwierdziła, że to chyba jego ulubiony gest, gdyż widziała go już kilkukrotnie. Być może oznaczał lekceważenie, a może brak pewności siebie. Nie zamierzała rozwiązywać tej zagadki.

- Nie będzie żony! Nie będzie ślubu! Ty wredny, popieprzony fiucie! – Szarpnęła lekko łańcuchem, próbując go nastraszyć, że chce go zaatakować. Przestała myśleć logicznie. Mógł przecież cofnąć się i ponownie uciec poza jej zasięg. Czuła w sobie nadmiar energii, który pilnie potrzebował ujścia. Był tylko jeden sposób jak to zrobić.

On jednak zlekceważył ten ruch niczym ktoś kto jest niezwykle pewny swego. Dorota ledwo ukryła uśmiech na twarzy. To dobrze, pomyślała. Muszę tylko przybrać odpowiednią postawę, aby w sekundę być przy nim. Trzeba by go jeszcze zagadać, żeby go jakoś rozkojarzyć. Ale jak?

- Będziesz piękną panną młodą, Dorotko. Niestety na weselu nie będzie gości. Zresztą i tak nikt by nie przyszedł.

- Dlaczego? – zapytała zaintrygowana, jak gdyby to mogło mieć jakiekolwiek znaczenie, skoro i tak wiedziała, że żadnego ślubu nie będzie.

- Bo do takiej suki nikt normalny nie przyjdzie. Nawet gdyby na wejściu dostawali po tysiąc złotych. Prześwietliłem cię na wylot i muszę powiedzieć, że właśnie kogoś takiego szukałem. Tak, tak, Dorotko, tak, tak. Jesteś suką i francą, jakich mało, ale ja cię wychowam.

- Wychowam? A co ja jestem kotkiem, króliczkiem albo małym dzieckiem?! Ciągnie cię do małych dziewczynek, ty popaprańcu?! Jesteś pieprzonym zboczeńcem?! Chciałbyś krzywdzić dzieci?!

Oczy mężczyzny w jednej chwili spoważniały, aby stać się zimnymi i bezosobowymi. Jego klatka piersiowa unosiła się rytmicznie w wyważony sposób, co sugerowało, że jej słowa nie wytrąciły go z równowagi. Dorota zupełnie nie znała tego człowieka, dlatego nie wiedziała jak interpretować tę mowę ciała. Jej plan chyba właśnie walił się w gruzy. I wtedy pojawiło się światełko w tunelu w postaci wręcz banalnego w swej prostocie pomysłu.

- Bóg na ciebie patrzy – powiedziała zdecydowanym tonem i spojrzała w górę licząc, że podąży za nią wzrokiem. Gdy zrobił to na co liczyła zerwała się do biegu. Musiała być szybka. Nim zareaguje, będzie już przy nim. Miała w jej mniemaniu ułatwione zadanie, gdyż stał zwrócony przodem w jej stronę. Za moment dokona zemsty. Kiedy prawa stopa dotknęła chłodnej posadzki pomyślała, że chyba jest bez butów. Nie pamiętała, że odkryła ten fakt jakiś czas temu, ale pamięć powróciła w ułamku sekundy. Wtedy przynajmniej pozostawił jej rajstopy, a teraz jej stopy były bose. Ale żeby zdjąć rajstopy, to musiał najpierw rozebrać ją ze spodni, a skoro to zrobił, to po co je z powrotem nałożył? Nie było czasu na tego rodzaju rozważania. Nawet gdyby posiadała moc spowolnienia, czy nawet zatrzymania czasu, to i tak nie miała głowy, aby logicznie rozumować.

Gdy kolejna stopa zaznajomiła się z podłogą zamiast miłego chłodu poczuła w spodniej części przeraźliwy ból. – Oła! – krzyknęła. – Zatrzymała się błyskawicznie i instynktownie spojrzała w dół. Na podłodze leżało całe mnóstwo malutkich przedmiotów, które przypominały pinezki, a jedna z nich (lub kilka) musiała tkwić wbita w delikatną skórę spodu stopy. Natknęła się na to nietypowe pole minowe i natychmiast cofnęła o dwa kroki. Nie patrzyła na tego, którego przezwała „fiutem", gdy oparta plecami o ścianę wyciągała z pięty króciutkie ostrze. Odrzuciła precz pinezkę i palcem przetarła maleńką rankę. Na palcu pozostał maleńki krwawy ślad. Jak mogła nie zauważyć tego cholerstwa?

- Zrobiłeś to fiucie, gdy spałam?

- Dokładnie i nie mów do mnie, fiut.

- Ale przecież jesteś fiutem. Bydlakiem, który lubuje się w krzywdzeniu innych. To ci imponuje? Czujesz się wtedy kimś lepszym, ważniejszym? Staje ci gdy to robisz? – Sama siebie nie rozumiała, dlaczego to robi. Szydzenie z przeciwnika, który miał pod każdym względem nad nią przewagę, było nie tyle nierozsądne, co wręcz głupie. A ona brnęła w to dalej. Chyba potrzebowała adrenaliny, bo nie umiała bez niej żyć. Adrenalina jednak nie została już więcej wytworzona przez organizm i niemalże fizycznie czuła jak opuszcza ją energia. To było tak, jak gdyby ta maleńka ranka sprawiła, że uszło z niej to czego jeszcze przed momentem miała w nadmiarze.

- Na tym chyba zakończymy dzisiejsze spotkanie. – Wypowiedział te słowa i ruszył w jej stronę. – Trzeba będzie dać ci nauczkę. Pamiętasz co to metoda kija i marchewki? Pewnie, że pamiętasz. Wcześniej była marchewka, a teraz dla odmiany mamy piękny, twardy kij.

Przestraszyła się. Stała oparta o ścianę i nie bardzo miała, gdzie uciekać. Opuściła stopę, którą nadal trzymała podkurczoną i patrzyła jak do niej podchodzi. Na całe szczęście nie miał w rękach żadnej broni. Zatrzymał się metr od niej, a może nawet nieco bliżej.

Boże, po co byłam taka głupia i go prowokowałam? Czy on mnie teraz skrzywdzi albo nawet zabije? Po co go prowokowałam, no po co? Zasypywała się w myślach pytaniami, na które nie znała odpowiedzi. To było bezsprzecznie ekscytujące, ale i przerażające. Jeszcze nigdy w życiu tak się nie bała.

Mężczyzna zrobił dokładnie to na czym jej wcześniej tak bardzo zależało. Był teraz tuż przed nią. Wreszcie znalazł się tak blisko, że mogłaby go spróbować zaatakować, a tu nic. Poczuła się słaba i bezbronna. Wystarczyło tylko unieść gwałtownie nogę i trafić w jego czuły punkt. Ale tym razem nie miała już śmiałości, a może raczej odwagi, aby spróbować zrealizować swój mocno zaimprowizowany plan. Strach ją sparaliżował do tego stopnia, że swoimi chaotycznie rozbieganymi oczyma mogła tylko śledzić ruchy oprawcy. Wreszcie z tej odległości mogła swobodnie przekonać się jaki ma kolor oczu. Nie zaspokoiła jednak ciekawości. Nie mogła się zdobyć na konfrontację wzrokową. Stała ze spuszczonym wzrokiem, jak jakaś skromna panienka, pensjonariuszka przed swoją wychowawczynią. Słyszała jego oddech i chyba nawet wyczuwała co jadł na posiłek. Była teraz jak ta figura szachowa. Ona już zrobiła ruch, a teraz według zasad musiała poczekać na ruch z drugiej strony. To mogło być, jak ruch pionkiem, który niewielkim stopniu zmieniał układu na szachownicy albo posunięcie, po którym padało legendarne już: szach mat!

Cios przyszedł tak jak za poprzednim razem – z lewej strony – ale teraz był dużo mocniejszy. To nie było uderzenie otwartą dłonią w policzek. Trafiła ją w okolice ucha zaciśnięta pięść. Cios był tak silny, że nawet nie zdołała krzyknąć. Poczuła tylko tępy ból wwiercający się w głąb czaszki i sekundę później straciła przytomność. Jeszcze przez króciutką chwilkę zdążyła wytworzyć wątłą myśl, że dobrze by było teraz umrzeć.

## 7.

- Gdzie ja mam klucze? Aha! W kieszeni. Chyba się schlałem? A właściwie to na pewno. Panie Julianie, jesteś pan zwyczajnie pijany. Najpierw trzeba iść do kibelka, bo się zleję jak nic w spodnie. No i gdzie się pomieściło tyle tego – Kosma mamrotał pod nosem i tylko on wiedział, o co mu chodzi.

Wrócił do domu nie tyle podchmielony, co mocno zawiany. Wypił z tym nowopoznanym w barze facetem pięć albo siedem piw. Tyle wystarczyło, żeby mieć problemy z normalnym funkcjonowaniem. Opowiedział mu wszystko – tak mu się wydawało – co mogłoby pomóc w odnalezieniu Doroty.

Załatwił co zamierzał w łazience, obszczywając sobie przy tym spodnie, ale ten fakt sprawił, że parsknął śmiechem, jak gdyby usłyszał świetny dowcip. Nieco nieporadnie zrzucił spodnie na środku łazienki i pogwizdując ruszył w kierunku lodówki.

- Ciekawe kiedy on ją namierzy? Może jeszcze dzisiaj? Kto wie? W sumie to rozsądnie gadał – mamrotał do siebie, gdy sięgał piwo. – Gdzie jest ten pieprzony otwieracz? Aha, przecież to puszka. – zachichotał rozbawiony własną głupotą.

Teraz, gdy już siedział w swoim ulubionym fotelu i cedził zimne piwo po głowie pałętało się dziwne przeświadczenie, że chyba jest skończonym idiotą. Skończył studia, miał tytuł inżyniera i chociażby przez to uważał się za w miarę inteligentnego i poukładanego człowieka. Miał firmę handlującą elektroniką, co owocowało niezłą sumką na koncie. Jednak związek z Dorotą kładł się cieniem na jego samoocenie i wyraźnie ją obniżał. A teraz jeszcze zatrudnianie obcego człowieka w roli detektywa. Wcześniej też się popisał, gdy dał człowiekowi znikąd pięć tysięcy. Równie dobrze mógłby je wrzucić do pieca.

Ten Barkan albo Bakan – nie był pewny, czy dobrze zapamiętał jego nazwisko – miał się u niego zjawić o dwudziestej pierwszej, czy jakoś tak. Umówili się, że przyjdzie po fotografię z podobizną Doroty. Dał mu adres wtedy, kiedy był jeszcze w miarę trzeźwy, dlatego miał pewność, że facet nie wystawi go do wiatru. Zaliczki mu nie dał, a więc nie było powodu, aby to zrobił. Do umówionej godziny było sporo czasu, a on chciał się jeszcze napić. Odstawił niedopitą puszkę Lecha i poszedł zrobić sobie drinka. Kilkanaście minut później robił już drugiego, a po kwadransie spał nieświadomy tego, co się wokół niego dzieje.

Dzwonek telefonu nie zamierzał zamilknąć. Kosma nie był do końca pewny, co się dzieje, ale rozumiał, że to mu się nie śni. Telefon mógł oczywiście zignorować, ale był na tyle świadomy, żeby wiedzieć, że to może być coś ważnego. Kto wie, może to Dorota? Oczywiście nie chciał bełkotać podczas rozmowy, a istniało spore prawdopodobieństwo, że tak właśnie się stanie. Uznał, że najlepiej będzie, jak sprawdzi, kto dzwoni, a później zdecyduje – odebrać czy nie. Poza tym i tak musiał wstać, bo poczuł parcie na pęcherz. Telefon zamilkł, a on ruszył szybkim, ale nieco chwiejnym krokiem do łazienki. Stanął nad sedesem i oparł jedną rękę o ścianę. Wypróżnienie pęcherza trwało wieczność. Odetchnął z ulgą i wrócił do pokoju. Teraz dopiero spojrzał na telefon. Dzwonił jakiś nieznany numer. Perspektywa rozmowy a jakimś nachalnym akwizytorem nie była zbyt kusząca, ale i tak oddzwonił.

- Ktoś dzwonił z tego numeru. – Rzucił zdawkowo.

- Tu Bakan. Panie, umawialiśmy się, a ja stoję od dwudziestu minut i próbuję się do pana dostać. Na domofon dzwonię i na telefon. Jestem na zewnątrz.

- To proszę wejść. Zdrzemnąłem się troszeczkę.

Kosma ruszył ponownie do łazienki, ale jeszcze szybciej niż poprzednio. Musiał się jak najprędzej doprowadzić do porządku. Okazało się, że przemycie twarzy zimną wodą niewiele dało. Nadal czuł się pijany, a obraz w lustrze niespecjalnie go zachwycił. Pociągnął nosem, zrobił kilka dziwnych min, które w teorii miały poprawić wizerunek i szeroko ziewnął.

Dzwonek u drzwi sprawił, że wytarł pobieżnie twarz i ręce ręcznikiem. Raz jeszcze ocenił swój wygląd w lustrze i poszedł otworzyć. W drzwiach ujrzał mężczyznę, który wcale nie wyglądał lepiej od niego. Ten Barkan, czy też Bakan spuścił nieco wzrok i palcem pokazał na jego nogi. Kosma powiódł spojrzeniem we wskazanym kierunku i zdał sobie sprawę, że jest bez spodni. Obydwaj, jak na komendę uśmiechnęli się, po czym gospodarz gestem pokazał, żeby gość wszedł do środka.

- Napije się pan? – zapytał.

- Jaki pan? Zapomniałeś, że przeszliśmy na ty?

- Tak? – Kosma nie pamiętał czegoś takiego. – To jak pan, znaczy ty masz na imię? Przepraszam, ale niewiele pamiętam.

- Robert.

- A ja Julian. – Wyciągnął rękę, aby przypieczętować przejście na ty.

- Wiem, jak masz na imię. Za to mam luki w pamięci odnośnie twoich opowieści o tej twojej babce. Często mi się film urywa. Dałeś mi swój adres, przy którym dopisałem, o której mam przyjść. Daj mi to zdjęcie i zrób jakiegoś drinka, bo mnie suszy, jak cholera.

- Już, już. Tylko niech pomyślę. Aha, już wiem.

- Gdzie mogę usiąść? – Bakan zapytał grzecznie, gdy Kosma zostawił go samego w salonie. Miał do wyboru dwa fotele i sporą sofę, ale nie chciał sam wybierać. Może gospodarz miał swoje ulubione miejsce?

- Siadaj, gdzie chcesz – dobiegło z innego pomieszczenia.

Usiadł na sofie i rozejrzał, uważnie lustrując wnętrze. Facet był nadziany i miał dobry gust. Nigdy nie zazdrościł ludziom pieniędzy, nie był też zawistny, ale denerwowało go, gdy ktoś komu się powiodło zadzierał nosa i patrzył na innych z góry. Jednak ten gościu wydawał się normalny, no i... sympatyczny. O ile można kogoś oceniać na podstawie krótkiego spotkania i to jeszcze przy piwie. Meble były na pewno drogie no i nie pochodziły z Ikei. Takie coś widuje się w ekskluzywnych salonach meblowych. Brązowa skóra, którą były wyłożone meble trzeszczała cichutko, gdy na niej siedział. Szczególnie podobała mu się komoda, która stała po przeciwnej stronie i zajmowała prawie połowę ściany. Rzeźbione wykończenia nadawały jej uroku i tajemniczości, o ile coś takiego można powiedzieć o meblu. Na ścianie wisiał obraz przedstawiający kobiecy akt. Twarzy nie było widać, dlatego od razu pomyślał, czy to aby nie jest ta Palicka? Kobiece wdzięki szybko przestały go interesować. Podniósł wzrok i spojrzał na żyrandol.

- Ładnie mieszkasz – rzucił pochwałę, ale nie wiedział czy dotrze do gospodarza, bo stracił go z oczu. – Duże mieszkanie. Z zewnątrz ta kamienica wydaje się być mniejsza.

- Dzięki – pasło w odpowiedzi tylko jedno słowo.

Po jego lewej stronie na ścianie wisiał olbrzymi telewizor. Nawet nie próbował określić, ile mógł mieć cali. On miał u siebie trzydziestocalowy i tyle mu wystarczało.

- No to jestem. – Kosma wrócił i przerwał mu lustrowanie wnętrza. – Ubrałem się i wyglądam teraz wreszcie chyba jak cywilizowany człowiek.

- Rzeczywiście, facet bez spodni wygląda żałośnie. – Bakan skomentował nieco złośliwie i spojrzał na gospodarza znacząco.

- Aha! Przecież miałem dać coś do picia. Czego się napijesz, Robert?

- Może drink? – zapytał przekornie.

- No tak, drink. To ja też się napiję. Wiesz, podobno robię świetne drinki.

- Julian bez urazy, ale ja nie cierpię takich rzeczy. Ma być tylko wódka z jakimś napojem.

- Dobra. Może być z sokiem pomarańczowym?

- Może. A jak zrobisz, to opowiesz mi jeszcze raz o tej swojej Dorocie. Za mało o niej wiem.

Kosma, zanim skończył opowieść zdążył jeszcze zrobić po kolejnym drinku. Z jego relacji wynikało, że Dorota była trudna we współżyciu i miała wielu wrogów. Narobiła ich sobie sama swoim charakterkiem. Nie miała koleżanek, a tym bardziej przyjaciółek. Jedyną osobą, z którą miała jakikolwiek kontakt pozasłużbowy był Julian. Nie była z tego powodu nieszczęśliwa, a jeśli nawet, to dobrze to maskowała.

- I to by było wszystko, co chciałem powiedzieć. – Kosma dosiorbał resztki ze szklanki. – Dam ci tę gazetę ze zdjęciem.

- Spoko. – Bakan słuchając miał cały czas przeczucie, że gospodarz nie jest do końca szczery i czegoś mu nie mówi. Oczywiście miał do tego prawo. W końcu nie o wszystkim się opowiada nieznajomemu. Zwłaszcza, gdy dotyczy to spraw intymnych. Mógłby na to machnąć ręką, ale jego policyjny nos mówił mu, że to co Kosma skrywa jest bardzo ważne.

- Proszę. – Gospodarz położył obok niego kolorową gazetę.

- Dzięki. – Przekartkował pismo i znalazł zdjęcie Palickiej, na którym pozowała przed logo jakiejś instytucji charytatywnej. Była naprawdę piękną kobietą. Wpatrywał się w jej wizerunek przez dobrą minutę.

- Piękna, nieprawdaż? – Kosma przywołał Bakana do rzeczywistości.

- Tak, tak, oczywiście, że jest piękna – odpowiedział nieco chaotycznie i przypomniał sobie wcześniejsze rozważania. – Słuchaj Julian... Wiem, że nie powiedziałeś mi wszystkiego. Masz oczywiście do tego prawo. Ale jeżeli to coś naprawdę ważnego to myślę, że powinienem o tym wiedzieć. – Zaczął powoli składać gazetę, nie odrywając wzroku od Kosmy.

- Tak, masz rację, jest coś... – zrobił się czerwony na twarzy, co oczywiście mogło być zasługą wypitego alkoholu. Widać jednak było, że bardzo się denerwuje. Wzrok miał rozbiegany, jak gdyby szukał ratunku wśród przedmiotów zebranych w tym pomieszczeniu. – Jest... Ale nie. To niedorzeczne i niemożliwe. To nie może się dziać. Nie... nie. Nie będziemy o tym rozmawiać.

- Jak chcesz. Nie mogę cię zmuszać. Dobra, już. To ja spadam. Jak będę już coś wiedział to dam znać, zadzwonię niezwłocznie.

- To cześć, Robert. Obyś zadzwonił jak najprędzej.

## *8.*

Coś było nie tak. To przeświadczenie podpowiadało, że teraz jest inaczej niż wcześniej. Dorota nie potrafiła znaleźć rozwiązania dla tej zagadki, która się pojawiła, czy może raczej wątpliwości i w dodatku nie znalazła sposobu, aby się z tym zmierzyć. Wszystko wydawało się inne, a jednocześnie takie same. Wystarczyłoby przecież usiąść albo wstać i rozejrzeć się, czy nawet tylko podnieść głowę, aby wychwycić zmiany. To jednak wymagało energii, a ona jej nie miała. Nawet tej podstawowej, która tli się w każdym żywym organizmie. Była niemalże pewna, że zrobienie czegokolwiek przekracza jej możliwości. Czuła się jak rozładowany do cna akumulator, jak naczynie, z którego ktoś wylał zawartość, a później postawił na słońcu, aby pozbyć się nawet śladu wilgoci. Przez głowę przebiegła myśl, że może tak właśnie wygląda umieranie.

Powieki rozchylały się bardzo powoli, z niemałym trudem, jak gdyby były sklejone gumiastym klejem, który musi zostać porządnie rozciągnięty, zanim zwolni łączenie. Szparki pomiędzy powiekami robiły się coraz większe, aż wreszcie rozchyliły się na tyle, aby zielone oczy mogły przesłać do mózgu obraz ruchliwego maleństwa podrygującego na podłodze.

- Ptak – szepnęła i uśmiechnęła się delikatnie. Ni to do siebie, ni to do niewielkiego, sympatycznego stworzonka, które pojawiło się kilka metrów od niej i którego na pewno być tu nie powinno, ale jednak było. Wyostrzyła wzrok, czekając na moment, kiedy jej gość zniknie. Ten jednak nic sobie nie robił z jej oczekiwań i nadal wykonywał ruchy właściwe ptakom jego gatunku.

Zupełnie nie znała się na ptakach. Wiedziała na pewno, jak wygląda bocian i pelikan z racji ich szczególnych cech budowy, ale to było wszystko. Myliła wronę z krukiem, a jaskółki z jeżykami i tym podobne. Z dźwiękami wydawanymi przez te stworzenia też miała nielichy problem. To coś na co teraz patrzyła, było niewielkie i podskakiwało rytmicznie w przeróżnych kierunkach niczym niezdecydowany podróżnik, który nie jest w stanie podjąć decyzji, jaki kierunek obrać, gdy ma do wyboru kilka pociągów. Uznała, że to może być wróbel, choć nie postawiłaby na ten wybór złamanej złotówki. Poza tym, czy ma przed sobą wróbla, czy sójkę nie miało teraz żadnego znaczenia.

- Co tu robisz? – zapytała tym razem nieco głośniej, ale tak, aby nie zwrócić na siebie uwagi niepotrzebnymi hałasami.

Jej gość przechylił na bok główkę i przez jakiś czas obserwował ją z ciekawością. W jego maleńkim móżdżku zapewne kotłowały się dziesiątki pytań dotyczących jej osoby.

- Przyszedłeś mnie odwiedzić? Jasne, że tak. To co, teraz sobie troszeczkę pogadamy? Tak jak człowiek z ptakiem?

Ptak podrygiwał radośnie, chyba zupełnie nieświadomy sytuacji, jaką zastał przylatując w to miejsce. Widać było, że nie boi się ludzi. Patrzył na Dorotę z nieskrywaną ciekawością i być może nawet zaufaniem.

- Po co tu przyleciałeś, ptaszku? Masz do mnie jakąś sprawę, czy może przyleciałeś ot tak, bez powodu? Na plotki albo jakiś rodzaj ptasiej herbatki? – Kontynuowała monolog. – Wiesz, tak sobie myślę, że powinnam się przedstawić. Mam na imię Dorota i niezła ze mnie żmija. Lepiej więc się ze mną za bardzo nie spoufalaj i trzymaj dystans. Bo wiesz... żmija i ptaszek, to nie wróży niczego dobrego, zwłaszcza dla ciebie. Ciekawe, czy masz jakieś imię? Jeżeli nie, to nazwę cię „Markiz". Coś mi chodzi po głowie, że takie powinieneś mieć imię. Nie wiem skąd ten pomysł, ale tak powinno być. Taki jesteś ładny i dystyngowany, jak jakiś arystokrata. Tak, to imię pasuje do ciebie, mój ty przyjacielu.

Ptak, jak do tej pory nie wydał z siebie żadnego dźwięku, nie wspominając nawet o nawiązaniu konwersacji. Prawdę mówiąc Dorota nie oczekiwała odpowiedzi. Nawet nie wiedziała po co to robi. W końcu rozmowa ze zwierzęciem, choćby nawet ptakiem, nie była żadnym sposobem na rozwiązanie jej problemów. Czuła się źle, mdliło ją, a do tego ten tępy ból, który chyba pochodził z całego ciała. Wszystko to stanowiło mieszankę, która nie pozwalała logicznie myśleć. Wzrok też nie funkcjonował, jak należy. Bywały momenty, że widziała wyraźnie, ale były i takie, że wszystko się zlewało tworząc trudną do przeniknięcia mgłę.

- Wiesz mój mały przyjacielu, że jeden taki świr mnie tu trzyma. Porwał mnie i nie chce powiedzieć, co ze mną będzie. Gdybyś tak mógł mnie uwolnić albo jak gołąb dostarczyć wiadomość komu trzeba, byłoby super. – Patrzyła na niego wyczekująco, ale stworzenie nie wykazywało najmniejszej inicjatywy, aby nawiązać rozmowę. – Kurwa mać, nie mogę tu siedzieć bez końca! – warknęła poirytowana. To wszystko nie miało sensu. Po chwili jednak uznała, że nie powinna się wściekać na Bogu ducha winne stworzenie. – Uważaj lepiej na tego człowieka, bo on ci może zrobić krzywdę. Mówię poważnie, ja nie żartuję, Markiz. Skoro mnie krzywdzi, to ciebie tym bardziej może.

Jak gdyby na potwierdzenie jej ostrzeżenia w pomieszczeniu nagle zgasło światło. W jednej milisekundzie wszystko zakryła złowroga ciemność. Drzwi musiały być zamknięte albo na korytarzu również nie było światła, bo jej oczy nie były w stanie wychwycić ani jednego fotonu. Dorota nie miała siły się poruszyć, choć sama idea, aby wykonać jakikolwiek ruch w tych warunkach wydawała się pozbawiona sensu. Odetchnęła tylko głęboko i ponownie zamknęła oczy. Przyszłość była tak ciemna, jak otoczenie w tej chwili. Być może było gdzieś jakieś światełko w tunelu, ale ona jeszcze go nie dostrzegała.

Poczuła jak spod powiek wypływają łzy. Dwie cienkie stróżki popłynęły w nieznane i nawet poprzez skórę nie była w stanie śledzić ich drogi. Otworzyła oczy i zatrzepotała powiekami próbując pozbyć się w ten sposób niechcianych łez. Gdzieś coś zaskrzypiało, zachrobotało, a później usłyszała przytłumione dźwięki przypominające kroki. Leżała w całkowitym bezruchu, wychodząc z założenia, że tak będzie lepiej. Kilka sekund potem ptak zaszczebiotał, jak ktoś zachęcony lub zmotywowany do działania ustalonymi wcześniej sygnałami. Wkrótce jednak zamilkł.

- Wiesz co, ptaszku? – Zaczęła szeptać, gdy zdała sobie sprawę, że wokół zapadła nienaturalna wprost cisza. – Ty się zajmij sobą, a ja spróbuję trochę odpocząć. Wszystko mnie boli i jestem totalnie nie do życia. Może gdybyś był złotą rybką to byśmy się szybciej dogadali, bo wtedy spełniłbyś moje trzy życzenia. Pierwszym byłoby na pewno, żeby ten skurwiel zdechł. A jeszcze lepiej, żebym to ja go załatwiła. Tylko, że ty nie jesteś pierdzieloną rybą. I tak sobie myślę, że chyba żaden ptak na świecie nie jest w stanie mi teraz pomóc.

Zamknęła powoli oczy, ale ponownie natychmiast je otworzyła, gdy tylko uświadomiła sobie pewną rzecz. – Zaraz, zaraz, ty przecież jesteś Markiz! Oczywiście, że to ty! Głupie, wręcz denne imię, ale je zapamiętałam! Jesteś jego – nie wiem – towarzyszem, a może maskotką, ale w każdym razie jego pieprzonym ptakiem! Tak mówił tamten kaleka na wózku. I powiedział jeszcze, że jak ty się zjawiasz, to twój pan zawsze jest w pobliżu. Boże, co ja pieprzę? Przecież to ja cię tak nazwałam. Nie, jednak, nie. To tamten kaleka tak cię przedstawił, chyba? Jezu niczego już nie jestem pewna. Co mi jest? Chyba zaczyna mi odbijać?! – Zamilkła, próbując zebrać myśli, ale trzeźwość umysłu nie była w tym momencie jej mocną stroną. Już sam fakt, że rozmawia ze zwierzęciem był wręcz poroniony. Z jednej strony cieszyła się, że pamięta szczegóły z przeszłości, ale jednocześnie czuła, jak na powrót wzrasta w niej poczucie wściekłości.

- Czy tamten świr jest gdzieś w pobliżu? Powiesz mi, czy jest? Czy to, że tu jesteś coś znaczy? – Zacisnęła zęby czekając na odpowiedź. Ptak nie miał jednak zamiaru do niej przemówić, nawet w ptasim języku. Najpierw ją to rozbawiło, że oczekuje od głupiutkiego stworzenia odpowiedzi na postawione przez siebie pytania, ale bardzo szybko poczuła wzrastającą frustrację.

- Kurwa, Markiz, ty pierdolony ptaku, nawet z tobą nie mogę sobie spokojnie pogadać?! Nawet z tobą?! Pieprzone ptaszysko! Jesteś jego szpiegiem, czy może niewolnikiem, jak ja?! – zawołała, ale z ciemności dotarł do niej jedynie łopot skrzydeł. To że mężczyzna może ją usłyszeć nie miało znaczenia. – A pieprzyć cię! Jestem skonana i muszę odpocząć. Czuję, jakbym miała za moment umrzeć. Też tak kiedyś miałeś? Na pewno nie. No dobra, przepraszam za ten atak. – Ton jej głosu zrobił się spokojniejszy, wręcz łagodny. – Jestem zmęczona, tak bardzo zmęczona. Muszę się koniecznie przespać, a ty w tej ciemności też raczej sobie nie polatasz, więc też idź spać. Na szczęście nie widziałam tu kota, bo wtedy miałbyś przekichane. Wiesz, że koty to dranie? Pewnie, że wiesz. To wiedzą wszystkie ptaki

Coś zatrzepotało w nieokreślonej przestrzeni wokół niej i dosłownie chwilę później na jej ramieniu wylądowało coś lekkiego i delikatnego. Od razu pojęła z czym ma do czynienia. – Markiz, co ty sowa jesteś, że po ciemku latasz? W sumie...? A co mi tam? Możesz być sobie nawet sową, co mnie to obchodzi? Nooo... wszystko, byle nie nietoperz. Nie cierpię nietoperzy – wyszeptała niemalże bezgłośnie, tak, aby nie wystraszyć towarzysza niedoli. Obok ucha coś zaświergoliło, a ona skwitowała to uśmiechem.

- Tylko, żebyś nie był gadułą, bo bardzo chce mi się spać.

# *9.*

- No, już dosyć tego dobrego, budzimy się.

Głos był znajomy, ale Dorota nie potrafiła go w tym momencie do nikogo dokleić. Potwornie bolała ją lewa strona głowy. Poruszyła szczęką na boki sprawdzając, czy aby nie jest złamana. Ból jaki sobie w ten sposób zaserwowała był chyba czymś najgorszym, co ją w życiu spotkało. Właśnie złapała się na tym, że już kilka razy w ten sposób podsumowywała skalę bólu. Jeżeli każdy następny raz ma być silniejszy od poprzedniego, to co ją czeka w przyszłości? Do tego jeszcze jej małżowina uszna, a właściwie to całe ucho pulsowało dziwnym rytmem. Poczuła jak spod powiek wypływają łzy. Pociągnęła głośno nosem i spróbowała jakoś stłumić ból, oczywiście z marnym skutkiem. W tym momencie przypomniała sobie, co się stało, zanim straciła przytomność, bo niewątpliwie straciła skoro teraz ją odzyskała. To była banalnie wręcz prosta logika. Chwilę później skojarzyła do kogo należał głos.

- Nie udawaj już, kretynko, bo kiepska z ciebie aktorka. Wiem, że nie śpisz. No dalej mam do ciebie niespodziankę, która ci się na pewno spodoba.

Otworzyła oczy, zatrzepotała powiekami i spróbowała odgarnąć włosy z czoła. Ku jej ogromnemu zaskoczeniu nie jedna, a dwie dłonie dotknęły włosów i odsunęły je za ucho. Pierwsze co zrobiła, to spojrzała, aby sprawdzić, co się dzieje. Ponownie zobaczyła kajdanki, ale tym razem były one zatrzaśnięte na obu nadgarstkach. Pamiętała, że miała skrępowaną tylko lewą rękę, a tu taka zmiana. Pomiędzy obydwiema obręczami tkwił zamocowany łańcuch. Powiodła spojrzeniem wzdłuż ogniw, jak gdyby zamierzała je policzyć i sekundę później przerażona stwierdziła, że jest naga.

- O Jezu! – krzyknęła i niemalże podskoczyła. Natychmiast usiadła, złączyła nogi i podciągnęła je do klatki piersiowej, tak że kolanami dotknęła niemalże do brody. Dodatkowo jeszcze zasłoniła się ramionami. Było jej strasznie wstyd i prawdę mówiąc nie wiedziała jak powinna zareagować. Słowa protestu same się pchały do ust, ale tak naprawdę nie miała ochoty ich wypowiadać. Czuła się brudna i zbrukana. Poszukała wzrokiem swojego oprawcy. Znowu siedział na krześle, jak poprzednio. Jedyna zmiana w jego wyglądzie, to dodatkowy otwór w kominiarce, który odsłaniał usta. Gościł na nich szeroki uśmiech odsłaniając dwa rzędy idealnie równych i lekko żółtawych zębów. W innych okolicznościach uznałaby, że pięknie się uśmiecha, ale to przecież był ten palant, ten świr, który chciał ją skrzywdzić, a teraz do tego jeszcze poniżył. To był ten moment, kiedy powinna się jeszcze mocniej rozpłakać, a ona niespodziewanie zablokowała się.

- Dlaczego jestem goła? – zapytała, pełna przerażających przeczuć. Nie była już głupiutką nastolatką i doskonale wiedziała, że skoro zdjął z niej ubranie, w czasie gdy była nieprzytomna, to zrobił to w oczywistym celu. Boże, on mnie zgwałcił! – straszna myśl przebiegła jej przez głowę.

- No co? Spokojnie nagusko. Musiałem cię przecież umyć. Tak naprawdę, to strasznie śmierdziałaś. – Mężczyzna cały czas się uśmiechał, jakby mówił o zwyczajnych rzeczach.

- Umyłeś mnie? Tak po prostu? Całą? Tam też? – Brnęła w pytania, na które tak naprawdę nie chciała usłyszeć odpowiedzi.

- Calusią i tam też. – Jego głos zabrzmiał triumfująco. Tak jej się przynajmniej wydało.

Dorocie ponownie zachciało się płakać. Ból głowy natychmiast stracił na znaczeniu i zszedł na dalszy plan. Tak bardzo zapragnęła płakać, bo aż niemalże namacalnie czuła, że została skalana przez tego człowieka. Łzy w jej mniemaniu miały moc sprawczą czynić cuda i powinny zmyć cały bród, którym ją zbrukana.

Jak on mógł? Jak ten popapraniec mógł? I Bóg jeden tylko wiedział – no i oczywiście on sam – co jej przy tym robił. Była nieprzytomna i co za tym idzie niczego nieświadoma. Nienawidziła go teraz jeszcze bardziej i nawet nie chciała tego ukrywać. Wściekłość walczyła ze strachem, a poniżenie z chęcią zemsty. Tak naprawdę to cała ta sytuacja przerastała jej możliwości, tak emocjonalne, jak i intelektualne. Czegoś od niej chciał, to nie podlegało dyskusji. Tamtego bredzenia o ślubie nawet przez moment nie brała poważnie pod uwagę. Nie chciał pieniędzy, choć ją porwał. Czyżby zamierzał puścić ją za darmo, ale dlaczego miałby to zrobić? To nie miało sensu, a przynajmniej ona go nie dostrzegała. Jej starania, aby uronić choć łezkę okazały się tym razem być daremne.

- Chcesz zapalić, Dorotko? – zapytał i wyciągnął w jej kierunku papierosa i zapalniczkę.

- W dupie mam twojego... – warknęła, ale nie dał jej dokończyć.

- Wściekła suczko... ponownie nie zapytam. – Poruszył dłonią, jak gdyby ważył przedmioty, które trzymał.

- Tak, zapalę. – Jęknęła niemalże, bo właśnie przegrała z nałogiem. Poszczuł ją w ten sposób. Gdy tylko zobaczyła tego papierosa niemalże od razu poczuła głód nikotynowy.

Wstał i podszedł do niej kawałek, po czym rzucił oba przedmioty i ponownie usiadł. Wsadziła papierosa do ust i zapaliła. Łapczywie zaciągnęła się dymem i z lubością wypuściła przez nos. Nikotyna sprawiła, że trochę się uspokoiła. Zajęta paleniem nie zwracała uwagi na swojego oprawcę.

- Dasz mi jakieś ubranie? – zapytała, gdy skończyła, licząc naiwnie, że otrzyma pozytywną odpowiedź.

- Nie, moja Dorotko – odpowiedź była krótka i oczywiście niczego nie wyjaśniała. Nie wytłumaczył dlaczego nie da jej ubrania lub innego nakrycia.

- Pewnie dopiero jak rzeczy wyschną? – dopytała wspierając się tym razem logiką.

- Wyschną? – tym razem to on zapytał szczerze zdziwiony.

- No... Rozumiem, że moje ubranie wyprałeś?

- Nie robię tu za służącego albo gosposię, Dorotko. Wyrzuciłem wszystko do śmieci.

- Wyrzuciłeś? – Musiała się upewnić, że dobrze usłyszała.

- Dokładnie.

- Wyrzucił, wyrzucił – szeptała do siebie, ale na głos raz jeszcze dopytała. – Rozumiem, że dostanę coś w zastępstwie? Nie mogę tak...

- Nie będzie ubrania. Jesteś za ładna, żeby cię ubierać. – Zabrzmiało to bardzo zdecydowanie i z pewnością nie było żartem. Założył nogę na nogę, splótł ramiona na piersiach i na coś wyraźnie czekał.

W jej mózgu ponownie ktoś przekręcił przełącznik na pozycję oznaczoną jako „wściekłość".

- Ty pieprzony fiucie myślisz, że możesz się ze mnie naigrywać?! Mam tu siedzieć goła, bo masz takie życzenie?! Co ty sobie myślisz ty popierdoleńcu?! Jak masz jaja, to podejdź tu do mnie, a ja ci zaraz pokażę z kim masz do czynienia! – Ten potok słów niemalże wykrzyczała, ale nie wywarła na nim chyba żadnego wrażenia, bo nawet nie zmienił pozycji, za to z jego ust wypłynęło jedno słowo, którego nie zrozumiała.

- Co? – zapytała odruchowo.

- Szmatą – powtórzył spokojnie.

- Co, szmatą? – Nie pojmowała znaczenia ani tym bardziej kontekstu.

- Mam do czynienia ze szmatą – wyjaśnił, jak gdyby mówił o najzwyklejszej rzeczy. – Jesteś nikim i tak już zostanie. Nie dostaniesz ubrania, nawet skromnych gaci. Będziesz tu siedzieć goła, a jak dostaniesz okres, to ja będę się napawał twoim wstydem. Będę patrzył jak się wypróżniasz i robisz inne rzeczy. I będę cię mył regularnie, żebyś czuła się w ten sposób zbrukana.

- Ty gnoju! – zaryczała i nie do końca świadoma co robi, rzuciła się w jego stronę.

Nie zważała na łańcuch ani na to, że odsłania i wręcz eksponuje swoją nagość. Przestała myśleć, a właściwie to myślała o jednej, jedynej rzeczy, która w tym momencie stała się jej obsesją. Chciała go zabić. Czuła zew krwi, jak drapieżnik w trakcie polowania, a żeby to zrealizować musiała zlikwidować tylko jedną barierę: dystans. Kilka metrów do przebycia, aby osiągnąć upragniony cel. Pochyliła głowę i zamknęła oczy. To było silniejsze od niej i nie wiedziała po co to robi. Powinna raczej uważnie patrzeć, skoro za sekundę stoczy bitwę. Przypomniała sobie o pinezkach w momencie, gdy coś wbiło się w jej lewą w stopę. Tym razem jednak się nie wycofała. Zamiast tego kolejna kończyna doświadczyła tego samego z tą tylko różnicą, że dwie lub trzy wbiły się w ciało. Chwilę później stało się to co nieuniknione. Silne szarpnięcie zwaliło ją z nóg. Uderzyła lewym łokciem o betonową posadzkę, aż przez całe ciało przeszedł przysłowiowy prąd. Wiedziała, że łańcuch zadziałał jak smycz ograniczająca zasięg agresywnego psa. Nie rozumiała tylko, dlaczego nie udało jej się dosięgnąć zamierzonego celu. Szybko powstała, ale gdy tylko jej stopy dotknęły podłoża natychmiast zasyczała z bólu i niezdarnie usiadła. Wbite w ciało malutkie ostrza wysyłały silny sygnał bólowy do skołowanego mózgu.

Zapomniała, że nie jest sama, że nie ma na sobie nic, co można by nazwać ubiorem. Podwinęła prawą nogę tak, aby móc zobaczyć spód stopy. Dojrzała dwa okrągłe kształty, spod których sączyły się stróżki krwi. Najdelikatniej jak tylko potrafiła, z zaciśniętymi zębami ujęła dwoma palcami pinezkę i powoli wyciągnęła z ciała. Bolało mniej niż się spodziewała. Po chwili to samo zrobiła z kolejną. Tym razem zabolało i to mocno. Po wykonaniu czynności wyprostowała nogę i podwinęła drugą. Było tak, jak się spodziewała. W tym przypadku musiała pozbyć się tylko jednego intruza. Dyszała przy tym, oddychając przez nos. Jej oddech był głęboki, ale przerywany. Myśli kotłowały się zbyt szybko, aby mogła skupić się na czymś innym niż te pieprzone pinezki.

- Dobrze ci idzie – mężczyzna powiedział to z wyraźną aprobatą albo tylko chciał aby to tak zabrzmiało.

- Nie odzywaj się do mnie. – Dorota pociągnęła głośno nosem, po czym wyprostowała swoje obie niezwykle smukłe i zgrabne nogi, i rozejrzała się po podłodze, jak gdyby czegoś szukała. Delikatny uśmiech zagościł na jej twarzy, gdy pochylała się, a następnie chwyciła krawędź koca na którym siedziała. Lekko uniosła pośladki, aby wyciągnąć trochę materii spod ciała. Teraz róg koca położyła na swym łonie i mocno westchnęła. Najbardziej intymną część ciała miała teraz zakrytą. Zamknęła oczy i wykonała kilka głębszych oddechów. To pomogło się uspokoić, ale nie zgasiło źródła bólu, który nadal promieniował od kontuzjowanego łokcia.

- No to co ci się śniło, że byłaś taka rozanielona? Może sex? Opowiadaj, pękam z ciekawości.

Dorota nie miała zamiaru opowiadać, choć miał rację z tym seksem. Rzadko miewała erotyczne sny, ale tym razem trafiło się i śniła o nieznanym kochanku, którego nie zapamiętała, a może w ogóle nie znała. Dlaczego jednak śniła erotyk, kiedy w realnym świecie dopadło ją coś tak złego, jak porwanie? Tę zagadką mógł rozwiązać chyba tylko Freud.

- Gówno cię to obchodzi! – warknęła w jego stronę, po czym profilaktycznie poprawiła koc.

Zaraz, zaraz, pomyślała o czymś, co dopiero teraz wykiełkowało w jej głowie, a może raczej wystrzeliło jak petarda na sylwestra. Co on mówił o okresie? Że jak dostanę okres, to on będzie patrzył i... Jezu to ile on mnie chce tu trzymać? Okres dostanę dopiero za dwa tygodnie, Boże!

- Ile tu będę? – zapytała na tyle grzecznie na ile było ją w tej chwili stać. Adresat pytania spojrzał w jej stronę i przerwał czynność, którą można by było nazwać: wydłubywanie brudu spod paznokci.

- Nie myślałem jeszcze – wyszeptał i dla dodania większego znaczenia swoim słowom wzruszył nieznacznie ramionami.

- Nie myślałeś? Ale chyba masz jakiś plan?

- Plan? Jasne, że mam... Zaraz wracam – powiedział, podniósł się z krzesła i szybko wyszedł z pomieszczenia.

- Pytałam o coś! – rzuciła w ślad za nim w momencie, gdy podchodził do drzwi i ponownie nie usłyszała odpowiedzi. Została sama. Nie miała pojęcia, co może oznaczać: zaraz wracam. „Zaraz" to znaczy za pięć minut, czy może za dwie godziny?

Nie musiała długo czekać, choć bez zegarka na ręku i telefonu nadal miała problemy z mierzeniem czasu. Upłynęło być może kilka minut, gdy zjawił się niosąc kolorową foliową torbę. Nie była przezroczysta, dlatego pomimo ogromnych chęci nie była w stanie dostrzec, co zawierała. Mężczyzna ponownie usiadł, położył reklamówkę na kolanach i sięgnął do środka. W jego ręku pojawiła się pękata szklanka. – Trzymaj! – niemalże krzyknął i nie czekając na jej reakcję rzucił naczynie w jej stronę. Złapała z trudnością i przez chwilę przyglądała się prezentowi. Na chuj mi szklanka? pomyślała. Odstawiła ją na podłogę i spojrzała na swojego oprawcę.

- Lubisz mocniejsze trunki? – zapytał wyciągając butelkę wódki Sobieski. – Ja lubię. Wolę wódkę niż piwo. Chociaż...

- Gówno mnie obchodzą twoje preferencje alkoholowe! – zawołała przerywając mu w połowie zdania.

- No i znowu się podniecasz. I po co to? Myślisz, że jak będziesz się darła, to coś w ten sposób zmienisz? Ktoś usłyszy wołanie i tu wpadnie, żeby cię uratować? Tak kombinujesz? To się mylisz. Nikt nie usłyszy i nikt nie przyjdzie. Ta okolica, to kompletne zadupie.

Myślałaś, że trzymam cię w kamienicy albo w bloku? No nic, Dorotko. – Mlasnął głośno ustami. – A teraz chciałbym dla przełamania lodów wypić z tobą troszeczkę. Wiesz, alkohol zbliża ludzi i poprawia atmosferę. Zobaczysz, że od razu poczujemy się lepiej. Tak postępują cywilizowani ludzie. – Swoją przemowę zakończył delikatnym uśmiechem.

- Pierdol się! – rzuciła w jego stronę. – Nie będę piła z wrogiem, tym bardziej, gdy jest w połowie tylko mężczyzną. Może i masz fujare, ale na pewno nie masz ikry, nie masz jaj!

Adresat jej słów, jak gdyby nigdy nic sięgnął ponownie do torby i wyciągnął kolejną szklankę. Odłożył torbę i odkręcił butelkę. Patrzyła jak powoli nalewa przezroczystej cieczy zapełniając do połowy naczynie. Nieco nieporadnie – nadal trzymał szklankę – zakręcił butelkę i postawił obok swojej nogi. Podniósł naczynie do ust i powąchał.

- Wyborna – stwierdził i wypił duży łyk.

Dorota obserwowała to jak zahipnotyzowana. Nie przepadała akurat za tą marką wódki, a jeśli już to pod postacią drinków. Teraz jednak poczuła nieodpartą ochotę na alkohol pod jakąkolwiek postacią. Była jeszcze młoda i lubiła się bawić, a alkohol zwykle pomagał zapomnieć o problemach w pracy. Lubiła więc wypić, czasami aż do przesady, ale też wiedziała kiedy powinna przestać. Przełamał dumę, złapała szklankę i uniosła na wysokość twarzy. Zrobiła to z trudem, bo łańcuch bardzo przeszkadzał.

- Mogę? – zapytała i szybko dodała, jak gdyby bała się, że nie zostanie dobrze zrozumiana. – Też bym... No chciałabym troszeczkę.

- Oczywiście. – Chwycił butelkę i ponownie nalał sobie podobną ilość, co poprzednio.

Dorota obserwowała jak to robi, a robił to nieco nieporadnie i sporo przy tym porozlewał. Była ciekawa, co zrobi, aby ją poczęstować. Podejdzie do niej licząc, że gdy już się uspokoiła, to nie odważy się nawet poruszyć, aby nie odkryć swojej nagości, czy może rzuci butelką, jak zrobił to wcześniej ze szklanką. Ku jej zaskoczeniu pochylił się, położył butelkę na podłodze i poturlał ją w jej stronę. Butelka zatrzymała się przy krawędzi koca, na którym siedziała. Spojrzała najpierw na butelkę, a później na swoją szklankę. Z tego miejsca nie mogła jej dosięgnąć.

- No co jest? – usłyszała. – Liczysz, że wstanę i ci ją grzecznie podam? Rusz tą swoją ładną dupę!

- Nie, nie liczę – odpowiedziała spokojnie, choć perspektywa napicia się działała na nią niezwykle podniecająco. – Możesz się odwrócić albo chociaż zamknąć oczy? – Chciała znowu dodać „fiucie", ale jednak się powstrzymała.

- Odwrócić, zamknąć oczy? I co jeszcze? No dobrze, odwrócę głowę, ale tylko na chwilę – powiedział z wyraźnym rozbawieniem.

Poczuła ulgę, gdy usłyszała te słowa. Kiedy zobaczyła, że odchyla głowę do góry natychmiast rzuciła się do przodu, a sekundę później wróciła do poprzedniej pozycji. – Już można – wyszeptała i nalała sobie prawie aż po krawędź przezroczystego płynu. Gdy opuścił głowę ona już siedziała przykryta, a szklanka stała tuż obok. – Mam odturlać butelkę z powrotem? – zapytała i spojrzała wyczekująco.

Mężczyzna uśmiechnął się szeroko i podniósł szklankę ku górze w geście toastu. Cały czas szczerzył zęby niczym ktoś kto jest w siódmym niebie. Było mu bezsprzecznie wesoło, to nie podlegało dyskusji. Na jej zapytanie odpowiedział przeczącym ruchem głowy.

- To za co wypijemy Dorotko? – zapytał i zaraz sam sobie odpowiedział. – Myślę, że za nas... no i za przyszłość. – Nie czekając na nią przystawił szkło do ust i zaczął powoli spijać swoją porcję.

Pierdol się! Dorota przesłała mu w myślach życzenie i poszła w jego ślady. Wypiła dwa łyki i poczuła odruch wymiotny. Chwilę z tym walczyła, a gdy stwierdziła, że już można, dopiła resztę. Powtórnie się źle poczuła, ale tym razem było już gorzej. Zawartość żołądka powędrowała przełykiem ku górze i zatrzymała się w ustach. Z odrazą połknęła to z powrotem. W oczach pojawiła się wilgoć. Kilka razy odetchnęła przez szeroko otwarte usta. Minutę później wszystko powróciło do normy. Nie zwróciła uwagi, że przez cały ten czas mężczyzna obserwował ją, nie kryjąc przy tym, że dobrze się bawi.

- Widzę, że jakoś weszło. – Zmienił pozycję nóg i dopił resztki ze szklanki. – Rzadko się widzi, żeby kobieta tak piła. Nie będę ukrywał, że jestem pod wrażeniem. Masz, pij, reszta jest dla ciebie. Ja niestety nie mogę, prowadzę, ha, ha.

Dorota patrzyła na niego z odrazą. Nawet nie zamierzała tego ukrywać. Wypity alkohol sprawił, że poczuła się rozluźniona, zrelaksowana i co ważne nabrała odwagi, a nawet brawury. Chciała myśleć logicznie, aby opracować jakiś plan. Sama nie wiedziała jeszcze do czego zmierza, ale z pewnością miało się to wiązać z ucieczką.

- Aha, zapomniałbym. – W jej stronę poleciało coś, co miało owalny kształt i srebrną barwę. Złapała to odruchowo, choć łańcuch nadal bardzo przeszkadzał. Przez moment przypatrywała się zawiniątku. Trzymała w obu dłoniach coś stosunkowo miękkiego, co było owinięte folią aluminiową. – Masz tu bułkę z serem – wyjaśnił. – Dawno cię nie karmiłem. Jeszcze mi tu schudniesz, Dorotko. – Zaśmiał się i dodał: – Wodę przyniosę ci później.

Odsunęła precz dumę i łapczywie pożarła bułkę. Ten palant miał rację. Nie jadła od... nie mogła sobie przypomnieć, kiedy zjadła tę nieszczęsną fasolkę. Nie miała przy sobie żadnego urządzenia do mierzenia przepływu czasu. Nie było okna, przez które wpadałyby promienie słońca lub czerń nocy. Nie wiedziała, która jest godzina, jaki jest dziś dzień. A przed wszystkim nie miała bladego pojęcia, jak długo tu jest. Do tej pory jeszcze się nie wypróżniała do wiadra stojącego obok. Jedynie dwa razy zrobiła siku. Nie miała pojęcia, kiedy on je wreszcie zabierze, bo zaczynało już zwyczajnie śmierdzieć. Perspektywa „dołożenia" do tego jeszcze „czegoś", była wręcz koszmarna.

Gdy skończyła jeść poczuła potrzebę wypicia czegokolwiek. Marzyła o kawie, ale tego raczej nie dostanie. Nawet gdyby, to nie zamierzała się płaszczyć przed tym cholernym zboczeńcem. Rzuciła okiem na butelkę i szklankę. A raz kozia śmierć, pomyślała. Napełniła szklankę i pijąc popatrzyła na mężczyznę. Obserwował ją, ale uśmiech z jego twarzy już zniknął. Piła powoli, nie śpiesząc się. Łyk za łykiem. Z każdą wypitą porcją w żołądku robiło się coraz cieplej. Gdy skończyła i sięgnęła ponownie po butelkę, w głowie miała już przemiły mętlik i nawet przez głowę przemknęło, że jej los nie jest znów, aż taki tragiczny, jak jej się jeszcze niedawno wydawało. Już wiedziała, co mu zrobi, gdy tylko się uwolni. Na razie nie zamierzała tego zdradzać nawet przed samą sobą, ale w podświadomości miała już ułożony plan. Nalała resztę z butelki, a on nadal patrzył na nią zimnym, wyrachowanym wzrokiem. Pomyślała, że wiele by oddała, aby dowiedzieć się, co knuje. Dopiła do końca i odwróconą do góry dnem szklankę odstawiła na posadzkę. Butelka była już pusta, a więc koniec picia, podsumowała w myślach. Nie zastanawiając się co robi chwyciła butelkę i uderzyła nią o podłogę. Butelka z głośnym hukiem rozsypała się na drobne odłamki. Szyjka, którą trzymała, pękła wzdłuż. W zamyśle miała zrobić z niej broń i wykorzystać ją przeciwko niemu.

Adresat jej zamysłów podrygnął lekko na dźwięk tłuczonego szkła, po czym uśmiechnął ironicznie i pokręcił głową na boki. Ta mina i gest mówiły wszystko. Znowu w jego oczach zrobiła z siebie idiotkę, ale tym razem było jej to obojętne. Alkohol skutecznie stępił niektóre doznania.

- No chodź ty skurwysynu! – zawołała poprzez zaciśnięte zęby. Przyjrzała się „broni", którą dysponowała, ale zobaczyła jedynie niewielki kawałek szkła wystający poza powierzchnię dłoni.

- Nie chcesz Dorotko, żebym do ciebie przyszedł. Wierz mi, ty cholerna debilko, że nie chcesz – mówiąc to powstał z krzesła.

Patrzyła na niego nie wiedząc, co ma myśleć. Podejdzie do niej i będą walczyć, czy może odwróci się i odejdzie pozostawiając ją z tym całym balastem negatywnych emocji, który w sobie zgromadziła. Ścisnęła mocniej resztki butelki i poczuła pieczenie. Zerknęła i ujrzała kilka kropel krwi ściąganych w dół siłą grawitacji. Ponieważ dłonie miała teraz ponad kolanami (a te już nie były przykryte kocem), to czerwona ciecz znaczyła ślady na jej gładkiej skórze.

Mężczyzna stał nieruchomo i nie posunął się ani o metr w jej stronę. Patrzył tylko i to już samo w sobie było niezwykle irytujące. Na pewno coś planował, na co ona na pewno nie jest przygotowana. Coś powinna teraz zrobić, ale nie bardzo wiedziała, co? Zresztą co by mogła uczynić, jeżeli znalazła się w takim położeniu.

- No chodź! No chodź do mnie, ty mały chujku! Podejdź tylko, a pokażę co ci zrobię tym kawałkiem szkła!

Krzyczała, próbując go w ten sposób sprowokować. Chciała walczyć i zapewne rzuciłaby się na niego, nie zważając jak długi jest łańcuch. Przypomniała sobie o fakcie, którego na pewno nie powinna zapomnieć.

Nagość! Nagość! To, że była goła powstrzymał ją od działania, choć i tak eksponowała teraz swoje wdzięki, bo koc zsunął się z jej ciała. Wiedziała, że wygląda teraz żałośnie, ale to tylko podwajało jej furię. Nieoczekiwanie dla niej organizm postanowił to przerwać. Poczuła ucisk na żołądku, a sekundę później zwymiotowała jego zawartość, oblewając ohydną papką swoje piersi i brzuch.

Odruchowo odrzuciła szkło, byle dalej od siebie szarpiąc przy tym łańcuchem. Metalowy sznur podskoczył poderwany rękoma, a jedno z ogniw lub kilka uderzyło ją w łuk brwiowy. Poczuła ciepło, a później musiała przymknąć powiekę, gdy krew zaczęła spływać z rany. Tego już było dosyć.

- Oj Dorota, Dorota. – Jej oprawca pokiwał głową z politowaniem. – Słów brakuje, żeby to opisać. Twoja głupota jest wielka jak Kasprowy Wierch albo i większy. Przyniosę ci ty durna babo wodę do mycia.

- Ja chcę do domu. Uwolnij mnie, proszę. Boże święty, tak bardzo chcę do domu. – Usłyszała własne słowa, a za moment zaczęła płakać. Najpierw cicho, jakby nieśmiało, a później coraz głośniej. W momencie, kiedy w drzwiach znikał zarys sylwetki, zawodziła wręcz, nie mogąc powstrzymać emocji.

## *10.*

Robert Bakan, były policjant, który od kilku lat wiódł nudny żywot na emeryturze, trochę, a właściwie to mocno zablefował chwaląc się, że nie będzie problemu z odnalezieniem kobiety. Prawdę mówiąc „odnalezienie” to nie było właściwe określenie, gdyż tamta kobieta po prostu uciekła i zaszyła się gdzieś, aby dojść do siebie, a przy okazji odpocząć od trudów dnia codziennego i od człowieka, który go wynajął. Tak wynikało z opowieści, której wysłuchał. Być może, a właściwie to na pewno nie życzyła sobie, aby ktokolwiek, a zwłaszcza ten nieszczęsny Kosma ją szukał, a tym bardziej namierzył. Było pewne, że nie będzie zadowolona, gdy on wreszcie odkryje jej kryjówkę. To jednak było zmartwienie, tego szastającego forsą pajaca, a nie jego. Świat się nie wywróci, kiedy trochę forsy przejdzie z jednej kieszeni do drugiej. Zwłaszcza, że nie trafiło na biednego.

Niejako wbrew sobie ponownie powrócił myślami do przeszłości. Z jego żoną było inaczej. Poszła jak co dzień do pracy i niewątpliwie chciała wrócić do domu, ale nie zdołała. Kochał swoją kobietę bardzo i sam fakt, że nie mógł nic zrobić doprowadzał go do szału. Nadal nosił zadrę w sercu i pomimo tego, iż wiedział, że robi z siebie idiotę, to jednak za każdym razem, gdy była okazja pytał czy ktoś jej nie widział. Po tylu latach uznano ją za martwą, ale on wcale nie czuł się wdowcem. Gdyby zobaczył ciało i mógł przychodzić na grób to z czasem by to zniósł, ale w tym przypadku najgorsza była ta niepewność. Oczyma wyobraźni widział ją uwięzioną w domu jakiegoś zwyrodnialca, który przez te wszystkie lata bawił się nią jak laleczką.

Tylko pod tym względem solidaryzował się ze swoim zleceniodawcą, chociaż uważał tego młodego człowieka za kompletnego kretyna. Kiedy zobaczył go w wejściu do baru, niepewnie rozglądającego się, od razu pomyślał, że widzi frajera, a gdy ten podszedł do Kozłowskiego – drobnego złodziejaszka – z kuflem piwa, to upewnił się, że czeka go coś niecodziennego. Dosiadł się na tyle szybko, aby sporo usłyszeć, a kiedy był świadkiem wręczenia pieniędzy, to chciał nawet to przerwać. Żal mu było tego człowieka, ale w końcu to nie była jego sprawa. Poza tym znał tego Kozłowskiego i nawet kilka razy z nim popił, dlatego nie chciał psuć mu dobrej zabawy.

Namierzenie telefonu to był bardzo dobry pomysł, tyle że było niewiele osób, którzy mogliby się tym zająć. Na to była potrzebna zgoda prokuratora, a on nie znał żadnego na tyle dobrze, żeby poprosić o coś takiego. Poza tym nie miał licencji detektywa, a bez tego ani rusz. Teraz był tylko byłym policjantem na emeryturze i to wszystko. Był jednak jeden taki, który mógł mu pomóc, ale on akurat wyjechał na wczasy w Bieszczady. Bakan wiedział, że ten człowiek nie rzuci wszystkiego, aby zrobić o co go poprosi. Musiał radzić sobie sam, czyli improwizować, a tego nie znosił.

- Oj Bakan, Bakan, myśl chłopie, bo myślenie w tych czasach, to naprawdę rzadki dar. Trzeba chyba zacząć od miejsca, gdzie był ten pokaz, a później się okaże. I nie gadaj za głośno, bo jeszcze ktoś podsłucha.

Lubił mówić do siebie na głos. Wiedział, że to zły nawyk, ale czuł się lepiej, gdy słyszał własny głos. Niektórzy nadmiernie gestykulowali, strzelali miny, a on lubił gadać do siebie. Wiedział, gdzie powinien się udać. Kosma mu trochę opowiedział. No może nie wszystko, bo jego instynkt podpowiadał, że jest coś jeszcze czego mu nie mówi. Nie zamierzał człowieka naciskać, widocznie miał powód. Poza tym trochę popili w barze i teraz nie był pewny, czy wszystko spamiętał. Lubił wypić, ale w swoim mniemaniu nie miał problemów z alkoholem. Jednak wtedy, gdy podjął się zadania wyraźnie przesadził. Poszedł później do domu tego Kosmy nadal wstawiony, ale natrafił na jeszcze bardziej pijanego gospodarza.

Siedział teraz w taksówce i trzymał na kolanach kolorową gazetę, w której była fotografia osoby, której szukał. Babka była naprawdę ładna, nawet bardzo, ale brzydkiej też by szukał z właściwą dla siebie energią. Szybko wyrobił sobie zdanie w tej sprawie. Ten facet, podobnie jak i ta kobieta byli co najmniej dziwni. Iskrzyło pomiędzy nimi bez przerwy, ale trzymali się razem, jak gdyby byli spięci jakimiś niewidzialnymi kajdankami. Uznał szybko, że nie ma sensu zawracać sobie tym głowy, bo to nie było jego zmartwienie.

Auto akurat podjeżdżało do celu podróży. Najpierw zwolniło, a później zatrzymało płynnie. Bakan odpiął pas, zapytał ile płaci i uiścił opłatę z niewielkim naddatkiem. Wysiadł i zlustrował budynek. Zawiedziony stwierdził, że nie było w tej fasadzie niczego wartego uwagi. Następnie odwrócił się plecami do budynku i przyjrzał okolicy. A więc to tutaj widziano po raz ostatni Dorotę Palicką, pomyślał. Wprawdzie Kosma mówił, że wyszedł pierwszy, a jego kobieta miała to zrobić zaraz potem, to jednak musiała tędy wyjść... chyba, że było inne wyjście, o którym nie wiedział. Postanowił pójść na zaplecze budynku i sprawdzić.

Wrócił po kilku minutach. Z tyłu były drzwi, ale niestety zamknięte. Nie zabolało go to specjalnie. Wydawało się mało prawdopodobne, że zechciała wyjść tylnymi drzwiami. Nie byłoby w tym większego sensu. Z tego co już wiedział nie miała auta (ani nawet prawa jazdy), a więc albo ją ktoś podwiózł, albo złapała taksówkę. Pierwszą opcję odrzucił niemal od razu. Z jej charakterkiem wydawało się nierealne, że ktoś zaoferowałby podwózkę. Kiedy tak stał rozmyślając, za jego plecami rozszedł się dźwięk towarzyszący otwieraniu drzwi. Odwrócił się gwałtownie, aby zobaczyć kto pojawił się w wejściu.

- Jak pan chce do środka, to dzisiaj nieczynne. Zresztą od ostatniego pokazu nic się tu nie dzieje. – Starsza kobieta, która wyglądała na sprzątaczkę patrzyła na niego z ciekawością, a wręcz typowym ludzkim wścibstwem.

- Tak, chciałem do środka, ale skoro zamknięte to trudno. Ale czy mógłbym o coś zapytać? – Przykleił na usta życzliwy uśmieszek i czekał na odpowiedź.

Kobieta otaksowała go wzrokiem, po czym cofnęła się do środka, aby po chwili wyjść z powrotem z mopem oraz wiadrem wody. Odstawiła swoje narzędzia pracy i rozejrzała się wokół, jak gdyby czegoś wypatrywała.

- Dobra, mojego Jarka jeszcze nie ma to mogę panu poświęcić chwilkę. Pytaj pan, tylko szybko, muszę jeszcze tu oporządzić.

Bakan szybko otworzył gazetę na właściwej stronie i pokazał kobiecie zdjęcie.

- Zna pani tę kobietę?

- Oczywiście, że znam. – Kobieta skrzywiła się niemalże z odrazą, gdy zerknęła na fotografię. – Tę sukę to zapamiętam do końca życia.

- To dobrze, bo mam kilka pytań. – Na jego twarzy zagościł tym razem szerszy uśmiech. Zamierzał w ten sposób poprawić atmosferę i sprawić, że kobieta będzie bardziej otwarta. Osiągnął jednak efekt odwrotny od zamierzonego.

- A pan to niby kto? – zmrużyła oczy, co miało chyba potwierdzić, że nie jest w ciemię bita. Widać było, że w tym momencie nie jest skora do wywodów.

- Szukam jej, po prostu – odparł szybko, jak gdyby bał się, że kobieta mu ucieknie. Wiedział, że jeżeli dobrze to rozegra, to zyska cenne źródło informacji.

- Nie pytałam co pan porabia, tylko kim pan jesteś? Chcę wiedzieć z kim rozmawiam – powiedziała zdecydowanym, nie znoszącym sprzeciwu tonem..

- Pan Kosma mnie przysłał. To podobno jej chłopak.

- Aaaa. Pan Kosma, no tak, to dobry człowiek. – Pokiwała głową, jak gdyby z uznaniem dla Kosmy.

- Ona zniknęła a on jej szuka. Mam mu pomóc w poszukiwaniach. Prosił mnie i to bardzo, bo to dla niego ważne.

- Ta wydra nie zasługuje na niego. Ta kobieta to diabeł wcielony, a on jest jej przeciwieństwem. Owinęła go sobie wokół małego palca. – Dla podkreślenia, o który palec chodzi podniosła rękę i wystawiła właściwy.

- Była tu pani, gdy był ten ostatni pokaz, na którym pani Palicka występowała?

- Oczywiście, przecież jestem tu codziennie. – Kobieta nie wiedzieć dlaczego nadal trzymała uniesioną rękę eksponując mały palec.

- A może widziała pani, jak pani Palicka wychodzi po pokazie?

- Żadna z niej pani. To zwykła suka i tyle! – wypaliła i niewiele brakowało, żeby Bakan dostał solidną porcją jej śliny. – Dla każdego jest niemiła, wręcz wredna. Jeżeli zaginęła, to Bogu dzięki i lepiej będzie dla wszystkich, żeby się nie odnalazła. Jak ktoś ją porwał, to powinien ją stuknąć pałą przez łeb i zakopać głęboko. Wiem, że nie powinnam tak mówić, ale w jej przypadku to mogę.

- Nie przesadza pani? – Bakan był zaskoczony tak negatywnym nastawieniem do Doroty Palickiej, tym bardziej, że Kosma aż tak bardzo nie skarżył się na swoją wybrankę. To tylko utwierdziło go w przekonaniu, że nie był z nim do końca szczery. Owszem wspominał, że miała trudny charakter i nie potrafiła nawiązać normalnych relacji z ludźmi, ale że aż tak?

- Ani trochę, szanowny panie. – Niespodziewanie nastawienie kobiety do jego osoby uległo diametralnej zmianie. Uśmiechała się wręcz życzliwie patrząc w jego stronę. – Suka, to suka. Ja jestem pozytywnie nastawiona do świata i ludzi. Ale jak żyję nigdy nie spotkałam tak ohydnego człowieka. Nie ma pan pojęcia, ile osób przez nią cierpiało, ile straciło robotę albo samemu się zwolniło, żeby nie mieć z nią do czynienia. Jak ktoś słyszał, że Palicką można gdzieś spotkać, to robił wszystko, żeby tak się nie stało. Tak, tak... tak właśnie.

- No tak, to przykre. A więc widziała pani jak wychodzi? Może była pani na zewnątrz?

- Nie, nie byłam na zewnątrz, ale za to słyszałam doskonale jak się kłócili, chociaż kłócili, to złe słowo, bo to ona się wydzierała. Ubliżała temu biedakowi i wręcz zmieszała go z błotem. Nie rozumiem, jak on mógł to cierpliwie znosić. Taki dobry człowiek, ale i on w końcu nie wytrzymał i coś jej powiedział. Wyszedł pierwszy, a ona kilka minut po nim. Ruszyłam za nią, bo byłam ciekawa, czy jeszcze coś odwali. Ale na szczęście, nie. Szybko złapała taksówkę, wsiadła do środka i odjechała, diabli wiedzą, gdzie?

- Zapamiętała pani może numer boczny tej taksówki albo rejestracyjny? – zapytał pełen nadziei. To był na razie jedyny trop. Gdyby wiedział dokąd pojechała, to mógłby w jakiś sposób odtworzyć dalszą drogę. Kto wie, może nawet nie opuściła tego miasta?

- Panie, czy ja wyglądam na jakąś bystrzachę? Nie widzi pan czym się tutaj zajmuję? Ja sprzątam! – dodała z naciskiem. – Poza tym, nie biorę do roboty okularów, bo już jedne zgubiłam. Zresztą i tak bym nie zapamiętała.

- No cóż... – westchnął wymownie. Jego nadzieje prysły, jak bańka mydlana. Chciał jeszcze zapytać o kolor i markę wozu, choć nie miało to większego sensu. Przecież w tym mieście były chyba tysiące taksówek.

- Ale jak usłyszałam, że się wydziera na taksówkarza, to coś mnie tknęło i zrobiłam fotkę telefonem.

- Zdjęcie?! Mogę zobaczyć? – Bakan poczuł się podniecony jak dziecko.

- Wiem proszę panią, że jest to nieszczęsne RODO, ale to jest naprawdę wyjątkowa sytuacja. – Bakan od kilku minut próbował przekonać do swoich racji pracownicę przedsiębiorstwa taksówkowego. Zanim zadzwonił, naiwnie sądził, że zdobycie danych albo przynajmniej numeru telefonu kierowcy będzie tylko formalnością. Tymczasem natknął się na ścianę, której nijak nie potrafił przebić. Dreptał po pokoju, zdenerwowany, ale to chodzenie wcale mu nie pomagało.

- Już panu tłumaczyłam, że nie podajemy takich informacji. RODO, które każdy z pracowników podpisał...

- Rozumiem to doskonale. – Przerwał bezczelnie. – Ale ja coś zostawiłem w tamtej taksówce i chciałbym to odzyskać, a właściwie to muszę koniecznie.

- To niech pan przyjedzie do nas. Wszelkie przedmioty pozostawione w naszych samochodach są składowane do depozytu.

- Nie chcę kurwa do żadnego depozytu! – wypalił wściekły. – Chcę się skontaktować z kierowcą. Droga pa...

- Do widzenia. – Krótka odpowiedź, a chwilę potem charakterystyczny dźwięk oznaczający koniec rozmowy umocniły go w przeświadczeniu, że musi spróbować innej ścieżki. Ręka z telefonem opadła w dół. Niepotrzebnie wybuchnął, ale cóż... taki miał charakter. Stał przez dobrą minutę bębniąc palcami po czole.

- Józek! – Imię kolegi sprzed lat walnęło go jak obuchem. – No właśnie!

Józef Węgiel, ksywa „Czarny" pracował jakiś czas temu w drogówce, a gdy wyleciał za branie łapówek zatrudnił się jako kierowca taksówki. Pamiętał, że ma jego numer zapisany w notesie. Wystarczyło tylko zadzwonić i poprosić o pomoc. Nie czekając rzucił się w poszukiwaniu brązowej książeczki. Kilka minut później siedział w fotelu i wstukiwał właściwe cyfry. Zanim jego rozmówca odebrał, pobieżnie zlustrował pokój, w którym przebywał i stwierdził, że będzie musiał pogadać z tamtą sprzątaczką, czy by mu nie wysprzątała mieszkania.

- Józiu? Czarny?! – prawie zawołał, gdy usłyszał charakterystyczne „halo". – To ja, Robert. Pamiętasz mnie jeszcze? Jasne, że pamiętasz. Jak mógłbyś zapomnieć gościa, z którym wyżłopałeś wanienkę wódki. Słuchaj, mam mały problemik.

- Cześć Robert, kopę lat. Co u ciebie?

- A jakoś się kręci. Wiesz, za dużo wolnego. A ty nadal na taksówce?

- Dokładnie.

- No to dobrze się dodzwoniłem.

- Pewnie, że dobrze. A co do problemiku, to ty zawsze masz jakiś problem. Co tym razem?

- Szukam, kurwa pewnego faceta, który jeździ na taksówce. To naprawdę ważne. Pomożesz, Józiu?

- Zobaczymy, co da się zrobić. Ale masz jakiś numer, przyjacielu? Rejestracja albo boczny?

- Tak, mam. Mam nawet zdjęcie. Zaraz ci wyślę na twój aparat.

- No to dawaj.

- Z góry dziękuję

Godzinę później otrzymał sms-em numer telefonu człowieka, który wywiózł gdzieś Dorotę Palicką. W głowie natychmiast pojawiła się obawa, czy tym razem los mu sprzyja. To przecież mógł być ślepy trop albo wręcz przeciwnie, coś przełomowego. Zadzwonił chwilę później.

- Dzień dobry panu. Dobrze się dodzwoniłem? Jest pan taksówkarzem na czarnym Citroenie Xsara Picasso? Mam rację?

- Dzień dobry. Dokładnie. W czym problem?

- Problem, jak problem. Jechałem raz z panem i chyba zostawiłem coś w pana taksówce. Można pana jakoś namierzyć albo inaczej, czy mógłby pan podjechać pod mój dom? Zapłacę z nawiązką jak za kurs.

- Nie kojarzę, żebym znalazł cokolwiek podczas sprzątania, ale nie ma sprawy, jeżeli pan zapłaci za przyjazd. Niech pan mi tylko poda swój adres, to zaraz będę.

Bakan ubrał pośpiesznie buty, chwycił gazetę, w której była podobizna Palickiej i szybko zszedł po schodach na sam dół. Gdy otwierał drzwi na zewnątrz usłyszał klakson samochodu. – Szybki, skubaniec, pomyślał i uśmiechnął się pod nosem.

Samochód, identyczny jak ten na zdjęciu zrobionym przez sprzątaczkę stał po drugiej stronie ulicy w zatoczce autobusowej. Około czterdziestoletni szczupły blondyn, w okularach przeciwsłonecznych stał oparty o drzwi od strony kierowcy.

Bakan przykleił sobie do twarzy swój najlepszy, dobroduszny uśmiech i szybkim krokiem ruszył w jego stronę. Zbliżając się lustrował kierowcę, próbując sobie wyrobić pogląd, z kim ma do czynienia.

- Dzień dobry – powiedział i chwycił za klamkę tylnych drzwi. – Wsiądę, dobrze? Lepiej niech pan znajdzie inne miejsce do zaparkowania. Za tę pieprzoną zatoczkę raz załapałem stówkę od piesków.

Usiadł i pobieżnie zlustrował wnętrze. Na przedniej szybie, w jej górnej części kierowca miał ponaklejane okrągłe naklejki, na których widniały dwie litery: SK. Nie zwrócił na ten fakt większej uwagi. Ot, po prostu fanaberia właściciela pojazdu. Równie dobrze na łączeniu dachu z szybą mógłby pozawieszać proporczyki, czy tym podobne rzeczy. Wiadomo przecież, że kierowcy lubują się w tego rodzaju ozdobach.

- Dzięki, dobrze wiedzieć.

Minutę później auto ruszyło. Jechali powoli, a kierowca przez cały czas rozglądał się szukając miejsca, gdzie mógłby zaparkować. Obydwaj milczeli, jak gdyby zachowywali energię na moment, gdy będą mogli swobodnie rozmawiać.

- Zaraz za tym rogiem będzie NETTO. – Bakan wyskoczył ze wskazówką, bo nie chciał przedłużać. Zanim się odezwał, próbował dociec, czy facet będzie skory do współpracy. W zależności od nastawienia rozmówcy będzie musiał na poczekaniu opracować strategię, a niezbyt lubił improwizować. Wierzył jednak, że pieniądz rozwiąże mu język.

- Wiem, panie. W końcu to ja jeżdżę na taksówce.

Auto skręciło i minutę później zatrzymało się na wolnym miejscu parkingowym. Bakan odpiął pas i chwycił za klamkę. Po chwili jednak puścił ją, uznając, że jednak lepiej będzie rozmawiać w środku. Kierowca, zanim obrócił się w jego stronę również pozbył się pasa.

- To co pan niby zostawił u mnie? – Spojrzał na pasażera podejrzliwie.– Raz, że nie kojarzę pana, a poza tym tak jak wspominałem, nie znalazłem żadnej zguby. Widzi pan mam taki głupi nawyk i na koniec roboty zawsze sprawdzam wnętrze.

- No już dobra, ma mnie pan – Bakan westchnął i uśmiechnął się półgębkiem, co w tym przypadku miało oznaczać przeprosiny. – Właściwie to nie chodzi o przedmiot, a o osobę, konkretnie kobietę.

- Jaką kobietę? – Taksówkarz nie wykazał specjalnego zainteresowania.

- Bardzo ładną.

- Wiele ładnych woziłem.

Bakan chwycił gazetę, którą położył na siedzeniu obok i pokazał wizerunek Palickiej. Obserwował uważnie, jaka będzie reakcja. Taksówkarz zmrużył oczy, przekrzywił nieco głowę i przez kilkanaście sekund przyglądał się z uwagą. Na koniec pokiwał potakująco głową.

- Nie da się ukryć, rzeczywiście ładna. Pamiętam, wiozłem ją jakiś czas temu. Zapamiętałem ją jednak nie ze względu na urodę, ale przez jej cholerny charakterek. Wyobrazi pan sobie, że zaczęła mnie wyzywać w mojej własnej taksówce? Pierwszy raz w życiu żeśmy się spotkali, a ona mnie od razu zbeształa.

- Pamięta pan dokąd ją zawiózł?

- A moja wiedza okaże się coś warta? – spojrzał na Bakana głupawo.

- Mówiłem, że zapłacę jak za kurs.

- No to akurat jest oczywiste. W końcu, do cholerki tracę tu swój cenny czas. Ja mówię o grzebaniu w mojej pamięci. To cenny proces. Dodasz pan pięć dyszek i tyle starczy, żeby rozjaśnić mi pamięć.

- No dobra, niech będzie tych pięć dyszek.

- Od razu. – taksówkarz wyciągnął dłoń na płask.

- Jezu. – Bakan pokiwał głową i sięgnął do kieszeni, niedowierzając, że są jeszcze tacy pazerni ludzie. – To razem ile to będzie?

- Okrągła stówka, szefuniu.

Bakan pogrzebał w portfelu i wyciągnął dwie pięćdziesiątki.

- No dobrze, proszę. To w takim razie jeszcze raz zapytam. Pamięta pan dokąd ją zawiózł?

- Coś mi tam chyba świta. – Kierowca odpowiedział, szybko chowając pieniądze.

- Może do domu? – Nie zareagował na zaczepkę słowną.

- Nie, szefie. Do domu to później. Najpierw chciała, żebym ją zawiózł do knajpy, bo jak twierdziła chciała się napić. Dała mi za kurs z niezłą nawiązką i zażyczyła sobie, żebym na nią zaczekał. W końcu po to jestem, żeby spełniać życzenia pasażerów, zwłaszcza, jak dobrze płacą. Po dwóch godzinach wyszła stamtąd, naprawdę nieźle wstawiona. Ktoś ją prowadził, jakiś facet.

- Oooo, a to ciekawe? – Bakan szybko podchwycił temat. – Nie wie pan, kto to był?

- Nie mam najmniejszego pojęcia.

- A jak wyglądał?

- Panie, znaczy, szefie. Faceci mnie nie kręcą, więc mu się nie przyglądałem. Patrzyłem na nią, bo była pijana w sztok. Może ten jej kompan uznał, że będzie mógł z nią zrobić, co mu się żywnie spodoba. Są tacy goście, co lubią takie rzeczy. Niejedno już widziałem na taksówce. – Uśmiechnął się z nieskrywaną dumą, jak gdyby opowiadał o swoich dokonaniach.

- To ten człowiek pojechał z nią?

- Dokładnie. Ona wybełkotała adres i ruszyliśmy. Zawiozłem ją do domu. Tak sobie myślę, że do jej domu. No i to już wszystko, koniec. – Wzruszył ramionami, żeby podkreślić znaczenie słów.

- I ten facet wszedł z nią do jej domu?

- Szefie, ona by się sama nie utrzymała na nogach. W życiu nie widziałem tak pijanej baby. – Przewrócił oczami i uśmiechnął złośliwie.

- Niech mnie pan zawiezie do tej knajpy.

- Oczywiście. Tylko, że tego nie było w umowie.

- Jakiej umowie?

- No... to będzie kolejny kurs.

- Dobra już! Jedź pan, do cholery!

Bakan wszedł do lokalu i od razu niemalże w drzwiach przekonał się, że to nie jest żadna knajpa ani typowy bar, tylko ekskluzywny pub. Oprócz kontuaru, przy którym siedzieli na wysokich stołkach dwaj mężczyźni, w lokalu było porozstawianych około dziesięciu stolików w towarzystwie szerokich i niewątpliwie wygodnych, stylowych, narożnych sof, w kolorze zielonym. W zestawach oprócz narożnego siedziska stały jeszcze po dwa fotele. Wystrój wnętrza był dobrany niezwykle gustownie. Bakan od razu pomyślał o cenach obowiązujących w tym przybytku i chwilę przeliczał w głowie, ile ma jeszcze pieniędzy w portfelu. Nie był pewny, czy ma przy sobie kartę, a odliczanie pieniędzy przy płaceniu rachunku i do tego na oczach barmana wydawało mu się żenujące. Taksówkarz osuszył mu portfel wręcz wzorcowo, ale z jego kalkulacji wynikało, że powinien mieć jeszcze ponad sto złotych.

Większość stolików było pozajmowanych, głównie przez młodych ludzi. Nikt nie zaszczycił go nawet pobieżnym zerknięciem, gdy wchodził. Specjalnie się tym nie przejął. Ci ludzie na pewno nie mieli w sobie niczego takiego, co byłoby warte jego uwagi. No może oprócz stanów ich kont. Ciekawe, czy ktoś z nich dorobił się pracą własnych rąk? przemknęło mu przez głowę. Ruszył powolnym krokiem w stronę kontuaru, za którym na regałach stało mnóstwo butelek z różnymi rodzajami alkoholi. Ku swemu zaskoczeniu stwierdził, że wśród piw nie było żadnego puszkowego. Usiadł na taborecie, jak najdalej od mężczyzn. Nie chciał, żeby słyszeli, jak podpytuje barmana.

- Lecha poproszę – rzucił w kierunku barmana.

- Ale tutaj piwo kosztuje trzydzieści złotych. – Barman na moment przerwał polerowanie szklanki i spojrzał na niego wyczekująco.

Co?! Trzy dychy?! O kurwa! pomyślał, ale już na głos ponowił zamówienie. – Panie dawaj pan to piwo.

- Tak oczywiście. Z kijeczka, czy z buteleczki? – Barman uśmiechnął się i odstawił na bok pustą szklankę, której poświęcał do tej pory uwagę.

- Z butelki, poproszę.

- Proszę i przepraszam. Różni tu przychodzą, a jak dochodzi do płacenia, to są zaskoczeni i kombinują, bo nie mają tyle pieniędzy. – Postawił napełnioną szklankę i wytarł kontuar wokół niej.

- Nic nie szkodzi.

Bakan upił łyk niezwykle zimnego piwa i zerknął na barmana niezwykle poważnie. Adresat jego spojrzenia mógł być jego rówieśnikiem. Jeśli całe zawodowe życie spędził w takich miejscach, to powinien mu pomóc.

- Mam mały problem. – Nie wiedział jak zacząć, dlatego powiedział pierwsze, co mu przyszło do głowy.

- A któż ich nie ma. – Barman odpowiedział, ale w taki sposób, że Bakan nie wiedział czy to pytanie, czy może stwierdzenie.

- Szukam tej kobiety. – Pokazał szybko zdjęcie i nawet stuknął w nie palcem wskazującym. W odpowiedzi ujrzał jedynie wzruszenie ramion.

- Nie kojarzę.

- Takiej piękności? – Bakan nie krył zaskoczenia. To wydawało się niemożliwe, żeby ten gość nie zapamiętał Palickiej.

- Tego kwiatu to pół światu. Niech się pan rozejrzy. Same młódki, a jedna ładniejsza od drugiej. Nie jestem pedałem, ale mnie klientki nie obchodzą, gdy już złożyły zamówienie i zachowują się poprawnie.

- Ale ona wyszła stąd zalana w trupa. Takiego czegoś się nie zapomina. – Dla niego to stwierdzenie było, jak brzytwa dla topielca.

- Tutaj się spożywa alkohol, jak pan zapewne wie i czasami się z tym przesadza, to chyba oczywiste. Pracuje tu piąty rok, a wcześniej w innych barach prawie dziesięć. Człowiek z czasem jest na pewne rzeczy wyczulony, a innych już nie dostrzega. Przykro mi, nie pomogę panu.

O kurwa! przemknęło Bakanowi przez głowę. Chwycił szklankę i opróżnił ją do połowy. Sięgnął do portfela i wyjął stamtąd banknot pięćdziesięciozłotowy. Położył go na blacie i ruszył wściekły w kierunku wyjścia.

- Halo, proszę pana, reszta! – Od strony kontuaru dobiegło zawołanie. Bakan podniósł jedynie dłoń na wysokość twarz i bez zatrzymywania wyszedł na zewnątrz. Gdy tylko zamknął drzwi za sobą obrócił się do nich plecami. Już miał odejść, gdy nagle coś go tknęło, więc ponownie złapał za klamkę.

- Popierdoliło mnie, czy jak?! – warknął do siebie. – Dałem mu napiwek, a za co? Trzeba wrócić i rozjaśnić mu pamięć. Dostanie drugą pięćdziesiątkę, ale musi powiedzieć, co pamięta. – Jednak, zanim nadusił na klamkę sprawdził zawartość portfela i czy ma przy sobie kartę.

Chwilę później wszedł do środka i stanowczym krokiem, z pewną siebie miną zaczął zmierzać w głąb lokalu. Facet za kontuarem spojrzał w jego kierunku, a po chwili, jak gdyby przeczuwał co się święci wsunął szyję w ramiona i stracił całą pewność siebie. Jego wzrok zrobił się rozbiegany, a dłonie zaczęły mu drżeć, gdy Bakan siadał na wysokim taborecie. Na ten widok zaśmiał się w duchu. Z czasów, gdy był policjantem pamiętał doskonale, jak należy rozmawiać z ludźmi. Na początek raz jeszcze zamówi piwo.

Piętnaście minut później wyszedł z pubu w doskonałym nastroju. Barman okazał się nie być, aż tak pazernym na kasę, jak przypuszczał. Kolejny napiwek za drugie piwo rozwiązało mu skutecznie język. Dowiedział się, że do kobiety ktoś się dosiadł
i że doskonale się bawili. Gdy skończyli imprezować wyszli oboje szalenie zadowoleni, wręcz szczęśliwi. Opisał nawet adoratora Palickiej, jako wysokiego, lekko łysiejącego szatyna, dobrze zbudowanego i niezwykle pewnego siebie. O dziwo, to kobieta za wszystko płaciła. Nie wyglądała więc na specjalnie zrozpaczoną i załamaną po rozstaniu z Kosmą. Był nawet taki moment, że zastanawiał się, czy nie opowiedzieć swojemu zleceniodawcy o tym fakcie. Długo jednak nie musiał się głowić nad tym dylematem. Uznał, że to nie wchodzi w jego zakres obowiązków, a poza tym było mu Kosmy szkoda. Wyglądał na takiego, co to będzie przeżywał przekazane przez niego wieści. Kontakt z taksówkarzem i barmanem odchudził jego portfel. Miał tylko tyle przy sobie, aby wrócić środkiem komunikacji miejskiej. Wysiadając z autobusu oczyma wyobraźni zobaczył siebie siedzącego z butelką zimnego piwa w ręku. Ta wizja sprawiła, że szeroki uśmiech zagościł na jego twarzy i śpiesznym krokiem ruszył w stronę domu.

# *11.*

Ciepło, które nagle ogarnęło, wręcz otoczyło jej ciało sprawiło, że doznała przyjemnego wstrząsu. Nie wiedziała co to jest, ale było bardzo miłe, a więc tyle jej wystarczało na tę chwilę. Nie czuła potrzeby prowadzenia prywatnego dochodzenia w celu odkrycia źródła tak pozytywnych doznań. Pragnęła, aby to trwało wiecznie, cokolwiek to by mogło znaczyć. Chciała unieść powieki, ale czuła, że to ją przerasta. Była taka słaba, ale to o dziwo nie budziło lęku ani podejrzeń. Stan, w którym teraz trwała był wręcz błogosławieństwem. Kilka sekund później zrozumiała, że znalazła się w jakiejś cieczy (zapewne wodzie), a to był wyraźny sygnał, że coś jest nie tak. Z trudem otworzyła oczy, po to tylko, aby przekonać się, że siedzi zanurzona po szyję w wannie pełnej wody. Piana pokrywała całą powierzchnię, skutecznie maskując zanurzone ciało. W powietrzu roznosił się przyjemny aromat płynu do kąpieli. Jej ręce leżały na obramowaniu wanny, jak gdyby ktoś je tam specjalnie ułożył. Do pełni szczęścia brakowało tylko kieliszka dobrego wina. Ponownie zamknęła oczy, aby oddać się przyjemnym doznaniom i delektować bodźcami, których doświadczała. Chciała, aby to co wcześniej przeżyła było snem, a to co teraz najprawdziwszą jawą.

Było jej dobrze, wręcz cudownie, ale ona wiedziała, że tak do końca nie było to zasługą gorącej kąpieli. Miała w organizmie coś co stępiało jej bodźce, chociaż w tym przypadku nie było to specjalnie dyskomfortowe. Pomyślała, że na pewno ten palant znowu ją czymś naszprycował. Nie musiała się specjalnie wysilać, aby przypomnieć sobie, gdzie była przez ostatnich kilka dni i z kim miała do czynienia. Szybko otworzyła oczy i nerwowo rozejrzała wokół.

Pomieszczenie, w którym się znajdowała, to była niewątpliwie łazienka. Duża, przestronna, choć na pewno nie należąca do bogatego człowieka, bo była raczej skromna, a kafelki na podłodze i ścianach nie należały do asortymentu z górnej półki. Wanna znajdowała się mniej więcej na środku pomieszczenia, z czym spotkała się po raz pierwszy. Było tu jednak czysto i intymnie.

No właśnie, intymnie. Przypomniała sobie, że leży naga w wannie pełnej wody, a skoro tutaj jest, to znaczy, że musiała się tu jakoś dostać. Jeżeli nie pamiętała faktu, że tu przyszła, to by znaczyło, że ktoś ją tu przetransportował. To mógł być tylko ten, który ją uprowadził, chociaż nie. A może została wyzwolona, a jej wybawiciel sprawił jej tę cudowną niespodziankę? Jej rozumowanie kierowało się w tę stronę i było stosunkowo logiczne. On przecież nie miał żadnego interesu w tym, aby nagle stać się dla niej miłym. Tym bardziej, że ona nie była miła dla niego.

- Dla ciała przyjemność, ale dla rozumu niezła zagwozdka, czyż nie? – wyszeptała pytanie, na które na razie nie znała odpowiedzi. – Ale pieprzyć wszystko. Najważniejsze, że jest przyjemnie – podsumowała.

Nie potrafiła sobie wyjaśnić, dlaczego zdecydowała się pić wódkę, co poskutkowało tym, że zwymiotowała na własne ciało. Wzdrygnęła się na to wspomnienie i niespodziewanie poczuła mdłości.

- Tylko mi tu nie narzygaj, debilko – fuknęła na siebie. – Jesteś teraz w raju, dziewczyno i chcesz to koniecznie zepsuć. Kontroluj się, na Boga.

Żołądek powoli powracał do normalności. Za to po chwili poczuła wielki ssanie, co było oznaką, że jest głodna. Miała pusty żołądek i być może, dlatego z tym wymiotowaniem przed momentem, skończyło się na strachu.

Nagle w myślach pojawiło się wspomnienie sprzed kilku tygodni, kiedy to Julian zabrał ją do markowej i wykwintnej restauracji. Zobaczyła siebie siedzącą przy stole z menu w rękach, ale w nienajlepszym nastroju. Obserwowała tę scenę z góry, jak gdyby jej duch wydostał się z ciała i unosił się pod sufitem.

- Doruś, kochanie... już się zdecydowałaś? – Julian jak zawsze potrafił być bardzo miły. Jednak ona w tym momencie skupiła całą swoją uwagę na swoim drugim ja. Widziała swoją minę i wyczuwała ledwo tłumioną furię.

- Nie wiem, czy cokolwiek zjem – oznajmiła ta Dorota, która siedziała za stołem.

- Dlaczego, skarbie? – Julian nie krył zdziwienia. – Wiem, że lubisz, gdy tu przychodzimy. Coś jest nie tak?

- Towarzystwo mi nie odpowiada – powiedziała znudzonym głosem.

- Oj ty moja, niedobra dziewczynko – pogroził jej palcem i uśmiechnął się szczerze. Jako obserwator całej sceny wiedziała co zaraz będzie i doskonale rozumiała, że Julian wziął jej słowa za żart.

- Już mówiłam, że tu nie chodzi o ten lokal – ciągnęła, jak gdyby koniecznie chciała go sprowokować.

- No to ja już nic nie rozumiem. – Julian pochylił się i spróbował złapać jej rękę, ale szybko ją cofnęła.

Dorocie, krążącej pod sufitem zrobiło się głupio. Inaczej to w tej chwili postrzegała. Ta wspomnieniowa projekcja sprawiła, że jej nastawienie do tej sytuacji uległo diametralnej zmianie. Znalazła się w wykwintnym lokalu, miała do dyspozycji menu z potrawami, za które teraz dałaby się zabić i co najważniejsze miała obok siebie faceta z przysłowiowej górnej półki. Chciała opaść na tę drugą Dorotę i sprawić jej manto. Nie mogła uwierzyć, że mogła być, aż tak wredna i głupia. Kiedy tamta Dorota oznajmiła zszokowanemu Julianowi, że ma go dosyć i wychodzi, uznała, że pora kończyć wspominki.

- Dorota, jesteś głupią pipą – wyszeptała oczywistą w jej mniemaniu prawdę. – Boże, ileż bym dała teraz za coś dobrego do jedzenia. Ja pieprzę, jakie tam było menu.

- Czyż nie jest miło, Dorotko?

Niespodziewanie usłyszała znajomy, fatalnie kojarzący się głos. Nerwowo rozejrzała się kolejny raz, lustrując wnętrze, ale w polu widzenia nie zauważyła mówcy. Zanim pomyślała o głośniku, który być może produkował te dźwięki, gdzieś za jej głową coś trzasnęło. Szybko, nie zastanawiając się zanurzyła głowę w gęstej pianie, jak ktoś, kto próbuje znaleźć ścieżkę ratunku w wodnej kipieli. Tkwiła pod wodą jakiś trudny do określenia czas. Czuła, jak resztki tlenu, które skumulowała wraz z głębokim oddechem nim zanurzyła głowę powoli znikają, a spragniony życiodajnego pierwiastka mózg próbuje nakazać mięśniom wynurzenie. Wiedziała, że długo już nie wytrzyma, no może góra kilkanaście sekund.

Mężczyzna, który przyniósł tutaj Dorotę siedział na składanym krześle, dokładnie za jej plecami. Do wanny było około trzech metrów, a samo pomieszczenie miało wymiary około osiem na pięć metrów. To było spore marnotrawstwo przestrzeni, ale on nigdy nie zamierzał niczego z tym robić. Specjalnie usiadł w tym miejscu, żeby ją obserwować. Nie chciał przy tym, aby była świadoma, że ma towarzystwo. Zrobił tak, gdyż chciał zobaczyć, jak się zachowuje, gdy jest zrelaksowana. Potrzebował takich informacji, bo do tej pory ich relacje kręciły się wokół – kto kogo. On ją atakował, a ona czekała na sposobność, aby się zrewanżować. To był chory układ, gdyż cały czas czekała na to, co ją za chwilę spotka. Jeżeli chciał ją złamać, to takie przyjemne niespodzianki były potrzebne, oczywiście co jakiś czas. Wtedy ją tak skołuje, że ta kretynka przestanie rozumieć cokolwiek, a jego intencje pozostaną dla niej wielką niewiadomą. Tym razem upiekł dwie pieczenie na jednym ogniu. Po pierwsze dal jej chwilę relaksu i przyjemności, a po drugie umożliwił jej zrobienie tego, co musiałby zrobić sam.

Po tym, jak zwymiotowała na siebie, wpadła w czarną rozpacz. Zawodziła wtedy, jak gdyby straciła kogoś bliskiego. Nie rozumiał czemu tak się dzieje, ale był świadom, że była bliska wpadnięcia w melancholię, a nawet apatię. Do tego nie mógł dopuścić. Nie chciał, żeby popadła, aż w taką skrajność i na jego widok jedynie spuszczała głowę z pokorą lub co gorsza ze strachem. Nie taki był przecież plan. On potrzebował wojowniczki, z którą co jakiś czas będzie mógł się mierzyć.

Teraz uznał, że tyle dobrego wystarczy, gdyż w jego mniemaniu siedział tu już zbyt długo. Teraz przyszedł czas na jego ruch. Podniósł się z krzesła i ruszył w kierunku wanny.

- Zastanawiałem się jak długo wytrzymasz pod wodą? Wyszło mi, że ponad minutę. – Ten, który wypowiedział te słowa znajdował się niemalże tuż obok krawędzi wanny i jedną rękę trzymał zanurzoną w wodzie. Uniósł ją i spojrzał na pianę, która się przyczepiła do skóry. Dmuchnął na nią i z ciekawością patrzył jak opada i dołącza do swoich towarzyszek kołyszących się w rytm ruchów ciała Doroty.

- Dzięki za kąpiel. – Dorota prychnęła ustami, aby zrzucić pianę, która przykleiła się do ust, a później przetarła nadgarstkiem oczy. – Mogę wiedzieć skąd ten zaszczyt? Nie powiem, to było naprawdę przyjemne, tylko nie licz świrusie, że coś ci za to zrobię.

- Panna młoda musi być czysta i pachnąca – stwierdził lakonicznie.

- Panna młoda? Chyba jaja sobie robisz? Kim ty jesteś? Mam wyjść za świra i zboczeńca? Nawet nie widziałam twojej twarzy. Coś z nią nie tak? – Podniosła się na rękach i nieświadomie wysunęła górną część ciała, ukazując piersi. Mężczyzna zerknął na nie przez sekundę, a na jego twarzy zagościł trudny do zidentyfikowania uśmiech. Dorota nie zauważyła tego.

- Dokładnie, za mnie. – zmrużył oczy i czekał.

- A ślub weźmiemy sobie w kościele, czy może tylko cywilny? – Zaczęła z niego drwić. – Masz kogoś ustawionego na świadków? Kuzyn, wujek, a może twoja siostra albo koleżanka? A gdzie dokładnie wynajmiesz salę i jaką orkiestrę? Czekaj, będę musiała powiadomić moich rodziców. Ależ się zdziwią, mój Boże! Będą mnie pytali za kogo wychodzę, a ja odpowiem, że za fiuta, palanta i zboczeńca, któremu nie staje, a jak już, to tylko wtedy, kiedy kogoś krzywdzi. Na pewno będą wręcz wniebowzięci. A twoi starzy też będą, czy może ich zarąbałeś siekierą, jak jeszcze chodziłeś do przedszkola?

Obiekt jej drwin przerwał jej, unosząc dłoń ku górze w powszechnie rozumianym geście. Nie spuszczając z niej wzroku pochylił się i sięgnął po coś, co chyba leżało na podłodze. Podniósł się, wyprostował i skierował w jej stronę prostokątny przedmiot wielkości kartki A4. Natychmiast rozpoznała, że to co trzyma, to lusterko. Trzymając je w obu dłoniach skierował zwierciadło na jej twarz.

- Nawet kupiłem prezent.

- Prezent, srezent! – fuknęła. – Gówniane lusterko jako prezent?! Jesteś większym kretynem niż myślałam!

Mężczyzna zareagował nie po jej myśli, po prostu parsknął śmiechem. Śmiał się głęboko, kręcąc przy tym głową, jak gdyby nie mógł uwierzyć, że ma do czynienia z aż tak wielką i wzorcową wręcz kretynką. Jednocześnie zabrał sprzed jej twarzy lustro i schował za plecy. W ten sposób dodał tylko oliwy do ognia.

- Z czego się śmiejesz, palancie?

- To moja sprawa. A tak naprawdę to z ciebie. Ty rzeczywiście nie masz równo pod sufitem. Wiedziałem, że jesteś szalona, ale żeby aż tak?

- Spierdalaj, świrze!

Odchylił gwałtownie głowę do tyłu, jak gdyby go spoliczkowała. Na jego twarzy zagościła powaga, która trąciła ledwie hamowaną wściekłością.

- Uprowadziłem cię, bo taki miałem kaprys i przypominam ci, że mam nad tobą absolutną władzę. Gdybym tylko chciał, to mógłbym ci powyrywać paznokcie, obciąć cycki, połamać ręce. Mógłbym to zrobić, gdybym tylko zechciał i jeszcze wiele, wiele innych fajnych rzeczy. Powinnaś być spanikowana i prosić mnie o łaskę, błagać żebym nie robił ci krzywdy, a ty tymczasem krzyczysz na mnie, drwisz ze mnie, kpisz. To nie są normalne relacje, jakie powinny obowiązywać pomiędzy kidnaperem a porwaną. Uch, Dorotko... wygląda na to, że ja mam naprawdę do ciebie słabość. A co będzie, jak moja cierpliwość się skończy?

- Oszczać cię mogę! – Dla podkreślania emocji walnęła obiema dłońmi w powierzchnię wody. Ciecz wymieszana z pianą poleciała z impetem na wszystkie strony, zalewając jej twarz i wylewając` się poza wannę. Nawet adresat jej słów otrzymał swoją porcję. Ten gest sprawił, że nieco się uspokoiła. Wiedziała, że przegina. To co mówił było bezsprzecznie prawdą. Powinna być mądrzejsza i trzymać język za zębami, ale jak miała to zrobić? Jej niesamowity temperament od zawsze brał górę nad rozsądkiem. To było jak przekleństwo, jak zmora i tak prawdę mówiąc, aż do momentu, gdy się znalazła w tym położeniu nie przeszkadzało jej to, ale teraz instynkt wyraźnie mówił, że to co robi, to stąpanie po cienkim lodzie.

- A wracając do prezentu... Naprawdę nie interesuje cię, co dla ciebie mam? – Zapytał zupełnie spokojnie, jak gdyby przed chwilą nie usłyszał tylu epitetów. Widać jednak było, że przychodzi mu to z dużym trudem.

- Jestem... ciekawa – odpowiedziała drżącym głosem. Nie wiedziała jak długo wytrzyma, ale od teraz postanowiła udawać grzeczną i potulną dziewczynkę. Miała już dosyć tej kąpieli, woda powoli stygła, a do tego poczuła parcie na pęcherz. Im szybciej pokaże jej to gówno, którym postanowił ją obdarować tym szybciej stąd wyjdzie. Mężczyzna ponownie pochylił się i w jego ręku znowu pojawiło się lusterko. Tym razem Dorota zachowywała się spokojnie.

- Kupiłem ci kolczyki. Dziwię się, że nie wyczułaś, że je masz na sobie. – Przybliżył lustro, aby mogła w nie spojrzeć.

Dorota wzięła je do rąk i spojrzała w swoje odbicie. Przekręciła nieco głowę, aby lepiej widzieć. Rozszerzyła oczy ze zdumienia, gdy przekonała się, że z uszu zwisają jej jakieś pozłacane dziwolągi. Wiedziała kiedy ma na sobie złoto, a kiedy coś gorszej jakości, no i oczywiście niższej ceny.

- Co to jest? – spytała nadal kręcąc głową. Nie dosyć, że nie były jej warte, to jeszcze w dodatku były brzydkie, wręcz straszne. Poczuła się jak krowa, obkolczykowana przez jakiegoś chłopa ze wsi.

- To coś nowoczesnego, no w sumie to było jakiś czas temu. Myślę...

Dorota nie poczekała do końca wypowiedzi. Z furią odrzuciła lustro, które zatoczyło łuk i rozbiło się o ścianę rozpryskując się na drobne kawałki. Nie śledząc i nie oceniając zniszczeń jakich dokonała, spojrzała na niego wyzywająco.

- Co to ma być?! Co to ja krowa jestem?! Zabieraj mi te gówna! – Czuła, jak adrenalina ponownie bierze ją we władanie.

Zareagował nad wyraz spokojnie, jak gdyby ta sytuacja zupełnie go nie zaskoczyła. Spojrzał tylko w miejsce, gdzie szkło zwarło się w wojennym uścisku z ceramiczną płytką na ścianie i pochylił się w stronę wanny, z delikatnym uśmieszkiem na twarzy, który nie wiadomo co mógł oznaczać.

Zobaczyła, a potem śledziła jak jego dłonie powoli zbliżają się do jej głowy. Nie miała pojęcia, czy zamierzał dotknąć jej twarzy, czy może spróbuje pocałować w geście przeprosin. Dłonie cały czas płynęły w jej stronę, ale nie dotknęły twarzy. Ku jej zaskoczeniu zatrzymały się na uszach. Kiedy dotknął uszu poczuła mrowienie po obu stronach głowy. Przez moment wydawało jej się, że pieści je palcami. To było nawet przyjemne. Chwilę później jego palce spłynęły nieco w dół. Wyczuła, że delikatnie łapie kolczyki, które sam wcześniej założył, po czym... Silne szarpnięcie, a ułamek sekundy później dotkliwy ból uświadomiły jej, że oba kolczyki zostały brutalnie wyrwane z jej ciała.

- Aaaa! – krzyknęła głośno. Bolało tak bardzo, że chciała wyć z bólu licząc, że w ten sposób uśmierzy go choć troszeczkę. Chwyciła palcami za uszy, ale natychmiast cofnęła dłonie sycząc przy tym z powodu tortury, jaką jej zaserwował. Piekło, paliło i Bóg wie co jeszcze. Z oczu natychmiast popłynęły łzy. Poczuła jak coś ciepłego spływa po jej szyi. Spojrzała w dół i zobaczyła, że tak woda, jak i piana zaczynają się zabarwiać na czerwono.

Mężczyzna podniósł się powoli – miał dłonie zaciśnięte w pięści, a z nich skapywała jej krew – po czym odwrócił i znikł w wezgłowiu wanny, tak że straciła go z oczu. Po chwili wrócił niosąc coś białego. W jej stronę poleciał, jak się okazało ręcznik kąpielowy.

- Wytrzyj się, szmato. Koniec tego miłego. Idziemy.

Dorota posłusznie wstała i owinęła się ręcznikiem. To był dobry moment, żeby zaatakować. Nie miała kajdanek, nie było łańcucha, ale nie było również woli ani energii, aby przystąpić do działania. Wiedziała, że taka okazja może się już nie powtórzyć. Nic jednak nie potrafiła z tym zrobić. Czuła się złamana i odarta, tak z godności, jak i odwagi. Ruszyła w ślad za swoim oprawcą. Szła powoli, cicho pochlipując, a krew z rozerwanych małżowin nadal spływała w dół zatrzymując się na bieli ręcznika, którym owinęła się pod pachami.

- Widzisz Dorotko. Masz jaja, to ci muszę przyznać. – Szedł przodem i bez patrzenia w jej stronę tłumaczył jej rzeczy, które zupełnie jej nie interesowały. – Ale jak to mówili amerykańscy żołnierze, którzy walczyli na wojnie: odwagi należy używać w sposób inteligentny. I to ci jeszcze powiem, że jeśli spróbujesz teraz jakiejś sztuczki, to tak ci mordę otłukę, że się nie poznasz, a te oberwane uszy to będzie przy tym pikuś. Słyszałaś, franco, co do ciebie powiedziałem?!

- Słyszałam – wyszeptała.

- I jak będzie? – idąc odwrócił głowę i zerknął na nią. Miał poważny, wręcz ponury wyraz twarzy, a to oznaczało, że nie powinna nawet spróbować pomyśleć o zrobieniu czegoś głupiego.

- Będę grzeczna – odpowiedziała i zacisnęła pięści.

## *12.*

Drzwi uchyliły się z lekkim piskiem i do środka wszedł szczupły, średniego wzrostu mężczyzna. Pozostawił drzwi otwarte, choć przez moment wahał się, co zrobić. Powolnym krokiem ruszył w kierunku łóżka, jakich nie uświadczy się dziś w sklepach meblowych. Położył coś ciemnego na krześle, które stało obok i następnie delikatnie, niejako z namaszczeniem rozłożył materiał. Pocił się okropnie w tej kominiarce, dlatego za każdym razem, gdy tu wracał starannie ją układał, aby jak najprędzej wyschła. Odkrył następnie kołdrę, usiadł na pomiętym prześcieradle, zdjął buty, a później położył się i oparł głowę na miękkiej, pierzowej poduszce. Złożył splecione dłonie na brzuchu i cicho westchnął.

Przed dosłownie chwilą odprowadził Dorotę z powrotem do pomieszczenia, które było jej więzieniem. Kąpiel, jaką jej zaserwował miała ją uspokoić, a poza tym to był bardzo praktyczny pomysł, gdyż nie miał specjalnej ochoty, aby ręcznie zmywać z jej ciała wymiociny. Mogła to oczywiście sama zrobić, ale była po prostu pijana. Gdy zwróciła zawartość żołądka, zaczęła zawodzić i jęczeć, jak jakiś potępieniec. Dał jej wody do picia. Wypiła łapczywie, nie przestając płakać, a później najzwyczajniej w świecie zasnęła. Zostawił ją na kilka godzin, żeby wytrzeźwiała, po czym przygotował kąpiel, wrócił i uwolnił z więzów. Zawlókł ją wraz z kocem i wsunął delikatnie do wanny. Stary koc wyrzucił i pozostawił ją samą w łazience. Posprzątał jej „celę" i rozłożył nowy koc. Gdy wrócił nadal spała z opuszczoną głową, cichutko pochrapując. Delikatnie – tak aby się nie obudziła – założył jej kolczyki, które kiedyś nosiła jego siostra. Dziewczyna zmarła dziesięć lat temu na raka piersi, a to była jedna z pamiątek po niej. Nie wiedział po co to zrobił. Ot, coś go naszło i tyle. Tego dnia był w nieco melancholijnym nastroju i wydawał się niezwykle spokojny. Tak było, aż do momentu, gdy rzuciła lusterkiem.

- Hej, świrze! – kobiecy głos dotarł do niego nieco zniekształcony, ale nie na tyle, aby nie mógł zrozumieć słów i wyczuć emocji, jakie towarzyszyły krzyczącej. – Skurwielu przyjdź tu i rozkuj mnie! Ale już! Słyszysz, co do ciebie mówię?! Natychmiast, ty zapchlony kundlu.

- Ja pier... – Starał się odciąć od dźwięków dobiegających z zewnątrz, ale żeby to zrobić, to musiałby założyć słuchawki i włączyć muzykę. Nie miał teraz nastroju do słuchania muzyki, nawet swoich ulubionych koncertów Chopinowskich. Był zmęczony i chciał tylko odpocząć. Odespać zaległości i być może przemyśleć dalszą strategię. Skoro nie dało się spać, to postanowił skupić uwagę na tym drugim. Teraz tylko należało pomyśleć.

- Skurwielu, dawaj tu, bo jak nie to szlag cię trafi! – Nawoływania nie traciły na intensywności.

- Ta baba, to istny diabeł. – Próbował słowami zagłuszyć krzyki. – Każda inna już by pękła, ale nie ona. Co mam jeszcze zrobić? Podjąłem się tego zadania, więc muszę ciągnąć, to dalej. Kiedyś nie wytrzymam i zabiję tę sukę, ale nie... Co ja pieprzę. Nie o to tu w tym wszystkim chodzi. Nie to jest moim celem. Muszę wykazać więcej cierpliwości. Tak, akurat, łatwo powiedzieć. Cholera, muszę coś wymyślić, żeby ją złamać, ale co? Myśl Seba, myśl.

- Choć ty skurwielu! Nie masz odwagi?! Lepiej żebyś mnie znowu odurzył, bo będę się tak darła do zasranej śmierci, ty świrze! Ty, ty, mały fiutku! Już ci pewnie nie staje! Choć tu i pokaż czy jesteś jeszcze mężczyzną!

- Staje mi, kurwa, staje! – wyszeptał, ale tak jakby to wykrzyczał, tyle w tym zdaniu było skumulowanej złości. – Kurwa, co za pierdolnięta baba!

Nie mógł bez przerwy faszerować ją specyfikiem na uspokojenie, który otrzymał od znajomego lekarza. Uzyskał go bo poskarżył się podczas wizyty, że jest nadpobudliwy i ma kłopoty ze spaniem. Receptę zrealizował, a resztę zrobił wszechwiedzący internet, gdzie dowiedział się jakie dawki można serwować bez uszczerbku dla zdrowia. W lodówce miał przygotowaną sporą ilość mikstur w butelkach po wodzie mineralnej.

- Jesteś tam, ty skurwielu?! Jesteś, wiem, że jesteś! Tylko tu przyjdź, a skopię ci dupę! Nie daruję ci tych ran na uszach! Zrobię ci to samo albo nawet gorzej. Urwę ci jaja! I... i jeszcze... posypię ci rany solą, żebyś bardziej cierpiał. – Wykrzyczane słowa zakończył gwałtowny atak kaszlu.

- A może zwiększyć dawki? Ale nie... to też nie wchodzi w rachubę. – Pociągnął nosem i zaraz potem cicho kichnął. – Cholera jeszcze złapię jakieś choróbsko albo już złapałem. Tylko tego mi trzeba, żebym wylądował w łóżku. A może to od niej coś podłapałem? Ale nie... wygląda na zdrową. Wyciągnął z kieszeni papierową chusteczkę i wysmarkał nos. – O czym to ja? – zapytał sam siebie. – Aha, zwiększyć dawkowanie. Nie! Wtedy by mi ciągle spała, a przecież nie o to w tym wszystkim chodzi.

Westchnął ciężko, wstał z łóżka, podszedł do kredensu i wysunął jedyną szufladę, jaką posiadał ten mebel. Chwilę w niej pogrzebał, pogwizdując, po czym cofnął rękę. W jego dłoni pojawiło się coś, co łudząco przypominało pistolet. Zwarzył to w ręce i zerknął w stronę wejścia. Patrzył w tę stronę – jak gdyby się nad czymś zastanawiał – dopóki na jego twarzy nie zagościł chytry uśmieszek.

- I po co ja robiłem to przedstawienie z tym kaleką na wózku? – mamrotał do siebie. – Jestem kretynem, bo liczyłem, że się przestraszy, a tu dupa. Nie przesadzała twierdząc, że jest twarda. Ciekawe, czy jak zobaczy mnie bez maski to pozna, że to ja byłem? Nie, raczej nie. Była wtedy zbyt otumaniona i skołowana.

- Fiucie, przyjdź do mnie! Na co czekasz?! Na jakieś pieprzone zaproszenie?! Aaaaaa! Masz mnie uwolnić, ale już! – Natężenie okrzyków nieustannie rosło, jak gdyby na początku to był tylko szept.

- Skąd ona bierze tyle energii? To raczej nie jest normalne. No nic, już pora – szepnął do siebie i powolnym krokiem ruszył w kierunku drzwi. Szedł korytarzem – nigdzie mu się nie śpieszyło – i cichutko pogwizdywał jemu tylko znaną melodię. Uzbrojoną dłoń schował za plecy. Kilkanaście sekund później wszedł do pomieszczenia, w którym trzymał tę wariatkę. Klęczała nago drżąc na całym ciele. Nie zasłaniała już intymnych miejsc, jak gdyby to, że jest bez ubrania nie stanowiło teraz najmniejszego problemu. Czekała na niego wpatrzona w wejście. Jej oczy ciskały błyskawice, a emocje były tak napięte, że wręcz trąciły obłędem. W powietrzu unosiło się coś niemożliwego do zdiagnozowania. Nie był to zapach, ale coś jeszcze bardziej ulotnego, co umykało zmysłowi węchu. To był jakiś rodzaj energii, a właściwie dzikiej furii, która nie mogło znaleźć ujścia. W jego głowie pojawiło się skojarzenie z powietrzem po burzy, które jest naładowane wręcz elektrycznością i uznał, że to chyba najbardziej odpowiada prawdzie.

- Jesteś wreszcie, fiucie! Chodź do mnie i pokaż jakim jesteś mężczyzną! Tylko mnie rozkuj, a zobaczysz co będzie! Czym kurwa ryzykujesz?! No co ci może zrobić biedna, mała kobietka?! Takiemu macho jak ty, niestraszne takie byle co, jak ja, nieprawdaż?! – Z ust Doroty ściekała piana, gromadząc się na brodzie, a później spływając w dół na szyję i piersi. Ręce miała nadal skute, tak jak ją pozostawił.

Mógł je skuć za plecami, przecież raz już to zrobił. Wtedy jednak w niczym to nie pomogło, dlaczego więc miałoby skutkować tym razem? Chociaż w sumie to by nie zaszkodziło, stwierdził i teraz pożałował, że zrezygnował z tego pomysłu. Ta kobieta była jak ranny zwierz, który powoli umiera i cierpi straszliwie, ale nadal ma zachowane tyle siły, aby rzucić się na napastnika, zadać mu możliwie najcięższe rany i w ten sposób odejść z honorem.

- Nie masz maski. – Zauważyła oczywistą rzecz.

- Patrzcie tylko, jaka bystrzacha – rzucił i prychnął pogardliwie ustami. Był to jednak tylko pozór, bo w duchu zaklął, gdyż zamierzał pokazać twarz nieco później. Jak mógł, do jasnej cholery zapomnieć o kominiarce. Okazał się być zwykłym debilem.

- Wiesz, że masz twarz typowego palanta? Rysy twarzy jak u szczura kanałowego. A te oczy? Coś bierzesz, że są takie przekrwione? – Wyraz jej twarzy był adekwatny do słów, a jej ciało rzucało się chaotycznie w przeróżne strony.

- Mam wrażliwe na słońce... spojówki – odpowiedział spokojnie, ale lekko zaseplenił. Zawsze tak było, kiedy się denerwował. Tego jeszcze brakowało, żeby ta kobieta zaczęła drwić z tej jego ułomności. Czuł, że powoli traci nad nią przewagę. Cały czas miał w głowie, że zapomniał tej pierdolonej kominiarki.

- Aaa... wrażliwe. Sam to wymyśliłeś? – zapytała uśmiechając się cynicznie.

- Nie, mój okulista.

- Taa, akurat. Masz pewnie jakąś chorobę weneryczną. Złapałeś syfa?

- Jestem zdrowy. – Jego uśmiech nie trącił już taką pewnością siebie.

- Zdjąłeś tą kominiarkę, dlaczego?

- Już nie potrzebuję – skłamał licząc, że uda mu się ją nabrać.

- Skoro nie potrzebujesz, to znaczy, że nie boisz się już, że cię rozpoznam, świrze.

- Nie mów tak do mnie. – Nie wiedzieć dlaczego głos mu zadrżał. Już wcześniej – gdy ją tu sprowadził – wiedział, że prędzej czy później pokaże swą twarz. Nie krył przed sobą, że był bardzo ciekaw jej reakcji. Ona jednak na swój sposób wszystko zepsuła.

- Ale przecież ty jesteś świrem! Do tego zboczeńcem, palantem i eunuchem lub co najmniej impotentem z tycim kutasikiem! – Dorota wyraźnie z niego szydziła.

- Nic, a nic nie zmądrzałaś – mówił powoli. – Czy ty nie rozumiesz, że w ten sposób nic nie wskórasz? To tak, jakby cię zamknięto w klatce ze śpiącym i głodnym lwem, a ty zamiast siedzieć cicho, próbowałabyś obudzić bestię. Nie wiem, czy to oznaka kretyństwa w najczystszej postaci, czy raczej emocji, nad którymi straciłaś kontrolę. Co by to nie było, to uważam, że powinnaś się zamknąć.

- Możesz mi naskoczyć! – Wyglądało na to, że jego słowa nie wywarły na niej większego wrażenia.

Tego było już za wiele. Uznał, że szybko musi coś zrobić, bo inaczej zacznie się czerwienić, a tego by nie chciał. To by było jak potwierdzenie tych wszystkich epitetów, które mu serwowała. Spuścił wzrok i podszedł do miejsca, które sobie zakodował w głowie jako bezpieczne, a ona śledziła dystans, jaki pokonywał. Zrobiła zawiedzioną minę, gdy się zatrzymał. Dorota również miała zapisany w głowie zasięg łańcucha. Przez dłuższą chwilę mierzyli się wzrokiem, jak rewolwerowcy podczas pojedynku, zanim sięgną po broń i padnie pierwszy strzał. Obrócił się i chwycił jedną ręką krzesło, aby je sobie podsunąć. Usiadł na nim, ale w taki sposób, aby nie zobaczyła, co trzyma w dłoni.

Dorota nadal była wściekła, aż do bólu. Gdy on usiadł, to ona wstała. Chciała patrzeć na niego z góry. To jej dawało fałszywą, ale jednak namiastkę jakiejś przewagi. Od krótkich, chaotycznych i wręcz spazmatycznych oddechów bolała ją przepona. Struny głosowe też chyba miała zdarte. Do tego jeszcze piekły ją uszy, ale najbardziej ucierpiała jej duma. Jej niebotycznie rozrośnięte, ale teraz już ranne ego, było głodne odwetu i krwi. Wszystko inne się nie liczyło. Miała gdzieś, że stoi obnażona przed obcym mężczyzną. Kiedyś na pewno byłaby wręcz sparaliżowana wstydem, ale teraz to nie miało już żadnego znaczenia. Jak z nim skończy, to fakt, iż widział jej nagość będzie nieistotne. Ten gnój nie miał prawa stąpać po ziemi. Jeszcze nigdy w jej życiu, nikt z nią w ten sposób nie pogrywał. Patrzyła na tego potwora i modliła się w duchu, aby najwyższa istota, która zamieszkuje, gdzieś tam w górze okazała się tak miłosierna, aby wydłużyć ten pieprzony łańcuch o metr, czy dwa. Nic więcej. Tyle by wystarczyło.

Podmiot jej rozważań już się trochę uspokoił. Teraz siedział nieruchomo i cieszył się widokiem jej nagości. Nie był nieczuły na kobiece wdzięki, a obiekt jego obserwacji miał doskonałe ciało. Nie podobało mu się tylko to, że jest teraz taka bezpruderyjna. To go wręcz odrzucało, ale jednocześnie nie przeszkadzało podziwiać jej wdzięków. Nie krył się z tym, że patrzy. Chciał, aby się zawstydziła i poczuła nieswojo.

Do Doroty wreszcie dotarło, że on zerka na nią, jak czyniłby każdy mężczyzna, gdyby miał przed sobą atrakcyjną kobietę. To było wypisane w tych jego zaczerwienionych ślepiach. Nie raz i nie tysiąc widywała podobne spojrzenia. Pełne pożądania i nadziei, że coś się wydarzy. Te skundlone, napalone, wręcz oszalałe wejrzenia osobników, którzy przestają używać mózgu, zastępując go innym organem.

Zrozumiała, że powinna zmienić strategię. Na ile mogła odsunęła na bok emocje i spróbowała zastąpić je kobiecym sprytem. Wiedziała doskonale, co potrafi zdziałać seksapil, gdy ma się przed sobą napalonego samca. Uśmiechnęła się zalotnie i włożyła w ten grymas całą swoją moc uwodzenia podarowaną jej przez matkę naturę i do tego wspartą wyrachowaniem oraz czystą kalkulacją.

- Chcesz mnie? – zapytała zalotnie. Miała odruch wymiotny, kiedy to mówiła, ale starała się to ukryć. – Pewnie, że chcesz. Widzę, że ci stanął.

Powiedziała to i w duchu wściekła się na siebie. Jak mogła to tak rozegrać. Przecież to na miłość Boską nie był jakiś napalony prawiczek. W każdej chwili przecież mógł wstać i odejść, a wtedy jej plan ległby w gruzach. Nie zdradziła swoich myśli i dalej w to brnęła licząc, że uda jej się usidlić faceta.

- Wiem, że mnie pragniesz – szepnęła i wsparła słowa uśmiechem..

- Mówisz, że mi stanął. – Adresat słów podniósł się z krzesła i odwzajemnił uśmiech, z tym, że grymas na jego twarzy był raczej szelmowski. – Skoro tak twierdzisz.

- Możemy to zrobić tutaj albo… gdzie tam zechcesz. Rozkuj mnie tylko, żebym miała swobodę ruchów, a pokażę ci co to jest przyjemność. – Patrzyła jak robi krok w jej stronę, ale zaraz się zatrzymuje gwałtownie, jak gdyby o czymś sobie przypomniał. Nadal trzymał rękę za plecami. Wszystko co zamierzała powiedzieć już powiedziała i teraz nie miała już pomysłu, co dalej. Nie mogli przecież tak stać i taksować się spojrzeniami. Pomyślała, że może dobrze by było, gdyby się położyła. Szybko jednak odrzuciła tę myśl. Gdyby to zrobiła, to wówczas straciłaby potencjalną przewagę, którą by zyskała, gdyby podszedł jeszcze bliżej. Oczami wyobraźni zobaczyła siebie, jak błyskawicznym ruchem oplata metalową pętlę wokół jego szyi, wskakuje za niego i zapiera się kolanem o jego plecy ciągnąc łańcuch z całych sił. Rozkoszowała się tą wizją dopóki nie zobaczyła, że wysuwa rękę zza pleców i kieruje ją w jej stronę.

- Zmiana planów, Dorotko – oznajmił nie przestając się uśmiechać.

Potrzebowała kilku sekund, aby rozpoznać, co trzyma w ręku. Zaskoczył ją totalnie, więc uśmiech szybko zniknął z jej ust. Gdy trzymał rękę za plecami, nawet nie próbowała dociekać, po co to robi i co ewentualnie przed nią skrywa. Być może, po prostu nie zwróciła na ten aspekt należytej uwagi. To był błąd i teraz tego żałowała.

- Pi... pi... pistolet? – wypiszczała pytanie. W sumie to było pytanie retoryczne, gdyż doskonale wiedziała, co to jest. Zalał ją zimny pot i była przerażona, bo jeszcze nigdy nikt do niej nie celował z broni. Co powinna teraz zrobić? Jak się zachować w takiej sytuacji? Spróbować mu ją odebrać, jakimś szybkim i sprytnym ruchem? Ale niby jak? W teorii zawsze wszystko wydawało się łatwe. Był za daleko, a poza tym, nawet gdyby przyłożył lufę do jej brzucha to i tak nie wiedziałaby, jak to zrobić. Serce waliło jak oszalałe, a tętno wyczuwała dosłownie fizycznie. Co teraz? Co teraz? Zastanawiała się, choć wiedziała, że i tak nic sensownego nie wymyśli.

- Brawo, Dorotko. Masz absolutną rację i jestem teraz z ciebie naprawdę dumny. Tak właśnie, to jest pistolet. – Tym razem to posiadacz broni wyraźnie ironizował.

- Ty, ty, chcesz do mnie strzelać? Chcesz mnie zabić? – Czuła jak krew odpływa jej z twarzy. Nigdy wcześniej nie widziała broni na własne oczy, a teraz trafiła jej się taka premia od losu. Perspektywa śmierci, czy nawet poranienia była czymś gorszym niż koszmar. Instynkt podpowiadał jej, że ten gnój jest do tego zdolny, a ona stoi bezbronna i jest zdana na jego dobrą lub złą wolę. Czy za moment umrze? Jeśli tak, to była na to kompletnie nieprzygotowana.

- No cóż... – Wzruszył ramionami. Ponownie poczuł, że znowu jest górą. Bała się i miała to wypisane na twarzy. Delektował się tą chwilą i pragnął, aby trwała jak najdłużej. Chyba po raz pierwszy odkąd tu trafiła była naprawdę przerażona. To, że tak wyszło było dziełem przypadku, ale tak czy owak mógł sobie przypisać tę zasługę. Nie zamierzał jej powiedzieć, co się zaraz stanie. Jej wyraz twarzy był jak łyk wody dla spragnionego wędrowca przemierzającego pustynię.

- Ale nie musisz przecież tego robić. Dogadamy się jakoś. Będę już grzeczna, zobaczysz. Nie możesz tego zrobić. Przepraszam, przepraszam za wszystko. Dlaczego chcesz to zrobić? – perspektywa śmierci była czymś potwornym i irracjonalnym. Była zbyt młoda, żeby umierać i miała jeszcze tyle rzeczy do zrobienia. Poczuła, że płacze.

- Dlaczego chcę to zrobić? No nie żartuj sobie. To przecież powinno być dla ciebie oczywiste. A więc dobrze, odpowiem. Zrobię to, bo do tego, głupia suko służą pistolety – wyjaśnił niezwykle spokojnym głosem i nacisnął na spust.

Dorota zobaczyła, jak coś wylatuje z lufy, ale nie usłyszała huku wystrzału. Pomimo tego krzyknęła odruchowo. Ku jej olbrzymiemu zaskoczeniu zamiast niesamowitego bólu związanego z penetracją ciała przez kulę doświadczyła jedynie ukłucia. Spuściła wzrok i zobaczyła kilka centymetrów powyżej pępka coś, co skojarzyło jej się ze strzałką. Strzałka, ale po co? Patrzyła zaskoczona, nie wiedząc co ma o tym myśleć. Po kilku sekundach poczuła, że kręci jej się w głowie, a po kilku kolejnych zrozumiała, że traci świadomość.

- No i mamy spokój na kilka godzin. – Mężczyzna odłożył pistolet na siedzisko krzesła i cicho pogwizdując ruszył w jej stronę. Stanął nad jej ciałem, ale patrzył na ścianę za nią. – No nic. Trzeba tu będzie trochę pozmieniać.

# *13.*

- Ależ miałam sen – wyszeptała i uśmiechnęła się nieśmiało, a może raczej chytrze. Nie wiedzieć, dlaczego obudziła się w doskonałym nastroju. Nie była może szczęśliwa, ale na pewno spokojna i wyluzowana. Na razie jeszcze nie zamierzała otwierać oczu. Wiedziała, że jest obserwowana od momentu, kiedy tylko się obudziła. Wiedziała również przez kogo i że obserwator jest stosunkowo blisko, gdyż wyraźnie było słychać sapanie. Człowiek, który ją więził miał jakieś problemy z płucami. Może to była astma? Tak naprawdę to guzik ją obchodził jego stan zdrowia. Jak dla niej to mógłby dostać zawału i upaść bez ducha. Nawet by się nad nim nie pochyliła. Do tego jeszcze dochodził zapach tej jego wody kolońskiej. Był intensywny i wręcz duszący. Nie rozumiała, jak można było, aż tak nie mieć gustu w doborze kosmetyków?

- Co ci się śniło, Dorotko?

Usłyszała banalne wręcz pytanie. Zebrało ci się na przyjacielskie pogawędki, ty palancie? pomyślała. Nie będzie rozmów o pogodzie i takich tam.

- Gówno cię powinno obchodzić o czym śniłam! – warknęła, nadal nie otwierając oczu. Jej mimika zmieniła się i nabrała złowieszczej ostrości.

Musiała teraz wyglądać żałośnie albo wręcz komicznie. Rozmawiała w końcu z człowiekiem bez patrzenia na niego, a poza tym powieki miała tak ściśnięte, że aż bolały oczy. Do tego jeszcze grymas, który temu towarzyszył. To była dziecinada, ale nie zamierzała z tego rezygnować. Nie chciała po prostu nawet poprzez szparki pomiędzy powiekami ujrzeć tego zboczonego świra.

Wiedziała, że nadal jest naga, ale ten fakt powoli przestawał mieć znaczenie. Skoro mógł tu wejść, jak spała, a właściwie jak była nieprzytomna, to mógł się bawić jej ciałem w dowolny sposób.

Miała dziwne przeczucie, że czas nie działa na jej korzyść. Bardzo chciała, wręcz musiała przekonać się, czy aby może ten skurwysyn nie zapomniał się i nie wszedł w zasięg łańcucha. Sprawa z długością łańcucha powoli stała się jej obsesją. Gdyby tak było, to zaatakowałaby bez namysłu, nawet gdyby nie było szans na wygraną. Używając wojskowego żargonu wolała polec w bitwie niż znosić niewolę. Jednak aby się przekonać, to najpierw należało otworzyć oczy. Tak też zrobiła, chociaż nie była do końca pewna, czy to na pewno dobry pomysł.

- Obserwowałem cię jak spałaś – pochylił się lekko w jej stronę, ale za moment z powrotem rozsiadł się w przepastnym fotelu.

- Fotel? Po co ci fotel? – zapytała, gdy rozpoznała na czym siedzi.

- Jest dużo wygodniejszy od tamtego pieprzonego krzesła. – Położył i oparł ręce na oparciach fotela, a nogi wyprostował i założył jedną na drugiej.

- O, to mój popierdolony porywacz potrafi przeklinać. Ciekawe. Wcześniej były chyba tylko epitety.

Dorota nadal była w doskonałym nastroju. Nie powinna być, ale była. Gdyby chciała dokładniej opisać swój stan to powiedziałaby, że jest nieznacznie podniecona, a jednocześnie lekko otumaniona i tak naprawdę pozbawiona lęku. Towarzyszył temu również brak wstydu. Była naga, a pomimo to nie ukrywała szczegółów swojego ciała. Dokładnie to samo musiały odczuwać prostytutki lub gwiazdy porno. Nie roztrząsała tego, bo nie było czego. W grę mogło wchodzić jej spaczone poczucie humoru albo substancja, którą ją faszerował od początku jej pobytu w tym miejscu. Postawiłaby swoje roczne dochody na to drugie.

- Pieprzony to nie jest stricte przekleństwo. To bardziej ubarwienie niż wulgaryzm. A poza tym już kilka razy mi się wymskło – wyjaśnił spokojnie.

Dorota nie odpowiedziała. Teraz całą uwagę skupiła na określeniu i przeliczeniu, czy długość łańcucha pozwoli na nagły, zdecydowany atak. Od czasu, gdy się tutaj znalazła ani na moment nie przestawała myśleć, aby dopaść tego palanta. Nie chodziło tu nawet o ucieczkę, choć jedno z drugim szło w parze. Chciała, wręcz pragnęła dopaść go i obezwładnić, a potem odgryźć się za wszystko, co jej do tej pory zrobił. W myślach widziała siebie jak znęca się nad nim w wyszukany, wręcz sadystyczny sposób. Nie miała jeszcze pomysłu, jak mogłoby to wyglądać, ale wiedziała, że jej wyobraźnia tylko czeka na właściwy bodziec. Niestety z jej wyliczeń wynikało, że jest poza jej zasięgiem. Poczuła się zawiedziona.

- Wygodnie ci? – zapytał i ruchem brody wskazał kierunek, na który winna zwrócić uwagę.

Teraz dopiero dotarło do Doroty, że znajduje się w pozycji pionowej. Skute ręce miała wyciągnięte wysoko ponad głowę, a do tego czuła, że coś krępuje jej ciało. Opuściła głowę i to co zobaczyła wcale jej się nie spodobało. Była przypięta dwoma szerokimi, skórzanymi pasami do czegoś, co wyglądało, jak nosze. Tylko, że one nie leżały, a stały przymocowane w jakiś sposób do ściany. Chciała opuścić ręce, ale napięty łańcuch zablokował jej poczynania. Zerknęła na swoje stopy i zobaczyła, że stoi na jakimś podwyższeniu, a nogi również ma skrępowane. Nic z tego nie rozumiała.

- Co ty mi zrobiłeś? – Nie była w tej chwili zła, tylko zaintrygowana.

- Tak będzie lepiej i bezpieczniej. Tak dla ciebie, jak i dla mnie. Nie będziesz się na mnie rzucać, a ja nie będę musiał bez przerwy pamiętać, aby pilnować bezpiecznej odległości.

- Ale jak ty to sobie... – Zamierzała zapytać o najbardziej oczywiste sprawy, ale się krępowała. To było dziwne. Stała nago przed obcym mężczyzną, a bała się zapytać o intymne szczegóły związane z załatwianiem potrzeb fizjologicznych.

- Oj Dorotko. Jakoś sobie poradzimy. Będziesz jadła, piła i załatwiała potrzeby tak jak stoisz. Będę cię karmił, mył wodą z węża i robił wszystko, co potrzeba. Nigdy nie miałaś i na pewno nie będziesz miała lepszej opieki. Powrócisz wspomnieniami do czasów, gdy byłaś niemowlęciem. Wiesz taki rodzaj retrospekcji, lata wstecz.

- Jezu, co ty gadasz, człowieku? – Szarpnęła ciałem kilkukrotnie, tak mocno na ile było ją w tej chwili stać. Żaden z więzów nie ustąpił. – Ty naprawdę chcesz mnie tak zostawić?! Oszalałeś?! No dobra. Powiedz do czego tym razem zmierzasz. Negocjujmy, kurwa! – Ponownie szarpnęła ciałem i znowu bez efektów. – Czego ty chcesz, gadaj!

- Mówiłem już, ale nie chciałaś słuchać.

- Wiem, wiem. Chcesz żebym za ciebie wyszła. Jeżeli masz choć trochę rozsądku, to wiesz, że to niemożliwe. A ponieważ uważam, że masz rozum, to wychodzę z założenia, że ten nasz związek to sobie tylko wymyśliłeś, aby mnie skołować albo pogrążyć.

- Masz rację. Pomimo tego, że jesteś naprawdę ładna, to jednak jesteś ostatnią osobą na tej planecie, z którą bym się ożenił. Nawet gdybyśmy żyli we dwójkę na bezludnej wyspie, to nie tknąłbym cię nawet kijem.

- Bzdura! Nawet teraz się ślinisz, jak pies, który zwąchał sukę.

- Ciekawa metafora. Ty to nigdy nie przestaniesz mnie zaskakiwać. Porównujesz siebie do suki, a to dobre. – Na zakończenie parsknął śmiechem.

- Z niczego nie będę się tłumaczyła.

- A czy ja o to proszę?

- No nie – szepnęła, a już głośniej dodała. – Co ty mi dajesz, że jestem taka otumaniona? Czym mnie faszerujesz? Co było w tej strzałce, którą do mnie wystrzeliłeś?

- A jakie to ma znaczenie?

- Jakie? A takie, że jak się stąd wydostanę, to będę chciała powiedzieć lekarzom co mam w ciele, żeby mogli mi pomóc.

- A więc uważasz, że stąd wyjdziesz – bardziej stwierdził niż zapytał.

- Oczywiście. Przecież nie możesz mnie tu trzymać bez końca – stwierdziła, ale wcale tak do końca nie była tego pewna.

- Mogę, oczywiście, że mogę. To ja tu ustalam zasady.

- Na razie tak, świrze. Ale wszystko kiedyś ma swój kres.

- Oczywiście, że to co się kiedyś zaczęło musi się również skończyć. Tutaj muszę przyznać ci rację. Ale do tej pory zniszczę cię, Doroto. Złamię tę twoją pychę i butę. Od teraz zmieniamy zasady. Zaczniemy stopniowo od małych kroczków. Zaraz przyniosę ci jedzenie, a jeśli nie zjesz tego, co ci poddam, to złamię ci paluszek albo natnę skórę, tak aby pozostała blizna. Pocierpisz, moja droga. A jak mocno? będzie zależało tylko od ciebie. A kiedy uznam, że cię złamałem, to wtedy może pomyślę, czy cię nie wypuścić.

- Słodki Jezu – jęknęła. – Zrobię wszystko, tylko uwolnij mnie z tych więzów. To poniżające dla kobiety. Dla każdego, kto posiada poczucie godności. Proszę. – Skrzywiła twarz, podkreślając stan w jakim w jej mniemaniu teraz się znalazła. – No dobra, masz mnie. Więcej nie będę ci podskakiwała. Będę grzeczna, jak pensjonariuszka. Przynieś, proszę, to pieprzone jedzenie, a ja zjem wszystko, żeby pokazać jak bardzo chcę, żebyś mnie uwolnił.

Mężczyzna nic nie powiedział, tylko powoli wstał i stanął nieruchomo z rękoma splecionymi na piersiach. Patrzył w jej stronę, jak gdyby się nad czymś zastanawiał. Ona również go obserwowała proszącym wzrokiem i tym razem nie było w tym niczego udawanego. Naprawdę chciała, aby ją uwolnił albo chociażby uczynił tak, że wszystko powróciłoby do statusu z wczoraj. Stan zawieszenia skończył się, gdy pokiwał głową twierdząco i tylko on jeden wiedział, co ten gest oznacza, po czym odwrócił się i powolnym krokiem ruszył ku wyjściu.

Dorota zamknęła oczy i odetchnęła z ulgą. Jednak sekundę później o czymś sobie przypomniała, gdyż otworzyła je gwałtownie. Omiotła spojrzeniem salę, ale już go nie było. Pomyślała, że jeżeli dostatecznie głośno krzyknie to zostanie usłyszana. Nabrała powietrza do płuc i zawołała: – Proszę, tylko nie ta pieprzona fasolka po bretońsku! Tylko nie ona!

- No i widzisz, Dorotko. Moja fasolka wcale nie jest taka zła. Przyzwyczajaj się, bo nic innego nie dostaniesz. Ja sam bym tyle nie zjadł. – Oblizał łyżkę, którą ją karmił, po czym odszedł od niej i odłożył naczynie na posadzkę, tuż obok fotela.

- To teraz mnie uwolnij. Taka była umowa. Zjadłam tę gównianą potrawę, a teraz chcę żebyś mnie rozwiązał. Proszę i to bardzo. Co mam jeszcze zrobić? Po tym posiłku już mi się kotłuje w żołądku. Nie będziesz chciał wejść tu za kilka godzin.

- A wracając do tego snu... – nie zareagował na jej słowa. Siedział teraz w dostojnej wręcz pozycji i patrzył na nią poprzez przymrużone powieki. Wyglądał jak gdyby pozował malarzowi do portretu.

- Już mówiłem żebyś się odpierdolił! – fuknęła i sama się zdziwiła, że nie pozostał nawet ślad po pełnym nadziei nastroju. Ale co zrobić, kiedy pojęła, że została oszukana, a właściwie to przechytrzona. Jeszcze kilka minut temu jej pewność, że zdołała go wreszcie oszukać była wręcz stuprocentowa. Kierowała się logiką, a ta jej podpowiadała, że to jest tylko część gry, a jej obecny stan jest po to, aby wymusić na niej posłuszeństwo. Ten okrzyk sprawił, że wszystko runęło. Znowu ten skurwiel nabierze podejrzeń i będzie ją karał na jemu tylko znane sposoby.

- Pycha i buta, Dorotko.

- Spierdalaj! – Wiedziała, że wkrótce pożałuje swoich słów. Być może ten niepotrzebny atak zawdzięczała temu, że chemia, którą ją szprycował przestawała właśnie działać.

- Pycha i buta. Nie potrafisz zapanować nad własnym językiem, a liczyłaś na to, że zdominujesz mnie. Cóż za bezsens. Jak myślisz, dlaczego się tutaj znalazłaś? Yyy? – Spojrzał niezwykle wymownie. – Wiesz, czy nie wiesz?

- Nie wiem – wyszeptała, ale poruszała przy tym tak bardzo ustami, że nawet, jeśli nie usłyszał, to musiał odczytać z ich ruchu, co powiedziała.

- Twoja pyszność, czytaj pycha, jest wręcz legendarna. Wiesz co ludzie o tobie mówią? Wiesz, pewnie, że wiesz. Problem polega na tym, że cię to nie interesuje. Wydaje ci się, że jesteś ponad tym. W końcu to ty jesteś gwiazdką, a wszyscy wokół to jakiś nic nie znaczący pył kosmiczny, który przyćmiewasz swoim blaskiem. Prawdę mówiąc jesteś dla mnie prawdziwym wyzwaniem. Czuję się jakbym był twoim ojcem. Sprawiasz mi problemy wychowawcze, a ja nie wiem, gdzie popełniłem błąd? Pora jednak wreszcie ponaprawiać błędy, które popełnili twoi rodzice, gdy byłaś dzieckiem.

Wstał z fotela i ruszył w jej stronę. Z jego twarzy nie szło niczego wyczytać. Była nieruchoma niczym twarz nieboszczyka, jak gdyby nosił maskę odlaną z wosku. Szedł powoli, a ona nie miała bladego pojęcia co zaraz nastąpi. Zatrzymał się dosłownie metr od niej. Ponieważ stała na podwyższeniu, to musiał wznieść głowę, aby spojrzeć jej w oczy.

- Sen – powiedział niezwykle spokojnie.

- Sen? – nie rozumiała o co mu chodzi.

- Chcę wiedzieć o czym śniłaś. – Wznosił się na palcach stóp i opadał, i robił to cyklicznie. Jego głowa raz była na wysokości jej twarzy, aby po chwili zniżyć się o kilkanaście centymetrów. Przez cały ten czas nie tracił jej z oczu. – Sen. – Przypomniał o co mu chodzi. Odczekał kilka sekund, a kiedy nie doczekał się reakcji uniósł prawą rękę i wymierzył jej soczysty policzek.

- Już, już mówię. – Zasyczała z bólu. Nie miała zamiaru dalej testować jego cierpliwości, czy też mocy przekonywania.

Słuchał niezwykle cierpliwie, gdy opowiadała. Ani razu nie przerwał, nie skrzywił się, gdy opisywała szczegóły. Dopiero gdy powiedziała, że na końcu poderżnęła mu gardło, podniósł rękę w geście, jak gdyby ponownie zamierzał ją uderzyć.

- Dosyć – powiedział tylko, a ona jak na komendę przerwała.

Tak do końca to nie wiedziała, czy powinna czuć się usatysfakcjonowana. Spełniła jego prośbę, a właściwie rozkaz, ale z drugiej strony powiedziała coś, co zapewne nie sprawiło mu przyjemności.

- No tak – dodał enigmatycznie.

Przez dobrą minutę mierzyli się wzrokiem. Chciał historii, więc mu ją dała. Opowiedziała, że zadawała mu ból, a zwłaszcza to, że czerpała z tego olbrzymią przyjemność. Opisywała jak krzyczał z bólu i prosił, aby przestała. Tylko ona jedna wiedziała, czy to była prawda.

- Kłamczucha – stwierdził lakonicznie.

Właśnie to jedno słowo usłyszała od niego, zanim przez jej ciało przebiegł nieludzki wprost ból. Nie rozumiała skąd to wie, ale była pewna, że złamał jej środkowy palec u prawej dłoni. Ten, który tak często eksponowała, gdy chciała mu pokazać, co o nim myśli. Nawet gdyby bardzo chciała, to nie byłaby w stanie dostrzec swoich dłoni uwięzionych ponad głową. – Aaaa! – w pomieszczeniu rozległ się jej krzyk, a sekundę później zaczęła głośno szlochać. Bolało jak diabli. Rozerwanie małżowin usznych nie bolało tak bardzo, jak to. Przez głowę przemknęła straszna myśl, że on stopniuje zadawanie bólu i każdy następny czyn będzie bardziej bolesny od poprzedniego. Do tego jeszcze dochodziła niemożność uczynienia czegokolwiek, co pozwoliłoby odzyskać choć namiastkę władzy nad własnym ciałem. Była skrępowana wręcz profesjonalnie i z takich więzów, to chyba nawet Houdini by się nie wydostał.

- Płacz, płacz, tylko to ci zostało. Tym razem cię nie uśpię, abyś mogła delektować się bólem fizycznym.

- Dlaczego jesteś taki?! – Zamknęła oczy i zaczęła kręcić głową na boki. – Czemu mi to robisz?! My przecież nawet się nie znamy! Proszę, przestań mnie ranić! Zostaw mnie, wypuść! Nie dręcz mnie więcej! – Coś w niej właśnie pękło. Czuła się jak bezwartościowa szmaciana lalka, którą nikt już nie chce się bawić. Nie przestając płakać, w myślach zaczęła przeklinać swój los. Nie przerwała nawet wtedy, gdy usłyszała głośne trzaśnięcie drzwi. Ból był niesamowity, a ona musiała się z nim mierzyć, co ją przerastało. Wiedziała, że musi czymś zająć umysł, bo inaczej zwariuje.

- I pamiętaj Dorotko, że każde życie zawsze ma swój kres. Mój właśnie nadszedł i nic tego nie zmieni. – Starsza kobieta, która była jej babcią uśmiechnęła się życzliwie. Leżała na szpitalnym łóżku ubrana w koszulę nocną. W lewą dłoń miała wszczepiony wenflon, do którego podłączono wężyk podający jakiś płyn, z woreczka zawieszonego na stojaku ponad łóżkiem. Nie wyglądała najlepiej, ale nie o wygląd tu chodziło, a raczej o fakt, że babcia wezwała ją, żeby się pożegnać. – Jesteś jedyną córką mojego jedynego dziecka i kocham cię nad życie. Nie zapominaj moja droga o tym.

- Babciu, przecież ty jesteś w szpitalu, gdzie jest od groma lekarzy i pielęgniarek! – Natychmiast zaprotestowała tuląc się spontanicznie w jej ramię. – Wystarczy przecież tylko zadzwonić czy zawołać i zaraz tu przybiegną. Pomogą, gdy będzie taka potrzeba. Sama więc widzisz, że jesteś tu pod dobrą opieką. A ja też tu zostanę, jak długo trzeba.

- Cieszę się, że tak mówisz, ale to nic nie zmieni. – Babcia nie przestawała się uśmiechać.

- Jak to nie zmieni? – Nie pojmowała takiego rozumowania. Gdzie mieli babci pomóc, jeśli nie w szpitalu? W domu, na miłość Boską? – Jesteś dokładnie tam, gdzie powinnaś być. To właśnie wszystko zmienia.

- Widzisz wnusiu... ja wiem. – Babcia złapała ją za rękę i delikatnie ścisnęła.

- Co wiesz? Nie rozumiem.

- Że to mój czas.

- Czas? O czym ty…

- Ja umieram. Tak po prostu, jak każdy.

- A skąd ta pewność? Nie możesz być przecież mądrzejsza od lekarzy. Mówili co innego. To są specjaliści i...

- Człowiek czuje coś takiego. – babcia przerwała jej w połowie zdania. – Wierz mi, dziecko. Myślę, że każdy tak ma. Nawet jeżeli lekarze mówią co innego, bo źle postawili diagnozy albo nie chcą powiedzieć prawdy, to takie coś się czuje.

- Babciu, proszę, nie mów tak. Wiesz, jak bardzo cię kocham. Nie możesz ot tak sobie umrzeć. Nie możesz. – Rozpłakała się i jeszcze bardziej wtuliła w ramiona babci.

- Nie, to nie było tak. Po co ja się oszukuję? – Odetchnęła głębiej i kilkukrotnie uderzyła niezbyt mocno tyłem głowy o sztywny materiał. Wymyśliła na poczekaniu historię, aby oszukać zmysły i czymś zająć umysł. Już nie tylko palec przynosił katusze. Teraz bolała ją chyba cała ręka. Ból promieniował, a do tego łączył się z odrętwieniem, które ogarnęło jej ciało. Tkwiła w tej pozycji chyba tylko kilka godzin, ale nie wyobrażała sobie dalszych, a może nawet o zgrozo, dni. Wyrzuty sumienia pojawiły się bardzo szybko, nie dając jej komfortu oszukiwania samej siebie.

Wspomnienie sprzed lat samo się wychyliło z odmętów pamięci, choć wcale o tym nie myślała. Babcia nigdy nie była dla niej nikim wyjątkowym. Ot stara baba, która ubzdurała sobie, że jest kochana przez jedyną wnuczkę, czyli ją. U babci zawsze ją odrzucało to, że w dalekiej przyszłości będzie równie stara i brzydka. W mniemaniu Doroty starzy ludzie byli istnym utrapieniem dla młodych. Nic nie wnosili do świata, a wymagali stałej opieki, czasu, no i szacunku. No właśnie, ten nieszczęsny szacunek. Jej mama zawsze wymuszała u niej, aby była uprzejma dla staruszki i spełniała różne jej zachcianki. A potrafiła być w tym bardzo skuteczna. Być może przez to właśnie tak bardzo nienawidziła kobiety, która wydała na świat jej matkę.

- Dorota! – kobiecy głos dobiegający z kuchni przebił się przez dźwięki muzyki wypływające ze słuchawek, które miała założone na uszach.

- Co mamo? – Miała wtedy prawie szesnaście lat. Leżała na łóżku i nudziła się niezmiernie. Odchyliła lewą stronę zestawu, uwalniając przy tym jedno ucho i ciekawie spojrzała w stronę drzwi od pokoju. Chwilę później w wejściu stanęła jej matka. Wycierała ręce ręcznikiem i patrzyła na nią z niesmakiem.

- Nie mówimy „co", tylko „proszę", córuś.

- Oj mamo, co znowu chcesz? A właściwie to „proszę" znowu chcesz? – Uśmiechnęła się chytrze.

- Nie bądź taka cwana, smarkulo!

- Dowiem się wreszcie o co chodzi? To coś ważnego, czy znowu jakieś pierdoły?

- Nie, a właściwie to tak. O Boże, Dorota, ty mnie zawsze zapędzisz w kozi róg. Cholerka! To naprawdę ważna sprawa, dziewczyno. – Nie przerywała wycierać dłoni, które już na pewno były suche. – Bardzo ważna.

- No to słucham. – Zsunęła słuchawki i odłożyła na bok. Podniosła się na łokciu i spojrzała wyczekująco na matkę.

- Jedziemy za pół godziny do szpitala do babci.

- No to jedźcie. Krzyż na drogę.

- Jedziemy, to znaczy, że wszyscy. Ja, tata i ty.

- A ja tam po co? Nic tam po mnie. Babcia gada od rzeczy. Będę tylko stała obok i patrzyła, jak na... No nie wiem na co?

- Pojedziesz z nami, bo tak wypada. – Zabrzmiało to jak rozkaz i widać było, że matka uznała, że sprawa jest zakończona.

- Wypada? Od kiedy to wypada jechać do szpitala. Byłam przecież tydzień temu, to chyba wystarczy.

- Wypada, a nawet należy.

- O Jezu – Dorota westchnęła.

- Bo ludzie cywilizowani tak robią i kulturalni też.

- A może ja nie jestem cywilizowana?

- Dorota! To jest twoja babcia, a moja mama. Czy to dla ciebie cokolwiek znaczy, dziewczyno?

- Po co zaraz wyciągasz takie argumenty? Nie lubię, kiedy mnie traktujesz jak dzieciaka. Jak byś rozmawiała z jakąś smarkulą.

- Traktuję cię jak dzieciaka, bo jesteś dzieciakiem, no... moim dzieckiem. A poza tym, jeśli chcesz w moich oczach uchodzić za dorosłą, to zachowuj się jak dorosła. To chyba logiczne?

- To co? Mamo, teraz będzie wykład o rodzinie? – Podniosła się, usiadła i złożyła ręce jak do modlitwy. – Proszę, tylko nie wykład.

- No dobrze, jak tam chcesz. Nic na siłę, ale muszę ci coś powiedzieć. – Przerwała, aby palcem wskazującym i kciukiem przetrzeć oczy. – Nie chciałam tego mówić, ale powiem. Babcia chyba liczy już ostatnie swoje godziny. Dzwonili ze szpitala. Twój ojciec odebrał. Mamy przyjechać się pożegnać.

- Mamo, to pewne?

- A skąd mam wiedzieć? Kazali przyjechać, to chyba wiedzą co mówią! – odpowiedziała podniesionym głosem, a oczy jej się zaszkliły.

- Ja nie jadę – powiedziała najspokojniej jak tylko potrafiła. Chrząknęła, po czym odwróciła głowę, żeby nie patrzeć na matkę. Wiedziała, że zaraz nastąpi cała seria pytań, na które nie miała najmniejszej ochoty odpowiadać.

- Jak to nie jedziesz? Co ty, co ty? – Matka zrobiła duże oczy i otworzyła usta. Wyglądała teraz komicznie, jak ryba wyciągnięta wody.

Dorota poczuła, że zaraz parsknie śmiechem, dlatego zerwała się z łóżka i niemalże biegiem ruszyła ku wyjściu. Zmierzała prosto do łazienki. Gdy mijała matkę, ta próbowała ją zatrzymać, ale nieskutecznie. Kilka sekund później wpadła do małego pomieszczenia i zamknęła się od środka. Usiadła na zamkniętej klapie od sedesu, ciężko dysząc, jak gdyby przebiegła kilkaset metrów. To był jedyny sposób na uniknięcie reprymendy, która mogłaby trwać całą wieczność. Tu była bezpieczna, choć wiedziała, że za moment mama przypuści szturm.

- Nie chcę jechać do staruchy – szeptała. – Po co ja tam? Co, mam ją za rękę potrzymać albo gładzić po tej jej pomarszczonej głowie? A może jeszcze mówić, że wszystko będzie dobrze. Ona śmierdzi i w ogóle... A jak się znowu opluje albo zacznie pierdzieć? Tfu, ohyda! – Wzdrygnęła się z odrazą.

- Dorota, otwórz! – Z drugiej strony drzwi dobiegło wołanie mamy, a chwilę później dołączyło szarpanie za klamkę. – Otwórz, słyszysz? Nie wygłupiaj się, smarkulo. Masz z nami jechać do babci!

- Nigdzie nie pojadę! – odpowiedziała krzykiem.

- Pojedziesz i otwórz te cholerne drzwi, bo zawołam ojca!

- Nie otworzę! I możesz sobie go wołać! To nic nie zmieni! Nienawidzę babci, słyszysz?!

- Co tu się dzieje, Zośka? – To tata przybył mamie z odsieczą.

- Dorota mówi, że nie pojedzie. Zrób coś. Powiedz jej coś. Jesteś w końcu mężczyzną i ojcem.

- Dorota, otworzysz?

- Nie?

- A pojedziesz z nami?

- Nigdzie z wami nie jadę! I już!

- Słyszysz co mówi? Jedziemy sami. Nie będę walił pięściami do drzwi.

- Julek, przecież ta smarkula nie będzie nami rządzić.

- Chcesz ją na postronku zaciągnąć? Bez sensu. Chodź Zośka musimy się powoli zbierać. Nie chce, to nie chce. Pojedziemy we dwójkę.

- Dobrze Julek, idziemy. A ty głupia smarkulo pożałujesz tego! Zobaczysz, że jeszcze pożałujesz!

Dorota usłyszała kroki na klatce i od razu wiedziała, że rodzice wrócili. Nie było ich bardzo długo. Dochodziła dwudziesta trzecia, a ona nie miała bladego pojęcia, czy to dobrze, czy źle, że dopiero teraz wrócili. Usłyszała dźwięk najpierw otwieranych, a chwilę później zamykanych drzwi. Mama o coś zapytała tatę, ale on tylko odpowiedział, że nie wie i musi się koniecznie napić. Później usłyszała charakterystyczne dźwięki nalewanego płynu, a po chwili płacz matki. Domyśliła się, że mama jest w sypialni, a tata siedzi w innym pokoju, tam gdzie był barek. Na jednym kieliszku na pewno się nie skończy, a więc nie będzie musiała wysłuchiwać jego głupich uwag i uszczypliwości. Uznała, że to dobry moment, aby wyjść i zapytać, co się działo w szpitalu.

- Mamo i jak? – wsunęła głowę do pomieszczenia i ujrzała na łóżku sylwetkę mamy. Leżała skulona w pozycji embrionalnej, odwrócona do niej plecami i cicho łkała. Weszła głębiej i najciszej jak potrafiła zamknęła drzwi za sobą.

- Jak tam? – ponownie spytała.

- Jak? Srak, do cholery! – odpowiedziała bez patrzenia w jej stronę. Nawet się nie poruszyła, jakby nadal była tu sama.

- Mamo, przepraszam. – Przełknęła głośno ślinę i stała niezdecydowana, co powinna zrobić.

- Przepraszam? – Mama prychnęła ustami. – Myślisz, że to wystarczy? Umierała moja mama, a ty postanowiłaś nie jechać, bo miałaś coś ważniejszego do załatwienia. Co było takie ważne? Serial w telewizji? Pogaduchy z chłopakami?

- Co u babci? – Łudziła się jeszcze, że może nie stało się to, co było takie oczywiste.

- Nic u babci. U babci już nic. – Westchnęła głośno, jak ktoś, kto jest przytłoczony olbrzymim ciężarem, z którym nie potrafi sobie poradzić. – A wiesz dlaczego? Pewnie, że wiesz? Nie jesteś przecież głupia. Jesteś wredna, pyskata i chamska, ale nie głupia. – Ostatnie zdanie wypowiedziała bardzo szybko, po czym przerwała, jakby szukała w myślach kontynuacji. – Nie ma już twojej babci. Umarła bidulka przed godziną. Moja mamusia odeszła. – Ciągnęła dalej, a jej ciałem wstrząsnęły spazmy.

- A więc umarła. – Dorota bardziej stwierdziła niż zapytała. Powiedziała to tak cicho, że nawet nie miała pewności, czy została usłyszana. Mama jednak szybko rozwiała jej wątpliwości.

- Wreszcie masz spokój. Cieszysz się?

- Mamo, no co ty?

- Nie będziesz musiała już do niej jeździć i gadać ze starą babą.

- Mamo, przecież już mówiłam, że przepraszam. – Tak do końca to wcale nie było jej przykro, ale chciała, żeby mama tak myślała.

- Zaraz, zaraz, jak to było? – Mama obróciła się i teraz leżała zwrócona do niej twarzą. Oczy miała podkrążone i mokre od łez. Wyglądała jakby dzisiaj postarzała się o dobrych kilka lat. – Aha, już wiem. „Nienawidzę babci" czyż nie tak? Tak powiedziałaś, dziewucho?

- Dziewucho...? Mamo, dlaczego tak do mnie mówisz?

- Bo nie jesteś już moją córką.

- Proszę, nie mów tak. Mamo, co się tam stało? – Brnęła w to, choć zupełnie nie rozumiała sensu takiego postępowania. Los babci guzik ją obchodził. Jeżeli przyszedł jej czas to dobrze. Starzy ludzie powinni zrobić miejsce młodszym. Taka jest kolej rzeczy.

- Gówno!

- Mamo, wiem że ci źle, ale poczujesz się lepiej, jak mi wszystko opowiesz. – Trawiła ją trudna do opanowania ciekawość. Koniecznie musiała się dowiedzieć, jak wyglądały ostatnie godziny, tej starej wiedźmy, której tak nienawidziła. Tam musiało się wydarzyć coś nietypowego. Sam fakt, że mama może cierpieć tylko, dlatego, iż jej matka zamknęła oczy był dla niej czymś niemożliwym do ogarnięcia. W odpowiedzi usłyszała tylko krótkie, zdawkowe: – A teraz wyjdź, podła dziewucho!

Odwróciła się i ruszyła powoli ku wyjściu. Miała do zrobienia zaledwie kilka kroków. Gdy sięgała do klamki usłyszała za plecami roztrzęsiony głos mamy. Był pełen emocji i brzmiał, jak gdyby jej rodzicielka odczytywała komunikat, z trudem przy tym tłumiąc emocje.

- Twoja babcia odzyskała świadomość dosłownie na kilka minut, zanim odeszła. Wiedziała, że umiera, czuła to. Z jej oczu płynęły łzy, ale nie były one oznaką strachu, czy bólu. Ona płakała ze wzruszenia. Podziękowała mi za wszystko i pobłogosławiła twojego tatę. Cieszyła się, że nie jest sama w ostatnich chwilach swojego życia. W końcu zapytała o ciebie. Nie miałam serca skłamać, ale to zrobiłam. Co innego miałam zrobić? Powiedzieć, że jej jedyna wnuczka ma ją gdzieś? Powiedziałam, że bardzo źle się poczułaś i nie miałaś siły z nami przyjechać. Nie uwierzyła.

Dorota słuchała z ręką zawieszoną w powietrzu, na wysokości klamki. Nie miała odwagi się odwrócić i zmierzyć się ze spojrzeniem mamy. Usłyszała głośne pociągnięcie nosem, a zaraz potem kolejne słowa.

- Babcia cały czas trzymała mnie za rękę. Gdy jej o tobie opowiedziałam ścisnęła ją mocno z taką siłą, że aż zabolało. Choć wcześniej starałam się unikać jej spojrzenia, to jednak ten gest sprawił, iż popatrzyłam na twarz mojej mamy. Miała zaszklone oczy, ale już nie płakała. Na jej twarzy była wymalowana z trudem tłumiona wściekłość. Wiem, że to nieprawda – usłyszałam. – Ona jest zła. Uważaj na nią córuś, bo ona cię skrzywdzi.

Dorota już dłużej nie słuchała. Drżącą ręką nadusiła na klamkę i wróciła do swojego pokoju. Od tego momentu jej relacje z rodzicami załamały się i nigdy już nie wróciły do poprzedniego stanu.

## *14.*

- Dorotko, co jest z tobą? Weź się w garść. Masz dziewczyno gościa.

Jej oprawca wszedł tak cicho, iż nawet nie była świadoma, że jest ani kiedy to zrobił. Spojrzała w stronę, skąd dobiegał głos. Nie musiała długo szukać, aby go odnaleźć. Siedział teraz w tym swoim fotelu, jak król na tronie i patrzył na nią drwiącym wzrokiem. Niewiele się zmieniło od ich poprzedniego spotkania. Dorota nadal tkwiła przymocowana do noszy i czuła, że jej ciało słabnie. Była już totalnie zmęczona i ścierpła tak bardzo, że gdyby teraz jakimś cudem została uwolniona, to najprawdopodobniej nie miałaby siły ustać na nogach. Wojowniczość i buntownicza natura, z których tak słynęła, gdzieś przepadły. Zaczaiły się w pewnych zakamarkach podświadomości i nie miały zamiaru ujrzeć światła dziennego, a właściwie to sztucznego, bo już nie pamiętała, kiedy ostatni raz widziała słońce.

- Gościa? Jakiego znowu gościa? – wyszeptała. Zamknęła oczy i opuściła głowę, ale po chwili zatrzepotała powiekami i ponownie spojrzała na mężczyznę. – Ja... mam gościa?

- Tak, ty masz gościa. Nie lubisz gości?

- Lubię, ale mogłeś powiedzieć wcześniej, to bym się jakoś przygotowała i chociaż uczesała. – Spróbowała zażartować, choć absolutnie nie była w nastroju.

- Masz rację Dorotko. Nie wyglądasz zbyt kwitnąco. Śmierdzi tu jak w chlewie. Widzę, że pozbyłaś się już części fasolki. Skrzywił twarz w grymasie obrzydzenia. Tym razem musiała mu przyznać rację.

- Skurwiel! – powiedziała to tak cicho, że chyba nie usłyszał.

To było poniżające, że tkwiła ubabrana we własnych odchodach. Wytrzymała tak długo, jak się tylko dało, ale przecież nie mogła walczyć z naturą bez końca. Stało się i choć w tamtym momencie czuła się wręcz jak zbrukana i nawet zwymiotowała na własne ciało, to teraz już nawet nie czuła tego smrodu, jaki musiała roztaczać. Dziwne, jak człowiek potrafi się przyzwyczaić nawet do ekstremalnych rzeczy.

- Będziesz miała nową koleżankę – oznajmił i klasnął w dłonie, uśmiechając się radośnie.

- Koleżanki mnie nie lubią. – Skrzywiła twarz w grymasie, który w jej mniemaniu miał być uśmiechem.

- To wiem, zrobiłem ankietę i wiesz co? Dziesięć na dziesięć ocen było negatywnych. Przy okazji poznałem wiele synonimów do słowa: FRANCA.

- Więc ona też mnie nie polubi. – Chciała, żeby to zabrzmiało jak sarkazm, ale nie miała pewności, czy podołała zadaniu.

- Ta cię polubi. Wprawdzie jest twoim przeciwieństwem, ale macie jedną wspólną cechę.

- Jaką – Nie chciało jej się kontynuować tej rozmowy, ale była to jakaś odskocznia od tego, że nic się tu nie działo, gdy była sama i przy okazji pozwalało na moment zapomnieć, że jej sytuacja jest beznadziejna.

- Obie jesteście w moich rękach.

- To tamta kobieta, też jest francą, jak ja? Bo ty się chyba lubujesz w niegrzecznych dziewczynkach?

- Mówiłem przecież, że jest twoim przeciwieństwem.

- Wybacz, ale jestem taka zmęczona. Ledwo stoję, a właściwie to wiszę na tym gównie.

- A propos gówna. No właśnie... – Mężczyzna podniósł się z fotela. – Czeka mnie przecież nieprzyjemna robota. Muszę cię jakoś doprowadzić do porządku. Obiecałem, a ja jestem słowny facet. Pogwizdując jakąś nieznaną melodię ruszył szybkim krokiem w kierunku wyjścia.

Dorota odprowadziła go wzrokiem. Nie do końca pojęła o czym mówił przed wyjściem. Chciała tylko spać. Wiedziała jednak, że w tej pozycji zaśnięcie będzie niezwykle trudne. Postanowiła, że gdy tylko ten fiut powróci, to poprosi go, aby ponownie nafaszerował ją prochami, po których tak dobrze jej się spało. Jak przez mgłę ujrzała jakiś ruch w wejściu. Wyostrzyła wzrok i spojrzała uważniej. W drzwiach ponownie stał jej oprawca, ale tym razem w ręku trzymał zielony wąż ogrodowy. W mig pojęła co zechce z nim zrobić.

- Rozwiąż mnie i uwolnij choć na chwilę. Sama się umyję, proszę. Obiecuję, że nic nie odstawię. Zrobisz o co proszę? – Ton jej głosu ocierał się o błaganie. – Chyba mogę się sama umyć, co nie? Bądź człowiekiem, na Boga!

Nie odpowiedział, tylko nadal szedł w jej stronę, cicho pogwizdując. Zamknęła oczy i czekała, licząc, że może jeszcze się rozmyśli. Kilka sekund później strumień wręcz lodowatej wody przywrócił jej energię i pobudził do działania. Skóra poprzez receptory odbierała wrażenie spotęgowanego zimna i przesyłała do mózgu. Serce Doroty waliło jak oszalałe, a wstrząs termiczny zakłócał proces oddychania. Pomimo, że ani razu woda nie została skierowana na jej twarz, to jednak czuła, że się dusi, jak gdyby była pod wodą. Chciała krzyczeć, by przestał, ale z jej ust wydobył się tylko dźwięk podobny do pisku. Próbowała się szarpać, ale więzy nie puszczały. W pewnym momencie wyczuła, że musiał ją obejść, gdyż teraz strumień atakował tylne części ciała. Dopiero teraz domyśliła się, że tył ciała miała odsłonięty, jak gdyby zaprojektował to specjalnie, przewidując, że będzie musiał ją myć. Pęd wody uderzył w jej plecy, gdzie na chwilę pozostał, a później zaczął systematycznie zjeżdżać w dół. Najgorzej było, gdy uderzył w obszary, gdzie znajdowały się nerki. To było, jak gdyby ktoś przez jej ciało przepuścił prąd elektryczny. Nie na tyle mocny, aby uśmiercić, ale na tyle silny, by sprawić dotkliwy ból.

- Nieeee! – usłyszała krzyk, który wydał się na tyle znajomy, aż wreszcie pojęła, że to ona krzyczy.

Charakterystyczny odgłos puszczanej pod ciśnieniem wody skończył się jak ucięty i przestała już ją odczuwać na ciele. Nadal jednak dygotała z zimna niczym ktoś, kto doznał szoku termicznego. Miała takie odczucie, jak gdyby zaraz miała umrzeć i prawdę mówiąc chciała już, aby ten człowiek zlitował się i przerwał jej męki.

- No i proszę. Dupeczka i cycuszki, wszystko czyściutkie, jak u nowonarodzonego bobasa. Brakuje tylko, żebym cię upudrował w pewnych miejscach, ha, ha. Co teraz zrobimy? Chcesz może jeść albo pić? Czuję, że teraz jestem w doskonałym nastroju. Nie masz pojęcia, Dorotko, jak ja uwielbiam się o ciebie troszczyć. Nie wykorzystuj tego za bardzo, ha, ha.

Pokręciła głową przecząco. Nie wiadomo dlaczego przestała się trząść, wpadła w pewien trans i nie przestawała poruszać głową. Oczy miała zamknięte i na pewien trudny do określenia czas odcięła się od bodźców zewnętrznych. W złamanym palcu czuła pulsowanie, które rozchodziło się w dół. Nie czuła już w tamtym miejscu bólu. A może odczuwała, ale już się przyzwyczaiła i uodporniła. Zintegrowała swój umysł z tym pulsowaniem i to pomagało w pewien sposób się zrelaksować. Oczywiście określenie „relaks" nie było w tym przypadku właściwym opisem jej stanu, ale miała już tak przytępiony umysł, że nawet najbanalniejszy problem stawał się koszmarem i barierą nie do przebycia. Trwała w tym stanie dopóki nie usłyszała odgłosów kółek toczących się po posadzce. Zaintrygowało ją to, dlatego szybko spojrzała w stronę wejścia.

Mężczyzna pchał wózek, a właściwie stół na kółkach, który strasznie hałasował. Szkielet miał metalowy i taki też blat. Srebrzysta blacha połyskiwała jaskrawo wydając przy tym dźwięki, jakby wysypano na nią dziesiątki sztućców. Najbardziej intrygujące było jednak co innego. Na blacie leżała kobieta. Przykryta była białym prześcieradłem niemalże pod szyję. Jej długie ciemne włosy zsunęły się ze srebrnej tafli i teraz kiedy wózek toczył się, podrygiwały i falowały jakby były wykreowane efektami specjalnymi. Było coś ekscytującego w tym widoku, dlatego umknęło Dorocie coś dużo bardziej intrygującego. Dopiero gdy wózek zatrzymał się dostrzegła ku swojemu przerażeniu, ale i zniesmaczeniu, że mężczyzna jest nagi. Wózek stał teraz w takim miejscu, że ledwo go widziała, bo nie potrafiła już mocniej skręcić szyi. Jedynie kątem oka mogła obserwować, co będzie dalej. Zniesmaczona widokiem natychmiast odwróciła głowę i spojrzała w lewo.

Ku swojemu ogromnemu zaskoczeniu ujrzała ptaka, który towarzyszył jej tutaj z przerwami od samego początku. Znajdował się narożniku pomieszczenia, w miejscu, gdzie dopiero teraz dostrzegła kratkę ściekową. To graniczyło z cudem, że po tak długim czasie dostrzegła to, co powinna wychwycić od samego początku. Woda spływała powoli i niosła to wszystko, co miała wcześniej na sobie, znikając w niewielkich otworach. Ptak podskakiwał we właściwy jemu, ptasi sposób i co chwila przeginał główkę, jak zaskoczony widz, który musi się przypatrzyć pod różnymi kątami nowo ujrzanemu, przedziwnemu zjawisku, aby pojąć, co też autor mógł mieć na myśli. Dorota uśmiechnęła się do niego i bezdźwięcznie powiedziała: Cześć.

- A teraz, Dorotko... Hej! Patrz na mnie, jak do ciebie mówię!

Aż podrygnęła, gdy dotarło do niej, że to na nią krzyczy. Natychmiast obróciła głowę, aby spojrzeć, gdzie należy. Ten gnój, ten skurwiel, którego tak nienawidziła pochylał się nad wózkiem i trzymał w obu dłoniach krawędzie materiału jakim była przykryta tamta kobieta. Patrzył na Dorotę, tymi swoimi przekrwionymi, jak u świni oczkami i widać było, że to co robi sprawia mu wielką przyjemność. Powoli, wręcz z namaszczeniem zaczął odkrywać ciało kobiety. Czynił to systematycznie, aż do momentu, gdy wszystko zostało odkryte. W tym momencie wiedziona jakąś chorą ciekawością spojrzała na jego krocze. Był gotowy do współżycia. Jedyna niepewna rzecz, to ta, którą z nich zgwałci?

- Jest piękna, prawda? – Mówił do siebie albo do Doroty, ale cały czas patrzył na leżące na wózku ciało i wyglądało na to, że jest wręcz zauroczony tym co widzi. W końcu przerwał oględziny i zerknął na

Dorotę. – Ty też jesteś piękna, a właściwie to byłaś, dopóki cię nie zaprosiłem do siebie.

- Co jej jest? – zapytała.

- Nic. – Wzruszył ramionami. – Po prostu śpi.

- Uśpiłeś ją, tak jak i mnie usypiałeś.

- To oczywiste. Po co wymyślać coś innowacyjnego, jak są już do dyspozycji sprawdzone sposoby.

- A dlaczego jest naga? Lubisz patrzyć na gołe kobiety? To cię kręci?

- Jestem zwyczajnym facetem. – Westchnął i przejechał palcem wskazującym po piersi kobiety. Zrobił kilka kółek wokół brodawki i cofnął gwałtownie rękę, jak gdyby uświadomił sobie, że zrobił coś nagannego. – Faceci to wzrokowcy. Wiedziałaś o tym?

- Nie urodziłam się wczoraj. – Przez jej ciało niespodziewanie przebiegł dreszcz. Wspomnienie spotkania z lodowatą wodą.

Mężczyzna podszedł do Doroty i teraz omiótł wzrokiem jej ciało. Odwróciła głowę, żeby nie widzieć, jak lubieżnie patrzy. W ten sposób niczego nie zmieniła, ale mogła wysłać mu czytelny przekaz, że wzbudza w niej odrazę. Poczuła dotyk na lewej piersi i ten sam kolisty ruch wokół brodawki. Powtórzył czynność sprzed kilku minut. Zmienił jedynie obiekt pożądania. Tamta kobieta spała, ale teraz miał do czynienia ze świadomą istotą.

Dorota warknęła i szarpnęła ciałem na ile pozwalały krępujące więzy. O dziwo palec nadal kontynuował swój obrzydliwy taniec, jak gdyby nigdy nic.

- Zostaw mnie! – Spojrzała na niego, aby wzrokiem podkreślić to co powiedziała. On jednak nie patrzył na nią. Oczy miał zamknięte, a na ustach wymalowany uśmieszek. Wiedziała, że niewiele wskóra krzykami, czy nawet prośbami. Facet wyraźnie się nakręcał. Musiała szybko coś wymyślić, jeżeli nie chciała zostać zgwałcona.

- Tak, tak. Faceci to wzrokowcy. – Usłyszała jak powtarza poprzednią kwestię. I chociaż nawiązał do tej męskiej cechy, to jednak nadal się zabawiał z zamkniętymi oczami.

- Zdrowaś Maryjo, łaski pełna, Pan z tobą, błogosławionaś ty między niewiastami – zaczęła bardzo cicho, ale z każdym kolejnym słowem wzmacniała głos – i błogosławiony owoc żywota twojego, Jezus. – Tej modlitwy uczyła ją babcia. Rodzice mieli gdzieś jej wychowanie religijne. Pomysł z modlitwą spłynął na nią, jak objawienie.

Jego palec zatrzymał się i cofnął, a ręka zawisła w powietrzu. Dorota wpatrywała się teraz w tę znienawidzoną twarz i wiedziała doskonale, że jest teraz górą. Cała jego pewność siebie, gdzieś znikła. Widziała teraz spłoszonego człowieka, który jest totalnie wręcz zaszokowany. Babcia mówiła jej, że modlitwa wypowiedziana we właściwym momencie i konkretnej intencji ma wielką moc. Ale żeby aż tak?

- Co ty... – mówiły jego usta, a ona kontynuowała.

- Święta Maryjo, matko Boża, módl się za nami grzesznymi teraz i w godzinę śmierci naszej. Amen.

Gdy skończyła dałaby sobie rękę obciąć, że odetchnął z wyraźną ulgą, jak gdyby był demonem, a modlitwa stanowiła część rytuały egzorcyzmu. Patrzył na nią i cofał się niezwykle powoli, jak na zwolnionym filmie. Gdy dotknął tyłkiem metalowego wózka podrygnął niczym ktoś, kto natrafił na niespodziewaną przeszkodę.

- Ty, ty... modliłaś się – wyjąkał. – Ale po co?

- Żebyś przestał – odpowiedziała hardo. Miała teraz przewagę i powinna ją wykorzystać.

- No i przestałem. – Podsumował niepewnym głosem.

- A teraz mnie uwolnij. – Rozkazała stanowczym tonem.

Chwilę rozglądał się niepewnie, jak gdyby czegoś szukał.

- Tttak, tttak, uwolnij. Oczywiście, że tak.

Posłuchał i posłusznie ruszył ponownie w jej stronę.

- Szybciej! – warknęła i uśmiechnęła triumfalnie i w tym samym momencie zrozumiała, że popełniła błąd.

Gdy tylko ujrzał jej wyraz twarzy natychmiast oprzytomniał. Zatrzymał się w jednej chwili, a na jego twarzy zaczęła się powoli pojawiać wściekłość.

- Ty franco, ty wiedźmo! Zahipnotyzowałaś mnie. Niewiele brakowało, a byłbym cię uwolnił. – Chwycił prześcieradło, które leżało obok wózka i z całej siły cisnął w jej stronę. Biała płachta spadła tak niefortunnie, że nakryła górną część jej ciała, przesłaniając cały widok. Usłyszała jak wózek zaczyna się toczyć, wydając te swoje charakterystyczne dźwięki. – A teraz ją zgwałcę! I będę to robił tak długo, aż padnę! A potem ją zabiję, zarżnę jak pieprzonego prosiaka! A to wszystko to będzie twoja wina!

- Zostaw ją! Kurwa, nie rób jej krzywdy, ty świrze! Przestań! Słyszysz, co mówię?!

Zaczęła szarpać ciałem i kręcić gwałtownie głową, aby pozbyć się przykrycia, które uniemożliwiało patrzenie. Jej starania wreszcie zostały nagrodzone i biała płachta wylądowała u jej stóp, więc natychmiast zaczęła się rozglądać. Nie było mężczyzny, nie było wózka i nie było kobiety. Były jednak dźwięki, a to co słyszała było charakterystyczne dla stosunku płciowego. Jęki, sapania, sugerowały, że ten pieprzony świr realizuje swoje obietnice. Kobieta musiała nadal być nieprzytomna, gdyż nie było słychać krzyków ani odgłosów walki.

- Zostaw ją! Zostaw! Proszę cię, nie krzywdź tej dziewczyny! Proszę, zostaw, proszę! Nieeee! – Próbowała przekrzyczeć odgłosy, które dochodziły z innego pomieszczenia. Chciało jej się wyć, płakać, histerycznie śmiać i Bóg wie co jeszcze. W końcu przestała wykrzykiwać wyrazy, a jej okrzyki bardziej przypominały wycie dzikich zwierząt niż ludzką mowę. Zawodziła poprzez łzy i nic nie było w stanie przynieść jej jakiekolwiek ukojenie. W końcu wyczerpana spuściła głowę i zamknęła oczy. Tamte dźwięki skończyły się lub stały się tak ciche, że nie była w stanie ich wychwycić. Wkrótce jednak usłyszała coś ponownie. Tym razem były to kroki. Ciche, powolne, stawiane niemalże z namaszczeniem. Rosły w siłę, a więc ktoś się zbliżał. Otworzyła oczy i spojrzała w stronę wejścia. Ten gnój był wreszcie ubrany, ale jego jasna koszula i takież spodnie były ochlapane czymś ciemnym. Szybko domyśliła się, że to krew. Upewniła się w tym przeświadczeniu, gdy zobaczyła w jego ręku długi nóż.

- Suka nie żyje – stwierdził bez emocji, jak gdyby opowiadał o czymś banalnym. – Zabiłem ją tym oto nożem. – Pomachał ostrzem. – Ona miała dużo szczęścia, bo nawet się nie obudziła, jak podrzynałem jej gardło. To twoja wina. Wszystko zepsułaś, a miało być inaczej. Nie taki był mój plan. To twoja wina i to ty masz jej krew na rękach. Pamiętaj o tym, gdy kolejny raz spróbujesz coś odstawić. Niech to będzie dla ciebie nauczka.

## *15.*

- Muszę przestać pić. Tak dalej nie można. – Bakan jak zawsze czuł się podle, gdy był skacowany. – No może nie całkiem, ale trzeba trochę sfolgować. – Coś go wczoraj tknęło i poszedł do baru. Zaczęło się jak zawsze od jednego piwa, a skończyło tym, że po szóstym, a może ósmym ledwo trzymał się na nogach. Nie planował tyle pić, ale napatoczył się znajomy, któremu urodziła się wnuczka, a to był dobry powód do uczczenia.

Usiadł na łóżku i ciężko westchnął. Opuścił głowę, pochylił się i zaczął kołysać w przód i w tył. Siedziałby tak może i kilka minut, gdyby nie to, że poczuł mdłości. Wstał i chwiejnym krokiem ruszył do łazienki. Zatrzymał się w połowie drogi, gdy żołądek ku jego zadowoleniu przestał dokuczać. Stał niezdecydowany, co dalej. Ruszył kilka sekund później, bo uznał, że i tak musi tam pójść, żeby się wykąpać. Umył się, ale ogolić już nie zdołał. Mdłości powróciły, ale na szczęście wszystko było pod przysłowiową ręką.

- Ja naprawdę się starzeję. Coraz częściej rzygam po chlaniu – stwierdził wycierając twarz ręcznikiem. Z odrazą spojrzał na wnętrze muszli klozetowej i spłukał nieczystości. – O kurwa, ale mnie suszy. – Wciągnął niezdarnie majtki i na bosaka ruszył do kuchni. Spodziewał się znaleźć w lodówce zimne piwo, ale natrafił jedynie na maślankę w kartoniku. – No teraz to jeszcze powinienem się obsrać. – Westchnął i przekręcił plastikowy korek. Kilka szybkich łyków zimnego napoju sprawiło, że odetchnął z ulgą. Rozejrzał się po kuchni, zupełnie nie wiedząc, czego szuka, po czym zawiedziony poszedł do dziennego pokoju, aby posiedzieć przed telewizorem.

- Trzeba być na bieżąco – stwierdził i wziął pilot do ręki. W ten oto sposób szukał dla siebie usprawiedliwienia. Powinien coś robić w sprawie Palickiej, ale zupełnie nie miał pomysłu, co dalej.

Kumpel, który notabene miał u niego dług wdzięczności akurat kilka dni temu musiał wyjechać na – jak twierdził z wielkim entuzjazmem – „WYCIECZKĘ ŻYCIA". Coś co planował od kilku lat, musiał zrealizować właśnie teraz. Pojechał ze swoją żoną, zaszyć się w odmęty głuszy, gdzieś w okolicach Ustrzyk Górnych, a może tych Dolnych.

- Józek, do cholery! Tylko ty możesz mi pomóc! – Warknął wściekle, jakby liczył, że ten apel pokona przestrzeń, sprawi cud i powróci ze zdwojoną energią. Kilka minut później Bakan miał się przekonać, że cuda istnieją. Dzwonek telefonu wybudził go z delikatnej drzemki.

- Józef z tej strony. Witaj, Robert.

- Cześć, Józiu! Nie będę ukrywał, że o tobie myślałem. – Bakan nie spojrzał na wyświetlacz, gdy sięgał po telefon, dlatego był mocno zaskoczony, gdy przekonał się z kim rozmawia. Starał się mówić składnie, aby rozmówca nie wyczuł, że jest wczorajszy.

- No ja na szczęście albo niestety o tobie, nie. Dzwoniłeś do mnie kilka razy, drogi koleżko, ale na tym zadupiu trzeba mieć szczęście, żeby złapać zasięg. Co się dzieje, że sobie o mnie przypomniałeś? Mów przyjacielu.

- Nie ma tematu, skoro nadal koczujesz w tych swoich Bieszczadach. – Bakan dałby sobie rękę obciąć, że usłyszał charakterystyczny dźwięk komunikatów nadawanych przez megafony na dworcu PKP.

- Wyobraź sobie, że już nie. Jestem wściekły, chłopie, jak jasna cholera!

- Czyli, że wracasz? – zapytał pełen nadziei.

- Dokładnie. Właśnie jestem na dworcu i sprawdzam połączenia. Przepraszam... – Ostatnie słowo na pewno nie było adresowane do Bakana.

- A co się stało? Coś złego, przyjacielu? – Udawał troskę, ale w głębi ducha cieszył się, że wkrótce się zobaczą. Nie przepadał za Józka żoną i prawdę mówiąc ona za nim też nie. Wiedział, że nie wypada cieszyć się z czyjegoś nieszczęścia, ale kłopoty Józka były jak dar od nieba.

- A daj spokój. Chujozy można dostać. Ten skurwiel, jej kierownik ściągnął ją z urlopu, bo ktoś z kolegów Maryli miał wypadek samochodowy i jest potrzebne pilne zastępstwo. Szlag by to, cholera! A tak się cieszyłem. Tyle czasu na to czekałem. Wiesz jak lubimy góry.

- Wiem, wiem i współczuję. A wracając do tematu... jest sprawa.

- Mianowicie?

- Wiesz, że jesteś mi winien przysługę?

- Poczekaj chwilę... Pamiętam o tym… Maryla, oj Maryla. To mój problem nie twój. Wiem, ja też jestem wściekły. – Bakan mimowolnie podsłuchiwał rozmowę Józka z żoną. – Dobra już. Co mówiłeś? Aha... Cholera, Robert! Nie przysługę tylko rok pańszczyzny, gdybyś miał gospodarstwo. Obaj wiemy co dla mnie zrobiłeś i na pewno nie musisz mi tego przypominać. Dawaj, o co chodzi?

- Trzeba namierzyć pewien telefon. Sprawa jest pilna i niezbyt... no wiesz?

- Rozumiem i kończymy gadkę. Jutro u ciebie jestem. Tak w porze obiadowej.

- To po raz pierwszy od dawna ugotuję obiad – zażartował.

- Wiesz, że nie o obiad chodzi. Bądź po prostu trzeźwy, żeby szło się z tobą dogadać.

- Oki, przyjacielu.

Józef jeszcze coś mamrotał o straconej szansie na super wakacje, ale Bakan już nie słuchał. Odłożył telefon i upił kolejny spory łyk maślanki. Pomyślał, że jednak dobrze jest mieć miękkie serce, choć czasami odbija się to czkawką. Wtedy, niemalże pięć lat temu nie kalkulował. Kiedy Józef zadzwonił późnym wieczorem i powiedział, że właśnie dachował, ale nic mu nie jest, natychmiast wezwał taksówkę i pojechał pod wskazaną lokalizację. Dobrze, że coś go tknęło, aby nie jechać swoim samochodem, bo na miejscu okazało się, że Józef jest mocno wstawiony. Za coś takiego groziło więzienie i utrata prawa jazdy. Zanim przyjechały służby ustalili, że to on kierował, a Józef spał na siedzeniu pasażera i nic nie pamięta. Ponieważ Bakan znał procedury, to wszystko tak opisał, aby nie było się do czego doczepić. Od tamtego wydarzenia zawsze mógł liczyć na przyjaciela. I tym razem również się nie zawiódł.

- Gdzie te pierdolone kapcie?! – Bakan szukał wzrokiem kapci, które przywiózł całe wieki temu z Zakopanego. Były już stare i wytarte, ale tak się do nich przyzwyczaił, że jego stopy w trakcie wędrówek po mieszkaniu nie tolerowały niczego innego. Tym razem jednak kapcie skryły się skutecznie i nie miały zamiaru zdradzić swojej lokalizacji, tak że musiał podejść do drzwi na bosaka. Mógłby poświęcić na szukanie więcej czasu, ale domofon cały czas wzywał go do podejścia. To musiał być Józef, który stawił się zgodnie z umową, aby mu pomóc.

- Napijesz się czegoś, Józiu? – zapytał, jak tylko usadził gościa na krześle

- Daj spokój. Przecież wiesz, że przyjechałem autem.

- Ano tak. A może coś bez alkoholu? – Bakan próbował być gościnny, ale widać było, że Józef nie jest w najlepszym nastroju, a zwłaszcza w nastroju do picia.

- A co masz? Ciepło dzisiaj. – Józef nieco się ożywił. – Najlepiej jakbyś miał z lodówki.

- Dobra, no to sprawdzę w lodówce – rzucił zdawkowo i szybkim krokiem poszedł do kuchni. Otworzył drzwiczki i zlustrował wnętrze. – Tylko mleko! – oznajmił przepraszająco. – I to po terminie – dodał już ciszej.

- Mleko. Daj sobie spokój, człowieku. Co to ja, kot jakiś jestem? – dobiegło z wnętrza pokoju. – Wracaj, bo nie mam za dużo czasu.

Złapał butelkę piwa, otworzył, upił kilka łyków i wrócił do pokoju.

- Józiu, sprawa jest delikatna i...

- A co jest delikatnego, czy subtelnego w namierzeniu telefonu? – przerwał mu w połowie zdania. – Po co te całe wstępy?

- No dobrze. Gadajmy normalnie. To czego ci potrzeba, żeby znaleźć urządzonko? – Bakan usiadł, pociągnął solidny łyk z butelki i zaczekał na odpowiedź.

- A jak myślisz, bystrzaku? – Usłyszał złośliwe pytanie.

- Mam numer telefonu, nazwisko, adres, ale peselu ci nie dam. Szczerze, to nawet o tym nie pomyślałem.

- Robert, cały ty. – Mężczyzna patrzył wyraźnie zniesmaczony na Bakana kończącego butelkę. Nie podchwycił dowcipu z peselem, a jego twarz wyrażała dezaprobatę. – Za dużo pijesz, jełopie – stwierdził lakonicznie i sięgnął po kartkę papieru leżącą na stole. – Zapisz mi to i spadam.

- Tak, oczywiście. – Wstał szybko, odstawił butelkę na blat, ale tak niefortunnie, że ta przewróciła się, potoczyła i spadła na podłogę. Niby wysokość nie była zbyt duża, ale naczynie rozpadło się na dwa duże kawałki i kilka malutkich. Bakan spojrzał na rozbite szkła, a później na swojego gościa, ale kiedy zobaczył, że ten tylko kręci oczami uznał, że nie będzie tego sprzątał. Ruszył do miejsca, gdzie schował wszystko, co dotyczyło sprawy i po chwili już wracał na miejsce.

- Uważaj na szkło, człowieku! – Józef wyciągnął rękę do przodu, jak jakiś rycerz Jedi z Gwiezdnych Wojen, próbując go zatrzymać na miejscu. Zanim Bakan zdążył pomyśleć poczuł przenikliwy ból w prawej stopie, tuż obok opuszków palców.

- Oła, kurwa! – Odskoczył w tył i runął jak długi na podłogę. Po chwili wstał nieporadnie, cofnął krzesło i usiadł na nim. Zapomniał o gościu próbując sprawdzić, czy ma szkło wbite w skórę, czy tylko rozcięcie. Rana nie krwawiła mocno, ale palcami wyczuł coś twardego. Przypomniał sobie, że nie jest sam, gdy Józef minął go w milczenie i poszedł do kuchni. – Gdzie masz Robert jakiś bandaż albo chociaż ręcznik? – zawołał.

- Tam, w szufladzie przy oknie – odpowiedział i wrócił do obserwacji rany. Uznał, że jest na tyle twardy, że poradzi sobie ze szkiełkiem i wyjmie je, zanim jeszcze wróci jego gość, bo na pewno usłyszy traktat moralizatorski i że w taki sposób nie wyciąga się szkła z ciała.

Józef rzeczywiście wrócił po tym, jak zdążył wyjąć odłamek. Przy tym zabiegu trochę posyczał, ale w sumie to niepotrzebnie, bo wcale tak mocno nie bolało, jak przewidywał. Krwi też nie było zbyt dużo. Owszem sączyła się z rany, ale nie tak bardzo, żeby nie mógł sobie z tym poradzić prowizoryczny opatrunek. Rana była długa na centymetr, ale nie miał pojęcia, jak głęboka.

- Trzymaj, Robert. – Józef wręczył mu ręcznik i pochylił po coś co leżało na podłodze. – Siedź, gdzie siedzisz. Przepiszę to sobie.

Bakan patrzył jak jego kolega spisywał potrzebne dane. – A co do kasy? – zagadał odsuwając ręcznik od rany. Biały materiał był już skalany czerwienią. Rana pulsowała, ale tak chyba było zawsze przy skaleczeniach?

- Jeszcze nie wiem, ile to będzie kosztować. – Józef skończył pisać. – Prawdę mówiąc to jeszcze nigdy czegoś takiego nie robiłem. Mam kumpla, który też jest mi winien przysługę, ale to zbyt drobna przysługa, jak na tak poważną sprawę. Mogą być jakieś koszta, ale nie mam pojęcia jakie. Rozumiesz mnie? – Spojrzał pytająco na Bakana.

- Oczywiście, że rozumiem. Facet, który mi to zlecił powiedział, że sprawy finansowe to nie problem. Ty Józiu wyłożysz kasę, ja tobie oddam, a gościu mnie.

- A z tą babką, to co? – Spojrzał na kartkę. Ta cała Palicka... co z nią?

- Zniknęła. – Bakan wzruszył ramionami. – Chyba miała go dosyć i uciekła, a on się przejął i jej szuka.

- Kurwa, Robert! – Józef, aż poderwał się z krzesła. – Uciekła?! A ja mam dla takiej fanaberii naginać albo nawet łamać prawo?! A jak to wypłynie?! Pogrzało cię?!

- Pamiętasz moją żonę? – Bakan również wstał, ale stanął tylko na jednej nodze. Zachwiał się i szybko dla równowagi złapał za oparcie krzesła.

- Oczywiście, że nie pamiętam, bo niby skąd? Nie znałem jej przecież, ale słyszałem o tym. – Odetchnął głębiej, po czym zaczął bębnić nerwowo palcami o blat stołu. – Dobra, Robert. Nie wyjeżdżaj znowu z tą historią. Współczuję ci, ale proszę, nie mów nic więcej na ten temat. Ileż można słuchać? Okej, spróbuję to zrobić. Namierzymy ten gówniany telefon. Ale...! – Spojrzał wymownie i wzniósł wskazujący palec ku górze. – Robię to chłopie tylko dla ciebie, bo kiedyś ty mnie wyciągnąłeś z szamba. Kogoś innego kopnąłbym w dupę i tyle.

- Dzięki, Józiu, doceniam to, naprawdę.

- Doceniaj, a pewnie, że doceniaj. – Rzucił żartobliwie i ruszył w kierunku wyjścia. – No to spadam. Odezwę się, jak będę coś wiedział.

- Oby, jak najszybciej! – Bakan poszedł nieco chwiejnym krokiem za swoim gościem.

- Nie przeginaj, Robert – powiedział otwierając sobie drzwi na klatkę. Bakan podszedł, żeby je zamknąć, ale coś sobie przypomniał.

- Jest coś jeszcze! – Rzucił w ślad za Józefem, nie zważając na żądnych plotek sąsiadów. Adresat jego słów zatrzymał się na stopniach i odwrócił.

- Co takiego? – Zmrużył oczy i czekał. – Powiesz wreszcie? – zagadał, gdy Bakan zastanawiał się, czy to jest na pewno aż tak ważne.

- Babka ma tatuaż z kwiatkiem na ręce.

- Gówno mnie obchodzi jej tatuaż, a ty człowieku jesteś niereformowalny. – Pokręcił głową w geście beznadziei, odwrócił się i zaczął ponownie schodzić. – Zadzwonię, a ty zrób sobie przerwę. Wiesz z czym.

## *16.*

- Panie Boże. Tak to ja, Sebastian Król, nauczyciel matematyki z podrzędnego liceum w Warszawie. To znaczy byłem nauczycielem, bo teraz jeżdżę na taksówce. Ale to chyba nie jest takie ważne. – Mężczyzna, który uprowadził Dorotę przerwał, zamknął oczy i przyłożył kciuki do powiek. Zaczął naciskać na gałki oczne. Robił to z taką siłą, jak gdyby zamierzał je pozgniatać. Kiedy spod powiek wypłynęły szerokim strumieniem łzy, przerwał i na powrót złożył dłonie, jak do modlitwy. Ciężko dyszał, jak gdyby to co zrobił kosztowało go wiele wysiłku.

- Jestem starym kawalerem, a co za tym idzie, bezdzietnym człowiekiem, czyli nikim, bo nikt po mnie nie zapłacze... i nikt mnie nie wspomni. Nie żebym się skarżył. Taka widać moja karma. – Kontynuował klęcząc, a jedynym jego strojem były czarne majtki. – Tak, tak, jestem zwykłym robakiem, który się narodził nie wiadomo po co i który zniknie nie wiadomo, kiedy. Zdawałem sobie sprawę z własnych ułomności i bezcelowości życia, aż wreszcie coś się zmieniło, gdy raczyłeś nakazać mi abym wziął się za siebie. Przeszedłem dzięki tobie metamorfozę, zmieniłem się i jestem z tego dumny, i… naprawdę szczęśliwy. Nie, dlatego mówię o sobie, że jestem butny. O, nie! Robię to tylko po to, abyś w przypadku, jeżeli zapomniałeś, że istnieję, ponownie zwrócił na mnie swoją uwagę.

Klęczał już ponad pół godziny, modląc się żarliwie i choć potwornie bolały go kolana, to wiedział, że jest w stanie wytrzymać bardzo długo. Nie bał się bólu. Traktował doznania bólowe, jak coś co kształtuje charakter i uszlachetnia. Zawsze, gdy przestawało już boleć czuł się szczęśliwy, oczyszczony i o wiele więcej wart niż przed, zanim zadawał sobie męki. Jego cykliczne rozmowy z Bogiem dodawały mu energii i poprawiały nastrój. Bywało i tak, że Najwyższy zsyłał mu wizje i pomagał rozwiązywać problemy.

- Panie, co miałem zrobić? – Otworzył oczy i rozejrzał nerwowo wokół niczym ktoś, kto koniecznie musi zobaczyć swojego rozmówcę. Oczy łzawiły tworząc lekką mgiełkę przed oczyma i przy tym rozmazując obraz. Nikogo nie zobaczył, co sprawiło, że poczuł się zawiedziony.

- Ta kobieta, to zło w najczystszej postaci. Ale to ty ją wybrałeś, a nie ja... Oj przepraszam, Najwyższy! – Skulił się i zasłonił rękoma głowę, jak gdyby obawiał się razów, za swoje bezczelne słowa. Ponownie zamknął oczy i zaczął się kołysać rytmicznie na boki. Wyglądało to nieco komicznie, ale dla niego nie miało znaczenia, jak mógłby być postrzegany przez przypadkowego obserwatora.

- Panie Boże, ja chciałem jak najlepiej. Próbowałem zrobić wszystko, co tylko możliwe, aby wyplenić z niej zło. Sam widziałeś, że bardzo się starałem. Cały czas, gdy u niej byłem, czułem twoją obecność. Ale nagle stało się coś dziwnego. Nie!... Dziwnego, to złe określenie. To był szok, istny szok! Byłeś tam Panie, więc widziałeś. Co miałem zrobić, gdy ona zaczęła modlitwę? Nie powinna się modlić, ale jednak to zrobiła. Gdyby przeklinała, lżyła, znieważała, to bym wiedział co należy robić. Ale modlitwa?! To mnie kompletnie zaskoczyło. Nie wiedziałem co czynić.

Żarówka umieszczona na suficie, tuż nad jego głową zaczęła delikatnie mrugać. Mężczyzna spojrzał w górę i uśmiechnął zadowolony. Rozumiał doskonale, że to znak. Światełko zdawało się nadawać jakiś sygnał, ale w sposób zaszyfrowany. Gdyby to był alfabet Morse'a, to nie miałby problemów z odczytaniem. Pamiętał ten sposób nadawania, jeszcze z wojska. To jednak było coś bardziej skomplikowanego. Boski szyfr, który był nie do złamania dla zwykłego śmiertelnika. Przez moment zastanawiał się, czy nie powinien przerwać tego co robi i skupić się na próbie chociażby spisania sygnałów płynących z sufitu. W końcu Bóg miał mu coś do przekazania, a on nie okazał się na tyle inteligentny, aby ogarnąć problem.

- Panie Boże, mógłbyś trochę jaśniej? Nie chodzi mi oczywiście o ilość światła, tylko o sposób w jaki próbujesz mi coś powiedzieć. Nic z tego nie pojmuję i boję się, że uznasz, iż nie jestem godzien być twoim wybrańcem... A tego bym nie chciał.

Żarówka pozostała głucha na jego apele. Nadal świeciła nierówno, pomrugując i zmieniając natężenie światła. Mężczyzna jeszcze jakiś czas wpatrywał się w światło, aż wreszcie jego oczy nie wytrzymały blasku. Opuścił głowę i przymknął powieki. Łzy popłynęły samoistnie próbując w ten sposób ulżyć podrażnionym oczom. Bolało jeszcze bardziej, niż wówczas gdy sam zadawał sobie męki. Odetchnął pełną piersią i powtórnie zagadał:

- Co jeszcze mógłbym zrobić, żeby ją złamać? Każdego można zmanipulować, przekonać do przeróżnych ideologii, a nawet sprawić, że sam siebie znienawidzi. Mam wprawdzie jeszcze kilka pomysłów, ale nie jestem pewien, czy ci się spodobają. Skoro jednak mam osiągnąć cel, to pora porzucić subtelności. Cel zawsze uświęca środki.

Podniósł się i wyprostował. Chwilę musiał dochodzić do siebie, gdyż dolna część ciała nie była zdolna ustać prosto. Trzymając się oparcia krzesła doszedł do wniosku, że trochę przesadził. Nie był już przecież młodzikiem i zdecydowanie powinien brać poprawkę na wiek. Dobrą minutę trwało nim wreszcie mógł zacząć się ubierać.

Kiedy skończył chwycił nóż, który leżał na krześle i spokojnym, niemalże dystyngowanym krokiem ruszył ku wyjściu z pokoju. Idąc uśmiechał się chytrze. Wiedział już co za moment zrobi, a reakcja tej suki będzie dla niego najlepszą nagrodą.

- Trzeba było uprzedzić, że przyjdziesz, to bym się przygotowała. – Dorota zareagowała sarkazmem, gdy tylko zobaczyła, że nie jest już sama. To był już kolejny raz, kiedy zrobiła coś wbrew zdrowemu rozsądkowi. To jej prowokowanie niczego dobrego nie przynosiło. Zamiast uszczypnąć się w język, paplała nim bezmyślnie. Za którymś razem uznała, że to jej sposób na walkę z tą beznadzieją, w której utkwiła.

- Witaj, witaj, Dorotko. Jak się dziś czujemy? – Zagadał, jak gdyby nigdy nic. Ta kobieta była nieprzewidywalna i nigdy nie miał pewności, jak zostanie przywitany. Zrobił kilka kroków i zatrzymał się. Dłoń uzbrojoną w nóż ukrył za plecami. Zamierzał stopniować napięcie, bo tak było lepiej, zamiast wykładać zaraz na starcie wszystkie karty.

- Przyszedłeś mi coś zrobić, czy tylko popatrzeć na moje cycki i całą resztę – wypaliła i natychmiast zbeształa się w myślach.

- Już mi się opatrzyłaś.

- Czyli, że jest szansa, że ślubu nie będzie? – Tym razem była zadowolona ze swojej reakcji.

- Kto wie, kto wie? – Uśmiechnął się tajemniczo. – W końcu trzymasz mnie za słowo, bo jakby nie patrzeć, to jednak ci się oświadczyłem.

- Zwalniam cię z tej twojej przysięgi. I... i daję ci kosza.

Nie rozumiała do czego to zmierza. To były tylko żarty, czy może coś więcej. Jak niby mogła traktować tamten tekst, że chce się z nią ożenić. Przecież to była błazenada, czyste szaleństwo i on to musiał wiedzieć. Ale z drugiej strony patrząc... ten człowiek był niewątpliwie szalony.

- Nie przejmuję się. A wiesz, że na dworze jest dziś piękna pogoda? Cieplutko, bezchmurnie, ptaszki śpiewają.

- A niech sobie śpiewają i niech słoneczko świeci. Co mi tam? Zamknąłeś mnie tutaj i traktujesz jak zwierzę.

- Traktuję cię w taki sposób, na jaki zasługujesz.

- To co powinnam zrobić, żebyś mnie uwolnił?

- Kto to wie, moja droga? Kto to wie?

Zbliżył się na metr, przechylił lekko głowę w prawo i zaczął się wpatrywać w jej piersi. Przez jej ciało przebiegł dreszcz. Przeczucie natychmiast podpowiedziało jej, że stanie się coś złego. Ona również zaczęła mu się przyglądać. Nie rozumiała po co to robi, bo zupełnie nie interesował ją jako człowiek, a tym bardziej mężczyzna. Była naga, z czym już się oswoiła i sam fakt, że on patrzy na jej nagość zupełnie jej nie deprymowało. Zwróciła uwagę na fakt, że prawą rękę trzyma za plecami. To oznaczało, że coś tam ma. Kolejna niespodzianka, która może ją kosztować strach, a może nawet ból? Patrzyła jak podnosi głowę i kieruje wzrok na jej twarz. Nie odwróciła głowy, decydując się na konfrontację wzrokową. Ich spojrzenia się spotkały i rozpoczął się niewypowiedziany pojedynek. Nie wiedziała, co on mógł wyczytać z jej oczu, ale ona dostrzegła w jego wejrzeniu skrywane szaleństwo, którego nie jest już wstanie dłużej maskować. Zrozumiała, że powinna być czujna, bo zaraz coś się stanie. Błyskawicznie pojęła, że to i tak nic nie da, bo co niby mogłaby uczynić? Skrępował ją w taki sposób, że jedyne co byłaby w stanie zrobić, to go opluć. Jednak takie zachowanie mogłoby go tylko rozwścieczyć. Uznała, że najlepszym wyjściem będzie, jak zamknie oczy.

- Nie chcesz na mnie patrzeć? – Zapytał, czy może raczej stwierdził.

Nic nie odpowiedziała, a nawet ścisnęła wargi, jak gdyby się bała, że jakieś nieprzemyślane słowo wypłynie spomiędzy nich wbrew jej woli. Zaczęła się w myślach modlić, żeby już sobie poszedł. Pomimo, że nie miała bladego pojęcia, co teraz robi, to jednak postanowiła nie otwierać oczu.

- Walczysz... Widzę przecież, że nie możesz się powstrzymać, żeby palnąć coś mega inteligentnego, wręcz wzniosłego. Tak, tak, widać to. Pani Dorota Palicka musi się ukorzyć przed takim palantem jak ja. To coś niesamowitego. W sumie to cię czasami podziwiam.

Tak cię korci, żeby fuknąć swoim zwyczajem, ale jakoś wytrzymujesz. Ale jak długo?

Poczuła, że coś zimnego dotknęło jej lewego policzka. Najpierw pomyślała, że to jego palce i wzdrygnęła się z obrzydzeniem, ale po chwili zrozumiała, że to musi być metal. Coś metalowego przystawił jej do twarzy. Co to było i co zamierzał za moment zrobić?

- Jesteś piękną kobietą. Wiem, wiem... Setki, jeśli nie tysiące razy słyszałaś takie i tym podobne pochlebstwa. Niektórzy rodzą się piękni, a inni mogą o tym tylko pomarzyć. A wiesz, co jest w tym wszystkim najciekawsze?

Słuchała jego wywodu sparaliżowana strachem. Rozumiała, że coś planuje. Że ta przemowa to tylko preludium do tego, co zaraz nastąpi. Czuła jak jej serce wali jak oszalałe, a tętno już dawno przekroczyło bezpieczne granice. Oddałaby w tej chwili wszystko za to, aby być w innym miejscu. To był moment, kiedy zwątpiła, czy zmierza właściwą ścieżką, na końcu, której jest brama z napisem: wolność. To cholerne przeświadczenie, że nie ma już nad niczym kontroli, wzniosło się na wyżyny.

- Tak, tak, najciekawsze. – Jego słowa przerwały jej myślowy wywód. – Cóż za paradoks, że ci którzy zostali obdarowani urodą, wychodzą z założenia, że to naturalne, iż ją posiadają, a ci drudzy doskonale wiedzą, że nigdy jej nie zdobędą. Jednak ci, którzy zostali nią obdarowani, nie są świadomi, że mogą ją stracić. No cóż, Dorotko... Pora zaczynać.

Poczuła jak dotyk metalu przybrał na sile, a chwilę później do jej mózgu wlała się fala okropnego bólu. Natychmiast pojęła, że to był nóż, którego ostrze sunęło teraz powoli w dół znacząc swoją drogę niezmierzonym cierpieniem. Nie krzyczała, chociaż wiedziała, że to by przyniosło pewne ukojenie. Jęczała jedynie, starając się kontrolować swoją reakcję. Nie otworzyła oczu, nie rozwarła zębów, nie próbowała odwrócić głowy. Uznała, że tak powinno być. Nie da mu tej satysfakcji i nie zacznie krzyczeć. Chciała tylko, żeby przestał.

- O tak. Powolutku, bez pośpiechu, robimy swoje.

- Dość – szepnęła poprzez łzy, które wypłynęły spod zaciśniętych powiek. Nie potrafiła już dłużej znieść tego, że zadawał jej męki. Oddałaby teraz duszę diabłu, żeby tylko przestało boleć.

- Dość? – powtórzył po niej. – W sumie to masz rację. Tyle wystarczy. Jak teraz będziesz żyła ze skalanym pięknem? Gdzie ta twoja perfekcyjna uroda? Szkoda, że się teraz nie widzisz. Sporo krwi z ciebie utoczyłem i jeszcze więcej łez. Taki obraz ciebie, daje mi naprawdę dużo satysfakcji. Zostawiam cię teraz. Myślę, że Markiz zechce ci dotrzymać towarzystwa. Mam parę rzeczy do zrobienia, a więc wybacz.

Otworzyła oczy dopiero wtedy, kiedy usłyszała oddalające się kroki. Ranny policzek płonął żywym ogniem. Pochyliła głowę po to tylko, żeby sprawdzić, czy rzeczywiście krwawi. Lewą pierś miała oblaną czerwienią, jak gdyby ktoś ją obsmarował ketchupem. Gdy pochyliła głowę jeszcze mocniej, krew z rany spływała bezpośrednio na podłogę, a może na podwyższenie, na którym stała. Była przerażona faktem, co jej zrobił, a jednocześnie chorobliwie wręcz ciekawa, jak teraz wygląda. Gdyby miała wolną rękę i lustro w zasięgu, to na pewno spojrzałaby w swoje odbicie. Rana i do tego w takim miejscu była niczym katastrofa dla jej wizerunku i poczucia wartości. To działanie na pewno nie było przypadkowe. Ten fiut wiedział doskonale co robi i gdzie należy zaatakować, aby zabolało. Niespodziewanie dla niej zraniona duma zaczęła brać górę nad fizycznym bólem. Czuła jak stopniowo narasta w niej wściekłość. Uczucie, które musiało znaleźć gdzieś ujście. Sama siebie zaskoczyła, gdy usłyszała potworny ryk, który wydobył się z jej gardła. Włożyła w ten okrzyk całą moc, którą jeszcze dysponowała. Była to mieszanka nienawiści, dumy, histerii i Bóg wie czego jeszcze. Przerwała po kilku sekundach, ale nie dlatego, że poczuła ulgę, tylko z tego względu, że usłyszała histeryczny wręcz śmiech.

# 17.

Telefon zadzwonił akurat wtedy, gdy Bakan leżał w wannie pełnej chłodnej wody. Zimna ciecz dawała ukojenie i wcale nie miał ochoty tego przerywać. Zawsze lubił zimno. Lato było dla niego jednym wielkim pasmem mąk i wyrzeczeń. Dziś może na zewnątrz nie było zbyt gorąco i nawet jeśli ta kąpiel była fanaberią, to jednak przyjemną. Postanowił zlekceważyć dzwoniącego. Uznał, że dopiero kiedy się wykąpie sprawdzi kto dzwonił, a potem jeżeli ewentualnie uzna, że ten ktoś jest wart jego uwagi, to oddzwoni. Dzwoniący jednak – kimkolwiek był – nie ustawał w wysiłkach. To musi być coś ważnego, pomyślał.

- Józef, mam nadzieję, że to ty – wyszeptał zrezygnowanym tonem i wstając chwycił biały ręcznik kąpielowy.

Uznał, że nie ma sensu tracić czasu na wycieranie. Owinął się tylko ręcznikiem i uważając na ranną stopę ruszył po telefon. Leżał tam, gdzie go zostawi, dlatego nie musiał tracić czasu na szukanie. Zanim nacisnął na ikonkę z zieloną słuchawką spojrzał, kto dzwoni.

- Tak, Józiu? – zagadał najgrzeczniej, jak potrafił.

- Dlaczego nie odbierasz, jełopie? To ty prosisz o pomoc, a ja mam czekać, aż łaskawie odbierzesz?

- Kąpałem się – wyjaśnił spokojnie.

- A to przepraszam bardzo. Robert mam dla ciebie dobre wieści.

- To świetnie, przyjacielu, to świetnie. Uwielbiam dobre wiadomości. Mów, zamieniam się w słuch. – Usiadł zadowolony i założył ranną nogę na tę zdrową.

- Telefon tej babki został przez mojego kolegę szybko namierzony. Z tym akurat nie było większego problemu, bo jak to u kobiet bywa, ma zapewne pełno aplikacji, które niejako w tle chcą się łączyć z internetem. Zresztą nie wiem. Kolega nie tłumaczył, co i jak. A poza tym, nie jest ważne jak, a to, że się udało. Reszta to nieistotne szczegóły. Facet ma łeb na karku i to mi wystarczy.

- To super. Mamy... to znaczy masz jakiś adres, gdzie ta babka teraz jest? Mów, chłopie! – Bakan poczuł podniecenie. Za moment sprawa zostanie rozwiązana. Przycisnął mocno telefon do mokrego ucha.

- Jest jednak problem. – Głos po drugiej stronie, jak gdyby się na moment zawahał.

- Jaki znowu problem? Przecież mówiłeś przed momentem, że masz dobre wieści.

- Chodzi przyjacielu o to, że ten telefon jest w ciągłym ruchu. Bez przerwy zmienia lokalizacje. Zatrzymuje się na jakiś czas i znowu się przemieszcza. Tak, jak gdyby ta twoja babka jeździła cały czas po Warszawie. Gdyby telefon lokalizował się poza miastem, to uznałbym, że ta twoja Palicka wsiadła w pociąg albo autobus i wybrała się w podróż. A tak to nic nie rozumiem. I to jest właśnie ten problem.

- A to ciekawe, Józiu. I nigdzie się nie zatrzymała na dłuższy czas?

- Właśnie, że nie. Śledzimy jednak jej ruchy dopiero od kilku godzin i pewnie w tym tkwi cały problem. Czy ona ma samochód?

- Nie wiem. W sumie to nie pytałem. Jak chcesz mogę zadzwonić do gościa, który to zlecił.

- Sam nie wiem, Robert. W sumie to jaka różnica, kto kieruje?

- No... – Bakan na więcej się nie zdobył. Nie wiedział co powinien o tym myśleć. Liczył na konkretny adres i wtedy byłoby po sprawie, a tu takie coś. Chyba za wcześnie uwierzył, że złapał pana Boga za nogi. Wychodziło na to, że z sukcesu zrobił się typowo szachowy pat.

- Słuchaj, Robert, a może ona związała się z jakimś innym facetem? Tak tylko myślę.

- No nie wiem? – Bakan nieświadomie wzruszył ramionami. – Może tak być. Nie znam jej osobiście.

- Z jakimś kierowcą, czy jak? Albo po prostu gość ma niezłą brykę i ujeżdża nią po mieście, żeby szpanować, a ona jeździ z nim.

- Nie wiem, Józiu. Chyba za głupi jestem. – Dla podkreślenia swoich słów wzruszył ramionami, pomimo że rozmówca nie mógł tego zobaczyć. – Zaskoczyłeś mnie teraz. A w sumie to co mnie to może obchodzić?

- To akurat wiem, Robert. Myślę, że nie zostało nam nic poza tym, że trzeba dalej próbować. Zadzwonię do mojego kumpla i powiem, żeby dalej działał. Tylko, że może być kolejny problem. Wybacz, ale nie zawsze wszystko idzie tak jak trzeba.

- Jezu, Józef. Jaki tym razem problem? – zapytał i spróbował wykonać kilka ruchów ranną stopą, ale to nie był dobry pomysł, gdyż poczuł kłucie pod opatrunkiem, jak gdyby wbił sobie tam igłę.

- Wiesz ten mój kumpel, on pracuje i może to robić tylko wtedy, gdy jest w robocie. Odwala swoje osiem godzin i idzie jak każdy normalny człowiek do domu. No i niestety dla nas, w weekendy nie pracuje.

- No, co? Samo życie, Józiu. Ważne, że się tym zajął. Reszta to szczegóły – odpowiedział spokojnie, choć w środku aż się w nim gotowało. Na końcu języka miał soczyste przekleństwo, ale bał się, że Józek potraktuje to jak atak na jego osobę.

- Cholera, zaskakujesz mnie – słowom towarzyszył tłumiony śmiech. – Myślałem, że się wściekniesz, a tu spokój. No, no...

- Oczywiście, że nie jestem szczęśliwy z tego powodu, ale co mam zrobić? Może będziemy mieć farta i to nie potrwa długo, a może nie? Powiem ci tak między nami, że zupełni mi się nie podoba ta robota. Nie wiem, co mnie trzepło, żeby się godzić.

- Tylko ty to wiesz.

- Nie wiem, może było mi go żal? Znaczy tego gościa, co mnie wynajął. Zadzwoń Józiu, jak będziesz coś wiedział, a ja wracam do wanny.

- Dobra. Tylko mi się nie utop.

- Bez obawy, Józiu. Wiesz, że dobrze pływam.

- Wiem, pamiętam. Ale wiedz, że zwykle topią się ci co umieją pływać, bo ten co nie umie, nie pcha się na głęboką wodę.

- Dobra, dobra. Skończ już z tym wymądrzaniem. Czekam na telefon od ciebie.

# *18.*

- Moja droga Dorotko.

Ktoś się nad nią pochylał, a później poczuła delikatne dotknięcie na czole. Charakterystyczny odgłos wydawany przez usta sprawił, iż domyśliła się, że została pocałowana. Nie miała zupełnie sił i nie czuła własnego ciała od szyi w dół. Gdyby coś podobnego stało się jeszcze kilka dni wcześniej, to zareagowałaby odpowiednio do sytuacji, czyli atakiem furii. Teraz jednak było jej obojętne, co się dzieje z jej ciałem, osobą, z wszystkim, co dotyczy Doroty Palickiej. Nie była pewna w jakiej znajduje się pozycji, leży, może stoi, czy jest powieszona? Ten ktoś kto ją pocałował pochylił się nad nią, a może przybliżył tylko twarz? Wszystko straciło na znaczeniu, jak gdyby przebywała teraz w jakiejś sztucznej rzeczywistości. Świat wokół wydawał się nierzeczywisty i nawet siebie samą uważała w tym momencie za coś nierealnego, niematerialną istotę, która tkwi w niefizycznym świecie. Przez chwilę nawet pomyślała, że być może umarła i tak właśnie wygląda miejsce, do którego przenoszą się dusze po śmierci.

- Co ja... – Zamierzała o coś zapytać, ale szybko zgubiła wątek.

Czyjeś palce ułożyły się na jej policzkach i chwyciły miejsce, gdzie żuchwa łączy się z czaszką. Ścisnęły mocno, aż zasyczała z bólu, a przy okazji otworzyła usta. Rana na policzku natychmiast przypomniała o swoim istnieniu. Coś zimnego i śmierdzącego wlało się do jamy ustnej. Nim pojęła, że to wódka, już miała ściśnięte usta i zatkany nos. Ponieważ nie była przygotowana na coś takiego (a kto by był) odruchowo przełknęła ciecz, aby móc oddychać. Przez ułamek sekundy liczyła się z tym, że zwymiotuje, ale okazało się, że to co przełknęła wcale nie było takie złe. To musiał być likier albo wódka smakowa. I w tym właśnie momencie powróciła do realnego świata.

- No i pięknie, Dorotko. Grzeczna dziewczynka. – Męski głos pochwalił ją, jak gdyby była małym dzieckiem.

Poczuła w żołądku falę ciepła, która jak jej się wydało w kilka sekund rozlała się po całym ciele. Niemalże namacalnie doświadczała regeneracji całego ciała. Nadal była słaba i senna, ale już nie tak. Zakręciło jej się w głowie, ale to akurat okazało się być dosyć przyjemne. Czuła jak odzyskuje tak potrzebną do życia energię, jak gdyby napiła się wody z cudownego źródełka.

- Wiedz, że rozmawiałem z kimś na twój temat. Całkiem niedawno i muszę przyznać, że usłyszałem od niego, naprawdę coś ciekawego.

- Niby z kim? – zapytała szeptem i powoli uniosła powieki. Zrazu obraz był rozmazany, ale wraz z upływającym czasem nabierał klarowności. Ujrzała męską twarz dosłownie kilkadziesiąt centymetrów od swojej. To była ta sama facjata, którą widywała od jakiegoś trudnego do określenia czasu. Zganiła się w myślach, bo przecież to powinno być dla niej oczywiste, kogo zobaczy. Była skazana na tego palanta. Zaśmiała się w duchu, gdy wychwyciła, że ponownie nazwała go tym przydomkiem, który mu przykleiła jakiś czas temu. To była jej wewnętrzna zemsta i było to naprawdę przyjemne. Ileż by jednak oddała za to, aby wiedzieć, kiedy wreszcie ujrzy inną twarz.

- Oj, tego nie mogę powiedzieć. – Mężczyzna uśmiechał się szeroko i emanował pozytywną energią. Wyglądał po prostu na szczęśliwego. Jego przekrwione oczy szkliły się, co znamionowało, że jest pod wpływem alkoholu.

- To po co mi o tym pieprzysz? – Wódka uczyniła cud i doświadczyła wrażenia, że znowu jest sobą, a ten facet przed nią to zwykły śmieć. Przez głowę ponownie przebiegła myśl, co by mu zrobiła, gdyby nie te pierdzielone więzy, którymi ją spętał.

- Oj, droga Dorotko. Widzę, kochanie, że coś nie jesteś dzisiaj w sosie.

- Właśnie, że jestem. To co wypiłam sprawiło, że odżyłam. Spory łyk i znowu jestem sobą.

- Jak miło – spuentował. Przystawił otwartą butelkę do ust i wypił kilka małych łyczków. Kiedy skończył skrzywił twarz, jakby wypił tran, a nie dobry alkohol. Kiedy doszedł do siebie uniósł butelkę na wysokość swojej twarzy i gestem zapytał, czy nie chce jeszcze.

- Nie – odpowiedziała stanowczo.

- Jak, nie chcesz... – Wzruszył ramionami i pociągnął jeszcze łyk. – Ale ja i tak uważam, że jesteś nie w sosie.

Patrzyła na niego śledząc wszystkie jego ruchy. Znowu była tą dawną Dorotą, a on był tylko przeszkodą, którą powinna pokonać albo przynajmniej odsunąć na bok. Trunek miał barwę czerwoną, ale etykietki nie odczytała, dlatego nadal nie miała pojęcia, co przed chwilą wypiła.

- Albo daj mi jeszcze – zmieniła zdanie. Nie było sensu unosić się honorem. Alkohol przytępiał zmysły, a ona miała złamany palec i świeżą ranę na twarzy. Palec już przestał boleć i stał się jakby nieobecny, ale za to rana piekła niemiłosiernie.

- O, i to lubię – przybliżył szyjkę do jej ust i przechylił. Wypiła kilka łyków i odchyliła głowę, pokazując, że ma już dosyć.

- W sosie? Że ja niby jestem, nie w sosie? – powtórzyła, bo przypomniała sobie, co powiedział chwilę temu. Skrzywiła twarz w złośliwym uśmiechu. – Powinnam według ciebie mieć humor? Kurwa, ja aż tryskam humorem! Dobra, to co... może opowiem ci jakiś kawał?

- Dawaj, Dorotko. Chętnie się pośmieję.

- Spierdalaj! – W nagłym geście pochyliła głowę w jego stronę i klapnęła zębami, jak gdyby chciała go ugryźć. Odruchowo odchylił głowę do tyłu, a na jego twarzy odmalowało się zaskoczenie, wymieszane ze strachem. Jednak chwilę później przybrał pozę zadowolonego człowieka. Nie wiedziała jeszcze, że za tą maską nie kryje się zadowolenie, a cynizm i zwyrodnienie.

- Oj, Dorotko... To miał być wstęp do dowcipu? Coś ci się pomyliło, skarbie. Miałaś mnie rozśmieszyć, a nie zaszokować. Ja nie lubię być zaskakiwany, bardzo nie lubię. – Złapał ją za brodę i ponownie pocałował, ale tym razem w usta.

Poczuła, że chciał jej wepchnąć język do środka, ale nie mógł przebić się przez dwa rzędy zaciśniętych zębów. Doświadczyła obrzydzenia, ale na całe szczęście, nie były to mdłości. Jeszcze tego jej tylko brakowało, żeby ponownie na siebie zwymiotowała. Kiedy skończył, spuścił wzrok, jak gdyby się wstydził tego co zrobił.

- Zaraz wrócę, a ty tu sobie postój i poczekaj – wypowiedział to zdanie i z butelką w dłoni ruszył ku drzwiom.

Dorota odprowadziła go wzrokiem i dopiero teraz dotarło do niej, że nadal jest w tej samej pozycji, co poprzednio, tylko, że ręce ma założone za plecy i tam skrępowane. Nie wiedziała, czy tak jest lepiej? O ile w tym przypadku, lepiej, wcale nie oznaczało, dobrze. Wrócił po kilku minutach. Szedł wolnym krokiem, z nieco zamyśloną miną i obie dłonie trzymał za plecami, jak gdyby ją naśladował.

- Pamiętasz o kiju i marchewce? – Zrobił z ust dziubek i przekrzywił nieco głowę. Chciał chyba uchodzić w tym momencie za twardziela i kogoś kto niczym się nie przejmuje, ale ona odebrała tę pozę, jak kretyństwo w najczystszej postaci. Zamierzała nawet zaśmiać mu się w twarz, ale przypomniała, co było poprzednim razem, gdy o tym wspomniał. Trzymał coś za plecami, a ona nie miała bladego pojęcia, czy kije już otrzymała, a teraz przyszedł czas na warzywo, czy na odwrót.

- Opowiesz mi coś o sobie? – zapytał i usiadł. Jedną rękę położył na kolanie, ale drugą nadal trzymał z tyłu.

Dzieliło ich w tej chwili zaledwie kilka metrów pustej przestrzeni, którą tylko on potrafił przebyć. To było irytujące. Kilka metrów, których w żaden sposób nie zdołałaby pokonać.

- Dorota, wracaj do mnie. Zamyśliłaś się? – Przerwał jej myśli. – Masz mi opowiedzieć o sobie.

- Mam ci opowiedzieć? Przecież ty podobno wiesz o mnie wszystko. I jeszcze twierdziłeś, że z kimś o mnie niedawno rozmawiałeś – wyjaśniła nieco nonszalanckim tonem.

- Tak, dokładnie, ale widzisz... Ja bym chciał, żebyś ty sama. Jestem bardzo ciekaw, jakie masz zdanie o sobie. Jak sądzisz, jakim jesteś człowiekiem?

- Opowiedziałabym ci o sobie, oj opowiedziała. Wszystko bym powiedziała, gdybym tylko miała rozwiązane ręce. Aż byś zawył z zachwytu, ty, ty... popieprzony fiucie!

- Oj Dorotko. Masz szczególny dar do psucia wszystkiego, co znajdzie się w twoim sąsiedztwie. Ja staram się być dla ciebie miły, a ty mi ubliżasz. Ładnie to tak?

Dorota słuchała go, bo nie miała innego wyjścia. Ten jego belferski ton irytował ją niezmiernie. On wyraźnie do czegoś zmierzał, ale robił to w swoim stylu, czyli okrężną drogą. Robił to zapewne specjalnie, żeby niczego nie mogła być pewna.

- Po pierwsze, to nigdy nie byłeś dla mnie miły. – Uśmiechnęła się sztucznie, co miało oznaczać, że nim gardzi, ale on nawet nie zwrócił na ten gest najmniejszej uwagi. – A poza tym, ja nigdy nie byłam grzeczną dziewczynką. Coś ci jednak mogę powiedzieć o sobie...

- Tak? – Pochylił się w jej stronę wyraźnie zainteresowany. – Jestem niezmiernie ciekaw.

- Powiem ci, że zadarłeś z niewłaściwą osobą.

- Z właściwą, ty suko, z właściwą. – Zawiedziony powrócił do poprzedniej pozycji.

- Prędzej, czy później wydostanę się z tych więzów, a wtedy...

- A wtedy? – powtórzył przerywając jej w połowie zdania.

- Wtedy będziesz prosił, żebym cię zabiła. – W to zdanie włożyła całą nienawiść, jaką do niego czuła. Nigdy nie chciała skrzywdzić kogoś tak bardzo jak teraz. Gdyby tylko mogła, to zrobiłaby to z uśmiechem na ustach, czując wielką radość, wręcz euforię.

- A więc, aż tak mnie nie lubisz? A ja przecież jestem fajny gość. Przed momentem wypiłaś ze mną brudzia i nawet daliśmy w ślinę. Czy to naprawdę nic dla ciebie nie znaczy? – W tym momencie wyraźnie z niej szydził, co jeszcze bardziej spotęgowało jej złość.

- Uwolnij mnie, ty skurwysynu! – ryknęła i zaczęła się rzucać, jak ryba w saku. Pomimo włożenia w to całej siły, dodatkowo wzmocnionej wściekłością, jej starania zakończyły się niepowodzeniem. W dodatku przez tę utratę kontroli nad własnym ciałem wyzbyła się resztek energii. Jedyne co teraz mogła zrobić to biernie przyglądać się, bo nawet oddychanie przychodziło jej z trudem. Patrzyła więc jak podnosi się i cały czas trzymając rękę za plecami zaczyna iść w jej stronę. Twarz wykrzywiał mu trudny do zidentyfikowania grymas, który jednak niczego dobrego nie oznaczał. Zamknęła oczy, bo nie chciała więcej na niego patrzeć. Teraz już tylko słyszała kroki, ale ponieważ odległość pomiędzy nimi była niewielka, to po chwili usłyszała też jak ciężko i nierówno oddycha. Za to jej oddech zdążył już powrócić do normalności. W jej przypadku było to zapewne zasługą młodego wieku. W końcu była o połowę młodsza od niego.

- Nie chcesz na mnie patrzeć? – zapytał i sam sobie natychmiast odpowiedział. – Kto wie, może i masz rację? Nie chcesz patrzeć to nie patrz. Mam dla ciebie niespodziankę.

- Nienawidzę niespodzianek – odpowiedziała niejako wbrew sobie. Nie chciała już dać się sprowokować do słownych przepychanek. Zwykle źle się to dla niej kończyło. Jej niewyparzony język był jednak szybszy od myśli.

- Niespodzianka, to niespodzianka, nie trzeba ich lubić. Ty jednak znowu kłamiesz. Wiem, że zżera cię ciekawość. Korci cię, jak cholera, żeby otworzyć oczy i zerknąć. Choćby na sekundkę, ot tak spod przymkniętych powiek. To jak patrzymy?

- Gadaj zdrów. Kto cię słucha.

- A więc dobrze. Mam przy sobie nóż. Jeżeli zobaczę, że zerkasz to jak mi Bóg miły wydłubię ci oko. Wiesz, że mnie na to stać i zrobię to. Dotarło?

- Dotarło – odpowiedziała szczerze. Bała się, że rzeczywiście zechce zrealizować ten zamiar.

Miał rację. Oczywiście, że korciło, żeby spojrzeć. Rozumiała jednak, że tym razem lepiej posłuchać.

- Otwórz usta. – Powiedział to bardzo powoli i wyraźnie. Jego oddech nadal był nierówny.

Posłusznie zrobiła to co nakazał. Czyżby chciał ją czymś poczęstować? Żeby wlać jej alkohol do ust nie musiał zachowywać się w ten sposób. Chyba, że chodziło o coś do jedzenia? W jej ustach rzeczywiście coś wylądowało, ale zatrzymało się na zębach. Spróbowała sprawdzić językiem co to jest, ale natrafiła jedynie na coś chropowatego. Coś jej włożył pomiędzy górną, a dolną szczęką, tak aby nie mogła zacisnąć zębów. O co tu chodziło? Nie mogła zrozumieć. Pamiętała, że nie wolno jej spojrzeć. Odpowiedź na jej pytania przyszła bardzo szybko. Poczuła coś metalowego na jednym z górnych zębów z lewej strony, a sekundę później pojawił się ogromny ból. Zawyła jak raniony zwierz i zaczęła w geście paniki kręcić głową na boki. Coś ciągnęło ząb próbując wyrwać go z dziąsła. Trwało to kilka sekund, a może minut. Straciła poczucie upływającego czasu. Wreszcie ząb został wyrwany, ale to wcale nie uśmierzyło bólu. Kiedy pomyślała, że to już koniec to samo stało się z drugiej strony. Ponownie coś metalowego dotknęło zęba (teraz już wiedziała, że to kombinerki lub szczypce). To było jak powtórnie odtworzony film. To samo zawodzenie i ten sam, niemożliwy do zniesienia, potworny wręcz ból. I raz jeszcze poczuła, jak ząb jest wyszarpywany ze swojego gniazda. Rozpórka pomiędzy zębami zniknęła, a ona odruchowo zamknęła usta, kłapiąc zębami.

- Otwórz oczy – usłyszała – no już!

Rozchyliła powieki i zobaczyła przed swoją twarzą wysuniętą otwartą dłoń, na której leżały dwa zęby – jej zęby. Były całe zakrwawione. Gdy to zobaczyła zakręciło jej się w głowie. Była maniaczką pięknych, zdrowych zębów. Potrafiła co miesiąc umawiać się na wizyty u stomatologa, a teraz została oszpecona. Język natychmiast samoistnie powędrował szukać przerwy pomiędzy pozostałymi zębami, aby zlokalizować, które zostały usunięte. Gdy tylko dostał się do otwartej rany natychmiast się wycofał, gdyż potwornie zabolało. Ta chwila jednak wystarczyła, aby mogła stwierdzić, że chodziło o trójki lub czwórki. Usta miała pełne krwi, którą połykała. Pulsujący ból przytępił umysł, ale nie na tyle, żeby nie mogła próbować dociec, czy można się wykrwawić z tak nietypowych ran.

Przekierowała wzrok z dłoni na jego twarz. Patrzył na nią, a jego oczy się szyderczo śmiały. Nie było wątpliwości, że to co zrobił sprawiło mu ogromną przyjemność. Płakała z bólu, bo musiała jakoś odreagować. Jej ciało przeszywały spazmy. Modliła się w duchu, aby Bóg coś zrobił i odsunął od niej ten potworny ból. Nic się jednak nie zmieniło. Zamknęła oczy i kręciła głową na boki, licząc, że w ten sposób okiełzna choćby jakiś procent z doświadczanych doznań.

- Ty żmijo, wyrwałem ci zęby jadowe, żebyś nie mogła kąsać.

- Świr! – pragnęła, aby to jedno słowo zamieniło się w pocisk i trafiło go w czaszkę. Cud jednak nie nastąpił, a on nadal stał przed nią nietknięty.

- I jak było, Dorotko? Czy kiedykolwiek w twoim krótkim życiu ktoś ci dostarczył tylu doznań? – zapytał i czekał na odpowiedź.

Dorota nie zamierzała nic powiedzieć. To nawet nie była kwestia jej woli. Po prostu nie potrafiła zebrać myśli, aby złożyć choć jedno proste zdanie. Ból owładnął jej umysłem i nie zamierzał ustąpić. Była bliska obłędu i nie potrafiła dostrzec żadnego światełka w tunelu.

- A teraz zostawię cię, żebyś sobie przemyślała różne rzeczy. A uważam, że będziesz miała o czym myśleć, moja droga. Możesz też spróbować trochę pospać, choć wątpię, żebyś zasnęła. – Wypowiadając te słowa odwrócił się na pięcie i ruszył w kierunku wyjścia. Po kilku krokach zatrzymał się i uniósł rękę do góry w powszechnie rozumianym geście. – Wiesz co, Dorotko? Nie wiesz, bo i niby skąd? Dlatego powiem ci, że przed chwilą świetnie się bawiłem.

- Jezu, niech to się skończy – wyszeptała i zamknęła oczy.

## *19.*

Dorota tylko na moment otworzyła oczy, po to tylko, aby przekonać się, że pomieszczenie nadal skryte jest w mroku. Drzwi były zamknięte, dlatego z zewnątrz prawie wcale nie docierało światło. Jedynie wąska szpara, gdzie drzwi niejako łączyły się z podłogą wpuszczała śladowe jego ilości. To jednak było za mało, aby mogła cokolwiek dostrzec. Często gasił światło i pozostawiał ją w ciemnościach na długi czas. To była zemsta albo przemyślana decyzja, mająca za zadanie zdusić w niej chęć oporu. Po tym jak się czuła mogła chyba przyznać, że ten fiut jest na najlepszej drodze do osiągnięcia tego celu.

Oddychała ciężko, poprzez nos, bo za każdym razem, gdy próbowała wciągać powietrze przez usta, chłodny strumień drażnił otwarte rany, pozostawione przez usunięte zęby. Łzy same wypływały spod powiek. Bolało strasznie, a do tego jeszcze dochodziła ta przeklęta niemoc. Nie mogła wziąć leku przeciwbólowego, nie mogła się nikomu wyżalić i co najgorsze nie mogła się zemścić. Nie wiedziała, czy gorszy był ból fizyczny, którego doświadczała, czy ten psychiczny. Nie była już nawet wściekła. To minęło już jakiś czas temu. Być może, że jeszcze jakiś bodziec mógłby z powrotem wywołać u niej atak szału, ale na tę chwilę była po prostu zmęczoną kobietą, która straciła ochotę do życia.

Czy on mnie złamał? zastanawiała się. Czy tak się czuje kobieta, której odebrano resztki godności i woli życia? Czemu to robi? Do czego on zmierza? Czy jeszcze zobaczę Juliana? Westchnęła ciężko i poczuła się jeszcze gorzej. Wspomnienie mężczyzny, który niewątpliwie był w niej zakochany wywołała w niej nostalgię.

- Julian był dla mnie taki dobry, a ja okazałam się być suką. Dokładnie. Nie tak to miało wyglądać. – Rozpoczęła szeptany monolog, który z założenia – pomimo iż była sama – miał być dialogiem.

- Nie potrafiłam docenić tego co miałam. Tak, tak. Jestem głupią pipą, która goni za czymś, czego nie ma. Co ja sobie myślałam? Że spotkam księcia na białym koniu, który mnie porwie do swojego królestwa? Mam się za inteligentną dziewczynę, a jestem tylko zwykłą kretynką. Chociaż, kto tam wie? Może potrzeba sporej inteligencji, żeby dojść do wniosku, że się jest głupcem? No to w takim razie jestem mądra, czy też nie? Cholera, jestem za głupia, żeby stwierdzić na ile jestem mądra? To bez sensu!

Gdyby tylko mogła poruszyć rękoma, to machnęłaby nimi z rezygnacją. Ciało jednak cały czas miała skrępowane. Nadal tkwiła w tej stojącej pozie i nie zanosiło się, że nastąpi zmiana. On bezsprzecznie wiedział doskonale co robi, a ona już jakiś czas temu doszła do wniosku, że wszystko sobie zaplanował z najmniejszymi szczegółami. Jak gdyby czytał z kartki, co jest zaplanowane na cały dzisiejszy dzień i to realizował.

- Co mnie jeszcze czeka? Co będzie jutro albo za godzinę? Tylko, że ja nawet nie będę wiedziała, że już jest to jutro. Szlag by to... Julian, ciekawe co u ciebie? Co porabiasz, chłopaku? Pewnie wydzwaniałeś do mnie, aż w końcu przestałeś, bo uznałeś, że nie chcę z tobą rozmawiać. Gdybym wtedy tak się nie darła, że chcę odpocząć od tego wszystkiego, to pewnie by mnie szukał. A tak to myśli, że się gdzieś zaszyłam i mam wszystkich głęboko, gdzieś. A ja tymczasem jestem tutaj i jedyne co mogę teraz zrobić to czekać na kolejny ruch z jego strony.

Spróbowała poprawić nieco pozycję swojego ciała, gdyż pasy, które miała owinięte wokół talii i ponad piersiami wbijały się w ciało, i pomimo że spełniały swoje zadanie, to jednak sprawiały ogromny dyskomfort. Wsparła się na nogach i lekko wzniosła ku górze. Zyskała na tym kilka centymetrów i to było wszystko. Mięśnie nóg jednak były zbyt słabe i po kilku sekundach opadła z powrotem do poprzedniej pozycji.

- Co ten palant mi jeszcze zrobi, zanim mnie zabije? Bo zabije mnie, to pewne. Inaczej nie pokazałby swojej twarzy. Wie doskonale, że gdybym się stąd wydostała, to pierwsze co bym zrobiła to poszłabym na policję i... Nie! Ja nie pójdę na policję!

Za drzwiami rozległ się jakiś trudny do scharakteryzowania dźwięk. Natychmiast nadstawiła uszu. Nasłuchiwała, ale nic więcej nie usłyszała. Uznała, że musiała się przesłyszeć. Chciała być przygotowana na kolejne spotkanie, ale nie miała pojęcia co dla niej przygotował. Była jak gość w restauracji, który zamówił specjalność zakładu, nie mając pojęcia, co za moment przyniosą. Myśl o restauracji i jedzeniu sprawiła, że poczuła ssanie w żołądku. Była zła, bo sama sobie zaserwowała kolejną mękę.

- Dziś szef kuchni serdecznie poleca, wydłubanie oka! – warknęła, a chwilę później dopadła ją melancholia. – Czy tak ma wyglądać mój koniec? On mnie zabije, czy tylko sadystycznie wykorzysta i wreszcie wypuści? – Przeczyła w tym momencie swoim poprzednim stwierdzeniom. Świadczyło to o tym, że jej umysł znajduje się w coraz gorszym stanie. – Nie, nie wypuści, bo wie, że bym go wsypała. On mnie na pewno zabije, zabije jak nic. – Westchnęła zrezygnowana oraz przygnieciona perspektywą niechybnej śmierci. – Ale mi się zebrało na filozofowanie. Chociaż z drugiej strony...? To w końcu jest jakiś sposób, żeby zapomnieć o tych wyrwanych zębach. Skończy na tych dwóch, czy może będzie regularnie wyrywał kolejne? Boże, oby nie! Zwariowałabym, gdyby znowu to zrobił.

Niespodziewanie fala przeraźliwie jasnego światła zalała pomieszczenie. Nieprzyzwyczajone do nowych warunków oczy doznały szoku. Poczuła, jak gdyby setki igieł wbito jej w gałki oczne. Odruchowo przymknęła powieki i nasłuchiwała. Usłyszała charakterystyczne dźwięki towarzyszące otwieraniu drzwi. Powoli otworzyła oczy, ciekawa co zaraz nastąpi. Jak do tej pory, ten świr potrafił ją zaskakiwać niemalże za każdym razem. Czy tak samo będzie w tym przypadku? pomyślała.

Coś wpadło do środka, ale było zbyt szybkie i zniknęło niemal natychmiast z pola widzenia. Najpierw się przestraszyła, ale po sekundzie była już tylko zaintrygowana. Po kolejnej chwili usłyszała trzepot skrzydeł i natychmiast skojarzyła, z kim ma do czynienia.

- Markiz, Markiz – wyszeptała i natychmiast się poprawiła, mówiąc już głośniej. – To ty, prawda? Nie masz żadnego brata bliźniaka ani siostry? Odwiedziłeś mnie skubańcu. Jak miło, że chociaż ty mnie lubisz i jesteś dla mnie miły.

Coś przysiadło na jej głowie i zaserwowało ptasie trele. Uśmiechnęła się półgębkiem, gdy pomyślała, że ptak uwije sobie gniazdo w jej włosach. Natychmiast poczuła się jak drzewo, które w swych konarach gości ptasie rodziny. To było oczywiste, że żadne zwierzę nie zbuduje siedziby w miejscu, gdzie nie czuje się bezpieczne. To było dla niej jak złożenie hołdu lojalności przez niewinną istotę. Na moment poczuła się bardzo zadowolona, wręcz dumna. Niespodziewanie dla niej pewna myśl zburzyła miłą atmosferę, którą zbudowała z takim mozołem.

- Markiz, tylko mi się nie sfajdaj na moje włosy. Gdybyś się okazał takim dowcipnisiem, to bym cię przechrzciła na, powiedzmy... Cudak. A wtedy nie byłoby ci miło. – Ptak w odpowiedzi zaświergotał we właściwy sobie sposób, po czym zatrzepotał skrzydłami i odleciał.

Próbowała namierzyć, dokąd się udał, ale było to niezwykle trudne, gdyż echo fałszowało kierunki. Jeszcze dobrych kilkanaście sekund słyszała go, a potem wszystko ucichło.

- Markiz, wracaj! – wołała. – Wracaj, proszę. Ja żartowałam, to był tylko głupi żart. Wracaj do mnie i obsraj mi głowę, jeśli ci to poprawi humor. Mnie jest już wszystko jedno. Chcę tylko mieć towarzystwo kogoś, kto mnie wysłucha. Tylko tyle, Markiz. Tylko tyle.

- Lubisz zwierzęta, Dorotko?

Po raz kolejny dała się zaskoczyć. Szybko przekręciła szyję i spojrzała w stronę wejścia. Chociaż pod tym względem był przewidywalny i nie musiała go szukać. Stał w drzwiach i patrzył na nią, a ona nie potrafiła niczego wyczytać z jego twarzy. Ubrany był inaczej niż zwykle. Tym razem miał na sobie zwyczajny strój. Dżinsowe spodnie, koszula w kratkę, a na stopach sportowe buty.

- Lubię – odpowiedziała spokojnie i nawet się uśmiechnęła. – Kto nie lubi zwierząt.

- Masz rację. Kto by ich nie lubił.

Ruszył w jej stronę. Szedł powoli, niemalże powłóczystym krokiem i wyglądał, jak gdyby się skradał. Natychmiast skojarzył jej się z drapieżnikiem podchodzącym ofiarę. Zatrzymał się metr od niej i spojrzał jej w oczy. Wytrzymała konfrontację wzrokową, choć nie rozumiała, czy to było wyzwanie, czy może próbował coś z nich wyczytać.

- Mój Markiz jest cudowny. Kocham go, jakby był człowiekiem – wypowiedział te słowa spokojnie, ale przebiła się przez nie delikatna nutka, jak gdyby wstydu. Od razu to wychwyciła. Nie rozumiała dlaczego, ale wydawało jej się, że on się usprawiedliwia.

- Nie kochasz go – powiedziała to niejako wbrew sobie i nawet tego nie zaplanowała.

- Dlaczego tak myślisz? – zapytał zaskoczony i cofnął o krok, jakby obawiał się odpowiedzi.

- Bo, bo... tacy ludzie jak ty, nie potrafią kochać – postarała się wypowiedzieć to zdanie podniesionym tonem, ale głos jej zadrżał. Ku jej zaskoczeniu adresat jej słów zaśmiał się, jakby usłyszał przedni dowcip.

- Dorota, ty mówisz o miłości? Ty?! – Chyba nieświadomie zrobił duże oczy. – Takiej głębokiej i pełnej? Kiedy to nie można wytrzymać bez ukochanej osoby? Ty o tym mówisz? Zamierzasz prawić mi morały? Boże przenajświętszy, to chyba jakaś kpina? Masz się za jakiś cholerny autorytet w tej kwestii? Czy ty wiesz w ogóle co to jest miłość?

- Może? – To zabrzmiało jak pytanie, choć chciała, aby miało cechy stwierdzenia, wręcz pewności.

- Kochałaś kiedyś? – Zrobił krok w jej stronę. – Ale tak naprawdę i na tyle mocno, że mogłabyś oddać życie za ukochaną osobę?

- To oczywiste. Każdy kogoś kochał, czy też kocha. To nas przecież czyni ludźmi. – Mocno wierzyła w to co mówi. Miała przecież rodzinę, a w przeszłości kilku chłopaków, w których się podkochiwała.

- Masz rację z tą oczywistością, ale w twoim przypadku to się nie sprawdza.

- Nie? – Zaskoczyło ją to stwierdzenie. – A co mnie czyni taką wyjątkową? Myślisz, że znasz mnie? Masz nieuzasadnioną pewność, że znasz wszystkie szczegóły z mojego życia? Cóż za arogancja.

- Oczywiście, że są fakty, do których nie dotarłem. To akurat nie podlega dyskusji. – Podniósł rękę, zbliżył powoli dłoń do jej twarzy i głaskał czule po policzku. Jego palce przesuwały się nie dalej niż centymetr od rozciętej skóry. Przestraszyła się, że zaraz zawędrują do rany i znowu zada jej ból. – Masz jak każdy swoje sekreciki i tajemnice. Ale wiesz co? – Nagle się ożywił, a na jego twarzy zagościła triumfalna mina.

- Co? – Podchwyciła temat, choć czuła, że to nie jest dobry pomysł. Jednocześnie potrząsnęła głową, co miało być znakiem, że chce, aby zabrał rękę.

- Dobrze, już dobrze. Zabieram, spokojnie zabieram. – Cofnął rękę i uniósł w przepraszającym geście. – Skoro nie lubisz pieszczot... Nic na siłę. A wracając do tematu. Dam ci szansę, żebyś to ty opowiedziała o swoich miłostkach, o ile takie były. Powiedz mi, proszę, kogo kochałaś w tym swoim nędznym życiu? No śmiało, opowiedz, ja słucham.

Dorota otworzyła usta, aby zacząć wyliczanie, ale z jej ust nie wyszło nawet jedno słowo. To co wcześniej wydawało się takie oczywiste, nagle urosło do rangi problemu. W głowie natychmiast pojawiła się lista najbliższych jej osób. Analiza uczuć, którymi ich darzyła nie spełniała warunków definicji słowa miłość. Była jedynaczką, do rodziców tak naprawdę niczego wielkiego nie czuła (chyba tylko przywiązanie), a z dziadków pamiętała jedynie mamę swojej mamy. Nienawidziła staruchy, a więc to uczucie nijak się miało do tematu tej rozmowy. Był jeszcze Julian, ale do niego również nic nie czuła, no może poza fizycznym pociągiem. Poczuła pustkę. Czekała na jakiś impuls, który z zakamarków pamięci wysunie jakąś postać, którą darzyła miłością. Szukała i szukała, ale jej wspomnienia obejmowały zaledwie kilka osób. A jeżeli tak było, to jej życie nic nie znaczyło. Zrozumiała to w tej chwili. To było jak odkrycie tajemniczej krainy, która do tej pory była skryta w gęstej nieprzeniknionej mgle.

- Nie męcz mnie, proszę – wyjęczała i spuściła wzrok.

- No i sama widzisz. Nie jesteś zdolna do miłości. Ty nie jesteś człowiekiem... Ty, moja droga Dorotko, jesteś po prostu potworem. Chciałem użyć określenia zwierzę, ale to by było równoznaczne z ubliżaniem naszym braciom mniejszym. Bo widzisz zwierzęta potrafią kochać, a ty nie. Każda samica oddałaby życie za swoje młode, żeby je ratować. A ty, byłabyś zdolna oddać za kogoś życie? – Złapał ją za brodę i delikatnie, ale stanowczo uniósł lekko, aby ich spojrzenia się spotkały. Nie odpowiedziała. Zamiast tego zamknęła oczy ze wstydem. – Tak myślałem. Nie jesteś zdolna do miłości, bo twój mózg jest specyficzny, a choroba, która cię toczy nie daje rokowań na wyleczenie, czy choćby na poprawę.

Zapadła cisza, która wręcz raniła jej uszy. Ponownie ją poniżył i kolejny raz przegrała. Pogrywał nią, jak talią znaczonych kart. Znowu zaczęła płakać (który to już raz?). Poczuła jak coś dotknęło jej twarzy, ale tym razem była to jakaś tkanina. Zaciekawiona uniosła powieki i zobaczyła, że wyciera jej twarz chusteczką. Ten gest przyniósł odwrotny efekt od zamierzonego. Patrzyła na tego mężczyznę i nie widziała już w nim człowieka. Wreszcie przejrzała na oczy. To był diabeł. Znalazła się w szponach szatana, a więc jej los był przypieczętowany. Ten, który teraz przed nią stał był ucieleśnieniem zła, demonem w najczystszej postaci. Zrozumiała, że gdyby tylko zechciał, to mógłby przybrać inną formę. Męczył ją fizycznie, a teraz jeszcze okaleczył jej psychikę. Jej podświadomość jeszcze się broniła, że może nie jest z nią, aż tak źle. Nawet jeżeli rzeczywiście nie darzyła nikogo uczuciem, to przecież reprezentowała sobą kobietę na poziomie. Miała pieniądze, była sławna, a faceci daliby się za nią pokroić.

- Dobra, ty fiucie! – Ponownie poczuła przypływ energii, który w jej obecnej sytuacji był nie na miejscu. Raz jeszcze wzniosła się na energetycznej fali i dawała się jej ponieść, ale rozumiała też, że za jakiś czas fala opadnie, a ona pogrąży się w odmętach depresji. Tak działał jej chory umysł i nic na to nie mogła poradzić. – Osiągnąłeś zdaje się co sobie zamierzyłeś. I co teraz?

- Co teraz? No właśnie, co teraz ? – Schował chusteczkę do kieszeni, złapał się palcami za brodę i spojrzał w sufit. Wyraźnie z niej drwił. – Aha już sobie przypomniałem! Jak tu wszedłem, to rozmawialiśmy o zwierzętach. W sumie to przed momentem też do nich powróciliśmy. Otóż mam dla ciebie mały, skromny prezent.

- Dla mnie? A co takiego? – Nie kryła zaintrygowania.

- Oczywiście muszę po niego pójść. – Spojrzał w stronę wyjścia. – A co to jest? Nie powiem. W końcu to ma być niespodzianka. Boże, jak ja uwielbiam niespodzianki! – Odwrócił się do niej plecami i szybkim krokiem opuścił pomieszczenie.

Dorota czekała, bo nie miała wyjścia. Niespodzianka, o której wspominał wzbudziła jej ciekawość. Nie była pewna, ale chyba słyszała radosne pogwizdywanie, gdy zniknął na korytarzu.

Wrócił po kilkunastu minutach (tak jej się przynajmniej wydawało). Ponownie zatrzymał się w wejściu, ale tym razem trzymał coś w prawym ręku. To wyglądało, jak walizka o nietypowym kształcie, bo miało ucho, za które trzymał. Nie mogła dostrzec co jest w środku, bo przedmiot był przykryty tkaniną. Postawił to obok wejścia i ruszył w jej stronę. Miała teraz dylemat na co patrzyć. Przedmiot nadal był przykryty, a więc skupiła uwagę na podchodzącym.

- Wiesz, moja ty suczko? – Zaczął zaraz, jak tylko się zatrzymał tuż przy niej. – Mogę tak do ciebie mówić? Tak pieszczotliwie, jak zwykli mawiać do siebie kochankowie? Ja cię cały czas obserwuję i nie mam zamiaru tego ukrywać. I wiesz do jakich wniosków doszedłem?

- Nie jesteśmy i nigdy nie będziemy żadnymi pierdolonymi kochankami. Brzydzę się tobą. – Zamierzała to wykrzyczeć, ale zabrzmiało jak szept.

- Nie będę ukrywał, że ja też. – Skrzywił twarz z nieudawaną odrazą. – Wiesz, że potwornie cuchniesz? Mdli mnie, gdy przy tobie stoję i z trudem hamuję odruch wymiotny. Ale wracając do przerwanego wątku.

- To mnie rozwiąż i pozwól mi się umyć. Chcę żyć jak cywilizowany człowiek. Mam do tego prawo!

- A wracając do przerwanego wątku. Po raz pierwszy w swoim życiu... – zaczął spacer i po chwili zniknął jej z pola widzenia – spotkałem kogoś takiego jak ty. Nie chodzi mi o to, że jesteś mendą i francą. Chodzi mi raczej o te twoje zmiany nastrojów. – Ponownie pojawił się przed jej oczami. – Raz jesteś przygnębiona, wręcz załamana, a kilka sekund później skaczesz na mnie jak dziki zwierz i chcesz mnie zabić. – Straciła go z oczu, gdy zaczął kolejny obchód. – Gdy wściekłość mija, zdajesz się być potulna, a za moment krzyczysz na mnie, jakby cię obdzierali ze skóry. Te ataki furii są niepokojące, bo nie myślisz wtedy i kiedyś zrobisz sobie krzywdę. Myślę, że masz dwie osobowości. Nie wiem, może się mylę. W końcu nie jestem psychiatrą. Czy ty bierzesz jakieś leki? – Zatrzymał się przed nią i spojrzał zaintrygowany.

- Spierdalaj! Idź stąd, chcę spać. Jeżeli nie chcesz mnie rozwiązać to nic tu po tobie. I nie chcę od ciebie żadnego prezentu, choćby to były brylanty!

- Aaaha! – Uniósł palec wskazujący do góry. – No właśnie, prezent.

Odwrócił się i podszedł do miejsca, gdzie zostawił ten trudny do zidentyfikowania przedmiot. Podniósł go delikatnie i wrócił.

- Jak zapewne wiesz... Niektóre zwierzęta kochamy bardziej, a inne mniej. Są też takie, których nienawidzimy, a nawet boimy się ich. Wyznam szczerze, że nie wiedziałem co wybrać, ale wierzę, że dobrze trafiłem. – Pokiwał głową, jak gdyby z uznaniem.

Uniósł przedmiot do góry na wysokość swojej twarzy i jednym szybkim ruchem zdjął tkaninę ukazując zawartość. To była klatka dla zwierząt, a w środku...

- Aaaa! Szczur! – Usłyszała swój własny głos, gdy krzyknęła instynktownie. Bała się myszy, wzbudzały w niej obrzydzenie, ale szczury to była jeszcze wyższa liga. W klatce tkwiło coś, co ją przerażało. I choć dzieliła ich pewna odległość i metalowe druty, to jednak przerażenie nie ustępowało. Bała się, a jednocześnie patrzyła jak zahipnotyzowana.

- Szczur? Nie umiesz liczyć, Dorotko? – Był wyraźnie rozbawiony. – Mam tu dwa szczury. Są bardzo głodne. Zostawię was ze sobą. Kto wie, może się nawet zaprzyjaźnicie? A jeżeli nie, to proszę... Nie zrób im krzywdy.

Patrzyła za nim, gdy pochylał się i stawiał klatkę na podłodze. Otworzył niewielkie drzwiczki i szybko ruszył ku wyjściu. Zamknął drzwi za sobą, a sekundę później zgasło światło. Przestała dostrzegać cokolwiek. Usłyszała piski, które tylko pobudziły jej wyobraźnię. Serce waliło jak oszalałe, jak gdyby zamierzało wyłamać od środka żebra, by wydostać się na zewnątrz. Oddychała chaotycznie i płytko, jakby przestało jej zależeć na życiodajnym powietrzu. Gdzieś w ciemności drobne łapki zaszurały po posadzce. Coś przemknęło po jej stopach.

- Ach! Pomocy! Jezu słodki zabierzcie te paskudztwa! One mnie pogryzą, zjedzą mnie! Ratunku, pomocy! Zabierzcie je!

Jej umysł był narażony na olbrzymi stres. Ciśnienie krwi wzrosło niemiłosiernie. Czuła pulsowanie pod czaszką. Była przerażona i nie myślała logicznie. Chciała, aby to był zły sen, koszmar, z którego się zaraz wybudzi. Gdy coś dotknęło jej włosów umysł zlitował się nad nią i wyłączył jej świadomość.

## *20.*

- Robert, słyszysz? zatrzymał się! – Głos Józefa dobiegający z telefonu był niezwykle podniecony.

- Kto? – Bakan musiał zapytać, bo nie od razu zrozumiał, o co chodzi. Usiadł na krześle i chwycił za szyjkę butelki z piwem.

- Nie kto? tylko co, baranie!

- No to co się zatrzymało? – zapytał niejako z rozpędu, bo wreszcie dotarło do niego o czym mowa.

- Sygnał, człowieku! Mam namiary!

- Ja pier... – nie dokończył, bo przyjaciel nadal był na etapie wyjaśniania.

- Robert mam ten pieprzony adres. Konkretny adres z ulicą, no i numerem domu.

- Naprawdę, aż tak dokładnie? Zaraz, zaraz, sekundkę, moment. Poczekaj, poczekaj chwilkę Józiu, muszę przez moment zebrać myśli. – Nie chciało mu się wierzyć, że będzie miał, aż tak dokładną lokalizację. Nie, żeby mu się to nie podobało, wręcz przeciwnie. Po prostu był zaskoczony. Prawie natychmiast pojawiło się skojarzenie z faktami z przeszłości. Bardzo lubił kino wojenne, a z filmów o okupacji wojennej pamiętał niemieckie samochody nasłuchujące i że można było określić w przybliżeniu położenie, gdzie nadawała Polska radiostacja, a później stopniowo zawężać pole poszukiwań. To porównanie ze starymi filmami od razu wydało mu się kretyńskie, ale jednak oddawało istotę problemu. Tak wtedy, jak i teraz chodziło o lokalizację. Tam była radiostacja, a tu telefon, ot i cała różnica. Oczywiście od tamtego czasu minęło trochę czasu i co oczywiste technika poszła do przodu, jednak chyba nie aż tak. Nie był dobry w te klocki i nie zamierzał Józefa utwierdzić w przekonaniu, że ma do czynienia z idiotą. Uznał więc, że nie będzie dociekał jak tego dokonali. – No dobra, mów.

- Masz szczęście, chłopie. To domek jednorodzinny. Gdyby to była kamienica albo blok, to bylibyśmy w czarnej dupie.

- Ale to jest domek.

- Dokładnie. Bież długopis i kartkę. Za chwilę podam ci adres. Nie wiem jak tam wygląda i co zastaniesz na miejscu, ale wybacz... to nie moje zmartwienie. Ja już swoje zrobiłem.

Podanie dokładnego adresu zajęło nie więcej niż minutę.

- Dziękuję, zaraz tam jadę – Bakan nagle poczuł niezwykłe podniecenie, jak gdyby odebrał je swemu rozmówcy, bo ten nagle zaczął mówić spokojnie.

- Tylko uważaj, bo nie wiadomo, co na to powie ta babka, a może się wściec, że ją znalazłeś.

- Mam to gdzieś. Sprawdzę tylko, czy tam jest i daję znać jej facetowi. Nawet nie mam zamiaru z nią gadać. Dalej niech on sobie sam radzi.

- Oki, Robert. Daj później znać, jak poszło.

- Oczywiście, a teraz spadam. Coś mi mówi, że chyba trzeba się śpieszyć.

Wyłączył telefon i nie zastanawiając się co robi opróżnił butelkę. Dopiero gdy beknął skojarzył, że w ten sposób pozbawił się możliwości podjechania na miejsce własnym samochodem.

- Kurwa, debil ze mnie! – Wolną ręką walnął w stół, jak gdyby to mebel był winien jego bezmyślności. – Będę musiał zamówić taksówkę.

Odstawił butelkę, tym razem delikatnie, aby się nie przewróciła i kuśtykając ruszył ku wyjściu. Po kilku krokach zatrzymał się i znieruchomiał. Wiedział, że o czymś zapomniał, ale jeszcze nie wiedział o czym. Trwał w tym stanie kilka sekund, po czym uderzył się, ale niezbyt mocno w czoło.

- Adres palancie! – Zaczął sobie prawić morały. – Weź tą pieprzoną kartkę! Masz już konkretnie przechlany mózg. Za pięć minut nie będziesz już pamiętał, gdzie masz pojechać. I weź się w garść, bo masz coś do zrobienia.

Schodząc po schodach złożył starannie kartkę i wsunął ją do przegródki w portfelu. Miał w nim kilka banknotów, więc szybko sprawdził o jakich nominałach. Uśmiechnął się, gdy stwierdził, że 220 złotych to aż za dużo na taksówkę, a więc w drodze powrotnej będzie mógł wstąpić do monopolowego. Mlasnął ustami i delikatnie ziewnął. Sprawdził jeszcze, czy na pewno ma telefon, nim wyszedł na dwór. Do ulicy miał około pięćdziesięciu metrów. Zanim tam dotarł, zadzwonił i zamówił podwózkę, a pięć minut później wyłuszczał pyzatemu kierowcy dokąd ma jechać.

- Dziękuję, reszty nie trzeba – rzucił w stronę taksówkarza i wysiadł z samochodu. Odprowadził wzrokiem odjeżdżający pojazd, dopóki ten nie zniknął za zakrętem.

Stał przed metalową bramą wykonaną przez niezbyt zręcznego kowala. Jedynie brama i furtka prezentowały pewien poziom. Dalej – po obu stronach – ciągnęła się zwykła siatka ogrodowa wsparta na metalowych słupkach. Zaraz za ogrodzeniem rozrosły się krzaki bzu. Gęste, wysokie na około dwa metry, były tak zwarte, że skutecznie skrywały co znajduje się na posesji. Widać było, że nikt o nie, nie dba. Bakana jednak najbardziej interesował budynek, bo tam zapewne ukrywała się Kosmy zguba. Pomyślał, że to określenie jest pozbawione sensu. Ukrywać to się można wtedy, gdy zrobi się coś złego i stara się uniknąć konsekwencji. A przecież ta kobieta chciała tylko, żeby jej kochaś, czy też narzeczony, dał jej wreszcie spokój. A on właśnie pojawił się, aby przerwać tę sjestę. Był bardzo ciekaw, jak kobieta się zachowa?

Przyszedł czas, aby przez chwilę przyjrzeć się domowi. Sam budynek, to był typowy klocek z czterema oknami od strony ulicy. Typowy twór architektów, którzy masowo produkowali tego typu projekty jeszcze za komuny, bo były najtańsze w realizacji. Na piętrze był balkon, który ciągnął się przez całą szerokość, a na parterze odsłonięta weranda, do której z ogrodu można było się dostać po schodach..

- No dobra, jestem tutaj – szeptał niezdecydowany. – Co teraz? Mam wejść, a może zawołać? Ale niby jak? Pani Palicka! Pani Palicka! O jest domofon! – stwierdził uradowany, gdy wypatrzył charakterystyczny przycisk z boku furtki, tuż obok numeru posesji.

- Ale jak naduszę na domofon, to co niby powiem? Dzień dobry, przysyła mnie Kosma. Ma pani przestać się wygłupiać i natychmiast wracać do domu. Głupota. Ja pierdolę! Że też ja zawsze muszę mieć takie problemy? Myśl pacanie, myśl!

Złapał za klamkę i nacisnął. Ustąpiła, a wraz z nią i furtka. Zaskoczony natychmiast cofnął rękę, jak gdyby dotknął gorącego metalu. Wiedział, że szybko musi coś wymyślić. Łatwo było tak twierdzić, ale co z tego, skoro w głowie nadal miał pustkę.

- Kurwa mać, czego ja się boję?! Czy ja coś zrobiłem?! – Warknął i zdecydowanym ruchem nacisnął na czerwony przycisk domofonu. Chrząknął czekając i układając sobie w głowie scenariusz rozmowy. Z drugiej strony nie było reakcji. Odczekał dobrą minutę, ale się nie zniechęcił. Uznał, że Palicka może jest w łazience albo robi coś innego, co uniemożliwia jej podejście do urządzenia.

Czas wlókł się, a on nigdy nie należał do ludzi cierpliwych. Oddychał głęboko i wpatrywał w okna budynku, licząc, że może w którymś ujrzy zarys kobiety. Zerknął nieco nonszalancko na zegarek. Upłynęło prawie dziesięć minut od wyjścia z auta. Coś było nie tak. Wspiął się na palce, aby mieć lepsze pole widzenia. Tym razem chodziło mu o psa. Podjął już decyzję, że wejdzie na posesję, ale perspektywa spotkania z domowym pupilem nie wydawała się kusząca. Nasłuchiwał, ale nie wychwycił odgłosów szczekania i tym podobnych. Postanowił, że da sobie jeszcze pięć minut, a później wejdzie. Z nudów zlustrował furtkę, nawet nie wiedząc po co to robi. Teraz dopiero zauważył skrzynkę na listy, która była dość nisko. Typowy produkt, tylko że zamiast napisu „Listy" ujrzał dwa znaki. Ładnie stylizowane litery: „SK". Nie zwrócił na ten fakt uwagi. Ponownie zerknął na zegarek i chwilę później na dom. Dla świętego spokoju raz jeszcze nadusił na przycisk i chwilę poczekał. Nic się nie zmieniło. Odetchnął głębiej, pchnął skrzydło furtki i wszedł na posesję.

Szedł bardzo powoli. Po pierwsze wypatrywał psa. W wyobraźni widział rotwailera albo dobermana zmierzającego w szalonym pędzie w jego stronę. A po drugie musiał uważać na ranną nogę. Miał ją obandażowaną, tak, że ledwo mieściła się w bucie. O zawiązaniu sznurowadła mógł tylko pomarzyć. Kuśtykał powoli cały ciężar chromej stopy opierając na pięcie. W ten sposób dotarł do budynku. Zatrzymał się i zaczął nasłuchiwać. Oprócz delikatnych pomruków wiatru kołyszącego gałęziami drzew niczego nie usłyszał. Ponownie ruszył, obszedł dom i dotarł do wejścia. Kilkanaście stopni prowadziło do brązowych, drewnianych drzwi, które miały podłużne, pionowe okienko na środku. Przyjrzał się przez moment podwórzu, ale niczego nietypowego czy nawet wartego uwagi nie zauważył. Zaniedbany trawnik, kilka drzew owocowych i niewielki budynek gospodarczy, to było wszystko.

- Halo, halo! – zawołał asekurancko, nim zaczął wspinaczkę na górę. Chwilę nasłuchiwał, a kiedy nie otrzymał odpowiedzi ruszył. Krok za krokiem zbliżał się do drzwi. – Halo – zawołał raz jeszcze, zanim nadusił na dzwonek. Tak naprawdę to nie wiedział, o co zapyta i jak spróbuje prowadzić rozmowę. Będzie musiał improwizować, a tego wręcz nie znosił. Odczekał kilkanaście sekund i zadzwonił raz jeszcze i jeszcze. Ponownie nie doczekał się żadnej odpowiedzi. Wzruszył ramionami i udał się w powrotną drogę.

- Nie łapię – mamrotał do siebie. – Przecież Józiu mówił, że to tu. Nie mogłem pomylić adresu.

Wyszedł tak jak wszedł i zamknął furtkę za sobą. Wyciągnął z kieszeni telefon. Ku swojemu zaskoczeniu stwierdził, że jest wyłączony. Uruchomił go powtórnie, dopiero za trzecim razem wpisując właściwy PIN i wyszukał konkretny numer. Długo czekał, aż wreszcie usłyszał znajomy głos.

- Józef, co jest? – Nie krył oburzenia. – Jestem na miejscu. Dzwonię na domofon i dzwonkiem u drzwi, i nic. To na pewno dobry adres?

- Oczywiście, że dobry. A może ty coś pokręciłeś?

Bakan opisał szybko, gdzie teraz jest. Adres na szczęście się zgadzał.

- To co jest, Józiu, nie tak?

- Nic, tylko, że telefon znowu zaczął się przemieszczać. Musiałeś przyjechać za późno.

- Cholerka! To nie mogłeś dać znać?!

- A myślisz, że co ja robiłem od dwudziestu minut? Miałeś wyłączony telefon albo byłeś poza zasięgiem. Obstawiam to pierwsze.

- Józiu, to co teraz? – zapytał pełen nadziei i rozejrzał się wokół siebie, bo niespodziewanie wyczuł, że chyba jest obserwowany. Lustracja okolicy, a później posesji niczego nie przyniosła.

Józef nie odpowiedział od razu, jak gdyby wyczuł, co robi jego rozmówca i dał mu czas.

- Jak to co? Trzeba odczekać, aż nasz telefonik znowu zechce odpocząć. Kto by to nie był, to kiedyś musi spać, a wtedy jest nasz.

- Raczej nasza. – podsumował szeptem, a już głośniej dodał: – Ten twój kumpel do której jest w robocie? Bo jak skończy to będziemy czekać do kolejnego dnia.

- Nie pytałem. On nie jest specjalnie gadatliwy, a ja nie chcę naciskać.

- No, niby racja. – Westchnął i zrezygnowany dodał: – Jadę do domu, mam dosyć.

- A czego ty niby masz aż tak dosyć? Napracowałeś się? To mógł być fałszywy trop. A może ta twoje babka wpadła tam tylko na kawkę i na pierdoły? Ja bym się na twoim miejscu tak nie podniecał, a przy tym nie zniechęcał. Takich namiarów może być jeszcze kilka, kto wie?

- Masz rację. – Bakan musiał przyznać, że Józef, jeśli tylko chciał, to potrafił być bardzo logiczny.

- Wiem, że mam. I z tym twoim piciem też mam. Odpuść sobie i ochłoń trochę, bo nie wiadomo kiedy następnym razem zadzwonię. Nawet teraz mówisz niewyraźnie.

Jazda powrotna zabrała nieco więcej czasu, bo jak się okazało z powodu wypadku na jednej z ulic powstał spory korek. Policja zorganizowała objazd, ale zanim wszystko wróciło do normy minęło dodatkowe piętnaście minut. Bakan siedząc w taksówce błądził oczami po wnętrzu wozu, szukając jakiegoś punktu zaczepienia dla swoich chaotycznych myśli. Dziś jego intelekt zdecydowanie nie pracował na podwyższonych obrotach. Kierujący okazał się ponurakiem i nawet nie zaszczycił swojego pasażera pogadanką o pogodzie. Korek drogowy też nie zrobił na nim żadnego wrażenia, a chyba wręcz przeciwnie, bo dzięki temu opłata za kurs musiała wzrosnąć.

Gdy po raz dziesiąty przyjrzał się tapicerce, a później wyświetlaczowi na pulpicie stwierdził, że spróbuje się zdrzemnąć. Rozparł się na tyle wygodnie, na ile pozwalało siedzisko, ale zanim zamknął oczy jego wzrok powędrował na przednią szybę, a konkretnie na jej górną część. Niczego tam nie dostrzegł oprócz wewnętrznego lusterka, ale

jego pamięć podsunęła mu obraz z taksówki, w której siedział, gdy rozmawiał z facetem, który wiózł Palicką. Przypomniał sobie rząd naklejek z literami „SK". Przekierował swoje myśli na ten temat i spróbował rozszyfrować skrót. Niczego konkretnego nie wymyślił, dlatego postanowił wesprzeć się internetem. Sięgnął do kieszeni po telefon i w wyszukiwarce wpisał interesującą go frazę. Natrafił na tłumaczenia
z dziedziny biologii, gramatyki, a nawet waluty. Te rozwiązania nie wydały mu się interesujące ani właściwe.

Potrzebował kilkanaście sekund czasu, aby w głowie zapaliła się czerwona lampka.

- O kurwa! – krzyknął, nie myśląc co robi.

Kierowca natychmiast odwrócił się i spojrzał na niego wystraszonym wzrokiem. – Co się dzieje? – zapytał, ale Bakan podniósł jedynie dłoń w przepraszającym geście.

Parasol, furtka, szyba w samochodzie, to chyba wszystko. Wszystkie te miejsca i rzeczy łączyło jedno: „SK". Dwuliterówki wyryte lub w innej postaci, były niemalże identyczne i tym razem skojarzyły mu się z inicjałami.

To oczywiście mógł być przypadek, dziwne zrządzenie losu, ale coś mu mówiło, że to musi być to. Musiał pomyśleć. Musiał to jakoś ogarnąć i poskładać w logiczną całość. Zamknął oczy i skulił się w sobie. Nie mógł się jednak skupić, bo z zewnątrz docierały typowe dla ruchu ulicznego dźwięki. Raz za razem było słychać trąbienie, co mniej cierpliwych kierowców oraz warkot przeróżnych silników. Przez moment nawet pomyślał, czy aby nie byłoby dobrym pomysłem, gdyby zapłacił za kurs i wysiadł, ale szybko uznał, że to tylko na moment poprawiłoby jego sytuację. Musiałby przejść na inną ulicę i ponownie szukać środka transportu. To się mijało z celem, tym bardziej, że nie wiedział, jaka sytuacja jest dalej. To przecież mógł być korek na połowę miasta. Auto skokowo posuwało się do przodu, ale posuwało. Zmienił pozycję na siedzeniu i zagadał kierowcę na temat korków w Warszawie. Chciał w ten sposób sprawić, że czas szybciej popłynie. Trafił w sedno, bo w tym temacie taksówkarz okazał się nad wyraz rozmowny. Po kilku minutach poprosił go o zmianę miejsca docelowego. Kierowca coś pomruczał, a potem zaczął się pilnie rozglądać, szukając miejsca, gdzie będzie mógł zmienić pas.

Podchodząc do pubu „Pod klepsydrą" Bakan zwolnił, a nieco później się zatrzymał. Skrzyżował ramiona na piersiach i spojrzał w niebo. Musiał się koniecznie zastanowić. Niby był przygotowany na tę rozmowę, ale w głowie nie miał jeszcze ułożonego scenariusza. Jeżeli miał rację i barman go okłamał podczas pierwszej rozmowy, to musiał mieć ku temu konkretny powód. Albo tak dobrze znał Palicką i choćby, dlatego postanowił chronić jej tyłek, albo w grę wchodziło coś innego, o czym on do tej pory nie wiedział. Należało tego gościa postraszyć, czy może lepiej skorumpować? Niektórych trudno było przestraszyć, za to zdecydowanie łatwiej było kogoś przekupić. Nie dysponował nieograniczonym budżetem i powoli żałował, że uniósł się honorem i zrezygnował z zaliczki. Jechał już na finansowych oparach, a przecież wszystko co najlepsze, było dopiero przed nim. Był ten tajemniczy kolega Józefa, któremu za przysłowiową chwilę będzie musiał wypłacić należność za wykonane zadanie. Józkowi również i chociaż miał on u niego dług, to jednak też wypadało mu coś dać. Oczywiście będzie się wzbraniał, ale tak trzeba.

Inicjały „SK" nie dawały mu spokoju. Jeżeli namiar zaprowadził go do domu tamtego taksówkarza, to może należało najpierw z nim pogadać. Miał przecież jego numer. Ale to mogła być droga donikąd. Być może, że Dorota zostawiła u niego w samochodzie telefon, a on okazał się palantem i go sobie przywłaszczył? Takie rzeczy się zdarzały. Nie, dobrze zrobił, że tu przyszedł. Najpierw należy pogadać z barmanem, bo coś tu było nie tak.

- Nic tu więcej nie wykombinuję. – Stwierdził i odruchowo namacał portfel w tylnej kieszeni. – A może wcale nie będzie chciał ze mną rozmawiać? A co jeśli go nie ma w pracy? Będę improwizował i tyle. – Podparł swoją tezę wzruszeniem ramion i powolnym krokiem ruszył do lokalu.

- Pamięta mnie pan? – zagadał siadając na tym samym taborecie co poprzednio.

- Jasne, że tak. Piwo? – Barman dziś o dziwo zachowywał spokój. Spojrzał pod światło na szklankę, którą akurat wycierał ręcznikiem i po sekundzie oględzin postawił ją przed Bakanem.

- Może być. – Ziewnął specjalnie nie zasłaniając ust. Starał się uchodzić za pewnego siebie, wręcz znudzonego życiem faceta, który nie ma nic do stracenia. – Daj mi Tyskie.

- Oczywiście, proszę pana. – Barman odpowiedział zdawkowo i sięgnął pod ladę. Wyjął stamtąd butelkę i otworzył. Z namaszczeniem nalewał, aż szklanka się napełniła. Spojrzał wymownie na Bakana i powiedział: – Rozumiem, że nie przyszedł pan tylko na piwo. – Miało to chyba zabrzmieć jak pytanie, ale wyszło z tego stwierdzenie oczywistego faktu.

- Lubię piwo – stwierdził podnosząc szklankę do ust. – Ale jeszcze bardziej lubię ludzi, którzy nie kłamią.

- To znaczy? – barman sięgnął bez patrzenia w bok i przystawił do ust szklankę z wodą. Na to wyglądało, że to woda, ale chwilę potem czuć było w powietrzu typowy odór wódki.

- Czyli takich, co mówią prawdę. – Uśmiechnął się złośliwie. – Oszukałeś mnie. Powiedziałeś nieprawdę, gdy zapytałem o tamtą kobietę.

- Skąd ten pomysł? – barmanowi chyba służył alkohol, bo patrzył teraz na człowieka, który zarzucał mu kłamstwo bez zmrużenia oka. Bakan również nie ustępował. Zanosiło się więc na pojedynek wzrokowy.

- Powiedzmy, że wiem i tyle.

- Panie... wiesz pan, że nie muszę z panem gawędzić. Ja nalewam, pan wypija i płaci, a potem wychodzi. Zasady proste, czyż nie?

- Dokładnie tak. – Bakan musiał przerwać pojedynek na spojrzenia, aby poszukać dłonią szklanki. Upił spory łyk i kontynuował. – Ciekawe, czy wiesz, ale jestem, a właściwie byłem jeszcze kilka lat temu psem. W tym zawodzie szybko się przechodzi na emeryturę. Wyczułeś we mnie byłego policjanta?

- Nie. – Barman podrapał się za uchem i ponownie sięgnął po swoją szklankę.

- I wyobraź sobie, że z tamtych czasów pozostało mi kupę znajomych. Wiesz, niektórzy to tacy od serca, że śmiało mógłbym ich nazwać przyjaciółmi, a inni to tacy, że wcale za nimi nie tęsknię. Ale jest tych znajomych naprawdę sporo. Niektórzy siedzą na emeryturach, a inni jeszcze robią. Posłuchaj więc przyjacielu... jeżeli będziesz dla mnie niemiły to skrzyknę ich tutaj i wystraszymy ci tych twoich stałych klientów i rozpuścimy plotki, że handluje się w tym miejscu prochami. Sprawimy, że będziesz miał raz w tygodniu naloty. Ahaaa! I zapomniałem o najważniejszym! Jak się fama rozejdzie, że można tu kupić prochy, to zaczną tu ściągać przeróżne szumowiny. I ten lokal nie będzie się już nazywał „Pod klepsydrą", a na przykład „Pod obwisłym kutasem". Podoba ci się taka perspektywa?

- Nie. – Odpowiedź była krótka oraz lakoniczna i wsparta przełknięciem śliny, co chyba usłyszała cała sala. – W porządku, niech pan pyta.

- I to mi się podoba. – Bakan odetchnął z ulgą i dopił resztę piwa. Postawił szklankę na blacie i gestem pokazał, że chce jeszcze.

- Ale jak powiem wszystko, co wiem, to da mi pan spokój? – Zmrużył oczy i czekał. Nie wykonał przy tym żadnego gestu związanego z zamówieniem, jak gdyby od tego co powie Bakan uzależniał czy zrealizuje zamówienie.

- Oczywiście, masz moje słowo. – Położył prawą dłoń na sercu. – Ja chcę tylko informacji. Nic więcej mnie nie obchodzi. Jeżeli usłyszę konkrety, które mnie zadowolą, to wyjdę stąd i będę ten lokal omijał jak... jak kostnicę.

- To co pana interesuje?

- O której mniej więcej przyszła tutaj, moja znajoma?

- Dokładnie o siedemnastej.

- Skąd ta pewność? – Brwi Bakana połączyły się ponad nosem. Coś mu się nie chciało wierzyć, że facet ma, aż tak dobrą pamięć.

- Bo właśnie zaczęła się czołówka teleekspresu, jak ta babka stanęła w drzwiach.

- No tak. – spuentował. – Była sama? – wreszcie zapytał o to, co było istotą sprawy.

- Tak. Usiadła o tam... – Wskazał palcem na konkretne miejsce. Bakan spojrzał w tę stronę. Niewielki boks był akurat wolny. W ogóle to dopiero teraz zauważył, że w całym lokalu było raptem kilka osób. – I zamówiła drinka. Dostała co chciała, a ja skupiłem się na teleekspresie, bo lubię ten program.

- Coś ci się rzuciło w oczy? Znaczy u tej kobiety? Była zdenerwowana, może podniecona?

- Od razu wiedziałem, że to kawał francy.

- To znaczy? – Bakan nie do końca rozumiał po co drąży ten temat. Nic go nie obchodziła jakim rodzajem człowieka była Palicka. Jej charakter nie był przecież jego zmartwieniem.

- Od razu mnie obsztorcowała, że niby krzywo na nią spojrzałem. Odpowiedziałem, że przecież nie mam zeza, a ona na to, że sobie wyprasza i że jestem chamem, i skończonym idiotą, i że nie mam co liczyć na napiwek. Panie, ja się znam na ludziach. Niektórzy mają skurwysyństwo wypisane na twarzach.

- Ano tak. – Bakan westchnął. Przypomniał sobie rozmowę ze sprzątaczką, która podsumowała Palicką bardzo podobnie. Z tym, że tamta kobieta dobrze ją znała, a ten tutaj poznał się na niej po kilku minutach. Ponownie żal mu się zrobiło Kosmy. Facet próbował okiełznać jadowitą żmiję, która w dodatku była wściekła.

- A później wszedł tu facet i dosiadł się do niej. – Barman przerwał jego rozważania. – Nie protestowała. Nie była może z tego powodu zachwycona, ale się zgodziła.

- Wiesz może kim on był? Znasz człowieka? – Bakan zainteresował się tym faktem. Nie spodziewał się, że mogła mieć towarzystwo. A właściwie odrzucił tę myśl, gdy doszedł do wniosku, że tak barman, jak i taksówkarz oszukali go. – Przychodził tutaj, był stałym bywalcem, czy wręcz przeciwnie?

- Pierwszy raz go tu widziałem. Nie znam go oczywiście z nazwiska, ale to kierowca taksówki, który ją tu przywiózł.

- Skąd ta pewność, że to był taksówkarz i do tego jeszcze ten, z którym przyjechała? Skoro twierdzisz, że nigdy wcześniej tu nie zaglądał, to przecież mógł to być dosłownie każdy. Mam chyba rację?

- Teoretycznie tak. Tylko, że ja jestem w stu procentach pewien, że się nie mylę.

- Skąd ta pewność? – Ponowił pytanie.

- Mamy kamerę nad wejściem. Zainstalowaliśmy ją, żeby nie było rozrób. To idealny materiał do sądu, czy dla policji. Z czasem się rozeszło, że na zewnątrz też jest kamera i nikt już nie chciał wychodzić na te ich przysłowiowe solówki.

- To w środku też jest monitoring? – Bakan rozejrzał się szukając kamer. Dopiero po dłuższych poszukiwaniach wypatrzył jedną.

- W środku są trzy, ale tak zakamuflowane, żeby ich nie było widać. To płoszy i onieśmiela gości.

- A czy mógłbym... – przerwał, pomyślał chwilę i dopowiedział. – Chciałbym zobaczyć nagranie.

- My nie nagrywamy, a właściwie to tak, tylko że pamięć jest uboga w pojemność. Nagranie się zapętla. Na drugi dzień już wszystko się kasuje i nagrywa ponownie. Przykro mi. – Oczy barmana nie kłamały. Widać było, że rzeczywiście nie jest zadowolony, że nie może pomóc.

- Dobra, to wróćmy do tego taksówkarza. Widziałeś twarz kierowcy, jak ją tam wysadzał?

- Tak. Ona weszła do środka, a chwilę potem on wyszedł z samochodu i przez kilka minut wpatrywał się w miejsce, gdzie mu zniknęła z oczu, jak gdyby odprowadzał ją wzrokiem. Później odjechał, ale po kilku minutach powrócił na pieszo i wszedł do środka.

Gdzieś z tyły za plecami Bakana rozległy się głośne śmiechy. Obaj jak na komendę skierowali spojrzenia w tamtą stronę. Dwie kobiety i trzech mężczyzn akurat weszło do środka. Byli w doskonałym nastroju i o czymś żywo dyskutowali. Zajęli miejsca zaraz przy drzwiach, a jeden z nich kiwnął ręką na barmana.

- Obowiązki wzywają, przepraszam. – Barman wziął plik karteczek oraz długopis i ruszył spisać zamówienie. Bakan śledził go wzrokiem i nie mógł zrozumieć, dlaczego w tym lokalu nie ma kogoś na wzór kelnera. Kilka minut później barman był już na swoim miejscu.

- I co było dalej? – zagadnął, gdy tylko zobaczył, że mężczyzna po drugiej stronie kontuaru jest już gotów do kontynuowania rozmowy. Dla Bakana historia stawała się coraz bardziej intrygująca i wcale nie był szczęśliwy, że musieli przerwać.

- Tak, jak wspominałem, dosiadł się. Z początku było poważnie, a później atmosfera się rozluźniła. Pod koniec, kilkanaście minut przed opuszczeniem lokalu facet przyszedł do mnie i poprosił o coś do pisania. Znaczy... kartkę i długopis. Chciałem mu dać karteczkę, ale poprosił o coś większego. Dostał więc kilka kartek od drukarki, którą mam na zapleczu. Podziękował i wrócił do tej babki. Coś tak tam później pisał, czy rysował, nie wiem.

- I wyszli razem? – Upił spory haust piwa.

- Tak. A to razem, to doskonale oddaje w jakim ona była stanie. Gdyby nie tamten facet to ona w ogóle nie byłaby w stanie wstać z siedzenia. I tak dobrze, że nie zachciało jej się siku, bo nie wyobrażam sobie co to by było. – Przewrócił oczami nieco teatralnie.

- Też sobie nie wyobrażam. – Bakan ciężko odetchnął, ale przypomniał sobie, o co jeszcze miał zapytać. – Dlaczego mnie okłamałeś?

Barman spojrzał na niego wystraszonym wzrokiem. Do tej pory rozmawiał z nim na stojąco, ale teraz przesunął się w swoje prawo i usiadł na czymś, co było za kontuarem. Spojrzał w górę, a potem sięgnął po swoją szklankę i tym razem wypił tyle, że opróżnił naczynie do cna.

- Kilka minut po tym, jak już wyszli, ten facet wrócił, ale już sam. Pomyślałem, że może czegoś zapomniał, zostawił on lub ona, ale on od razu podszedł do mnie. Bez zbędnego gadania zaczął grzebać w saszetce, którą miał na brzuchu. Patrzyłem na niego, bo byłem ciekaw, o co mu chodzi? Wyjął z niej kilka banknotów i położył jakby od niechcenia na blacie. Zapytałem co to, a on odpowiedział, że to są pieniądze dla mnie. Że to pięćset złotych i gdyby ktoś o niego lub o nią pytał, to mam powiedzieć, że nie kojarzę tej kobiety. Odpowiedziałem, że ja łapówek nie biorę. Udał, że nie usłyszał. Na odchodnym powiedział patrząc mi w oczy, że albo wezmę tę kasę i będę grzeczny, albo on mi spali mój bar. Niech pan zrozumie, co miałem zrobić?

- Rozumiem, jasne że rozumiem. – Skrzywił twarz w złośliwym uśmiechu. – Co bym miał nie rozumieć? W końcu pięćset złotych piechotą nie chodzi. To ja uciekam. Wiem, co chciałem wiedzieć. – Zsunął się z wysokiego taboretu i nie spuszczając wzroku z barmana dopił resztę piwa. – Do widzenia.

- Do widzenia, panu, no i przepraszam. Nie lubię kłamać, ale nieraz lepiej nie mówić prawdy.

## *21.*

Sebastian Król był świadomy tego, że na jego posesji ktoś był. W dniu, w którym uprowadził Palicką zamówił przez internet kilka zestawów foto pułapek, podobnych do tych, które instalują służby leśne, aby łapać kłusowników lub ludzi zaśmiecających lasy. Nic lepszego nie przyszło mu do głowy w kwestii zabezpieczenia. Nie mógł przecież zastawić tradycyjnych sideł, bo gdyby, nie daj Boże wpadł w nie ktoś przypadkowy, to byłby problem. Gdyby miał chociaż psa to sytuacja wyglądałaby inaczej, ale niestety nie miał.

Tak naprawdę, to nie spodziewał się gości ani tym bardziej nalotu policji. Kobieta, którą więził opowiedziała mu, że zerwała ze swoim chłopakiem, a w trakcie kłótni zadeklarowała, że musi wyjechać, aby od niego odpocząć. W takim razie nie było podstaw, aby jej kochanek wszczynał alarm i zgłaszał jej zaginięcie na policję. Jednak, gdy wrócił do domu na ekranie komputera natychmiast wyświetlił mu się komunikat, że powinien sprawdzić efekty pracy nowo zakupionych gadżetów. Kilka przejrzanych obrazów uświadomiło mu, że był zbyt wielkim optymistą. Jakiś niezbyt wysoki, otyły facet kręcił się po jego posesji w nieznanym mu celu. Był w jego wieku albo nieco starszy, ale to w sumie nie miało żadnego znaczenia. Jednak sam fakt, że miał gościa dawało do myślenia. Był odludkiem, nie miał przyjaciół, a znajomi raczej go nie odwiedzali. Raz jeszcze przyjrzał się fotografiom, po to tylko, żeby stwierdzić, że ten mężczyzna na pewno nie był typem akwizytora. Rysy twarzy nie były zbyt wyraźne, dlatego nie był w stanie powiedzieć, czy to aby nie był ktoś z sąsiadów.

- Czego tu szukałeś, człowieku? – szeptał wpatrując się w ekran. – Szukasz tej suczki, czy może wpadłeś tu przypadkowo? Mówią, że nie ma przypadków, a wszystko ma swój ustalony cel, który nie zawsze potrafimy dostrzec.

Wstał z krzesła i podszedł do okna. Delikatnie odsunął firanę i ukradkiem spojrzał na przestrzeń pomiędzy domem, a bramą. Nie wypatrzył nikogo podejrzanego. Jedynie jakaś kobieta z dziecięcym wózkiem zatrzymała się niemalże przy furtce. Trzymała w ręku telefon i bardzo głośno z kimś rozmawiała. Miała tak donośny głos, że niemalże słyszał jak mówi. Nie rozróżniał słów, ale dźwięki docierały, aż do pokoju, w którym przebywał. To mu przypomniało o telefonie, który był własnością, tej francy. Zapomniał o nim zupełnie w momencie, gdy zasiadł do komputera. Zabierze go, gdy będzie wychodzić. Odwrócił się plecami od okna i odruchowo zlustrował pomieszczenie, jak gdyby liczył po cichu na to, że coś się tu mogło zmienić podczas jego nieobecności. Prychnął pogardliwie ustami na sam pomysł, że coś takiego mogło się zdarzyć i ruszył. Po zrobieniu kilku kroków zatrzymał się i ciężko westchnął.

- Telefon! Dorotko, ty pieprzona franco. Przez ciebie niewiele brakowało, a zapomniałbym o telefonie. – Powrócił do stołu i chwycił urządzenie. Wszedł w nieodebrane połączenia, a później sprawdził pocztę. Jedyna osoba, która się o nią troszczyła to był zapewne jej kochaś. Było jeszcze kilka nieodebranych połączeń, ale to były tylko jednorazowe próby, no może oprócz jakiegoś Wróblewskiego, który zadzwonił trzy razy i nawet nagrał się na pocztę. Nie wiedział, jak się nazywa ten, który kilkanaście razy spróbował kontaktu, ale w telefonie figurował jako „PALANT".

- Niezła ksywka, jak dla kogoś, kto się w tobie podkochuje. Jak to dobrze, że pani mądralińska nie zablokowała go pinem, bo byłby problem, aby sprawdzić połączenia. Kto wie, może ona jest zbyt ograniczona, żeby zapamiętać cztery cyfry? – wyszeptał i uśmiechnął się złośliwie.

Nadał jej przydomek „Franca" całkiem niedawno. Wcześniej nazywał ją w myślach Dorotką albo Suką i tak się do niej zwracał. Była niewątpliwie ciekawym przypadkiem. Jeszcze nigdy nie spotkał kobiety o takim charakterze. Cierpiała bezsprzecznie na manię wielkości i chorobliwy wręcz przypadek narcyzmu. Sama możliwość, że może się zmierzyć z kimś takim nadawało smaczku całemu przedsięwzięciu. Jak na razie nie udało mu się jej tak do końca złamać, ale to było tylko kwestią czasu, gdy osiągnie sukces. Wierzył w to, bo czas był jego sprzymierzeńcem. Nie tylko zresztą czas. Spojrzał na sufit i przeżegnał się. Miał niezwykle silne przekonanie, że opatrzność nad nim czuwa, a codzienne rozmowy z Bogiem bardzo mu pomagały. Czerpał z nich motywację do dalszych działań, ale też i nowe pomysły.

- Co by tu zabrać? – zapytał sam siebie, kucając i otwierając lodówkę. Włożył rękę do środka i uważnie oglądał każdą rzecz, zanim ją odstawił na pobliski stół. W końcu zadowolony zamknął drzwiczki i sięgnął po torbę. Wpakował produkty i ociężałym krokiem ruszył ku wyjściu z budynku. – Dzisiaj Dorotko czeka cię przednią zabawa – wyszeptał pełen optymizmu. – Tak, tak, moja droga. Dzisiejszego wieczoru długo nie zapomnisz.

Czas płynął dla Doroty w sposób trudny do uchwycenia, a właściwszym określeniem byłoby, do ogarnięcia. W pomieszczeniu, w którym nie było okna, które pokazywałoby pory dnia i bez zegara na przysłowiowej ścianie, łatwo było o chaos związany z pomiarem czasu. Nie wiedziała jak długie odcinki czasu przesypiała. Czy było to pół godziny, czy może pięć lub osiem? Mogła się tylko tego domyślać. Posiłki były wprawdzie przynoszone, ale czy w równych odstępach czasu i o stałych porach, też nie wiedziała? Jak długo trwała na jawie też stanowiło niezłą zagwostkę. Czy była tutaj tydzień, dwa, a może tylko kilka dni? nie potrafiła określić, a jedynie spróbować zgadnąć. Często myślała o Kosmie. O tym jak im się cudownie układało i przede wszystkim, czy niepokoi się o nią i czy jej szuka? Musiał przecież zauważyć, że zniknęła. Zawsze był niezwykle troskliwym człowiekiem. Żeby tylko mogła mu dać jakiś znak, gdzie jest i co się z nią dzieje, to na pewno przybyłby z odsieczą. Ale nie mogła. Uznała, że nie ma sensu tego dalej drążyć. Teraz musiała zebrać myśli i kontynuować, co rozpoczęła już jakiś czas temu.

- Jeszcze troszeczkę, Dorotko – szepnęła, aby dodać sobie pewności siebie.

Ten fiut – chyba to było wczoraj – zmienił zdanie, stwierdził, że już starczy tego dobrego i że od teraz ona sama będzie się myła, jadła i załatwiała wszelkie inne potrzeby. Usłyszała przy tym, że jeżeli wywinie znowu jakiś numer, to powróci do poprzedniego stanu. Oczywiście nie zamierzała dawać mu pretekstu, udając grzeczną dziewczynkę. Chyba ruszyło go sumienie po tym co przeżyła, gdy wypuścił szczury. Na szczęście, gdy się ocknęła gryzoni już nie było, zniknęły wraz z klatką. Nigdy by nie pomyślała, że można być, aż tak przerażoną. Perspektywa, że te małe potwory mogą po niej choćby chodzić, nie wspominając o ugryzieniach, doprowadzała ją do stanu bliskiego obłąkania. Nie było tutaj lustra, ale była święcie przekonana, że ma teraz sporo siwych włosów.

Powrót do początkowej sytuacji, kiedy miała tylko skrępowaną jedną rękę wydał jej się czymś tak niesamowitym, że aż się popłakała. Stał wtedy i patrzył na nią dłuższą chwilę – jak jej się zdawało z politowaniem – i nawet przez moment nie wydawał się już takim skurwysynem. Widocznie zrobiło mu się jej żal i znalazł w sobie jakieś pokłady człowieczeństwa. Wówczas, jak gdyby na potwierdzenie prawdziwości swoich słów przyniósł jej jedzenie (znowu tą przeklętą fasolkę). Zjadła wszystko na jego oczach i nawet podziękowała. Gdy skończyła wyszedł z pustym naczyniem. To jednak było już przeszłością, a ona musiała skupić się na teraźniejszości. Teraz nadarzyła się okazja, a skoro była szansa, żeby się stąd wydostać, to należało z niej skorzystać.

Zostało jej do przestawienia jeszcze niecałe trzysta konfiguracji szyfru w bloczku na kłódce. Zaczęła od 0001, a teraz była już na 9700. Musiałaby mieć ogromnego pecha, aby to układ 9999 był tym właściwym. Bolały już ją palce od przekręcania bębenków, a do tego korciło niezmiernie, aby ustawić te cholerne cztery dziewiątki. Bała się jednak, że zapomni do jakiego miejsca dotarła. W pomieszczeniu paliło się światło, a więc mogła w miarę spokojnie kontynuować pracę. Wcześniej, gdy się dobrze wsłuchała, to wychwyciła z zewnątrz coś, co przypominało chrapanie. W końcu nawet ten palant był człowiekiem i musiał kiedyś jeść, robić zakupy, no i co oczywiste, odpoczywać.

Delikatne „klik" sprawiło, że jej serce weszło na wyższe obroty. Ucho kłódki odskoczyło wypchnięte jakąś sprężyną i w ten sposób oznajmiło jej, że tak właśnie brzmi wolność. Poczuła się jak niewolnik uwolniony z kajdan.

- Słodki Jezu, nareszcie! – Chciała krzyknąć, ale nieco głośniejszy szept musiał wystarczyć.

Jeden koniec łańcucha był uwolniony. To już była namiastka sukcesu. Drugi tkwił przykuty do kajdanek... – Kurwa, kolejna kłódka i też na szyfr! – warknęła i szybko się rozejrzała, jak gdyby chciała sprawdzić wzrokowo, czy nie za głośno zareagowała.

- Dlaczego jestem taką kretynką? Przecież mogłam tą otworzyć! Jak do cholery mogłam jej nie zauważyć?! Tyle razy patrzyłam na te kajdanki. No, nie, ja ją przecież widziałam, więc po co wzięłam się za tamtą! Kurwa, kurwa, kurwa! – Chciało jej się krzyczeć, a tu ponownie musiała ograniczyć się do szeptu. – Głupia pipa ze mnie! Gdybym zaczęła od tej, to byłabym już wolna! No nic, czasu nie cofnę, trzeba sobie radzić.

Uznała, że nie ma czasu na odgadywaniu kombinacji z kolejną kłódką. Zaczęła powoli, jak najdelikatniej zwijać ogniwa łańcucha. Minutę wcześniej zastanawiała się co powinna z nim zrobić. Pomysł, który zaświtał jej w głowie wydał się najbardziej logiczny. Zaczęła owijać go sobie wokół szyi tworząc w ten sposób metalowy sznur korali. Nadal była naga, dlatego łańcuch układał się niemalże równolegle na jej nieosłoniętych piersiach. Gdy skończyła skupiła uwagę na swoich dłoniach. Kajdanki skutecznie krępowały ruchy i nic z tym nie mogła zrobić. Rozejrzała się w poszukiwaniu jakiejś broni, a jeszcze lepiej gdyby znalazła coś, czym by mogła przeciąć kajdanki. Oczywiście niczego pomocnego nie znalazła. Nagle przez głowę przemknęła błyskawiczna myśl. Zaraz, zaraz… Czy…? To ja miałam jedną rękę skutą, czy obie? Ten dylemat szybko jednak stracił na wartości i okazał się mało istotny. Westchnęła przeciągle i ruszyła w kierunku wyjścia.

Szła powoli, uważnie stawiając stopy. Doskonale pamiętała przygodę z pinezkami. Krok za krokiem zbliżała się do uchylonych drzwi. Szpara pomiędzy skrzydłem, a futryną miała około pięćdziesięciu centymetrów szerokości. Łańcuch dźwięczał co chwila, ale nie mogła nic na to poradzić. Wcisnęła się w nią i wysunęła powoli głowę, aby zlustrować teren. Pamiętała, że zaraz, zaledwie kilka metrów dalej, z lewej strony była łazienka, skąd wróciła po kąpieli. Poranione uszy natychmiast przypomniały, że jeszcze się dobrze nie wygoiły. Olśnienie przyszło, gdy już wyciągała rękę, aby mocniej odchylić skrzydło drzwi.

- A może ta kłódka ma taki sam kod, jak tamta? Pewnie że ma, musi mieć! – Nie rozumiała skąd ta pewność, ale czuła, że ma rację. – Zaraz, zaraz jak to było? – szeptała bardzo cicho. – Już wiem! 9727. Sprawdźmy i kurwa niech to będzie to, bo inaczej to się naprawdę wkurwię! Pora zapłacić gnojowi, za to co mi zrobił!

Delikatnie przykucnęła, tak aby nie narobić niepotrzebnego hałasu. Powolutku zdjęła z karku zwoje łańcucha i położyła na podłodze. Ogniwa nieco zadzwoniły, ale to było przecież do przewidzenia. Drżącą ręką zaczęła przekręcać zębatki. Serce waliło jak oszalałe, a ona się bała, że ten organ robi przy tym tyle hałasu, że tamten skurwiel je usłyszy. Rozsądek oczywiście podpowiadał, że to bzdura i jest to tylko wymysł wyobraźni pracującej na najwyższych obrotach. Na moment przerwała, gdy wydało jej się, że coś słyszy na korytarzu albo gdzieś dalej. Natychmiast zamieniła się w słuch, ale dźwięk się więcej nie powtórzył. Uznała, że musiała się przesłyszeć albo było to coś nieistotnego. Wybierając ostatnią cyfrę błyskawicznie wezwała w myślach Boga na pomoc. Kolejne „klik" i kolejna kłódka została otwarta. Dorocie chciało się krzyczeć ze szczęścia. Zamiast tego musiało wystarczyć wypuszczenie z płuc powietrza z wyraźną ulgą. Na jednym ręku nadal miała zatrzaśnięte kajdanki, ale to już nie stanowiło żadnego problemu. Powolutku zaczęła iść w stronę wyjścia.

Całe to zmęczenie, wręcz wyczerpanie gdzieś teraz zniknęło. Zastąpiło je uczucie, które dorównywało niemalże ekstazie. Wiedziała, że teraz to ona ma przewagę. Nie zamierzała uciekać, wręcz przeciwnie. Wreszcie nadszedł moment, gdy nic ją nie krępowało, a mózg działał bez zarzutu. Wiedziała, że może teraz logicznie myśleć, a to stanowiło sedno jej przewagi.

Nie było tajemnicą, że jest od niego fizycznie słabsza, ale posiadała coś, czego on nie miał. Determinacja i intelekt. Postanowiła zlustrować wszystkie pomieszczenia i wreszcie stanąć twarzą w twarz z tym gnojem, który znęcał się nad nią i zadał mnóstwo bólu. Żeby to zrealizować potrzebowała jednak broni lub chociaż jej namiastki.

Stąpała powoli, cichutko, delikatnie stawiając kroki. Musiała być lekka jak piórko. Nawet zwykłe skrzypnięcie któregoś ze stawów mogło zdradzić jej obecność. Nie mogła liczyć na kolejną szansę, dlatego wszystko powinno być doskonale zsynchronizowane, wręcz perfekcyjne. No z tym ostatnim to oczywiście była przesada, bo nie miała głowie jeszcze ustalonego planu. Nie znała rozkładu pomieszczeń, nie wiedziała, gdzie przebywa jej oprawca i w końcu, czy znajdzie cokolwiek, co wesprze jej działania, gdy dojdzie do walki. Idealnym rozwiązaniem byłoby, gdyby spał, a ona pozbawiłaby go zmysłów uderzeniem w głowę. Wówczas by go związała, jak on ją i wezwała pomoc. To jednak była teoria, a praktyka mogła wyglądać zupełnie inaczej.

Pochyliła się i wysunęła głowę poza futrynę. Częściowo znalazła się w przyciemnionym korytarzu. Tak w prawo, jak i w lewo ciągnęła się na wpółotwarta przestrzeń. Przez krótką chwilę zastanawiała się, którą stronę wybrać. Pamiętała, że ilekroć od niej wychodził, to za każdym razem skręcał w prawo i z tej też strony powracał. Istniało więc bardzo duże prawdopodobieństwo, że tam właśnie go znajdzie. Wiedziała więc, gdzie go szukać, ale nie wiedziała, w którym miejscu znajdzie jakąkolwiek broń. Skręciła w lewo – co wydawało się w tej chwili oczywiste.

Pomieszczenie, do którego dotarła po przejściu około dziesięciu metrów wyglądało na jakiś składzik. Przekonała się jednak o tym dopiero wówczas, gdy zapaliła światło. Drewniane regały ustawione na lewej ścianie zawalone były przeróżnymi przedmiotami. Były tam puste słoiki, kilka garnków, jakieś kartony i nawet kilka drewnianych skrzynek. Panował tu niezły rozgardiasz, który nie przynosił właścicielowi chwały. Po przeciwnej stronie stały oparte o ścianę narzędzia ogrodnicze: dwie pary grabi, łopata, szpadel i nadłamane widły. Wszystko to pamiętało zapewne poprzednią epokę. Była nieco zawiedziona tym, co zobaczyła. Jedynie widły w tych warunkach mogły stanowić pewną namiastkę broni. Natychmiast przed oczami pojawił jej się obraz, siebie atakującej widłami człowieka, który był jej wrogiem. Wydało jej się to groteskowe i wręcz komiczne, a ona nie lubiła robić z siebie idiotki.

Pochyliła się lekko do przodu i przechyliła głowę w lewo. Pod regałem było coś jeszcze. Charakterystyczna rączka leżała na betonowej posadzce. Niewiele wystawała, ale dawała nadzieję, że jej przeciwna część zawiera to, czego po niej oczekiwała. Dorota odetchnęła głębiej, zrobiła kilka kroków w przód i przykucnęła. Sięgnęła po drewniany trzonek i przyciągnęła przedmiot do siebie. Wykonując ten ruch zamknęła oczy, jak gdyby obawiała się, co zobaczy. Sekundę później powstała i dopiero teraz uniosła powieki. Jakież było jej szczęście, gdy przekonała się, że trzyma w ręku siekierę. Zważyła ją w dłoni i pokiwała głową z uznaniem. O tak, teraz mogła już pójść za swoim wyzwaniem.

Po cichu – na palcach – wracała korytarzem. Właśnie minęła pomieszczenie, które było jej celą więzienną od nie wiadomo jak dawna i skierowała się tam, gdzie czekało na nią wyzwanie. Trzymała mocno drewnianą rękojeść i zastanawiała, co ujrzy na miejscu.

Wokół panowała niczym nie skalana cisza. Chyba jeszcze nigdy w życiu nie starała się zachować tak cicho, jak teraz. Bała się, że przypadkowo uderzy w coś siekierą i dlatego przycisnęła ją do piersi. Po kilku kolejnych krokach ujrzała z lewej strony wnękę, która sugerowała, że muszą tam być drzwi, gdzie będzie pomieszczenie, które na pewno jest jej celem. Wprawdzie na końcu korytarza była jeszcze para przeszklonych drzwi, ale te wychodziły na zewnątrz, co sugerowała porcja naturalnego światła, która próbowała przebić się przez grube, przyciemniane szkło. Tam na razie nie zamierzała się udawać. Oczywiście świat zewnętrzny kusił i to bardzo. Było już tak blisko do wolności, ale ona wiedziała, że to musi jeszcze poczekać. Zbliżyła się do otworu wejściowego i oparła plecami o ścianę. Wytężyła słuch. Usłyszała coś co przypominało głębokie chrapanie. Było niemalże pewnikiem, że nikogo w tym budynku oprócz ich dwojga nie było. A więc to on musiał chrapać. Jasne było, że skoro spał to nie należało dłużej zwlekać.

Wślizgnęła się cichutko do pokoju. Pobieżnie zlustrowała sprzęty, którymi zostało umeblowane pomieszczenie. Teraz nie miało znaczenia, gdzie co stoi i jak wygląda. Liczył się tylko ten, dla którego tu przyszła. O dziwo nigdzie go nie zauważyła, ale nadal słyszała pochrapywanie. Oczywiste jej się wydało, że dźwięk nie może być puszczany z jakiegokolwiek odtwarzacza. To by nie miało najmniejszego sensu.

Był tu, czuła to i to dosłownie. Jej zmysł powonienia natychmiast wychwycił zapach jego perfum, a jedyne miejsce, gdzie mógł się chować, to głęboki fotel – taki sam jak ten, który przytaszczył do jej celi – który stał odwrócony tyłem do wejścia. Złapała obiema dłońmi trzonek od siekiery i uniosła ponad głowę. W ten sposób w każdym momencie była gotowa zadać cios, nie tracąc czasu na zbędne ruchy.

- Teraz albo nigdy – szepnęła, ale na tyle cicho, że nawet ona nie usłyszała dźwięków wypływających z jej ust.

Ruszyła w kierunku fotela. Niezwykle cicho i z wielkim wyczuciem stawiała kroki. Wszystko po to, aby nie zostać usłyszaną. Zatrzymała się dosłownie kilkanaście centymetrów od oparcia. Wdychała powoli powietrze przez usta, aby żaden niepotrzebny świst nie zdradził jej obecności. Dziąsła nadal pobolewały, ale nie zwracała na to już uwagi. Uniosła siekierę nad głową i zamknęła oczy. Nie widziała głowy osoby siedzącej w fotelu, ale i tak była pewna, że to on. Wreszcie uderzyła. Zrobiła to tak mocno, jak tylko potrafiła. Czuła, a nawet usłyszała, jak ostrze wbija się w coś miękkiego, a zarazem trwałego, co stawiło pewien opór. Domyśliła się, że to mięśnie i kości. Nie otwierając oczu raz jeszcze podniosła swoją broń i ponownie zadała cios. Zdziwiło ją tylko to, że nie usłyszała żadnych odgłosów zaatakowanego.

- No to cię w końcu dorwałam, popaprańcu – wypowiedziała te słowa z wyraźną ulgą, jak gdyby zrzuciła ciężar z piersi. – Myślałeś, że mnie przechytrzysz?! Tak sobie myślałeś?! No to się pomyliłeś, bo to ja jestem górą!

Wycofała broń i przyjrzała się krwi spływającej z ostrza. Purpurowa ciecz skapywała na podłogę powoli, jak gdyby od niechcenia. Przejechała palcem po ostrzu i zbliżyła zakrwawiony opuszek do nosa. Wciągnęła do płuc charakterystyczny zapach, po czym opuściła dłoń, w której trzymała narzędzie. Zakręciło jej się w głowie, ciało się lekko zatoczyło, ale jakoś ustała. Teraz, kiedy pokonała przeciwnika okazało się, że jeszcze musi stoczyć walkę z samą sobą. Mogła uciec, powinna wręcz, tak nakazywał rozsądek, ale jej drugie ja pragnęło zobaczyć pokonanego. Na własne oczy ujrzeć tego, który zadał jej tyle cierpień tak fizycznych, jak i psychicznych. Szczerze musiała przyznać, że niewiele brakowało, aby została złamana. Jeszcze dzień lub dwa, a stałaby się bezwolną kukłą w rękach tego szaleńca.

Obróciła się w prawo z zamiarem obejścia fotela. Tylko w ten sposób mogła zlustrować martwe ciało. Nie miała najmniejszych wątpliwości, co do tego, że jest martwy. Dwa ciosy siekierą pozbawiłyby życia każdego, a tym bardziej takiego chuderlaka. Zdążyła zrobić jeden krok, gdy stało się coś niesamowitego. Zobaczyła najpierw głowę, a po chwili korpus mężczyzny. To co nie powinno żyć wstawało właśnie z fotela i odwracało w jej stronę. Serce zaczęło jej walić jak oszalałe, gdy przekonała się na kogo patrzy. Mężczyzna miał na piersi głęboką ranę. Krew ściekała po materiale koszuli tworząc sporą plamę. Dwie niemalże równoległe rany były umiejscowione mniej więcej na mostku. Z jednej wystawało coś co przypominało cienką kość żebrową. Dopiero po chwili wzrok Doroty powędrował w górę. Stał przed nią ten sam staruszek, który na początku jej pobytu tutaj podjechał na wózku inwalidzkim z przesłaniem, że wszystko stracone. No właśnie, wtedy jeździł na wózku, a teraz normalnie chodzi. Pomyślała, że to bez sensu.

- Pan, pan, – wyjąkała – pan nie powinien żyć. Nie pana chciałam zabić, nie pana. Szukałam tego świra, a tymczasem... Gdzie on jest, do cholery jest?

Staruszek zrobił dwa kroki i stanął z nią twarzą w twarz. Był od niej niższy, a jego cera była taka sama, jak przy ich pierwszym spotkaniu, pożółkła, pomarszczona i pomięta jak kartka papieru. Oddychał chrapliwie, chociaż nie powinien – był w końcu trupem. – Wszystko, co sobą teraz reprezentował przeczyło prawom przyrody. Jego pierś unosiła się nieco spazmatycznie ukazując tkankę płuc. Bąbelki powietrza wymieszane z krwią wydostawały się ran ze specyficznym świstem.

- Jesteśmy zgubieni. Przecież mówiłem, że on nas zabije – wycedził z trudem, lekko przy tym sepleniąc.

Dorota patrzyła jak staruszek unosi prawą rękę, jak gdyby szykował się do zadania jej ciosu. Niby wiedziała, co zaraz nastąpi, ale zdrowy rozsądek podpowiadał, że to się nie ma prawa wydarzyć. Odruchowo zamknęła oczy, a sekundę później poczuła niezbyt silny cios w lewy policzek. Zaraz potem to samo, ale z drugiej strony. Pomimo, że ciosy nie były silne, to jednak odczuła pieczenie po obu stronach twarzy. Zwłaszcza tam, gdzie znajdowała się nieopatrzona rana. Zanim otworzyła oczy zdążyła jeszcze usłyszeć: – Dorotko, ty suko, budzimy się.

Otworzyła już nie wirtualne, ale fizyczne oczy. Rozumiała, że to co wcześniej przeżyła było jakimś poronionym snem. Nie chciała tego, ale tak właśnie było. Poczuła się jak pisklę, które wypadło z gniazda. Beznadziejność sytuacji wydawała się przerastać wszystko, co do tej pory przeżyła.

- Dlaczego to był sen! – zawyła z rozpaczy, gdy ujrzała przed sobą twarz człowieka, który ją uprowadził. Czar prysł, a ona nadal była naga i ciągle jeszcze stała przywiązana, z rękoma skrępowanymi jak wcześniej. Świat nie jest sprawiedliwy, pomyślała i zaczęła szlochać.

# 22.

Bakan tym razem wybrał się w podróż swoim samochodem. Wprawdzie wcześniej wypił piwo, ale to teraz nie miało znaczenia. Liczył po prostu na łut szczęścia i wiedzę o tym, jakie zwyczaje miała drogówka. Józef zadzwonił piętnaście minut temu, podał mu kolejny namiar i zaznaczył, że to może jest już ostatni raz, gdyż jego kolega nie chce więcej ryzykować. To była niewątpliwie dodatkowa motywacja do działania. Pod wskazanym adresem ponownie miał się znajdować pojedynczy budynek, ale tym razem podobno nie zamieszkany. Nie wiedział czy to jest dobry prognostyk, czy wręcz przeciwnie. W końcu co ta Palicka mogłaby robić w niezamieszkanej ruderze.

Nie miał przy sobie broni, a coś mu mówiło, że mogłaby się przydać. Nie rozumiał skąd u niego ta zmiana nastawienia, ale nauczył się wierzyć w przeczucia. Oczywiście zawsze robił wszystko, żeby z niej nie skorzystać, ale na pewno czułby się z nią pewniej. Miał pozwolenie na broń, ale tylko pozwolenie, bo już dawno temu zastawił pistolet w lombardzie. Właściciel lombardu był mu winien przysługę i tylko, dlatego przyjął pod zastaw śliczną Berettę. Nie dostał za nią zbyt dużo forsy, bo było duże ryzyko, że coś się wydarzy, a to groziło poważnymi konsekwencjami. Nie zdążył zebrać pieniędzy na czas, aby ją wykupić i teraz, kiedy być może będzie jej potrzebował to był niemalże bezbronny. Zawsze wychodził z założenia, że lepiej coś mieć i tego nie użyć, niż potrzebować, a tego nie mieć. Jedyne co ze sobą zabrał to gaz pieprzowy.

Tak do końca to nie był pewien, czy jakakolwiek broń mogłaby zostać użyta, nawet ten głupi gaz. W końcu jedzie sprawdzić, czy pod wskazanym adresem przebywa Palicka. Co ona mogłaby mu zrobić, nawet gdyby zauważyła, że jest obserwowana? Zbluzgać lub spróbować spoliczkować i to zapewne wszystko. Tym razem nie zamierzał się już wychylać. Postanowił, że tylko się upewni czy dobrze trafił, a później zadzwoni do Kosmy i przekaże mu adres. Poczeka za nim, a następnie ulotni się świętować w domu. A jak to Julian rozegra to już jego sprawa.

Przeczucie, przeczuciem, ale na wszelki wypadek tym razem był przygotowany na różne scenariusze. Od awantury z Palicką poprzez szarpaninę z jej kochankiem. W tym drugim przypadku gaz mógł się przydać, gdyby gościu nie zamierzał być rozsądny. Pistoletu jednak żałował, bo co broń to broń. Zwykle nawet największym twardzielom robiło się mokro w gaciach, gdy widzieli wycelowaną w siebie broń.

Adres posesji miał wbity w nawigację. Nie znał tych stron, dlatego wolał, aby to elektroniczny przewodnik wskazywał drogę. Zatrzymał się kilka numerów przed właściwą lokalizacją i zaparkował auto pod rozłożystym drzewem. To miejsce znajdowało się na obrzeżach miasta i bardziej przypominało wieś niż część metropolii. Droga była utwardzona, ale kamienna. Nieopodal rósł niewielki zagajnik, a poza tym, z tego miejsca, gdzie teraz przebywał widać było jedynie kilka domów oraz pola kukurydzy. Wiatr szeleścił w konarach drzewa ponad głową, a gdzieś w oddali zawył pies. Zabrzmiało to jak znak ostrzegawczy.

Bakan denerwował się, jak gdyby był członkiem grupy antyterrorystów i za moment miał przystąpić do szturmu na dom pełen uzbrojonych i zdeterminowanych ludzi. A tu przecież chodziło tylko i wyłącznie o potwierdzenie pobytu osoby, nic poza tym. Uśmiechnął się w myślach do tych paranoicznych uprzedzeń i rozparł wygodnie na siedzisku. Musiał chwilę odpocząć – choć wcale nie czuł się zmęczony – i uspokoić skołatane nerwy.

- Starzejesz się, Robert – szeptał do siebie. – To co masz zrobić to przecież błahostka. Weźmiesz ze sobą lornetkę, pójdziesz tam i przez kilka minut poobserwujesz dom. Jak wypatrzysz Palicką, to od razu zadzwonisz do jej kochasia i zaczekasz, aż tu przyjedzie. – Szeptany monolog, który był instrukcją postępowania przynosił mu wyraźną ulgę. – A jeżeli jej nie wypatrzysz, to wciągniesz brzuch, wypniesz pierś do przodu i pójdziesz tam. Zadzwonisz dzwonkiem albo od razu wejdziesz do środka. Jeżeli tam będzie, to grzecznie przeprosisz i powiesz, że szukasz jakiegoś Nowaka lub Kowalskiego i jeszcze grzeczniej wyjdziesz, nie wzbudzając niczyich podejrzeń. A jeżeli nikogo tam nie znajdziesz to... dupa. – Westchnął. – Ale nic, najpierw to trzeba tam iść.

Wysiadł z samochodu, zamknął drzwi i zawiesił lornetkę na szyi. Rozejrzał się uważnie, nieświadom czego szuka i ruszył w kierunku, gdzie jak mu się zdawało będzie dom, który jest jego celem. Po przejściu kilkudziesięciu metrów jego oczom ukazał się podłużny, parterowy budynek, który natychmiast skojarzył mu się z magazynem. Jedyne, co przeczyło tej tezie, to brak jakichkolwiek otworów okiennych, czy drzwiowych. No przynajmniej z tego miejsca ich nie dostrzegał. Okna musiały być z drugiej strony, a drzwi co oczywista, również, bo kto buduje bez drzwi? Konstrukcja miała około stu metrów długości i wyglądała, jak zaniedbany relikt poprzedniej epoki. Zbliżył się do plecionej siatki, która spełniała zadania ogrodzenia i przebiegł wzrokiem wzdłuż płotu. Trzydzieści, może czterdzieści metrów dalej znajdowała się brama wjazdowa. Podszedł bliżej, aby wszystko sprawdzić. Była zamknięta, a na jednym ze skrzydeł ktoś zawiesił tabliczkę. Wiedziony ciekawością zbliżył się, aby przeczytać, co tam napisano.

„TEREN PRYWATNY. ZAKAZ WSTĘPU".

Wzruszył ramionami. W końcu niczego innego nie powinien się był spodziewać. Przystawił lornetkę do oczu. Pobieżna lustracja nie przyniosła oczekiwanego efektu. Po dobrej minucie powtórzył czynność i ponownie niczego nie wypatrzył. Poszukał klamki, ale niczego takiego nie znalazł. Wiedział, co zaraz będzie musiał zrobić.

Kilka minut później, nieco nieporadnie przedostał się ponad bramą na drugą stronę. Zahaczył przy tym nogą o wystający drut, czego skutkiem była rozerwana nogawka. Pomysł, że Kosma będzie musiał zwrócić mu pieniądze za spodnie sprawił, że uśmiechnął się pod nosem. Minutę później szedł już wysypaną drobnym kamieniem drogą w kierunku budynku. Prowadziła ona w stronę, gdzie była ściana szczytowa, uznał więc, że to właśnie tam znajdzie wejście do środka. Tak też było, a gdy tylko wyszedł spoza narożnika zobaczył masywne, przeszklone drzwi, przez które z całą pewnością nie przejechałby żaden znany mu samochód. Były po prostu zbyt wąskie. Jeżeli po drugiej stronie nie było czegoś większego, to koncepcja, że to magazyn musiała być chybiona. Chwilę o tym rozmyślał, po to tylko, żeby dojść do wniosku, że to jakie jest przeznaczenie, nie ma żadnego znaczenia.

Zrobił kilka kolejnych kroków, aby przekonać się czy kolejna długa ściana, która do tej pory skrywała się przed jego spojrzeniem ma jakieś okna, a może nawet drzwi. Jakie było jego zdziwienie, gdy ujrzał mniej więcej w połowie długości domu znany mu samochód marki Citroen Xsara Picasso. Natychmiast zapomniał o drzwiach i oknach. To przecież zmieniało postać rzeczy. Wprawdzie nie pojmował, co ta zmiana może oznaczać, ale na pewno coś znaczyła. Może to ten kierowca był jej kochankiem i to tutaj się ukrywali? No nic, jak będzie trzeba, to rozmówi się tak z nią, jak i z nim. Nie było sensu przejmować się zawczasu.

Cofnął się i podszedł do drzwi, szukając jednocześnie jakiegoś guzika. Wydało mu się logicznym, że guzik dzwonka, czy domofonu powinien tkwić gdzieś w ścianie tuż obok. Niczego takiego jednak nie znalazł. Był tylko typowy otwór na klucz do zamka patentowego. Nadusił na klamkę i pociągnął drzwi w swoją stronę. Ustąpiły z lekkim skrzypnięciem. Gdy skrzydło utworzyło około pół metrową szczelinę, zajrzał do środka. Korytarz, który ujrzał ciągnął się po całej długości budynku, a wieńczyły go identyczne drzwi, jak te, w których teraz stał.

- Co teraz, Robert? – Ciche pytanie bardziej zaadresował do swojej podświadomości, niż do siebie. – Pukać, zawołać, czy iść i czekać co będzie?

Uznał, że ostatnia opcja jest najbardziej rozsądna i tą właśnie ścieżką postanowił podążać. W kieszeni kurtki namacał zbiorniczek z gazem pieprzowym i powolnym krokiem ruszył w głąb korytarza. Idąc lustrował wnętrze. Ściany były pomalowane w kolorze, który przypominał kawę z mlekiem, ale teraz już wszystko było wyblakłe i posiwiałe. Uznał, że malarz działał w tym miejscu co najmniej kilkanaście lat temu. Budynek jednak miał właściciela, o czym świadczyły tabliczki informacyjne oraz względny porządek, tak na posesji, jak i tutaj – w korytarzu. Na chwilę przystanął, gdy wydało mu się, że słyszy kobiecy głos.

Dorota już praktycznie zwisała bezwładnie, zaczepiona za ręce. Jej oprawca celowo poluzował oba pasy na jej korpusie, aby cały swój ciężar musiała utrzymywać na beznadziejnie już słabych nogach. Ustała na nich raptem kilka minut, po czym zakręciło jej się w głowie, a chwilę później poczuła, że traci świadomość. Ocknęła się po trudnym do określenia czasie, a motorem napędowym powrotu do przytomności był potworny ból górnych stawów. Dopiero teraz zauważyła, że nie ma już spętanych rąk za plecami, a znowu ponad głową. Ponownie spróbowała oprzeć ciężar na nogach, ale wytrzymała tylko przez dosłownie moment. Lewy policzek piekł, jak przypalony gorącym żelastwem, choć wcześniej już niemalże o nim zapomniała, gdyż otwarte rany w ustach przebiły tamten ból. Rana dała o sobie znać zapewne, dlatego, że była mocno spocona, a pot dostał się do środka. Teraz wisiała na kajdankach, które wpijały się w jej nadgarstki, powoli
i systematycznie drażniąc powierzchnię skóry.

- Jezu, co ja jeszcze muszę przejść? – choć pytanie było adresowane do Boga, to jednak sama na nie odpowiedziała. – Już więcej nie zniosę bólu i upokorzeń. Mam dosyć! Boże słodki, mam już dość! Zabierz mnie do siebie, bo ja już chcę umrzeć! Zakończ moje męki, proszę!

Spoza pomieszczenia, w którym przebywała dobiegł jakiś dźwięk, który wprawdzie wychwyciła, ale którego nie była w stanie zidentyfikować. A może to był swego rodzaju omam słuchowy, który sama wymyśliła? Niczego już nie mogła być pewna. Czuła, jak gdyby jej czas się kończył. Czy tak wygląda śmierć? pomyślała. Jeżeli miałaby przynieść ukojenie, to tak, chciała umrzeć. Wszystko było lepsze od tego fizycznego bólu i ciągłego torturowania psychicznego. Ponownie gdzieś coś zaszurało, a może zastukało i znowu zwątpiła w swoje zmysły. Tak bardzo teraz potrzebowała odpoczynku. Długiego, spokojnego, nie przerywanego w żaden sposób snu. Tak wiele, a jednocześnie tak mało.

Z prawej strony Bakan zobaczył fragment wnęki, która mogła być wejściem do jakiegoś pomieszczenia albo zagłębieniem na regały lub inne rzeczy. Odbił trochę na przeciwną stronę korytarza i lekko odchylił ciało, aby lepiej widzieć. Tam były drzwi. Ciężkie, masywne, niedomknięte drzwi, z charakterystycznym judaszem na wysokości około półtora metra. Natychmiast powrócił na poprzednią ścieżkę i przyparł plecami do ściany. Sam nie do końca rozumiał, dlaczego tak postępuje. Miał tylko zrobić co było do zrobienia, a zachowywał się, jakby mu coś groziło. Ta zabawa w konspiracje nie miała sensu, ale i tak w to brnął. Chwilę nasłuchiwał, a kiedy do jego uszu nie dotarły żadne niepokojące odgłosy, podszedł do drzwi, pchnął je i stanął jak wryty, po czym niejako bezwiednie zrobił krok do przodu.

Patrzył na nagą, brudną kobietę, która stała przywiązana do jakiejś konstrukcji, która skutecznie uniemożliwiała jej ruchy. Głowę miała opuszczoną, a jej zwisające w nieładzie długie włosy zasłaniały rysy twarzy. Nie nagość tej kobiety tak nim wstrząsnął, a fakt, że sprawiała wrażenie, jak gdyby była martwa. Oczywistym było, że z tej odległości nie można było ocenić jej stanu, ale wszystko wskazywało na to, że się spóźnił. Teraz dopiero, gdy ta myśl zakiełkowała w jego głowie uzmysłowił sobie, że myśli o tej nieszczęsnej istocie, jak o Palickiej, a nie miał przecież pewności, że to ona. Kolor włosów się zgadzał, ale to nie był żaden dowód. Mógł się o tym przekonać tylko w jeden sposób.

- Halo! Proszę, pani?! – powiedział to na tyle głośno, aby mieć pewność, że go usłyszy. – Żyje, pani? – dodał już nieco ciszej. Dopiero po chwili zdał sobie sprawę, że plecie głupoty. Nie musiała odpowiadać na tak postawione pytanie, w ogóle nie musiała odpowiadać. Równie dobrze mógł zapytać, czy lubi zespół „Pod budą". Wystarczyło przecież, że poruszyłaby dowolną częścią ciała lub nawet jęknęła. Trwał w bezruchu licząc na jakąkolwiek reakcje. Postanowił odczekać jeszcze moment, zanim podejdzie bliżej.

Już miał zrobić pierwszy krok, gdy usłyszał jakiś dźwięk za plecami. Instynkt nakazywał natychmiast obrócić głowę i sprawdzić o co chodzi. Posłuchał go, ale zanim jego ciało odpowiednio zareagowało, coś ciężkiego władowało mu się z impetem na plecy. W całym ferworze, jaki zapanował nie potrafił stwierdzić, czy bardziej zaskoczył go fakt, że coś lub ktoś zwaliło się na niego, czy to, że zaczyna się dusić. Po sekundzie zrozumiał, iż czyjeś silne ramię owinęło mu się wokół szyi i że próbuje mu ograniczyć dopływ powietrza. Na szczęście nie upadł. Gdyby tak się stało, to przy młodym, wysportowanym napastniku zostałoby mu tylko modlić się o jakąś pomoc z zewnątrz. Wykonywał nieskoordynowane ruchy, które przypominały taniec zgiętego wpół pijaka. Czuł, że słabnie, a ramię ani na moment nie traciło nic ze swej siły. Napastnik ciężko dyszał, a on mu zazdrościł tego komfortu, gdyż kleszcze, jakie utworzył swoim ramieniem skutecznie uniemożliwiały oddychanie.

Olśnienie przyszło w momencie, kiedy już zwątpił, że wyjdzie z tego cało. Przypomniał sobie lekcje samoobrony sprzed lat, gdy był jeszcze policjantem. Co jakiś czas mieli zajęcia z wychowania fizycznego, które przeplatały się z instruktarzem walki wręcz w konkretnych przypadkach. Wtedy to właśnie wysoka, krótko ostrzyżona szatynka pokazała im kilka sztuczek, które miały pomóc w takich sytuacjach. Każdy musiał zaliczyć wszystkie ćwiczenia, choć jego bardziej interesowały krągłe pośladki i spore piersi pani instruktor, niż same ćwiczenia. Teraz na szczęście przypomniał sobie jeden trik, a właściwie sposób na pozbycie się takiego jak ten napastnika. Nadal kołysząc się, jak marynarz na rozhuśtanym falami okręcie, ustawił się plecami do ściany i z impetem ruszył do tyłu. Gdy tylko uderzył w pionową płaszczyznę, usłyszał jęk, a chwilę później poczuł, że ucisk mocno zelżał. Teraz wykonał kolejny zapamiętany ruch. Pochylił głowę do przodu i cofnął ją błyskawicznie, z całych sił wyprowadzając cios do tyłu. Jego głowa uderzyła w coś twardego, a obce ramię całkowicie odskoczyło, jak za sprawą jakiejś sprężyny.

Odwrócił się ciężko dysząc, z trudem łapiąc powietrze. Na podłodze, oparty plecami o ścianę siedział mężczyzna. Oczy miał zamknięte, a głowę przechyloną na bok. Z nosa ciekła mu strużka krwi, zalewając usta i brodę. Bakan nie miał teraz głowy, żeby zająć się człowiekiem, który go zaatakował. Nawet nie pomyślał, że to jest zapewne właściciel taksówki. Odwrócił się na powrót w stronę kobiety i ruszył chwiejnym krokiem w jej kierunku. Gdy tylko uczynił pierwszy krok jego ciało przypomniało mu o rannej stopie. Bolało jak diabli, a w bucie poczuł wilgoć, widocznie rana się otworzyła, gdy „tańczył" ze swoim partnerem. W momencie, gdy jego usta wykrzywił uśmiech na to zabawne skojarzenie usłyszał za plecami ruch. Szybko obrócił się po raz wtóry, ale jedyne co ujrzał to zarys sylwetki znikającej za drzwiami. Ruszył w pościg, ale ostry ból skutecznie temu zapobiegł. Usłyszał cichnące odgłosy kroków, a po kilku sekundach wszystko ucichło. Nasłuchiwał jeszcze przez chwilę, ale nic więcej już nie usłyszał.

- Kurwa! – Skwitował całą sytuację na swój sposób. Na nic lepszego nie było go w tym momencie stać. Jednak to jedno krótkie, lapidarne wręcz przekleństwo sprawiło, że poczuł się lepiej. Oczywiście nie fizycznie. Nadal ciężko oddychał i bolały go plecy, a w oczach widział błyskające ogniki, ale po prostu odczuł ulgę. Ponownie zaklął, ale teraz już w myślach, gdy przypomniał sobie o pojemniczku z gazem, który przecież zabrał właśnie po to, aby bronić się przed podobnymi sytuacjami.

Raz jeszcze zwrócił się w stronę kobiety. W jej przypadku nic się nie zmieniło, nadal tkwiła tak jak ją tu zastał i nadal nie dawała oznak życia. Facet na pewno nie był kochankiem tej kobiety, a więc w grę wchodziło tylko jedno wytłumaczenie. Miał przed sobą, niemalże na wyciągnięcie ręki osobę, która została porwana. Powolnym krokiem – uważając na ranę – podszedł do kobiety. Im bliżej się znajdował tym mocniej czuł jej zapach. Śmierdziała potwornie, ale jakoś się przemógł. Po tym, co tu zobaczył, rozumiał, że to nie jej wina.

- Proszę panią – szepnął, a potem chrząknął znacząco, próbując w ten sposób przykuć jej uwagę. Po chwili już głośno dodał: – Słyszy mnie pani? Jestem tu po to, aby pani pomóc. Halo?

Przełknął głośno ślinę i głębiej odetchnął. Niby wiedział, co należało zrobić, ale coś go powstrzymywało. Czy była to zwykła trema związana z niecodziennością sytuacji, czy strach? tego nie wiedział. Przez jego ciało przebiegł dreszcz niczym u kogoś, kto nagle musi zwalczyć zimno przenikające przez skórę. Pochylił się w stronę kobiety i podniósł rękę w górę. Teraz dopiero zauważył, jak mocno drży mu kończyna. Zerknął na drugą i przekonał się, że i z tą jest tak samo.

Skupił się na tym co zamierzał zrobić. Wysunął dłoń w stronę głowy kobiety i palcami odsunął jej włosy na bok. Były miękkie i delikatne, a to znamionowało, że dbała o siebie i przywiązywała duże znaczenie do swojego wyglądu. Natychmiast opadły z powrotem na poprzednie miejsce, jak rozchylona kurtyna w teatrze. Ponowił gest, ale tym razem założył fale włosów za jej ucho. Natychmiast rzuciło mu się w oczy coś czerwonego na dolnej części małżowiny. To była rana szarpana, jak gdyby ktoś zerwał tej kobiecie kolczyk.

Kilka sekund później to samo zrobił z włosami zasłaniającymi drugą połowę twarzy i podobnie jak poprzednio założył je za ucho. Drugie ucho również było zranione, a to znaczyło, że zrobiono to celowo. To musiała być celowa tortura, jakiś rodzaj zemsty, czy też kary. Czym by to nie było, to jednak znamionowało działania szaleńca i psychopaty. Bakan ponownie zaklął w myślach. Wychodziło na to, że przed kilkoma minutami wypuścił tego dewianta na wolność.

Postanowił, że tym dylematem zajmie się później. Teraz musiał zająć się tą nieszczęsną istotą, bez względu na to czy tliło się jeszcze w niej życie, czy nie. Skupił uwagę na twarzy kobiety. Była bardzo brudna, jak gdyby celowo umorusana czymś, co przypominało resztki jedzenia. Na tym etapie nie potrafił określić, czy to jest Dorota Palicka. Na zdjęciu, które dostał widniała piękna, uśmiechnięta i co nie bez znaczenia, profesjonalnie umalowana młoda kobieta, a obraz który miał w tej chwili przed sobą, to było przeciwieństwo kobiecości, jej karykatura i zniekształcona forma.

Gdy tak lustrował szczegóły jej twarzy w oczy rzucił mu się jeden szczegół. Jej lewy policzek był umorusany czymś ciemniejszym, niż pozostałe fragmenty twarzy. To była krew. Postanowił palcami sprawdzić, czy ma rację. Gdy dotknął tego miejsca kobieta poruszyła gwałtownie głową i syknęła z bólu. W miejscu, gdzie jego palce zetknęły się z jej skórą pojawił się nieco inny odcień czerwieni, jak gdyby barwa nabierała życia. Chwilę później pojawiła się krew w płynnej postaci. Swoim dotykiem sprawił, że zaschnięta skorupa puściła i wypuściła z niewidocznej rany purpurową ciecz. Im bardziej się wpatrywał, tym więcej dostrzegał. Kobieta miała ranę ciętą na policzku. Nie był w stanie określić, jak była długa i głęboka. Nie miał zresztą czasu na głębsze analizy, gdyż kobieta otworzyła oczy. Spojrzała nieprzytomnym wzrokiem, jak gdyby poprzez niego i cicho załkała.

- Uwolnię panią, tylko muszę coś znaleźć, rozumie pani?

Spojrzał na ręce kobiety skrępowane ponad jej głową i przekonał się, że trudniej to będzie zrobić niż pierwotnie uważał. Kobieta miała na rękach kajdanki (na nogach zresztą też), a on nie miał przy sobie żadnych narzędzi. O ile dobrze pamiętał w samochodzie, w bagażniku powinien mieć kombinerki, ale było małe prawdopodobieństwo, że czymś takim przetnie łańcuch.

- Proszę pani. Proszę pani. – Powtórzył, gdy zobaczył, że kobieta ponownie zamknęła oczy. – Ma pani kluczyki od tych kajdanek? Albo wie pani, gdzie one są?

- On – wyszeptała z zamkniętymi oczami. – On je...

- Cholera. – Odetchnął głęboko i zacisnął zęby.

- On – powtórzyła, a Bakan jedynie mógł się domyślać, o co tym razem jej chodziło.

- Proszę pani. – Pochylił się w jej stronę. – Zostawię panią na moment i znajdę coś, żeby panią uwolnić. Tak? Tak zrobimy?

Pokiwała głową na znak, że się zgadza. Opuściła głowę, ale zaraz ją podniosła gwałtownie, jakby sobie coś przypomniała. Otworzyła szeroko oczy i zaraz je zamknęła. Chwilę później głowa ponownie opadła w dół i tak znieruchomiała.

Bakan rozejrzał się na boki w poszukiwaniu czegokolwiek, co ułatwiłoby mu zadanie, a gdy nie dostrzegł niczego takiego odwrócił się i kulejąc wyszedł z pomieszczenia. Idąc sięgnął do kieszeni i wyciągnął zbiorniczek z gazem. Tak uzbrojoną rękę wyciągnął przed siebie i bardzo powoli rozpoczął obchód pomieszczeń.

Obchód na szczęście nie trwał długo. Już w pierwszym pomieszczeniu – które wyglądało jak jakiś składzik na rupiecie – znalazł młotek i kombinerki. Kiedy zamierzał powrócić z tym zestawem narzędzi na podłodze dostrzegł coś jeszcze. To była piłka do metalu. Odrzucił narzędzia, które przed chwilą trafiły do jego rąk i natychmiast schylił się po kolejne. Szybko ocenił stan brzeszczotu i z satysfakcją stwierdził, że jest w idealnym stanie. Nie zastanawiając się wrócił do pomieszczenia, gdzie przebywała kobieta. Przecięcie łańcucha od kajdanek okazało się banalnie proste. Najpierw zaczął od dolnych wiążących nogi, a później rozprawił się z tymi u góry. Gdy tylko to zrobił kobieta natychmiast bezwładnie osunęła mu się niemalże w ramiona. Na całe szczęście trzymały ją jeszcze dwa pasy, których przezornie nie ruszył. Jej ciało było bezwładne i gdyby nie to, że cicho jęczała, to ponownie zwątpiłby, czy żyje. Na rękach i nogach miała teraz obręcze kajdanek, które na razie musiał pozostawić. Po chwili uporał się z pasami i wziął kobietę na ręce. Cuchnęła niemiłosiernie, ale stwierdził, iż musi wytrzymać. Wyszedł z nią na zewnątrz, szukając jakiegoś pomieszczenia, gdzie mógłby ją w miarę wygodnie położyć. Po przebyciu kilku kroków poczuł, że opada z sił. Kobieta zapewne nie ważyła dużo, ale to wystarczyło, aby pozbawić jego zapuszczone i zaniedbane ciało energii. Ciężko dysząc, przykucnął i delikatnie ułożył ją na podłodze. Dopiero, gdy ją ułożył na boku zdał sobie sprawę z faktu, że niósł na rękach nagą kobietę. Jak mógł zapomnieć poszukać jakiegokolwiek okrycia.

- Jestem debilem! – warknął do siebie, a chwilę później już spokojniejszym tonem zwrócił się do kobiety: – Zostawię tu panią na sekundkę. Muszę czegoś poszukać. Sekundę, proszę pani, sekundę. – Wyprostował się, odwrócił i skierował ku najbliższej wnęce.

W pierwszym pomieszczeniu, do którego trafił stało biurko z krzesłem na kółkach i pojedyncza dwudrzwiowa szafa – nic więcej. Ponieważ nie o to mu chodziło spędził tu zaledwie kilka sekund. Kolejne, do którego podszedł okazało się być strzałem w dziesiątkę. Jeszcze, zanim nadusił na włącznik od świateł dostrzegł zarysy łóżka. Zaraz, gdy tylko światło rozświetliło półmrok wszedł do środka. Łóżko było niewątpliwie stare, o czym świadczył sam fakt, że było metalowe. Błyskawicznie uznał, że dziś takich się nie robi. Na szczęście było zaścielone. Pościel wyglądała na w miarę czystą, ale była pomięta, co oznaczało, że ktoś z łóżka korzystał. Nie trzeba było być Sherlockiem Holmesem, aby domyślić się, że na pewno nie była tym kimś ta nieszczęsna istota, którą przed momentem uwolnił. W jednej chwili zapomniał o okryciu, którego szukał. Szybko poprawił poduszkę oraz kołdrę i wrócił po kobietę.

Gdy tylko wyszedł na korytarz doznał wstrząsu. Miejsce, gdzie przed momentem ją ułożył było puste, jak gdyby nigdy jej tam nie było. Ta, która wyglądała jak wrak człowieka, zniknęła. Najpierw pojawiła się myśl, że odeszła, a chwilę później, że została zabrana przez człowieka, któremu sprawił manto w chaotycznej bójce. Bakan spanikował. Pomacał w kieszeniach w poszukiwaniu pojemniku na gaz, ale okazało się, że on również zniknął. Gdzieś go zapewne odłożył, a w którym miejscu nie miało teraz większego znaczenia, gdyż i tak nie miał czasu, aby go szukać. Stanął na środku holu i rozejrzał się bezradnie. Bardziej szukał jakiegoś bodźca dokąd powinien się teraz udać niż wskazówki.

- Gdzie ona jest, do cholery?!

Powiedział to w jego mniemaniu zbyt głośno i natychmiast przestraszył się, że popełnił ten sposób błąd, co wcześniej. Jeżeli ten człowiek nadal przebywał w tym budynku, to mógł się tym razem lepiej przygotować do kolejnego ataku. Znał zapewne to miejsce jak własną kieszeń, a on błądził po omacku. Cofnął się do pomieszczenia, gdzie stało łóżko i szybko zlustrował wnętrze. Szukał czegokolwiek, co mógłby wykorzystać jako broń, jednak niejako przy okazji dostrzegł szczegóły wyposażenia. Po lewej stronie na ścianie był zlew z kranem, a nad nimi wisiało lustro z półeczką, na której stało kilka szklanek. W samym rogu dostrzegł stojak na ubrania, a obok niego na parasole. Nieopodal stał kredens z pojedynczą szufladą. Po przeciwnej stronie pokoju ujrzał stół i dwa krzesła, a pół metra dalej niewielką lodówkę. Nie miał czasu przyglądać się wszystkiemu. Już miał odwrócić się i wyjść, gdy kątem oka dostrzegł leżący na górze lodówki, srebrny nóż. Uśmiechnął się, bo to już było coś. Podszedł, chwycił prawą dłonią typowy nóż stołowy. Obok leżało kilka spinaczy biurowych. Złapał je drugą ręką i wyszedł na zewnątrz. Ponownie poczuł piekący ból w stopie, ale nie zwrócił już na to większej uwagi. Jedynie mięśnie na twarzy lekko się ściągnęły i to było wszystko.

Korytarz nadal wyglądał tak, jak go przed chwilą pozostawił. Teraz musiał podjąć decyzję, co robić dalej? Powinien rozpocząć systematyczne przeszukiwania, czy raczej zdać się na los, a właściwie instynkt. Po chwili zastanowienia uznał, że to ostatnie będzie najodpowiedniejszym wyborem. Nie myśląc więcej udał się do pomieszczenia, gdzie wszystko się zaczęło. Gdy stanął w drzwiach ponownie został zaszokowany. Kobieta, którą przecież uwolnił z więzów powróciła na swoje miejsce. Nie była jednak przykuta, a jedynie stała chwiejąc się, jak gdyby czekała, aż ktoś łaskawie z powrotem ograniczy jej swobodę.

- Co pani robi, na Boga? – rzucił przestraszony i szybko schował nóż do tylnej kieszeni spodni.

- On, on wróci – wybełkotała, nie patrząc na niego. – Lepiej, żeby nie widział, że próbowałam uciekać. Lepiej nie.

Bakan rzucił się niemalże w jej stronę. O nodze już nie myślał. Musiał tylko jak najprędzej przebyć ten niezbyt długi dystans i ponownie wziąć w ramiona tę kobietę. Coś mu podpowiedziało, że sama tu dotarła bez niczyjego przymusu, czy też zachęty. Dlaczego to zrobiła? to był temat na później. Ponownie zapomniał o jej nagości. Widział tylko człowieka, któremu należy pomóc. Prawym ramieniem objął ją w talii, a lewą ręką chwycił jej prawą dłoń, jak gdyby to był początek tańca.

- Aaaaa, boli!!! – zawyła z bólu tak głośno, że aż się przestraszył i cofnął rękę. Jej dłoń opadła bezwładnie i zawisła wzdłuż tułowia.

- Przepraszam – wyszeptał odruchowo i niczym niedoświadczony adorator złapał delikatnie jej nadgarstek i powoli podniósł do góry. Gdy przyjrzał się uważniej jej ręce dostrzegł, że środkowy palec jest nienaturalnie wygięty do tyłu. – Skurwiel! – skomentował, bo to było oczywiste, że ona sama sobie tego nie zrobiła. Ułożył ją na podłodze, bo przypomniał sobie o spinaczach, które włożył do kieszeni. Wyjął je i z jednego zrobił coś, co wyglądało jak literka „L". Kiedyś jeden kolega pokazał mu jak otworzyć kajdanki bez kluczyka. Raz, dwa uporał się z zadaniem i odrzucił na bok niepotrzebny już wytrych. Gdyby znalazł te spinacze wcześniej, to nie musiałby męczyć się z piłą.

Ponownie wziął ją na ręce, jak zrobił za pierwszym razem, gdy zamierzał ją stąd wynieść w bezpieczne miejsce. To czy porywacz nadal jest gdzieś blisko i tylko czeka na okazję, żeby zaatakować straciło na znaczeniu. Musiał zaryzykować i dostarczyć ją do łóżka. Wtedy chwilę odpocznie i pomyśli, co dalej. Ruszył chwiejnym krokiem, powoli stawiając stopy. Zadyszka złapała go wcześniej niż przewidywał, ale tym razem ułomną fizyczność, zwyciężyła determinacja. Doniósł ją szczęśliwie, ułożył najdelikatniej jak tylko potrafił – szczególnie uważając na złamany palec – i przykrył starannie kołdrą. Usiadł ciężko dysząc na krawędzi łóżka i zamknął oczy. Pomyślał o piwie, schłodzonym, wręcz zimnym, prosto z puszki albo butelki. Ileż by dał za możliwość napicia się piwa. Po tym wyznaniu jego wzrok niemalże samoistnie powędrował w miejsce, gdzie jak zapamiętał stała lodówka.

A cóż, jeśli w tej lodówce jest piwo albo jakikolwiek inny alkohol? pomyślał życzeniowo. Nie zastanawiając się więcej wstał i poszedł w tamtym kierunku. Z bijącym sercem, jak gdyby rozbrajał bombę otworzył lodówkę i spojrzał do środka. Pierwsze co zobaczył to czteropak piwa. Reszty już nie musiał przeglądać. Wypuścił z ulgą powietrze i wyjął z foli jedną z puszek. Krótkie i niestety zbyt głośne psst rozeszło się echem i oznajmiło wszystkim, którzy ewentualnie mogli znajdować się w budynku, że zaraz rozpocznie degustację. W kilkanaście sekund wypił zawartość i cicho beknął. Postawił pustą puszkę na górze lodówki. Teraz mógł wrócić na łóżko i pomyśleć co dalej.

Kobieta spała niespokojnie, co chwilę poruszała głową na boki i szeptała coś niezrozumiale. Usiadł najdelikatniej, jak tylko potrafił, aby jej nie zbudzić. Patrzył na jej brudną twarz i z czasem dostrzegał coraz więcej szczegółów, które do tej pory umknęły jego uwadze. Jej potargane i rozrzucone w nieładzie włosy przesłaniały część twarzy. Kolor się zgadzał z rysopisem, ale w tym kraju żyły pewnie setki tysięcy długowłosych blondynek. Poodgarniał jej włosy i przeciągnął za uszy. Zobaczył czerwone rany w miejscach po kolczykach, a na twarzy spod brudu przebijały siniaki. Była jeszcze ta szrama na policzku, ale nic z tych rzeczy nie potwierdzało tożsamości kobiety. Gdy tak na nią patrzył skupiając się na dolnych elementach twarzy nie od razu zauważył, że kobieta ma teraz otwarte oczy i patrzy na niego.

- Ty... ty mnie... – wyszeptała, nie odrywając od niego wzroku.

- Już teraz wszystko będzie dobrze – zaserwował wyświechtany tekst i uśmiechnął półgębkiem. – Uwolniłem panią i stąd zabiorę. Niech mi pani tylko powie jak się nazywa.

- Gdzie on jest? – zapytała i oderwała od niego spojrzenie, aby zlustrować pomieszczenie, w którym przebywali. Jej oczy zaliczyły kilka ruchów kolistych i ponownie zwróciły się na niego.

- Nie wiem. Chyba uciekł? – Chciał, aby to zabrzmiało spokojnie, a jednocześnie bardzo pewnie, ale chyba nie osiągnął zamierzonego celu, gdyż kobieta zadała kolejne pytanie.

- Na pewno uciekł?

- Czy pani jest Dorotą Palicką? – Tym razem odpowiedział pytaniem.

Popatrzyła na niego, jak gdyby nie rozumiała o czym mówi.

- Ja niby jestem Dorota Palicka? – Jej głos trącił teraz niemalże z trudem tłumionym szaleństwem. – A jaka to różnica, kim jestem?

- Muszę to wiedzieć, zanim zadzwonię do pana Kosmy. To on mnie wynajął.

- Chcę spać – niemalże wysylabizowała i zamknęła oczy. Po chwili z jej ust wydobył się charakterystyczny świst wypuszczanego powietrza. Kilka sekund później delikatnie ziewnęła.

Bakan nie spuszczał z niej wzroku. Gdy tylko otworzyła usta zauważył, że brakuje jej obu górnych trójek. Dziąsła były jeszcze obrzmiałe i czerwone, a to świadczyło, że całkiem niedawno pozbyła się zębów. Resztę uzębienia miała w idealnym stanie, a więc ktoś zranił ją dodatkowo w ten sposób.

- Ja pier... – zamierzał zakląć głośno, ale w porę się opamiętał. To by było nie fer, gdyby swoim zachowaniem obudził kobietę. Tak dużo przeszła, przez ten czas, gdy tu była

No właśnie – myślał. – Od jak dawna ona tu jest? Od momentu, gdy rozstała się z Kosmą, czy może trafiła tutaj dosłownie przed chwilą? Stan jej ciała i wyczerpanie świadczyły raczej, że jest tu od samego początku. Skoro ten facet ją uprowadził, to dlaczego jeszcze ją torturował i do tego poniżał rozbierając do naga? Kobieta śmierdziała potem, wymiocinami i fekaliami. Do tego te rany. Rozerwał jej uszy, powyrywał zęby, poranił twarz i Bóg wie co jeszcze? Może w dodatku zgwałcił? Jezu słodki, przez co ona przeszła?

W wezgłowiu łóżka, pod ścianą dopiero teraz dostrzegł krzesło. Aż dziw, że go wcześniej nie zauważył. Postanowił tam usiąść. Wstał delikatnie i już zamierzał się przesiąść, ale spojrzał w stronę lodówki i zobaczył pustą puszkę w miejscu, gdzie ją zostawił. Pragnienie wypicia kolejnego piwa okazało się tak silne, że nawet nie próbował z nim walczyć. Chwilę później kolejny charakterystyczny dźwięk oznajmił, że zaraz zabierze się za kolejne. Usiadł na krześle i tym razem pił powoli, delektując się smakiem. Nadal tak naprawdę nie był do końca pewny kogo uratował? Wyszedł z założenia, że to Palicka, bo tak było łatwiej. Kobieta nie potwierdziła, ale i nie zaprzeczyła, że jest tą, której szukał.

- No tak... – wyszeptał i szeroko ziewnął. Wypity trunek sprawił, że zachciało mu się spać. Nie mógł sobie teraz pozwolić na sen. Czuł się odpowiedzialny za tę kobietę, a przy tym nie miał bladego pojęcia co się stało z tamtym skurwysynem.

- Tatuaż! – powiedział to zbyt głośno i odruchowo zasłonił usta dłonią, jakby obawiał się, że zaraz znowu coś odstawi. Spojrzał lękliwie na śpiącą, ale na szczęście spała głębokim snem, nadal mamrocząc coś niezrozumiale.

Wstał z krzesła i powolnym krokiem wyszedł z pomieszczenia. Stanął zaraz obok wejścia i oparł plecami o ścianę. Podniósł puszkę do ust i tym razem opróżnił ją w pośpiechu. Rozejrzał się nerwowo na boki i dopiero, gdy upewnił się, że jest sam, zjechał plecami po ścianie i usiadł. Po omacku odstawił puszkę na podłogę.

- To gdzie ona miała mieć ten tatuaż? Co to miało być? Chyba jakiś kwiatek? Tak kwiat, czerwona róża, na lewym nadgarstku! To świetnie, że sobie przypomniałem! To świetnie!

Podniósł się z podłogi i wrócił do pokoju. Delikatnie odchylił kołdrę i pochylił nad śpiącą. Triumfalny uśmiech zagościł na jego twarzy, gdy przekonał się, że niewielki tatuaż jest dokładnie tam, gdzie się go spodziewał i że przedstawia właśnie to, co opisał mu kochanek Palickiej. Raz jeszcze doszedł do wniosku, że nie jest zbyt bystrym obserwatorem. Przecież przy zdejmowaniu kajdanek powinien zauważyć to zdobienie. Westchnął z ulgą i stwierdził, że to jest dobry moment, żeby zadzwonić do Kosmy. Gdy odwracał głowę zwrócił jeszcze uwagę na zadrapania oraz sińce na nadgarstku, poniżej tatuażu. Kolejny element w układance, która nosiła nazwę: Przez co przeszła Palicka?

# *23.*

- Co ja tutaj robię? – Kosma ocknął się, siedząc ze spuszczonymi spodniami na sedesie. Chwilę trwało nim wreszcie uznał, że musiał zasnąć, choć nie rozumiał, dlaczego akurat tu. Nigdy wcześniej nie przydarzyło mu się nic takiego. Poświęcił jeszcze kilka chwil na analizę, czy to na pewno jest jego łazienka. Potwierdzenie, że jest u siebie w domu sprawiło, że poczuł się nieco lepiej.

- Piwo? – zapytał zaskoczony, gdy ujrzał obok swojej nogi puszkę po piwie. Sięgnął po nią i zniesmaczony – gdyż była pusta – odstawił pod ścianę. Podniósł się nieporadnie i ubrał. Zaraz obok był zlew. Ziewnął potężnie i odkręcił kurek z zimną wodą. Ochlapał twarz i niemalże wtarł ciecz w gałki oczne. W niczym to nie pomogło. Namacał ręcznik i obtarł pobieżnie twarz. Zanim się odwrócił, spojrzał na swoje odbicie w lustrze.

- Chryste... – jęknął. To jedno słowo najlepiej określało, co zobaczył. Kilkudniowy zarost, podkrążone, otoczone czerwoną obwódką oczy i zmęczony (przepity) wyraz twarzy, mówiły za wszystko.

- Dosyć tego dobrego. Muszę się za siebie wziąć – wyszeptał do swojego odbicia. – Tak właśnie. Zrobię sobie kąpiel, ogolę się i zjem coś przyzwoitego i pożywnego. Zaczniemy od kąpieli. Gorąca woda zdrowia doda – przekręcił nieco przysłowie i pochylił nad wanną, aby odkręcić kurek.

Pół godziny później Julian Kosma nie wyglądał może wspaniale, ale na pewno dużo lepiej. Nie ogolił się, gdyż uznał, że kilkudniowy zarost mu się podoba. Był za to wymyty i wypachniony, więc teraz potrzebował coś zjeść. Niestety lodówka świeciła pustką, dlatego poszedł na skróty i zrobił sobie jajecznicę. Jajka, to był jedyny produkt, którego zawsze miał pod dostatkiem. Napchał się pięcioma jajkami i poczuł pilną potrzebę, aby coś wypić. Szybko odrzucił ten pomysł, bo w głowie nadal miał solenne przyrzeczenie, że musi odpocząć od wódki.

- Ale piwo to nie wódka – stwierdził oczywisty fakt i uśmiechnął szelmowsko. – Nie, tak nie można. Przyrzeczenie to przyrzeczenie.

Wyszedł z kuchni i skierował kroki do salonu. Postanowił, że usiądzie w swoim ulubionym fotelu i obejrzy coś w telewizji. Rozsiadł się wygodnie. Ledwo złapał za pilota, gdy niespodziewanie odezwał się dzwonek telefonu. Choć już pewnie tysiące razy go słyszał, to jednak podskoczył zaskoczony. Odłożył pilota i zastąpił go telefonem. Z ciekawością zerknął na wyświetlacz. To dzwonił Bakan. Zanim zdążył nacisnąć na ikonkę z zieloną słuchawką, połączenie zostało zakończone. Wszedł w menu i stwierdził, że z tego numeru ma kilka nieodebranych połączeń. Zażenowany tym faktem uznał, że koniecznie powinien oddzwonić.

Zanim podjął działanie poczuł duszności, a chwilę później silny ból w klatce piersiowej. To zawał! pomyślał. Ból nie ustawał, a on czuł się coraz gorzej. Wprawdzie nie rozumiał, co się dzieje, bo przecież zawsze dbał o zdrowie i takie coś spotkało go po raz pierwszy w życiu. Przez głowę przemknęła myśl, że z tym pierwszym razem to już raz przerabiał wcześniej. Położył dłoń na wysokości serca i zamknął oczy. Na jego twarzy pojawił się grymas bólu. Potrzebował pomocy i to pilnie, a przecież był sam. Chciał, aby już przestało boleć, bo wiedział, że im dłużej przechodzi męki, tym jego stan jest gorszy. Perspektywa śmierci pojawiła się nagle i była bodźcem do działania. Otworzył oczy i spojrzał na aparat telefoniczny, który nadal trzymał w zaciśniętej dłoni.

- Pomoc! – wyszeptał drżącym głosem. – Natychmiast potrzebuję pomocy. Czy ja umieram? Sto dwanaście, tak sto dwanaście! Muszę zadzwonić.

Trzy minuty później odkładał telefon. Wezwanie zostało przyjęte. Zaraz ktoś przyjedzie i udzieli pomocy. Poczuł dziwną ulgę, choć jego stan nadal był fatalny. Ponownie zamknął oczy i spróbował uspokoić oddech. Z początku nie potrafił sobie poradzić z tak banalną rzeczą, jednak po kilku minutach jego stan zaczął się poprawiać. Ból nieco zelżał, a oddech unormował się. To wszystko sprawiło, że zaczął myśleć logiczniej. Usłyszał za oknem wycie syreny. Nigdy nie rozróżniał czym się różniły sygnały radiowozu od sygnałów ambulansu, czy choćby samochodu straży pożarnej. W tym jednak przypadku doszedł do wniosku, że to musi być zespół ratowniczy, który przed momentem zawezwał. Musiał tylko wstać i dotrzeć do drzwi, aby otworzyć. Bez tego nie dostaliby się do środka. Wstał i wolnym krokiem poczłapał do wejścia. Otworzył drzwi i wrócił do salonu. Tym razem jednak nie usiadł w fotelu. Wybrał sofę, na której mógł się położyć wygodnie.

- Halo! – Kobiecy głos dobiegł z sąsiedniego pomieszczenia. – Tu zespół ratowniczy. Przyjechaliśmy na wezwanie.

- Tu, tu! – zawołał. – Jestem w salonie.

Teraz już czuł się dużo lepiej. Tak naprawdę to w tej chwili chciał się już tylko zdrzemnąć. Był zmęczony, jak gdyby nie spał od tygodnia. Nie mógł jednak spławić tych ludzi, bo istniało niebezpieczeństwo, że atak się powtórzy. Zobaczył dwie sylwetki wchodzące do pomieszczenia, w którym przebywał. Przybysze zatrzymali się na moment, a chwilę później ruszyli w jego stronę.

- To ja was wzywałem. Czuję... Poczułem się naprawdę źle.

W momencie gdy skończył mówić, jego rozmazany nieco wzrok wyostrzył się i wreszcie mógł rozpoznać, z kim ma do czynienia.

- Co się stało, proszę pana? – Kobieta w pomarańczowym uniformie pochyliła się nad nim i patrzyła z troską, czekając przy tym na odpowiedź.

- Nie wiem – odpowiedział i przyjrzał się twarzy ratowniczki. Kobieta była piękna, chyba nawet przewyższała urodą Dorotę. Zauroczony jej widokiem zapomniał co miał jeszcze dopowiedzieć.

- Coś pana bolało? Stracił pan przytomność? Proszę opowiedzieć. Musimy z kolegą wiedzieć co panu dolega i ustalić, w jakim jest pan stanie.

Kosma po tych słowach nieco oprzytomniał i dopiero teraz zerknął na towarzyszącego kobiecie mężczyznę. Sekundowa obserwacja była zbyt krótka, aby dostrzec cokolwiek, oprócz obrysu sylwetki. Jego wzrok szybko powrócił do ratowniczki.

- To był chyba zawał albo jakiś... przed zawał? – Szybko opisał przez co przeszedł, zanim tu przyjechali. Na koniec nie wiadomo, dlaczego dodał: – Boże święty, jaka pani jest piękna.

- Dziękuję, a więc badanie wzroku możemy sobie odpuścić. – Kobieta uśmiechnęła się delikatnie, po czym spojrzała na swojego towarzysza. – Jurek zmierz panu ciśnienie.

- Oczywiście, szefowo. Niech pan odsłoni całe ramię. Najlepiej jak pan uwolni rękę z tego szlafroka. – Mężczyzna był rzeczowy i od razu zabrał się do roboty.

Kosma zrobił, jak mu nakazał i przez chwilę śledził jego ruchy. Szybko znudził się tym i ponownie spojrzał na kobietę. Była piękna, miała gładką cerę, kształtne usta i nos. Jej zielone oczy kontrastowały z prostymi i krótkimi, wręcz czarnymi włosami. Kombinezon maskował figurę, dlatego niewiele mógł w tej kwestii zaobserwować.

- Pan się nazywa Kosma, tak?

- Tak, tak. Julian Kosma, a pani jest aniołem.

- Nie, nie, drogi panie. Jeszcze nie jest pan w niebie. – Ratowniczka tym razem uśmiechnęła się uroczo. – Wszystko będzie dobrze. Zbadam panu serducho i...

- Już mi je pani zabrała. Moje serce należy do pani. – Kosma nie czuł już się źle. Teraz wręcz zakwitł.

- No cóż nie jest źle. – Mężczyzna skończył mierzyć ciśnienie. – Troszeczkę za wysokie, ale w normie.

- Zapisz to Jurek, a ja osłucham pana. Daj stetoskop.

Kosma wykonywał polecenia kobiety, nie odwracając przy tym wzroku od jej twarzy. Widział już wiele pięknych twarzy. W końcu był z Dorotą na niejednym pokazie. Ta kobieta wydawała mu się znajoma.

- Czy my się znamy? – zagadał, gdy skończyła.

- Panie Julianie... Najpierw przyjemności, później obowiązki. Pfu, co ja plotę! Odwrotnie. My teraz zrobimy co należy zrobić w takich przypadkach. A pan niech na razie słucha i odpowiada na pytania.

Nastąpiła seria pytań, na które starał się odpowiadać szczerze i rzeczowo. Trochę zbiła go z tropu, gdy zapytała, czy pije. W tym przypadku udzielił wymijającej odpowiedzi. Śliczna ratownicza zapytała, czy chce jechać na obserwację do szpitala, ale kategorycznie stwierdził, że nie pojedzie. To jednoznacznie ucięło dyskusję. Na koniec dostał zastrzyk z lekiem, którego nazwę szybko zapomniał.

- Jurek zanieś wszystko do wozu. Ja zaraz zejdę.

- Oczywiście. – Mężczyzna nie wyglądał na zadowolonego, ale nadrabiał miną. – Mam nadzieję, że coś za to dostanę.

- Kopa w tyłek albo buziaka. Idź już.

Mężczyzna skrzywił twarz w złośliwym uśmiechu, chwycił sprzęt, z którym tu przybyli i ruszył ku wyjściu.

- Cały czas mam wrażenie, że gdzieś się spotkaliśmy. – Kosma zagadał, zawiązując pasek u szlafroka. W tym co powiedział, nie było niczego naciąganego. Dziwił się tylko, że nie mógł sobie przypomnieć, gdzie? Taka uroda musiałaby mu zapaść w pamięci. Na swoje usprawiedliwienie miał tylko to, że w końcu ta kobieta nie była modelką.

- Jestem modelką. A właściwie byłam. – Wyjaśniła, jak gdyby telepatycznie wychwyciła jego myśli. – Znamy się z dwóch albo trzech pokazów. To było w Gdańsku, Koszalinie i chyba gdzieś jeszcze. Wtedy wydawało mi się, że jestem właściwą osobą, we właściwym miejscu.

- To, dlatego... – zagadał podniecony tym faktem. – Aaa, dlaczego pani już nie jest? Co się stało, że pani zrezygnowała?

- No cóż... Wystarczyło kilka kontaktów z pana narzeczoną, Dorotą Palicką.

- No, nie! – Zareagował impulsywnie.

- I wybiła mi z głowy branżę modową – dokończyła.

- Jak pani się nazywa?

- Jola Cierzniak, a dlaczego pan pyta?

- Może dałoby się to odkręcić? Mam w tej branży paru znajomych.

- Panie Julianie, ja już podjęłam decyzję i nie chcę tam wracać. Poznałam ten świat od podszewki i teraz wiem na pewno, że nie chcę tak żyć. Zrobiłam kurs na ratownika medycznego i teraz robię to, co robię.

- Ojejku. Ale ta robota... To naprawdę ciężka praca. Chce pani tak dalej ciągnąć?

- Mnie się podoba.

- No tak – powiedział zrezygnowanym tonem.

- Było mi cię żal, Julianie. – Kobieta wyznała poufale i spojrzała na niego, jak gdyby z żalem, czym zaskoczyła Kosmę.

- Mnie? A niby, dlaczego? – zapytał, choć doskonale wiedział, co za moment usłyszy.

- Wiem, że nie powinnam tak mówić o twojej... przepraszam pana narzeczonej.

- Ona już nie jest moją narzeczoną! – wypalił bez zastanowienia. Nawet nie wychwycił, kiedy podjął tę decyzję. Wcześniej przecież nie wyobrażał sobie życia bez Doroty, a teraz taka odmiana. Czyżby ten anioł, w którego towarzystwie teraz przebywał, sprawił, że wreszcie przejrzał na oczy?

- Ludzie sporo mówili o was i zawsze źle o Palickiej. Niech mi pan wierzy, że określenie Franca było najłagodniejszą formą. O panu słyszałam tylko dobre opinie. Nie chciało mi się wierzyć, że ktoś może być, aż tak zepsuty, dopóki nie poznałam jej osobiście.

Z zewnątrz dobiegł dźwięk klaksonu samochodowego. Kobieta podniosła się i wyprostowała. To samo zrobił Kosma. Oboje jak na komendę spojrzeli w stronę okna.

- Mój kolega się niecierpliwi. – Popatrzyła na niego i uśmiechnęła się melancholijnie. Muszę iść. Pewnie jest nowe wezwanie. U nas zawsze coś się dzieje.

- Ma pani chłopaka? – palnął i chyba oblał się purpurą, jak jakiś szczeniak, bo poczuł wypieki na twarzy.

- Nie mam – odpowiedziała spokojnie, wręcz statecznie. – Nikt mnie nie chce – dodała i ruszyła w kierunku drzwi.

- Umówi się pani ze mną? – zapytał w pośpiechu, gdyż wiedział, że czas nie gra na jego korzyść.

- Może tak, a może nie – odparła przewrotnie i tajemniczo.

- To nie jest odpowiedź – stwierdził i zaczął iść za nią.

- Wiem o tym, wiem.

- Skontaktujemy się jakoś? Może zdzwonimy?

Zatrzymała się, ale nadal widział tylko jej plecy. Sięgnęła do kieszeni spodni i przez moment w niej grzebała.

- Proszę, byłbym najszczęśliwszym z ludzi. – Jakkolwiek kretyńsko to zabrzmiało, to jednak doskonale oddawało, co teraz czuł. – Pani sprawiła, że uwierzyłem w miłość od pierwszego wejrzenia.

Kobieta odwróciła się i wysunęła zamkniętą, lewą dłoń w jego stronę. Nic nie powiedziała, tylko spojrzała na niego niezwykle poważnie. Nie zastanawiając się podszedł bliżej i wysunął otwartą rękę licząc, że coś za moment dostanie. Zobaczył, jak na jego dłoni ląduje niewielki, prostokątny kartonik. To była wizytówka, a tam na pewno jest numer telefonu. A więc udało się, pomyślał.

- Niech pan na siebie uważa, panie Julianie. Do widzenia, zdrowia życzę. – Odwróciła się na pięcie i szybkim krokiem wyszła z salonu.

Kosma rzucił okiem na wizytówkę. Miał rację, obok imienia i nazwiska był tam rząd cyferek. Zadzwoni jeszcze dzisiaj, ale oczywiście trochę odczeka. Właśnie skojarzył, że nie wie, do której ta kobieta pracuje. – O której mogę zadzwonić? – krzyknął za odchodzącą. Chwilę wsłuchiwał się w odgłosy kroków na schodach i nawet zwątpił, czy został usłyszany.

- Po osiemnastej – odpowiedź niemalże zlała się z odgłosem zamykanych drzwi.

- Boże, co za kobieta, co za kobieta? Istny anioł. Uff, chyba się zakochałem.

Serce zabiło żywiej, ale teraz już wiedział, że to nie zawał.

# *24.*

Cztery wypite piwa sprawiły, że Bakan zasnął na podłodze, oparty plecami o ścianę. Zbudziły go pomrukiwania i ciche szepty. Otworzył oczy i natychmiast zerknął na kobietę. Leżała na wznak, ale głowę miała zwróconą w jego stronę. Patrzyła na niego i chyba coś chciała mu powiedzieć, gdyż jej usta się poruszały, ale z tej odległości nie był w stanie zrozumieć, co mówi. Spojrzał na trzy puste puszki stojące obok niego i zrobiło mu się zwyczajnie wstyd. Jaki ja jestem głupi, skarcił się w myślach. Szybko się podniósł i stanął, zakrywając nogami dowody swojego uzależnienia.

- Jak się pani czuje? – zapytał podchodząc do leżącej. – Lepiej już?

Pokiwała przecząco głową, co niewiele mu powiedziało. Nadal był lekko otumaniony wypitymi piwami, a do tego chciało mu się sikać. Mógł oczywiście wyjść z pomieszczenia i oddać mocz w jakimś kącie, nic go to nie obchodziło, ale teraz, gdy Palicka się ocknęła, wydało mu się to niestosowne. Koniecznie musiał się załatwić, ale nie zlustrował jeszcze wszystkich pomieszczeń i nie wiedział, gdzie jest ubikacja.

- Pić. – Palicka wypowiedziała wreszcie coś co zrozumiał.

- Wody? – zapytał jak kretyn. Przecież nic innego nie mógł jej zaoferować.

- Chyba tak. W sumie to może być. – Poparła słowa skinieniem głowy.

Bakan obrócił się na pięcie i szybko rozejrzał po pomieszczeniu. Wiedział, że gdzieś widział szklanki, ale nie pamiętał już gdzie. Po kilkusekundowym błądzeniu wypatrzył naczynia nad zlewem i niezwłocznie, kulejąc ruszył w tamtą stronę. Po drodze zerknął na zegarek, który nosił na ręku. Oboje przespali ponad cztery godziny. Dla niej ten sen był zbawienny, a dla niego sposobem na otrzeźwienie. Chwilę później podawał już kobiecie naczynie z wodą. Wypiła łapczywie oblewając się przy tym, jak gdyby nie miała wprawy w tak banalnej czynności.

- Dziękuję. – Oddała mu puste naczynie i wierzchem dłoni wytarła usta i brodę. – Wiem, że to będzie bolało jak cholera, ale napiłabym się czegoś mocniejszego.

- Co ma niby zaboleć? – Nie do końca zrozumiał, chociaż pojął, że chodzi jej o alkohol. Ponownie zrobiło mu się wstyd, bo wypił to, czym mógłby ją teraz poczęstować. Poczuł się jak łakomy dorosły, który wyjadł dziecku jego ulubione słodycze, a kiedy wszystko się wydało, to nie wie jak się wytłumaczyć.

- Jestem słaba jak dziecko. Wie pan, że on wyrwał mi dwa zęby i to całkiem niedawno? Ten fiut zrobił mi to na żywca.

Bakan pokiwał przecząco głową, choć przecież widział, że brakuje jej zębów. Nie odezwał się, bo po prostu nie potrafił znaleźć odpowiednich słów, aby ją jakoś pocieszyć. Domyślił się, że tak nazywała tego gnoja, który się nad nią pastwił.

- Nadal boli, jak cholera, zwłaszcza jak oddycham ustami. Mam tam dwie otwarte rany i na pewno będzie szczypać, ale ja jestem odporna na ból, a poza tym wiem, że wódka postawiłaby mnie na nogi. Nie jestem alkoholiczką, ale czuję, że mam rację z tą wódą. – Z jej twarzy biła pewność siebie i determinacja, a on nie zamierzał się sprzeciwiać.

- Myśli pani, że on trzyma tu wódkę? – spytał rozglądając się wokół.

- Może w lodówce. – delikatnie kiwnęła głową wskazując na urządzenie. – Już raz mnie napoił, aż się porzygałam.

Bakan był raczej pewny, że nic tam nie znajdzie, ale mimo to podszedł do lodówki i delikatnie pociągnął za rączkę, jak gdyby obawiał się, że coś może z niej wyskoczyć. Odchylił drzwiczki i przykucnął. Palicka miała rację. Na jednej z półek, za małym talerzykiem, na którym były kawałki sera, leżała butelka wódki. Sięgnął po nią, a kiedy się prostował zauważył na drzwiach litrową butelkę Pepsi. Ją również złapał i nogą zamknął drzwiczki.

- Miała pani rację, jest – powiedział niemalże triumfująco, gdy tylko obrócił się w jej stronę. – Tylko, czy to na pewno dobry pomysł? Ledwo się pani trzyma na nogach? – Dodał z troską w głosie.

- To moja sprawa. Dziękuję za wybawienie, ale nie pozwolę, żeby ktoś mi mówił, co powinnam robić. To moje życie i mój świat. – Zrobiła mu krótkie kazanie i wyciągnęła rękę w jego stronę. Szybko pojął o co chodzi. Podszedł i przysunął krzesło bliżej łóżka. Postawił na siedzisku obie butelki i zauważył, że gdy Palicka wyciągała ku nim lewą rękę, to nieświadomie odsłoniła jedną pierś. Wpatrywał się w nią jak skończony idiota przez kilka sekund, dopóki nagłym ruchem nie zasłoniła tej części ciała kołdrą. – Kurwa, chłopie, widziałeś mnie gołą i nawet gołą mnie tu przyniosłeś, a teraz nie możesz oderwać oczu od mojego cycka?! Co z tobą?! – Naskoczyła na niego, ale jej gniew był uzasadniony. Rzeczywiście zrobił z siebie kretyna, więc należała mu się reprymenda.

- Prze... przepraszam – wyjąkał wyraźnie speszony. – Chce pani coś jeszcze?

- Tak. Znajdź mi jakieś ciuchy. Byle co, bylebym nie musiała paradować z gołym tyłkiem. No i nalej mi do szklanki, bo jedną ręką nie odkręcę butelki.

- Tak, oczywiście – odpowiedział szybko i zrobił jak kazała. Chwilę jeszcze postał, jak lokaj, który czeka na kolejne komendy od swojego pana. Uśmiechnął się zadowolony, kiedy zobaczył jak podnosi szklankę do ust. Przypomniał sobie co powiedziała o bólu. Nie chciał na to patrzeć, więc w pośpiechu wyszedł na korytarz. Po kilku krokach usłyszał przytłumione wycie.

Parcie na pęcherz zrobiło się trudne do wytrzymania. Postanowił, że poszuka łazienki, ulży sobie, a potem znajdzie jakieś ubranie dla kobiety albo chociażby jego namiastkę. Okazało się, że znalezienie łazienki było bardzo łatwe. Załatwił się i przy okazji przeszukał zakamarki w poszukiwaniu czegoś, co Palicka mogłaby na siebie założyć. Były tutaj dwie szafki. Jedna wąska, ale wysoka, niemalże na dwa metry, a druga sięgała mu raptem do bioder. W tej niższej były środki chemiczne oraz płyn do kąpieli, szampon i kilka mydeł. Z kolei w tej drugiej znalazł ręczniki kąpielowe i męski szlafrok. Pomyślał, że jeśli nie znajdzie czegoś lepszego to wróci po niego. Palicka nie powinna kaprysić. W końcu będzie musiała dotrzeć tylko do jego samochodu, a na dworze było w miarę ciepło. Gdy pomyślał o kierowaniu westchnął zrezygnowany i pokręcił głową. Jak ten skończony idiota wysączył niedawno cztery piwa, a za chwilę miał zamiar wsiąść za kółko. Musiał mieć w tej chwili ponad promil w wydychanym powietrzu, a to przy dzisiejszych przepisach ocierało się o kryminał. Może lepiej by było, gdyby wezwał taksówkę? Powinien koniecznie to przemyśleć.

Przysiadł na krawędzi wanny. Z jej wnętrza unosił się miły zapach jakiegoś środka do kąpieli, szamponu lub mydła, a może wszystkiego po trochu. Ktoś musiał się w niej kąpać i do tego niezbyt dawno, gdyż oprócz tego przyjemnego aromatu unoszącego się w powietrzu zauważył, że na dnie zostało trochę wody. Przestał zajmować się drobiazgami i powrócił do planowania najbliższej przyszłości.

Miał do wyboru trzy opcje. Pierwsza była taka, że nadal będzie dobijał się do Kosmy, aż ten w końcu odbierze i zjawi się tu jako rycerz w lśniącej zbroi, a on usunie się w cień, aby później zainkasować swoją zapłatę. Musiał jednak się dodzwonić, a to na razie nie przynosiło oczekiwanych efektów.

Druga była najprostsza. Zadzwoni po prostu po taksówkę i wsadzi Palicką do środka, aby dalej radziła sobie sama. W końcu na pewno da sobie radę w dotarciu do domu.

Była też trzecia, według której zaryzykuje i pomimo wypitego alkoholu wsiądzie za kierownicę swojego samochodu i powoli, tak aby nie rzucać się w oczy odwiezie kobietę do jej domu. Nie zdecydował się na żaden z tych pomysłów. Po zakończeniu tych krótkich rozważań zmienił za to zdanie w sprawie okrycia. Podszedł ponownie do szafy, przewiesił szlafrok przez ramię i wyszedł z łazienki.

Kolejnym miejscem, do którego trafił było pomieszczenie, które trudno było zakwalifikować. Stała tu pralka automatyczna, regał z kilkudziesięcioma książkami i sporych rozmiarów fotel. To musiała być pralnio czytelnia (o ile w ogóle coś takiego istnieje). Widocznie facet lubił sobie poczytać, kiedy robił pranie. Ukradkiem spojrzał na tytuły i autorów, ale żaden nie skojarzył mu się z niczym konkretnym. Nigdy nie lubił czytać i może, dlatego nazwiska Molier, Dostojewski, czy Hemingway brzmiały tylko i wyłącznie jak coś zagranicznego. Podniósł głowę i spojrzał w górę. Pod sufitem ujrzał przeciągniętych kilka linek, a na nich kobiecą odzież. Uśmiechnął się zadowolony, że znalazł to, czego szukał. Odłożył szlafrok na pralkę i zaczął ściągać rzeczy. Kiedy wyciągnął palce, aby chwycić majtki, poruszył linką, a bielizna zsunęła się i spadła na podłogę. Pochylił się, aby je podnieść i wtedy zauważył stojące kilkadziesiąt centymetrów z boku, buty na wysokim obcasie. Zaraz za nimi leżała elegancka damska torebka.

Uradowany chwycił wszystko i poszedł przekazać Palickiej jej własność. Gdy wszedł do pomieszczenia, kobieta akurat odstawiała w połowie opróżnioną szklankę od ust. Postawiła ją obok obu butelek i dopiero wtedy spojrzała w jego stronę.

- Już mi lepiej – powiedziała na przywitanie, choć jej mimika wyrażała coś innego. – Miałam rację, że alkohol czasami czyni cuda. Bolało jak cholera, ale to nic.

- Cieszy mnie to. Dużo pani wypiła?

- A to ma jakieś znaczenie? – Spojrzała na niego z uwagą i poprawiła włosy. – Pan z policji albo z AA?

- W sumie to nie. Głupiec ze mnie, przepraszam. – Trochę przeinaczył fakty, bo przecież był kiedyś stróżem prawa, no i... należał do Stowarzyszenia Anonimowych Alkoholików.

- No i dobrze. Nawet sobie nie potrafisz wyobrazić, człowieku... – przerwała, sięgnęła po naczynie i dopiła resztę trunku – przez co ja przeszłam. – Ponownie skrzywiła twarz w grymasie, a on nie wiedział, czy alkohol jej nie zasmakował, czy może odezwały się świeże rany, o których wspomniała.

- Mam, to znaczy znalazłem rzeczy, które są chyba pani własnością. Ubrania wisiały na linkach w czymś, co wyglądało jak suszarnia. Musiał je ktoś wyprać. – Uśmiechnął się nieśmiało i lekko wyeksponował swoją „zdobycz". – Nawet torebkę znalazłem i buty. Wygląda na to, że wszystko jest suche i czyste.

- Ale ja nie jestem czysta. Śmierdzę jak ta świnia. Nawet ja to czuję, a co dopiero pan. – Skrzywiła twarz z odrazą. – Znalazł pan łazienkę?

- Tak, znalazłem.

- W takim razie mam do pana prośbę. Niech pan tam wróci i przygotuje mi chłodną kąpiel... Albo nie, letnią. Zanim ubiorę te, jak pan powiedział czyste rzeczy, to najpierw muszę się doprowadzić do jako takiego porządku. Boże, ileż ja bym dała, żeby sobie pospać. Jestem taka zmęczona.

- Dobrze, tylko nie wiem, czy będzie ciepła woda. Muszę się przyznać, że nie sprawdzałem. – Kiwnął głową i cicho westchnął. Żal mu było tej Palickiej, ale nawet teraz widać było, że urodziła się po to, aby wydawać rozkazy, a on odkąd odszedł z Policji nienawidził jak mu ktoś rozkazywał.

- Na pewno będzie. Raz się już tu kąpałam.

- Skoro tak pani twierdzi. – Wyszedł z pokoju, a dziesięć minut później wrócił i oznajmił, że kąpiel gotowa. Ciepła woda rzeczywiście była dostępna, co dla niego wcale nie było, aż tak oczywiste. W końcu byli na odludziu. Przyniósł też szlafrok, aby miała w czym iść.

- Ten popapraniec w tym chodził – stwierdziła i spojrzała na niego wyraźnie zniesmaczona, jakby to on był wszystkiemu winien. Tego już było mu za wiele i dlatego postanowił się odgryźć.

- W tej pościeli też spał – wypalił i czekał na jej reakcję. Bardzo był ciekaw, co odpowie.

- Dobra już. – Machnęła ręką. – Niech pan położy to gówno na łóżku i się odwróci. Muszę się ubrać.

Boże, tylko baby potrafią być tak porąbane, pomyślał. Widziałem ją gołą, a teraz nagle coś jej się ubzdurało i się wstydzi. Odwrócił się jednak i ruszył w kierunku wyjścia. Zamierzał jeszcze sprawdzić tamto biurko, które wypatrzył. Uszedł tylko kilka kroków, nim usłyszał: – Chyba przesadziłam albo przeceniłam swoje siły. Musi mnie pan jednak zaprowadzić. Sama nie dam rady.

- Tak, oczywiście. – Westchnął i zagryzł zęby. Chwilę stał nieruchomo czekając na znak, że już może się odwrócić. Po minucie jego cierpliwość skończyła się. Odczekał jednak jeszcze kolejną. Odwrócił się i ujrzał ku swojemu zaskoczeniu, że Palicka ubrana w szlafrok leży zwinięta na boku i smacznie śpi.

- Kurwa! – wycedził przez zęby i teraz już nie zważając na nic wyszedł na korytarz.

Bakan rozsiadł się w miarę wygodnie na krześle i z tej perspektywy popatrzył na mebel, który stał tuż przed nim. Biurko miało dwie szuflady i jedną część zamykaną na drzwiczki. W otworze zamku tkwił niewielki kluczyk, który aż krzyczał, żeby go przekręcić i zajrzeć do środka. On jednak postanowił zacząć od szuflad. Pierwsza była praktycznie pusta. Oprócz linijki i kilku długopisów niczego więcej nie było. Za to w kolejnej panował straszny bałagan. Cała masa kartek leżała na dnie szuflady, a to wszystko było przysypane kilkudziesięcioma różnego rodzaju pisakami, długopisami, kredkami i Bóg wie czym jeszcze. Przejrzał pobieżnie papiery. Były tam jakieś wycinki z gazet dotyczące uprowadzeń i przebiegu śledztw. Jakieś poradniki jak robić węzły. Coś o anatomii człowieka i z dziedziny psychologii. Tak naprawdę to sam nie wiedział czego szuka. Zasunął szufladę i głośno odetchnął.

- Kim ty jesteś, popaprańcu? – wyszeptał. – Jak można było tak skrzywdzić człowieka i do tego kobietę? Takich jak ty powinno się zamykać w zakładach dla obłąkanych, do końca życia. Albo lepiej nie!... Tacy powinni lądować w zwykłym pierdlu. Wtedy by takiemu, nowopoznani koledzy zgotowali niezłe powitanie.

Wybębnił palcami na blacie biurka jakiś nieokreślony rytm i nagłym szarpnięciem otworzył niewielkie drzwiczki. W tym segmencie mebla o dziwo panował wzorcowy wręcz porządek. Teczki formatu A4 leżały starannie ułożone jedna na drugiej. Sięgnął do środka i wyciągnął tę, która leżała na wierzchu, po czym zdjął gumkę i otworzył. Wyjął zapisaną kartkę, rozsiadł się wygodnie i zaczął czytać. Tekst był na całą stronę, spisany niezgrabną ręką. Musiał się wysilać, aby prawidłowo odczytać i zrozumieć sens. Czytając poruszał ustami, jak półanalfabeta. W miarę, jak zapoznawał się z tekstem jego twarz stawała się coraz bardziej poważna, wręcz ponura. Gdy dotarł do końca, przeczytał raz jeszcze. Gdy ponownie skończył, odłożył papier i powiedział najciszej jak tylko potrafił: – Ja pierdolę!

Wsunął kartkę z powrotem w teczkę, założył gumkę i wstał z krzesła. Stąpając powoli, tak, aby nie czynić hałasu wyszedł na korytarz, a później na dwór. Rozejrzał się, uważnie wypatrując potencjalnego zagrożenia. Poczuł ulgę, kiedy jego wzrok nie natrafił na nic podejrzanego. Uznał, że już nie musi być, aż tak cicho. Teraz już tylko powinien uważać na chorą nogę. Ruszył kulejąc w kierunku bramy, przez którą się tu dostał. Perspektywa, że raz jeszcze będzie musiał pokonywać górą bramę była niezbyt kusząca. Podszedł do niej i uważniej się przyjrzał tej stronie. U samej góry dostrzegł zasuwę. Przesunął ją i pociągnął metalowe skrzydło. Zadowolony z tego faktu ruszył dalej. Kilka minut później dotarł do swojego samochodu.

Otworzył drzwi od strony kierowcy i schował teczkę do skrytki. Był pod wrażeniem tego, co odkrył przed kilkoma minutami. Nie rozumiał tego i nie wiedział, co ma o tym myśleć. To na pewno jednak nie był czas na analizy i rozważania. Uznał więc, że zajmie się tym za jakiś czas. Zamknął auto i wrócił do pokoju, z którego wcześniej wyszedł. Usiadł przy biurku i sprawdził pozostałe dokumenty, ale tym razem nie natrafił na nic interesującego. Ziewnął potężnie i przeciągnął się, odchylając ramiona do tyłu. Poczuł się niezwykle zmęczony i senny. Kusiło go, żeby zamknąć oczy i się zdrzemnąć, choć przez chwilę. Miał jednak obowiązki do spełnienia.

- Spać owszem, ale tylko tam, gdzie przebywa Palicka – powiedział do siebie. Perspektywa powrotu do pomieszczenia, gdzie tak bardzo śmierdziało nie była specjalnie kusząca. Musiał jednak tam wrócić. Usiądzie jak najdalej, ale nie, aż tak, żeby nie poczuła się urażona. Jeżeli zabawił się w wybawiciela, to teraz należało zostać aniołem stróżem.

Dorota otworzyła oczy i spojrzała w przestrzeń ponad sobą. Pożółkły sufit nic jej nie mówił, może oprócz tego, że leży na plecach, pod głową ma coś miękkiego i jest czymś przykryta. Złapała zdrową ręką za krawędź kołdry, uniosła ją delikatnie i spojrzała pod nią. Była naga. Nie tyle jednak nagość ją zaskoczyła, co fakt, że leży w łóżku i do tego w pościeli. Kręciło jej się w głowie, a w ustach miała pustynię.

- Dzień dobry. – Usłyszała męski głos.

- Co ja tu robię? – zapytała. Chwilę pomyślała i szybko dodała: – Kim pan jest?

Przekręciła głowę i spojrzała w stronę, skąd dobiegły słowa przywitania. Zobaczyła zaraz przy drzwiach siedzącego na podłodze mężczyznę. Natychmiast wychwyciła, że ma wyraźną nadwagę, ale na jego blond włosy zupełnie nie zwróciła uwagi, choć zwykle lubiła oceniać facetów po czupurynie. Próbowała z pamięci przywołać kogoś podobnego, ale bez skutku. W głowie jednak nadal tliła się myśl, że już go kiedyś widziała.

- A jakie to ma znaczenie?. – Zaczął w ten sposób, bo uznał, że nie ma sensu się przedstawiać, skoro ich znajomość potrwa tak krótko. Miał tylko nadzieję, że nie zapyta, dlaczego ją rozebrał. Co miałby wtedy odpowiedzieć, że nie chciał, żeby szlafrok przeszedł fetorem, który roztaczała?

- Nie o nazwisko pytałam – odpowiedziała szorstko. Nie interesowało ją jak facet ma na imię. Nie zamierzała się przecież z nim zaprzyjaźniać. W głowie miała kipiel, który wymagał wytłumaczenia. Jej świat w tym momencie był ograniczony do jej skromnej osoby, no i może do tego, czy ten, z którym teraz rozmawia chce ją skrzywdzić, czy może pomóc?

- Kim jestem? – Zaczął się nieporadnie podnosić. Kontynuował dopiero, kiedy się wyprostował. – A kim ja mogę być? Kiedyś byłem gliniarzem, ale teraz żyję z dnia na dzień i...

- Człowieku, nic a nic nie interesuje mnie twoja autobiografia! – Palicka podniosła się i usiadła, opierając plecy o wezgłowie łóżka. – Chodzi mi o to, że leżę nagusieńka w jakimś obcym łóżku i na pewno sama się nie rozebrałam, a do tego suszy mnie, jakbym miała potężnego kaca. Coś się stało z moim palcem i zębami. Nic nie pamiętam, choć twoja twarz wydaje mi się znajoma. Do tego cuchnę jakbym się tarzała w oborniku Oświeć mnie, człowieku, a jak nie potrafisz, to daj mi spokój.

Bakan westchnął (który to już raz?), przewrócił oczami i podszedł do miejsca, gdzie stało krzesło. Zdjął z niego butelki i szklankę. Przy okazji przekonał, że z pełnej butelki pozostała niecała połowa. Nie dziwota, że ją suszyło.

- Ja to wypiłam? – zapytała, śledząc jego ruchy, gdy stawiał przedmioty na podłodze.

- Tak – odpowiedział niedbale, odsuwając krzesło na „bezpieczną" odległość. Kobieta zdecydowanie powinna się wykąpać. To, że sama doszła do wniosku, iż śmierdzi było pocieszające, ale nie zmieniało faktu, że koniecznie musiał się oddalić.

- A dlaczego?

- Stwierdziła pani, że alkohol pani pomoże. Znalazłem flaszkę w lodówce i poszedłem przygotować pani kąpiel, ale pani zasnęła.

Pójdę i naleję raz jeszcze wody do wanny. Pamięta pani, że znalazłem pani rzeczy?

- Nie. W sumie to niewiele pamiętam

- Ubranie i torebkę. Ciuchy są świeżo wyprane.

- Potrzebuję mojego telefonu. Muszę koniecznie zadzwonić.

- Proszę, tu jest torebka. Nie grzebałem w niej. – Podał ją, choć pierwsza myśl była, aby ją rzucić na łóżko, ale to by świadczyło, że jest zwykłym chamem i szybko się odwrócił, odchodząc. – Idę napuścić wody do wanny, dobrze?

- Dobrze, dobrze. Tylko niech woda będzie gorąca i proszę nalać jakiegoś płynu do kąpieli, oczywiście jeżeli pan taki znajdzie.

- Oczywiście, proszę pani – powiedział na głos, a w myślach dodał: – I ciekawe co jeszcze?

- Uch, jak przyjemnie – wyszeptała.

Leżenie w wannie pełnej wody, to była jedna z przyjemniejszych rzeczy, jakie lubiła robić. Woda pachniała kwiatami. Było to zasługą płynu do kąpieli, który bezsprzecznie nie należał do tych z górnej półki, ale na tę chwilę wystarczało. Łazienka była niezwykle skromnie urządzona, ale to też nie miało teraz znaczenia. Woda stopniowo przywracała ją do życia, jak gdyby chłonęła, niejako jak gąbka jej życiodajną moc. Jednak nadal czuła się tak, jakby ktoś wsadził ją do wielkiej pralki i ustawił program na długotrwałe pranie. Była poobijana i wyzuta z energii, niczym maratończyk bez wystarczającej kondycji, który jakimś cudem ukończył bieg. Nadal do niej nie docierało, gdzie jest i co się z nią działo. Ostatnie co pamiętała, to kłótnia z tym palantem Julianem i jazda taksówką do jakiegoś baru.

Zdawała sobie sprawę, że miała okaleczone ciało. Uszy już nie bolały, raczej swędziły, co oznaczało, że się goiły. To, że są rozerwane zauważyła, gdy próbowała je umyć. Sam fakt, że ma rozerwane obie małżowiny uszne było niemniejszą zagadką niż to, że brakowało jej dwóch zębów. Mogła się oczywiście przewrócić i przy okazji złamać palec oraz rozciąć sobie policzek, ale te dwa brakujące zęby nijak nie pasowały do tej teorii. Gdyby wybiła zęby, to raczej górne lub dolne jedynki, ale nie te boczne. Język wbrew jej woli samoistnie badał dwie rany, zadając przy tym ból. Na policzku miała ranę, która dawała o sobie znać za każdym razem, gdy pracowały mięśnie twarzy. Do tego jeszcze dochodziły siniaki i zadrapania na lewym nadgarstku, poniżej jej prześlicznego tatuażu. Podświadomie czuła, że doświadczyła czegoś okropnego. Nie miała teraz czasu ani ochoty na dociekania, co ją spotkało. Chciała tylko odpocząć. Jej nastawienie zmieniło się, gdy przypomniała sobie o mężczyźnie, który na nią czeka.

Ten facet (teraz żałowała, że nie poznała chociażby jego imienia) na pewno znał odpowiedzi na przynajmniej niektóre pytania, które cisnęły się jej na usta. Ciekawość nakazywała zakończyć tę przyjemność (kąpiel) i wrócić do realnego świata, aby wreszcie poznać prawdę. Uczucie błogości było jednak na tyle silne, że podsunęło jej pewien pomysł. Zamknęła oczy i stała się biernym obserwatorem w starciu wygody z ciekawością. Doszła do wniosku, że da sobie minutkę albo dwie, a później podda się zwycięzcy tego pojedynku. Nawet nie zorientowała się kiedy zasnęła. Wody nie było dużo, dlatego nie groziło jej utonięcie. Nieświadomie zsunęła się do punktu, gdzie woda zakryła jej piersi.

Sen nadpłynął nieoczekiwanie. Była świadoma, że śni, ale obrazy, które widziała były tak realistyczne, że z trudem walczyła, aby nie uznać ich za rzeczywiste. Była na wybiegu w jakimś nieznanym miejscu. Szła powoli, niemalże tanecznym krokiem, całkowicie naga. Czuła się niemalże jak bogini zstępująca na ziemię, w objęcia swoich fanatycznych wyznawców. Dawno nie doświadczyła podobnego uczucia, które było porównywalne niemalże z ekstazą. Wybieg, po którym stąpała był bardzo długi i z tego miejsca, gdzie się znajdowała nie potrafiła dostrzec jego końca. Nad głową pojawił się wielki napis: „Twoje idealne ciało jest najlepszym strojem". Nie od razu go dostrzegła. Dopiero wówczas, gdy w oddali pojawiło się coś białego i zaczęło płynąć w jej stronę, zwróciła uwagę, że to jest rodzaj transparentu. Nie pojmowała o co chodzi z tą akcją, czy raczej happeningiem. Nigdy nie uczestniczyła w czymś podobnym. Jaki był sens zatrudniać modelki, aby prezentowały – nic?

Wszędzie wokół błyskały flesze aparatów fotograficznych. Nie widziała widowni, która była ukryta w głębokim cieniu. Wiedziała jednak dzięki szóstemu zmysłowi, że obserwatorów jest bardzo dużo. Słyszała ciche szepty, pomrukiwania, a czasami nawet śmiechy. Jedynie wówczas, gdy lampa błyskowa rozświetlała ciemność udawało jej się przez ułamek sekundy dostrzec obrys twarzy któregoś z widzów. Zaproszeni goście byli mężczyznami i pomimo starań nigdzie nie zauważyła ani jednej kobiety. To ją onieśmieliło i poczuła się zażenowana, że właśnie łamie pewne tabu, które sama sobie narzuciła. Za entym razem, gdy rozbłysło kolejne światełko, dotarło wreszcie do niej, że wszyscy wyglądają tak samo, wręcz identycznie. Jak gdyby jakaś hipotetyczna matka urodziła setki bliźniaków, którzy gdy urośli i wydorośleli, trafili w to miejsce, aby podziwiać jej nagość. Na widowni stawało się coraz głośniej. Pojawiły się pohukiwania, a zaraz potem gwizdy. Zrazu ciche i jakby nieśmiałe, ale stopniowo rosły w siłę. To wystarczyło, żeby zatrzymała się i zasłoniła uszy.

Niespodziewanie dźwięki produkowane przez publikę ucichły, jak ucięte nożem. Dorota odwróciła się, aby zobaczyć czy za nią kroczy kolejna modelka i jak jest daleko. Ku jej ogromnemu zaskoczeniu ujrzała za sobą w odległości zaledwie kilku metrów, śnieżnobiałą ścianę. To oraz niesamowita cisza, jaka zapanowała sprawiły, że poczuła się zbrukana i psychicznie zgwałcona. Spojrzenia – choć nadal nie dostrzegała ich nadawców – niemalże dotykały jej ciała, jak dłonie starego lubieżnika, który czerpie z tego niesamowitą radość.

Głos pojawił się niespodziewanie i był na poziomie szeptu, ale szybko nabierał mocy. Z początku nie rozumiała słów, ale wiedziała, że dźwięki się powtarzają, jak zacięta płyta na gramofonie. Kolejnych kilkanaście sekund zabrało jej rozszyfrowanie znaczenia słów. „Oto ta, która jest zwykłą francą, bo inaczej nie potrafi. Jest sama i taką pozostanie do końca swoich dni. Nic się nie zmieni, bo zmienić się nie może".

Dorota otworzyła oczy i gwałtownie potrząsnęła głową. Rozejrzała się chaotycznie we wszelkich możliwych kierunkach. Przypomniała sobie, gdzie jest i co robi. Nie wiedziała, jak długo spała, ale musiało upłynąć trochę czasu, gdyż woda zrobiła się chłodna. To był najlepszy motywator, aby zakończyć to, co sprawiło jej tyle przyjemności. Pamiętała ze szczegółami co jej się przyśniło, ale zupełnie nie rozumiała, co ten sen mógł znaczyć. Zwykle nie pamiętała sennych majaków, a teraz nie wiadomo dlaczego było inaczej. Uznała, że nie ma sensu bawić się w tłumaczenia snów. Wstała nieco nieporadnie i z trudem wydostała się z wanny. Podeszła pozostawiając mokre ślady do miejsca, gdzie odłożyła ręcznik i zaczęła się wycierać, nucąc pod nosem pierwszą lepszą piosenkę, która akurat pojawiła się w głowie. Musiała uważać na złamany palec. Nie miała pojęcia, czy został złamany, czy tylko wytrącony. Co by to nie było, to jednak bolało przy każdym nieco szybszym ruchu ręką. Zdecydowanie powinna to pokazać jakiemuś lekarzowi. Jak wróci do pokoju poprosi mężczyznę, o jakieś leki przeciwbólowe. Kto wie, może będzie coś miał albo poszuka w tym przybytku.

- A teraz, Dorotko wrzuć ten szlafrok na tyłek i wracaj do łóżka. Trzeba jeszcze trochę odpocząć, a potem się zobaczy co będzie. – Wytłumaczyła sobie, co powinna zrobić i w wisielczym nastroju opuściła łazienkę.

## *25.*

Bakan czekał w pomieszczeniu, w którym znalazł kobietę. Czekał cierpliwie, choć zupełnie nie pojmował, jak można siedzieć w wannie przez prawie godzinę. Był typowym facetem i wieczorne dbanie o higienę nie zabierało mu więcej niż kilka minut. A tymczasem ona siedziała tam i nie wiadomo co robiła, a przy tym nie miał pojęcia jak długo to jeszcze może potrwać. Gdy przygotowywał kąpiel znalazł płyn do kąpieli i wylał do wanny wszystko, co znajdowało się w plastikowym pojemniku. Piany było chyba więcej niż wody, ale skoro tak chciała, to jej problem. Miał nadzieję, że jak wróci to będzie już inaczej pachnieć, no i wyglądać. Chciał zobaczyć, czy rzeczywiście była tak piękna, jak sugerowało zdjęcie.

Teraz miał okazję przyjrzeć się miejscu, w którym Palicka tkwiła unieruchomiona, od nie wiadomo jak dawna. Nie miał pewności, kiedy ją uprowadzono, kiedy tu dotarła i wreszcie, od kiedy trwała w tym stanie. To musiała być katorga zarówno dla jej delikatnego, kobiecego ciała, jak i ducha. Przebywanie w jednej pozycji musiało być potwornie bolesne. Najpierw słabną mięśnie, które tak długo jak mogą, starają się utrzymać pozycję pionową, a później ból dotyka stawów. Do tego jeszcze ta jej nagość. Tkwiła tu wyeksponowana, jak manekin w sklepie odzieżowym, bez nawet skrawka materiału, który by zasłaniał przynajmniej najbardziej intymne fragmenty ciała. Kobiety zwykle mają wpisaną w DNA skromność i zwyczajne ludzkie zawstydzenie, gdy mają się obnażyć, zwłaszcza przed obcym mężczyzną. Oczywiście były wyjątki od tej reguły, ale na szczęście nieliczne. On sam należał raczej do purytan i uważał, że na wszystko jest czas i miejsce. Pokiwał głową na boki, bo nie ogarniał wszystkiego i ponownie skupił uwagę na przedmiocie.

Porywacz wykazał się dużą pomysłowością w skonstruowaniu tego... miał problem w określeniu co to jest – łoże tortur, czy może przemyślne spętanie?. Konstrukcja była nad wyraz prosta. Zwykłe nosze, jakich kiedyś używano do przenoszenia chorych lub rannych stały pionowo i były przytwierdzone do ściany krótkim łańcuchem. U góry i u dołu znajdowały się stalowe pręty, do których jak dobrze zapamiętał były przypięte kajdanki. Dwa pasy na środku unieruchamiały ciało na wysokości tułowia, utrzymując je niejako w pozycji wyprostowanej.

Ciekawe, czy ją zgwałcił? zadał sobie pytanie w myślach, na które oczywiście nie potrafił odpowiedzieć. To, że je w ogóle zadał, że podjął ten temat, świadczyło o tym, że górę nad nim wzięła zwykła wścibskość. Nie znosił, wręcz nienawidził ludzi ciekawskich, a szczególnie tych wścibskich, bo zaliczał te cechy do jednych z najgorszych przywar ludzkich, a teraz złapał się na tym, że sam się w tym zapętlał. Co go mogło obchodzić, czy została zgwałcona? Oczywiście współczuł jej, ale czasu i tak nie był w stanie cofnąć. A poza tym to wszystko to już była przeszłość. Teraz Palicka niech się tylko doprowadzi do porządku i opuścimy to miejsce najszybciej jak tylko się da, stwierdził. Bezsprzecznie musiał ją obejrzeć jakiś lekarz, choćby z uwagi na ten palec. Złamań zdecydowanie nie powinno się pozostawiać samym sobie. No i jeszcze ta rana na policzku.

- Szkoda, że nie widziałeś wody, jak już z niej wyszłam. Istny kosz...

Niespodziewanie usłyszał za plecami głos Palickiej. Odwrócił się i zobaczył kobietę owiniętą ręcznikiem, która akurat wycierała kolejnym swoje włosy. Nie byłoby w tej pozie niczego niezwykłego, ale ona nagle znieruchomiała i teraz stała z otwartymi ze zdziwienia ustami. Jej wyeksponowane, śnieżnobiałe zęby dziwnie kontrastowały z przerwami, w których jeszcze niedawno nie było żadnych ubytków. Szeroko rozwarte powieki ukazywały oczy przesiąknięte nie tyle zdziwieniem, co wręcz szokiem. Patrzyła dokładnie w to samo miejsce, w które i on patrzył przed momentem. Ręcznik, którym była owinięta upadł na podłogę, ale ona nie zwróciła uwagi na ten fakt, bo nadal jej uwaga była zaabsorbowana tym co zobaczyła. Bakan był na tyle blisko, aby zobaczyć jak spod jej powiek zaczynają ściekać dwie strużki łez. Natychmiast do niej podszedł i podniósł ręcznik. Nic nie mówiąc podał jej, aby zakryła nim nagość.

- Boże święty. – Bez odrywania oczu od miejsca swojej kaźni owinęła się ręcznikiem. – Teraz pamiętam. Przypomniałam sobie. To było tu.

- Dokładnie. To tu panią znalazłem – wyszeptał. – Była pani skrępowana i ledwo żywa. Tak naprawdę to nie wiedziałem, czy on pani nie zabił.

- Tak, rzeczywiście – powiedziała nieco zachrypniętym głosem. Jej wzrok chaotycznie przeskakiwał z miejsca, w którym tkwiła skrępowana, na niego i z powrotem w tamtą stronę. Widać było, że ten widok wprawił ją w stan bliski szoku. – Zabrałeś mnie i zaniosłeś do łóżka. Byłam tak otumaniona, że było mi obojętne, co się ze mną dzieje, nawet to, że nie mam ubrania.

- Mnie też było obojętne, że widzę panią nago – powiedział i natychmiast zdał sobie sprawę, że palnął głupstwo. Zabrzmiało to zapewne tak, że wyglądała tak tragicznie, że nie miało znaczenia co sobą reprezentuje. Na szczęście nie zwróciła na to uwagi.

Zapadła dziwna, nienaturalna wręcz cisza. Chyba żadne z nich nie miało teraz nic do powiedzenia. Bakan czuł, że w tej chwili powinien się usunąć i dać Palickiej czas. Miała zapewne mnóstwo rzeczy do przemyślenia i nawet nie próbował dociekać, jakie wspomnienia temu towarzyszyły. Odsunął się nieco na bok i patrzył na jej sylwetkę. Nadal stała nieruchomo, jak posąg odlany z brązu. Jej oddech był płytki i nieco spazmatyczny. Wstydził się tego, ale nie potrafił oderwać wzroku od jej lewego policzka. Strup, który się utworzył i zasklepił ranę, co chwila ustępował i pozwalał kilku kroplom krwi zjechać w kierunku brody. Dalej była już tylko wolna przestrzeń i biel ręcznika, który trzymała kurczowo zdrową ręką. Na materiale zagościło już kilka czerwonych plamek. Widział w życiu już niejedną ranę i wiedział, że po tej zostanie znamię. To było oczywiste, że jej kariera modelki właśnie się skończyła. Ciekawe, czy jest tego świadoma? zapytał sam siebie.

- Jak mam się do ciebie zwracać, mój ty wybawco? Masz chyba jakieś imię? – Dorota niespodziewanie odwróciła głowę i rzuciła zapytanie, a z barwy jej głosu dało się wychwycić nutkę cynizmu.

- Tak, oczywiście. Na chrzcie mi dali, Robert. – Spróbował być dowcipny, ale ona nawet nie zareagowała. Prawdę mówiąc, to trochę go zaskoczyła tonem, z jakim wypowiedziała pytanie.

- W życiu nikt mnie tak nie upokorzył! – warknęła jak podniecony pies. – Pieprzyć fizyczny ból, ale ten skurwiel próbował mnie złamać psychicznie i prawdę mówiąc nie wiem, czy mu się nie udało.

- Myślę, że nic pani nie będzie. – Próbował ją pocieszyć. – Nie wygląda mi pani na słabowitą kobietę. Zniosła to pani, a jak znam życie to wiem, że niejeden mężczyzna, gdyby był na pani miejscu, to by zwariował. Minie trochę czasu i dojdzie pani do siebie. Wiem, że mam rację.

- Naprawdę?

- Oczywiście. Kobiety są silne, niekiedy bardziej niż faceci. To co było już minęło i tylko to się liczy. Niech się pani trzyma. Teraz oprócz odpoczynku potrzeba pani, żeby się otrząsnąć ze wspomnień i doprowadzić swoje ciało do poprzedniego stanu. Jest pani w końcu nadal piękną kobietą.

Podszedł do niej, uniósł rękę i pogładził po głowie. Był to typowy gest rodzicielski. Nie chciał, aby odczytała to jak coś kojarzącego się z erotyką lub nie daj boże z seksem. Wyglądała już dużo lepiej, choć na pewno jeszcze nie kwitnąco. Teraz gdy zmyła z siebie całe to świństwo można było dostrzec szczegóły, które brud skutecznie wcześniej ukrywał. Oprócz około dziesięciocentymetrowego rozcięcia na policzku, wychwycił jeszcze kilka siniaków i zadrapań w różnych miejscach na twarzy. Do tego jeszcze podkrążone z niewyspania oczy i przekrwione gałki oczne.

- Czuję się jakbym była trędowata – stwierdziła i spojrzała mu w oczy.

- Boże słodki, co ten człowiek pani zrobił. – Przełknął głośno ślinę i odwrócił wzrok.

Palicka uśmiechnęła się subtelnie, po czym zdjęła jego rękę ze swojej głowy i pochyliła ku niemu. Stało się coś, czego się nie spodziewał. Pocałowała go w usta. Najpierw kilkukrotnie, delikatnie, jakby obawiała się, że może mu tym wyrządzić jakąś krzywdę, a gdy nie zareagował zgodnie z jej oczekiwaniem, już mocniej i pełniej. Pocałunek był namiętny. Poczuł jak jej język rozchyla mu wargi i delikatnie penetruje przestrzeń przed zębami. Nie protestował, ale i nie zachęcał, aby posunęła się dalej. Chyba zrozumiała aluzję, gdyż po kilku kolejnych sekundach przerwała i cofnęła głowę.

- Dziękuję – wyszeptała i odwróciła się do niego plecami. Schyliła się, podniosła ręcznik, którym wycierała włosy i chwiejnym krokiem wyszła z pomieszczenia.

- Coś mi tu nie gra – wyszeptał do siebie odprowadzając ją wzrokiem. – Przecież, do cholery ona powinna być załamana. Po tym co jej zrobił? Może nie rozumiem kobiet, ale gdzie są te słynne kobiece płacze i narzekania? No, gdzie? A ona mi tu sobie zwyczajnie ze mną flirtuje, jak gdyby chciała mnie uwieść. Możliwe, żeby tak błyskawicznie doszła do siebie? Raczej nie. A Może... zaraz, zaraz... Czyżby to miało coś wspólnego z tą kartką? Ale nie, stanowczo nie! To by było niemożliwe.

Dorota ubrała się w pośpiechu. Wprawdzie zamierzała poleżeć w łóżku, jednak nie chciała spoczywać w samej bieliźnie. Kąpiel sprawiła, że doprowadziła swoje ciało do jako takiego porządku, ale nadal była zmęczona i osłabiona. Podeszła do łóżka i odchyliła kołdrę. Uderzył ją silny zapach, który roztaczała, zanim skorzystała z łazienki. Pościel w łóżku przeszła na tyle tym fetorem, że teraz nie było takiej możliwości, aby ponownie w niej zaległa.

- Cholera! – zaklęła, jak na nią niezwykle statecznie. – Ależ ja capiałam. Gdzie ja mam perfum? – Rozejrzała się nerwowo szukając niewielkiego flakonu. – Jak to gdzie, głupia cipo?! Wiadomo, że w torebce.

Torebka leżała, tak jak ją Robert położył na krześle. Sięgnęła po nią i bez patrzenia wyszukała palcami znajomy kształt. Gdy kierowała delikatną mgiełkę na skórę uświadomiła sobie, że w myślach nazywa swojego wybawcę po imieniu. Facet może nie był zbyt przystojny, ale miał w sobie to coś ulotnego, a poza tym uratował ją z jego łap, a kto wie, może nawet uratował jej życie? Odłożyła flakon do torebki i spojrzała w stronę drzwi. Nie bardzo wiedziała, co powinna była zrobić? Wciągnęła powietrze do płuc, a jej zmysł węchu nie wychwycił nawet namiastki tego, czego chciała się pozbyć biorąc kąpiel. Zapach jaki w tym momencie roztaczała wyraźnie poprawił jej humor.

- Jezu, jak mnie boli ten palec – stwierdziła i spojrzała na swoją dłoń. – Co on jeszcze by mi zrobił, gdybym nie została uwolniona? Pierdolony gnój! Odpłacę mu za wszystko, niech go tylko znajdę. Trzeba będzie przeprosić się z Julianem... albo nie! Nie chcę mieć nic wspólnego z tą imitacją mężczyzny. To jest dobry czas, żeby wreszcie, definitywnie z nim zerwać. Nie wyglądam może teraz specjalnie kwitnąco, ale stać mnie jeszcze na to, żeby sobie owinąć wokół palca jakiegoś frajera. Oczywiście nie wokół tego złamasa – zażartowała.

Raz jeszcze zerknęła na swój nienaturalnie wygięty palec i uśmiechnęła się półgębkiem, a sekundę później zasyczała z bólu, gdy ten przypomniał o swoim istnieniu. Ponownie cała dłoń zapulsowała w jakimś nieokreślonym rytmie, a każdy taki impuls przesyłał bodziec bólowy, który jak jej się zdawało rósł w siłę. Poczuła wilgoć pod powiekami i choć spróbowała to zwalczyć, to jednak dwie krople spłynęły w dół, ku brodzie. Podciągnęła głośno nosem i na moment zamknęła oczy.

- Weź się w garść, Dorota! – powiedziała stanowczo na głos i nie miało dla niej znaczenia, czy Robert ją usłyszy.

- Chciałam zadzwonić, ale w torebce nie było telefonu. – Stwierdziła nieco urażonym tonem. – Robert, wiesz coś o tym?

Adresat jej słów stał właśnie w wejściu i patrzył na nią nie bez satysfakcji. Twarz wprawdzie miała w nie najlepszym stanie, ale z figury nic jej nie ubyło. Obcisły strój wyeksponował jej sylwetkę, a długie nogi zdawały się nie mieć końca. Była na bosaka, a i tak widać było, że ma bardzo zgrabne nogi. Gdyby jeszcze założyła buty na wysokim obcasie, to efekt wzrósłby o pięćdziesiąt procent.

- Przykro mi, nic nie wiem o żadnym telefonie. Możemy jednak poszukać jeśli pani chce. Najlepiej gdyby podała mi pani swój numer, to bym zadzwonił i po dzwonku byśmy doszli, gdzie jest. O ile w ogóle tutaj jest?

- Dobry pomysł. – Uśmiechnęła się promiennie, eksponując przy tym ubytki w uzębieniu.

Bakan szybko odwrócił wzrok, aby się nie uśmiechnąć. Wyglądała z tym nieco komicznie. Oczywiście wiedział przez co przeszła, ale to nie zmieniało faktu, że niektórych rzeczy po prostu nie kontrolował. Sięgnął do tylnej kieszeni i wyciągnął komórkę. Odblokował ją i spojrzał raz jeszcze na kobietę, czekając na zestaw cyfr.

- Końcówka 435. – Zakończyła dyktowanie i spojrzała na niego wyczekująco. Jego kciuk nadusił na ikonkę z zieloną słuchawką i oboje zamienili się w słuch. Bakan nawet wstrzymał oddech, aby nic nie zakłócało nasłuchiwania. – Nie słychać. – Palicka podsumowała najkrócej, jak to tylko możliwe.

- Może jest ściszony – wyszeptał i jak skończony kretyn pokazał, że chodzi mu o telefon, po czym zakończył połączenie.

- Może i... – zaczęła, ale natychmiast zamilkła, gdy jego telefon wydał z siebie sygnał, a za moment, gdy on odruchowo nadusił we właściwym miejscu usłyszeli męski głos.

- Myślisz, że to koniec? – Bakan nie wiedział, kto nawiązał połączenie, ale i tak miał przeczucie, że to człowiek, który uprowadził Palicką.

- Kto mówi? – Przystawił komórkę do ucha i podszedł do kobiety, aby nic jej nie umknęło z rozmowy.

- Rozumiem, że to pytanie retoryczne? – Męski głos wyraźnie trącił ironią.

Bakan spojrzał na Palicką odruchowo. Oczywiście wiedział, co oznacza ten zwrot, ale nie miał pewności, że ona również. Nie miał przecież bladego pojęcia, czy ma do czynienia z osobą wykształconą, czy może z typem ładnej, ale głupiej gąski. Zobaczył tylko jak jej brwi wędrują ku górze i nie do końca pojmował, o czym to świadczy. Zapewne była w równym stopniu zaskoczona co on, że ktoś zareagował na próbę połączenia. On sam wszystkiego by się spodziewał, ale nie czegoś takiego.

- Tak, niech będzie, że retoryczne. Jak nie chcesz to nie musisz się przedstawiać. Powiedz tylko dlaczego odebrałeś? Teraz, gdy twój plan spalił na panewce, uważasz, że możesz jeszcze coś z tym zrobić? – Starał się przejąć inicjatywę.

- Ona jest obok? Jasne, że jest, bo niby skąd masz jej prywatny numer. – Głos po drugiej stronie wydawał się spokojny, aż za spokojny. Bakan pomyślał, że gdyby to on był na miejscu tamtego szaleńca, to zapewne z nerwów nie byłby w stanie wypowiedzieć i skonstruować prostego zdania.

- Tak, pani Palicka jest ze mną. Stoi obok i czuje się bezpieczna. Teraz już nie musi się bać, bo nic jej nie grozi. – Chrząknął i przełknął ślinę, gdyż zaschło mu w gardle. Próbował sprzedać rozmówcy obraz spokojnego i pewnego siebie faceta, ale czuł, że kiepsko mu idzie. Wiedział, że to ważne, bo w ten sposób zyskuje przewagę, a jednocześnie zaraża spokojem tę kobietę, która jest zapewne nadal mocno przestraszona. – A teraz przyjacielu zajmie się tobą Policja.

- Policja, jaka Policja? Spójrz tylko na tą twoją panią Dorotkę i zapytaj czy ona chce, żeby zajęła się mną nasza kochana instytucja. No...?

Bakan nieświadomie wykonał polecenie i spojrzał na kobietę. Ku jego ogromnemu zaskoczeniu ujrzał przeczący ruch głowy, a jej usta wyszeptały bezdźwięczne: nie.

- No cóż drogi panie. Myślę, że na tym na razie zakończymy. Aaa! jeszcze jedno. Nie mam pewności, czy ona nadal słucha, dlatego przekaż pani Palickiej, tej suce, że to jeszcze nie jest koniec. Tak dobrze się oboje bawiliśmy, że grzechem by teraz było zakończyć naszą wspaniałą imprezę.

Sekundę później rozmowa została zakończona. Jego ręka trzymająca telefon bezwładnie opadła. Przez kilkanaście sekund taksowali się wzrokiem. Palicka odetchnęła spazmatycznie, a potem odwróciła wzrok. To było oczywiste, że musiał zapytać o jej reakcję na wątek z policją. Nie rozumiał tego i w tym przypadku kierowała nim zwykła ludzka ciekawość.

- Nie rozumiem. – Stwierdził, jak najbardziej szczerze. – Ten facio miał rację? I co znaczył ten przeczący ruch głową?

- Znaczył tyle... – Odwróciła się do niego plecami. – ...Że nie będzie żadnej policji. Czy to jasne?!

- Ale on za to co zrobił, powinien ponieść surowe konsekwencje. Tak jest zawsze. Jest wina, jest kara. Inaczej być nie może.

- Inaczej to załatwię – spuentowała stanowczo.

- Niby jak? – Chciał do niej doskoczyć, odwrócić tak, aby ponownie stali twarzą w twarz i spojrzeć w te jej piękne oczy, żeby wychwycić, czy to co mówi jest szczere. Nie zrobił nic. Stał i jedynie czekał niespokojnie na odpowiedź.

- Inaczej.

- No, jasne! Że też na to wcześniej nie wpadłem! Chce się pani zemścić, czyż nie tak?

- Zemsta jest rozkoszą bogów. – Obróciła się i ponownie stali twarzą w twarz. Tym razem miała wypisane na twarzy triumf pomieszany z determinacją, jak gdyby już dokonała zemsty.

- To co teraz robimy? Jeżeli chce pani zadzwonić do pana Kosmy, to proszę z mojego. Mam wbity jego numer.

- A skąd pan... masz ten numer?

- Nie mówiłem o tym?

- Ani słowa.

- To on mnie wynajął, żebym panią odnalazł.

- A to ciekawe? Mój Julian się o mnie niepokoił?

- Dokładnie. Najął mnie i czeka na wiadomości, co do pani losu. Dobrze by było, gdyby to pani zadzwoniła i powiadomiła go, że wszystko w porządku.

- Nie zadzwonię do Kosmy! – powiedziała dobitnie.

- Dlaczego? – Nie krył zdziwienia.

- Naprawdę uważasz Robercie, że wszystko jest w porządku? Pomyśl tylko.

- Nie wiem jak u pani, ale ja już swoją misję wykonałem. Co miałem zrobić, zrobiłem i tyle. Pojadę do pani narzeczonego i odbiorę zapłatę. A co pani zrobi? to już nie mój problem. Jest pani wolna, dosłownie i w przenośni.

- Po pierwsze on nie jest moim narzeczonym. Ten dupek ubzdurał coś sobie i tyle. A po drugie, nigdzie nie pojedziesz i zostaniesz ze mną.

- Tak? A to ciekawe, dlaczego? Co niby pani teraz wymyśli, żeby mnie zatrzymać?

- Ile utargowałeś? Ile Julian miał ci zapłacić, jak mnie znajdziesz?

Bakan nie odpowiedział. Pytanie go zaskoczyło, a on nie potrafił szybko myśleć. Miał powiedzieć prawdę, czy może trochę ponaginać fakty? Palicka bezsprzecznie nie należała do ubogich, a on nie cierpiał od nadmiaru gotówki. Postanowił zawyżyć honorarium i podać kwotę, ale dopiero wtedy, gdy ona zechce Kosmę przelicytować.

- Chce mnie pani wynająć?

- Dokładnie.

- Muszę pomyśleć, muszę pomyśleć. Wiadomo, że zrobiłem to dla forsy, nie będę tego ukrywał, ale też dałem słowo i... i... nie chciałbym go łamać.

- Niczego nie musisz łamać, a masz szansę zarobić parę groszy. No to się zastanów. Masz parę minut, bo ja muszę do ubikacji. Aha i jeszcze jedno! Masz może jakieś leki przeciwbólowe? Strasznie mnie boli ten palec. Nie, nie tylko palec. Całe ciało mam obolałe, jakby mnie wlekli za samochodem.

- Powinienem mieć w aucie. Ostatnio często bolą mnie zęby. To silny lek, powinien pomóc.

- To przynieś, proszę, bo zwariuję od tego cholernego bólu. I pośpiesz się, jeśli łaska.

Bakan po dziesięciu minutach był z powrotem. Położył na krześle opakowanie Ibuprofenu i czekał. Po kolejnych pięciu doszedł do wniosku, że zrobi coś pożytecznego. Cała pościel śmierdziała, a jedyny sposób, żeby pozbyć się tego przykrego doznania wydawał się oczywisty. Zwinął wszystko tworząc z prześcieradła prowizoryczny worek i taszcząc go po podłodze, wywlókł do pomieszczenia, w którym odnalazł Palicką. Odłożył pakunek pod ścianą i ponownie zlustrował wszystko wokół. Tutaj również śmierdziało, chociaż nie można było wykluczyć, że to przedmioty, które przytaszczył skaziły pokój. Jego uwagę zwróciły malutkie przedmioty znajdujące się na podłodze. Musiał koniecznie sprawdzić, co to jest?

Różnokolorowe pinezki zabiły mu przysłowiowego ćwieka. Nie wiedział jak się tu znalazły ani tym bardziej, w jakim celu? Wzruszył bezradnie ramionami i postanowił powrócić do tamtego pomieszczenia. Wprawdzie nie słyszał, aby wychodziła z toalety, ale skoro nadal stąpała na boso, to przecież mogła wrócić niejako po kryjomu. Miała rację z tym czasem do namysłu. Im dłużej nad tym rozmyślał, tym bardziej był przekonany do jej pomysłu. Co mu zależało, i tak nie wiedział co robić z wolnym czasem, a pieniędzy nie miał przecież za dużo. Zgodzi się pod warunkiem, że dostanie dwadzieścia tysięcy. Ona raczej nie będzie się targować.

- Niech pani ubierze buty. Chyba już pora ruszać. Samochód mam zaparkowany niedaleko. – Bakan podszedł z butami w ręku, uniósł je na wysokość twarzy i skierował w jej stronę. – Da pani radę przejść kilkaset metrów, czy mam podjechać bliżej?

- Nigdzie nie jadę – odpowiedziała zdecydowanie i pokazała głową, aby postawił je na podłodze.

- Co znowu, na Boga? Niby, dlaczego?

- Bo postanowiłam tu zostać.

- To zrozumiałe, skoro nigdzie się nie wybiera, ale co pani zamierza tu robić? – zareagował w jego mniemaniu logicznie.

- Zaczekam tutaj na tego fiuta! – odpowiedziała stanowczo.

- A potem co? Nawet gdyby okazał się być, aż takim głupcem i wrócił w to miejsce, to co dalej?

- Ja i ty byśmy go schwytali, a dalej to już jedna wielka improwizacja.

- Jedną rękę ma pani niesprawną. Trzeba poskładać ten palec i włożyć w gips. Na twarzy jest rana cięta, którą trzeba oczyścić i zeszyć. Zdecydowanie powinien to zrobić lekarz i jeszcze panią zbadać.

- A po co?

- Czy ten, który panią więził, bił panią?

- Dostałam od niego kilka razy po głowie. – Powiedziała to, jak gdyby chodziło o jakąś nieistotną rzecz. Patrzyła przy tym na niego w sposób niemalże wyzywający. Zniesmaczony odwrócił wzrok i ciężko westchnął.

- To może mieć pani wstrząs mózgu albo jakiś uraz wewnętrzny.

- Nie czuję, żebym miała wstrząs mózgu. – Pokiwała intensywnie głową na boki, aby udowodnić, że ma rację. Syknęła przy tym i dotknęła palcami rany na policzku.

- Słodki Jezu, ale pani uparta. Dobra, to inaczej. Wiem, że mam rację, bo mam w tej chwili trzeźwy umysł i wcale mi nie chodzi o alkohol. To nie ma sensu. Tutaj nie ma co jeść, pić, a pościel tak śmierdziała, że musiałem ją wyrzucić. – Gdy wspomniał o pościeli zerknął na Dorotę, ale nie zauważył, żeby wzmianka o fetorze zrobiła na niej jakiekolwiek wrażenie. – Nie ma pani zapasowej bielizny, ubrań na przebranie, no i trzeba odwiedzić lekarza. To co będzie?

- Brzmi rozsądnie – stwierdziła lakonicznie.

- Cieszę się, że pani tak myśli. Pojedźmy, gdzie trzeba, załatwmy co należy zrobić i jak pani zechce to tu wrócimy. W międzyczasie, jeżeli się pani lęka o siebie, to mogę robić za ochroniarza.

- Brzmi rozsądnie – powtórzyła, po czym uśmiechnęła się szeroko, eksponując pustki w uzębieniu.

- Dwadzieścia tysięcy i jestem do pani dyspozycji.

- Brzmi rozsądnie – po raz trzeci zabrzmiał ten zwrot.

Bakan uśmiechnął się pod nosem. Uznał, że ten zwrot jest równoznaczny z podpisaniem umowy.

- To co, jedziemy? – zapytał grzecznie.

- Tak, jedziemy, ale musisz mi pomóc z butami. – Usiadła na krześle i skinieniem głowy wskazała na swoje nogi. – Coś mi się wydaje, że mi stopy spuchły.

## *26.*

- Bolą mnie plecy od tego siedzenia, tyłek zresztą też. – Dorota powiedziała to bardziej do siebie niż do kierującego, ale nie zmieniało to faktu, że rzeczywiście miała już dość jazdy. Tym razem nie była jednak znudzoną i rozkapryszoną kobietą, a poobijaną ofiarą kaźni, którą jej zaoferował psychopata, i z których łap niedawno się wyrwała. A właściwie to została wyzwolona. Spojrzała na Roberta życzliwie, gdy ten fakt dotarł do jej świadomości. – Czasami ciężko się przyznać do pewnych rzeczy, ale miałeś rację – dodała tym razem głośniej.

Teraz gdy już wyjechali na asfaltową drogę, to nie było, aż tak źle, ale pierwszych kilka kilometrów, które przejechali po nierównej, wyboistej drodze, to był prawdziwy koszmar. Okazało się, że przesadziła ze swoimi możliwościami. Kręciło jej się w głowie i w żołądku chyba też, bo poczuła mdłości. Miała nadzieję, że ten pomysł ze wstrząsem mózgu, o której wspominał Robert, był pomyłką, a pilna potrzeba opróżnienia żołądka była tylko i wyłącznie związana z wypitym alkoholem. Miała naprawdę dużą tolerancję na alkohol, ale w tym momencie na pewno nie była w kwitnącym stanie.

- Z czym? – Bakan miał skupioną uwagę na drodze i nie zrozumiał sensu zdania, gdyż usłyszał tylko końcówkę.

- Z tym, że miałeś rację! – odburknęła, nie wiadomo dlaczego w taki sposób.

Przecież dosłownie przed chwilą, przed momentem myślała o nim życzliwie i z sympatią, aby po sekundzie odwrócić bieguny. Błyskawicznie znalazła dla siebie wytłumaczenie. Po prostu nie miała ochoty na tłumaczenia. Nie cierpiała powtarzać dwa razy. W jej przypadku cierpliwość i zwykła ludzka empatia nie były jej mocnymi stronami. Ludzie ją denerwowali, zwłaszcza, gdy okazywali się wykształconymi kretynami. Nawet, gdy rozmawiała z kimś, od kogo była zależna okazywała chłodny dystans i zwykle się to na niej mściło. Niestety, a może stety, ale nie potrafiła trzymać palca w czyimś tyłku i przypochlebiać ważniakom. Nie raz próbowała się przełamać, bo rozumiała, że w ten sposób podcina gałąź, na której siedzi, ale z marnym skutkiem. Gdyby była inna, to zapewne zaszłaby dalej, ale z własnym charakterem najtrudniej jest walczyć.

- Już dobrze. – Bakan wyczuł, że coś jest nie tak, więc wycofał się. Jeszcze tylko o jedno zapyta, a później już może się wcale nie odzywać. – Jedziemy do szpitala, czy może do jakiejś przychodni? – Zerknął w wewnętrzne lusterko i natknął się na rozbiegany wzrok Palickiej. Była wyraźnie zdenerwowana, a jednocześnie na jej twarzy malowało się zmęczenie, wręcz wyczerpanie.

- Nie, nie! – Uniosła zdrową rękę i pomachała energicznie dłonią przed swoją twarzą. – Żadnego szpitala ani żadnej przychodni.

- Jak to? – Bakan bardziej chyba był obruszony niż zaskoczony. – Skąd ta zmiana planów? Z tego co pamiętam, to chyba inaczej się umawialiśmy?

- Wiem jak się umawialiśmy. Pojedziemy do mojego znajomego, chirurga. Wprawdzie to chirurg plastyczny, ale palca chyba będzie potrafił naprawić? Czegoś ich tam chyba na tych studiach medycznych uczą?

- Robiła pani operacje plastyczne? – Zerkał raz po raz na drogę, ale starał się nie spuszczać oka z obrazu w lusterku.

- Tylko jedną.

- Jaką? – zapytał bez zastanowienia, a chwilę potem pomyślał, że zaraz dostanie taką kontrę, że aż mu w buty wejdzie.

Palicka również patrzyła w lusterko, a więc ich spojrzenia się skrzyżowały. Widać było, że zastanawia się nad odpowiedzią.

- W sumie, to guzik cię to powinno obchodzić, ale odpowiem, bo coś ci przecież jestem winna. Zrobiłam sobie cycki.

Bakan natychmiast przestał zerkać w lusterko i przekierował spojrzenie z powrotem na drogę. Poczuł się lekko zniesmaczony, a jednocześnie zażenowany. Po co zapytał? tak naprawdę nie wiedział. A przy tym nie miał pojęcia, czy Palicka mówi prawdę. Może chciała sobie tylko zadrwić? Poczuł ciepło bijące z policzków. Jeszcze tego brakuje, żeby się zaczerwienił.

- Człowieku, masz pięćdziesiąt lat. – Zaatakował siebie słownie, ale bezgłośnie. – Takie zachowanie to przystaje, może trzynastolatkowi, ale nie facetowi, który mógłby być jej ojcem. Głupi palant! – Żeby zająć myśli czymś innym zapytał: – To dokąd jedziemy?

Dorota dwa razy powtórzyła adres i dopytała, czy wie, gdzie to jest. Chwilę trwało nim wyszukał z pamięci lokalizację. Sporo się w życiu najeździł po Warszawie, ale najczęściej kojarzył miejsca z obiektów, które się tam znajdowały. W tym przypadku chodziło o plac budowy, gdzie stawiano jakiś sporych rozmiarów pomnik.

- Tak wiem, gdzie jest tamta ulica. – Odpowiedział spokojnie, pewnym głosem. – Numeru oczywiście nie kojarzę, ale to żaden problem.

Dalszą drogę przebyli w milczeniu. Kilkanaście minut później Bakan znalazł wreszcie miejsce parkingowe. Zaparkował pomiędzy dwoma samochodami dostawczymi i dlatego widział tylko to co z przodu oraz z tyłu. Palicka wysiadła w pośpiechu, jak gdyby goniła za potrzebą. Z jej ust padło tylko lakoniczne: – Czekaj za mną, aż wrócę!

Kiwnął tylko potakująco głową i poczuł się jak kierowca pieprzonej taksówki. Dopiero co zaczęli współpracę, a on już miał tego serdecznie dosyć.

Wprawdzie Dorota była dwa razy u Kacpra Byczkowskiego, ale z tamtych odwiedzin pamiętała niewiele. W obu przypadkach chodziło o balangi, na które zapraszał modelki i swoich kumpli, jak gdyby zamierzał pobawić się w swata. Za każdym razem wracała do domu uwalona w sztok. Oczywiście operację powiększenia biustu zrobił jej w prywatnej klinice, w której pracował. Była zadowolona z efektów jego pracy, tym bardziej, że nie wziął od niej ani grosza. Nie była głupia i wiedziała jakiej zapłaty oczekiwał. Raz wylądowali w łóżku, ale obydwoje zrozumieli, że to nie to i że nic z tego nie będzie. Teraz szła w stronę furtki, na której wisiała tabliczka z cyfrą 46 i zastanawiała się, czy zastanie gospodarza.

- Kacper bądź w domu, bądź w domu – powtarzała jak mantrę. Podeszła do furtki i nadusiła na guzik domofonu. Czekała na reakcję, ale ta nie nastąpiła. Ponowiła próbę jeszcze raz i drugi, i trzeci. Po ostatnim razie usłyszała nieco zniekształcony głos doktora Byczkowskiego.

- Tak, słucham? – Takie powitanie nie wróżyło niczego dobrego. A przecież musiał wiedzieć, kto stoi przy furtce, bo z góry wpatrywało się w nią oko kamery.

- Kacper, wpuścisz mnie?

- Kim pani jest? – Pytanie ją zaskoczyło. Albo wyglądała tak fatalnie, albo Kacper miał dzisiaj nietypowe poczucie humoru.

- Kleopatra! – warknęła i jeszcze raz nadusiła na domofon.

- Ta, Kleopatra?

- Dokładnie, ta. – Westchnęła i pokręciła głową.

- Ale sprzątanie jest w piątki, a dziś mamy środę.

- Kurwa, Kacper! Otwieraj tę pierdoloną furtkę, bo nie przyszłam tu na pogaduchy! Potrzebuję twojej pomocy. – Wypluła z siebie potok słów z szybkością karabinu maszynowego.

Ciche kliknięcie było sygnałem, że zamek ustąpił, a ona może przestąpić progi. Nadusiła energicznie na klamkę i pchnęła metalowe skrzydło. Nieco chwiejnym krokiem ruszyła w kierunku wejścia do domu. Zanim jej noga wzniosła się, aby stanąć na pierwszym stopniu, drzwi otworzyły się i stanął w nich wysoki, łysawy mężczyzna z brodą. Miał na sobie rozchełstany zielony szlafrok. Jego owłosiona pierś miała inną barwę niż włosy na brodzie, jak gdyby któreś z nich farbował. Dorota podjęła wspinaczkę, ale po kilku krokach zakręciło jej się w głowie. Odruchowo wsparła się o ścianę. Gospodarz widząc co się dzieje szybko zszedł do niej i już po chwili oboje byli w środku. Wprowadził ją powoli do dużego salonu i delikatnie posadził w głębokim fotelu. To pomieszczenie akurat zapamiętała, ale nie miała teraz czasu ani ochoty, aby podziwiać wnętrze.

- Źle wyglądasz, Dorota – powiedział prostując się.

- Naprawdę? – Skrzywiła twarz w cynicznym uśmiechu. – Muszę ci wierzyć na słowo, bo nie mam lusterka.

- Co ci się stało? Skąd ta rana na twarzy? Wygląda koszmarnie. – Wysunął dłoń w stronę jej twarzy, ale zatrzymał się i cofnął ją. – Rozumiem, że chcesz coś z tym zrobić?

- Nie tylko z tym, Kacper. – Uniosła dłoń do góry i pokazała złamany palec.

- Ciężarówka cię potrąciła?

- Żeby tylko ciężarówka. Daj mi Kacper coś mocniejszego do picia.

- Już się robi.

Kilka minut później wrócił niosąc dwie pękate szklanki napełnione do połowy brązowym płynem. Jedną podał Dorocie, a drugą postawił na stoliku. Usiadł naprzeciwko niej i założył nogę na nogę.

- Nawet nie zapytałem, czy na pewno mogę to wypić?

- A dlaczego miałbyś nie móc? Jesteś przecież u siebie. – Siorbnęła ze szklanki i skrzywiła twarz z niesmakiem lub z bólu.

- Nie chcesz mnie aby wyciągnąć z mieszkania, żebym cię dokądś zawiózł? – Na jego twarzy zagościł uśmiech.

- Spokojnie, mam swojego kierowcę. Czeka na dole, w swoim aucie.

- Cholera, Dorota! Tylko mi nie mów, że zostawiłaś Juliana przed moim domem?

- Nie, to nie Julian. To jest... kto inny. Potrzebuję pomocy. Chcę żebyś mnie dokładnie obejrzał i poskładał do kupy.

- Oj, Dorota, Dorota – westchnął. – Widzę ranę na twarzy, no i ten palec. Jest coś jeszcze?

Dorota uśmiechnęła się szeroko, ukazując uzębienie, a następnie odsłoniła włosy z uszu. Pochwaliła się również zdartą skórą w miejscu, gdzie znajdowały się kajdanki. – Dostałam też kilka razy po pysku.

Doktor Byczkowski śledził jej ruchy z powagą, która stopniowo zmieniała się w niedowierzanie. Nie spuszczając z niej wzroku sięgnął po szklankę. Trzymał ją chwilę w powietrzu, po czym zamknął oczy i jednym haustem wypił zawartość. Odetchnął głęboko i otworzył oczy. – Dorota, kto ci to zrobił? – zagadał zachrypniętym głosem, jak gdyby miał zaschnięte gardło, choć przecież przed momentem skutecznie je nawilżył.

- Kacper, a czy to ma znaczenie? Mam sobie wszystko przypomnieć i wracać do tego? – Ponownie upiła łyk alkoholu.

- Mam nadzieję, że to nie Julian? Wiesz, jak zawsze go szanowałem.

- Kacper, na miłość boską! Myślisz, że ten goguś byłby zdolny do czegoś takiego?

- Nie, nie sądzę. Ale chciałbym dopaść tego skurwiela. Rozumiem jedna rana, ale tyle...?

- No i dobrze. – Dorota uśmiechnęła się krzywo, przystawiła naczynie do ust i poszła w ślady gospodarza. Odstawiła szklankę dopiero wtedy, gdy ją opróżniła i zatrzepotała powiekami, jakby chciała coś spod nich wytrzepać. – Kacperku, mój ty doktorku, pora brać się do roboty!

- Tak, masz rację. – Wstał widząc, że i ona się podnosi. – Ale zębów ci nie zrobię. To nie moja branża.

- Zęby, to moje najmniejsze zmartwienie. – Podeszła do mężczyzny i pogłaskała go zdrową ręką po policzku. – Już zapomniałam, gdzie masz ten swój pieprzony gabinet.

- Aaa, no właśnie, gabinet. Zapraszam, chodź za mną.

- Kacper, jeżeli wyglądam tak, jak się czuję, to lepiej nie pokazuj mi lustra. – Dorota ciężko opadła na kanapę i zamknęła oczy, wykrzywiając przy tym twarz w grymasie, który w jej mniemaniu miał opisywać stan jej ciała.

- Lepiej nie strój min, przez najbliższe dwa tygodnie, bo ci szwy popękają. Kiedy je zdejmę będziesz miała widoczną bliznę, ale po kilku kolejnych naszych spotkaniach, będzie coraz mniej widoczna. Palec na całe szczęście był tylko wyłamany.

- A co z uszami? Będę jeszcze kiedyś mogła założyć kolczyki? – Spojrzała z nadzieją na mężczyznę, który nadal miał śnieżnobiały fartuch na sobie. Ręce trzymał nonszalancko w kieszeniach fartucha, przez co wyglądał teraz niezwykle seksownie. Seks, to jednak w tej chwili była ostatnia rzecz wśród jej priorytetów i potrzeb.

- Uszu nawet nie dotykałem. To znaczy przemyłem ranki i zdezynfekowałem, żeby nie dostało się zakażenie. Zakleiłem je plastrami, ot i cały opatrunek. Małżowiny uszne same się powinny ładnie zagoić. Spałaś ponad godzinę i teraz może cię trochę mdlić, ale to przejdzie. Nie powinno być zakażenia. A poza tym po twoim oddechu wnioskuję, że odpowiednio się dezynfekowałaś.

- Kacper, dziękuję.

- Za dziękuję się nic nie kupuje. Wiesz, że tak zarabiam na życie, a czasy są ciężkie – stwierdził i westchnął ciężko. Jego oczy były jednak rozbawione i Dorota do końca nie była pewna, czy mówi poważnie, czy też żartuje.

- W innej sytuacji dostałbyś ode mnie w pysk, a później poszlibyśmy do łóżka, ale teraz... – Sięgnęła do torebki i wyjęła kartę płatniczą w czerwonym kolorze. – Niestety nie mam przy sobie gotówki.

- Żartowałem z tą kasą. – Wyjął dłonie z kieszeni i wysunął przed siebie, aby zaprotestować lub odgrodzić się od jej karty, która zmierzała w jego stronę.

- Kacper, mogłeś sobie i żartować, ale ja do spraw pieniędzy podchodzę bardzo poważnie, i ty powinieneś o tym wiedzieć. Masz w domu terminal? Pewnie, że masz.

- Nawet nie spytasz, ile to cię będzie kosztować?

- Nie muszę. Stać mnie jeszcze. A poza tym zreperowałeś mnie jak mistrz Gepetto swojego Pinokia.

- Co jest, kurwa? – Dorota po raz enty próbowała zapłacić kartą. Za każdym razem transakcja nie zostawała przeprowadzona. Coś było nie tak z tym urządzeniem albo z jej kontem. Gdyby to był bankomat, to mogłaby się dowiedzieć, co się dzieje, a tak to pozostawały jedynie domysły. – Kacper, rozumiesz coś z tego? – zapytała pełna nadziei, że usłyszy uspokajającą odpowiedź.

- Z czytnikiem wszystko w porządku, a objawy są takie, jakbyś nie miała środków na koncie. Raz już tak miałem, że jedna babka nie mogła zapłacić, bo jej mąż wyczyścił saldo do zera.

- Pieprzenie! – warknęła. – Myślisz, człowieku, że ledwo wiążę koniec z końcem? Uważasz, że czekam na wypłatę? Gdybym tylko miała telefon...

- A gdzie go masz? – Kacper palnął głupie pytanie, czym wyprowadził ją z równowagi. Reakcja mogła być tylko jedna.

- A w dupie, do cholery! Czy wszystko musi się układać przeciwko mnie?! – zawyła podnosząc wzrok ku górze, jakby szukała pocieszenia u siły wyższej.

- Przepraszam Dorotko, ale zachowuj się! Nie jesteś kobieto u siebie. Ja nie toleruję takiego zachowania. – Byczkowski był wyraźnie poruszony i nie krył tego.

- Przepraszam, Kacper, poniosło mnie. Na tę chwilę jestem wrakiem człowieka i jedyne o czym marzę, to walnąć się do wyra i przespać całą noc. – Udała skruchę. – Ale sam widzisz, że wszystko jest nie tak! – dodała podniesionym głosem.

- Czy ty naprawdę nie widzisz, że ten twój nieposkromiony charakterek prędzej czy później wpędzi cię w takie kłopoty, że już z nich nie wyjdziesz? Jesteś tego świadoma, czy może tylko udajesz, że wszystko gra?

- Niczego nie udaję! Wiem jaka jestem i to jest tylko i wyłącznie moje zmartwienie. Nie męcz mnie, proszę. Raz już powiedziałam przepraszam i więcej nie zamierzam.

- Już dobra, dziewczyno. – Uniósł dłoń w pojednawczym geście. – Podam ci mój numer konta, a ty mi przelejesz te pięć tysięcy, jak już wszystko poogarniasz. Mam do ciebie zaufanie. W końcu i tak do mnie jeszcze wrócisz.

- Dziękuję, doktorku. – Uśmiechnęła się łagodnie i odruchowo przełożyła włosy za uszy. – Jesteś dla mnie dobry, a ja gryzę, jak wściekła suka. Do widzenia, Kacper. Wracam do mojego kierowcy.

Wyszła powoli, jak gdyby nigdzie jej się nie śpieszyło. W rzeczywistości jednak chciała jak najprędzej znaleźć jakikolwiek bankomat, a w ostateczności wrócić do swojego domu i na laptopie sprawdzić, co jest nie tak z jej kontem. Pieniądze z konta, ot tak, nie mogą zniknąć. Miała złe przeczucia, a ponieważ nie znosiła tkwić w niepewności, musiała jak najprędzej poznać prawdę.

- Przepraszam, Robercie. Nie wiem ile mnie nie było, ale facio poświęcił mi trochę czasu, aby mnie postawić na nogi – Dorota zagadała siadając na tylnym siedzeniu.

- Nic się nie stało, pani płaci. Też nie wiem, jak długo czekałem. Ale za to trochę tu sobie pospałem. – Ziewnął patrząc w lusterko. – I jak z tym pani palcem?

- Na szczęście to nie było złamanie, a zwichnięcie. Trochę jeszcze boli, ale już po sprawie. Chyba łatwiej coś złamać, niż później nastawić?

- Oj, to nastawianie musiało nieźle zaboleć – stwierdził i patrzył teraz z politowaniem. Palicka miała opatrunek na zranionym policzku, który zakrywał jej niemal połowę twarzy. Wcześniej wiedział, że lekarz będzie musiał jakoś zabezpieczyć ranę, ale spodziewał się jakiegoś niewielkiego plastra.

- Nie wiem i dobrze. Na całe szczęście mój doktorek mnie uśpił.

- Uśpił, ano tak. – odwrócił wzrok od lusterka i spojrzał przed siebie. Powoli dzień zmierzał do końca. Słońce było już nisko nad horyzontem, a oni tkwili w samochodzie, czekając nie wiadomo na co. – Dokąd teraz? – zapytał licząc, że usłyszy normalną odpowiedź. To co dotarło do jego uszu wyraźnie go zaskoczyło.

- Do jakiegoś bankomatu. Nie ma znaczenia z jakiego banku. Może być pierwszy lepszy z brzegu. Nie mam zamiaru kaprysić.

- Potrzeba pani gotówki?

- To też, ale przede wszystkim muszę coś sprawdzić. Jedźmy już.

- Tak, oczywiście. Tylko, że będziemy trochę błądzić. Nie mam bladego pojęcia, gdzie w okolicy może być jakikolwiek bankomat. Słyszałem, że podobno są takie aplikacje na telefony, które pokazują bankomaty, ale ja czegoś takiego nie mam.

- Ja też nie. A gdyby nawet, to mój telefon ma ten gnój. No cóż trochę pojeździmy i poszukamy.

- Kurwa, kurwa, kurwa! – zaklęła wściekła i szybko rozejrzała się, czy nikt nie usłyszał. Na szczęście wokół nie było żywego ducha. Oprócz czekającego na nią samochodu ze znudzonym kierowcą w środku, okolica zdawała się być pozbawiona ludzi. Jej uwagę na moment przykuł pewien ruch. Niewielki, czarny jak kruk kundel bez pośpiechu podszedł do jednego z zaparkowanych aut i nonszalancko oddał mocz na przednie koło wypasionego BMW. Odwróciła głowę i ponownie zerknęła na ekran. Komunikat był lakoniczny i niezwykle zwięzły: BRAK ŚRODKÓW.

- Wyczyścił mi konto? Ale jak? – zapytała bankomatu, ale nie uzyskała od bezdusznej maszyny żadnej odpowiedzi. Odetchnęła głęboko i spróbowała się skupić. Wprawdzie na tym koncie przezornie nie umieściła wszystkich swoich pieniędzy, ale kilkanaście tysięcy piechotą nie chodzi. Pytanie brzmiało, w jaki sposób dostał się do jej konta i obszedł wszystkie zabezpieczenia? – Miał oczywiście dostęp do karty, bo miał wszystko, co było w torebce, jak i ją samą – szeptała do siebie. – Karta to jedno, a PIN to już wyższa szkoła jazdy. Tej czterocyfrowej liczby nie da się odgadnąć, bo chyba przy trzecim podejściu bankomat połyka kartę i jest pozamiatane.

- No, no, no, no... O, Boże! – Zrobiła dziubek ustami i podrapała po brodzie. Zamyślona spojrzała na Roberta. – Nie wiem, czy jest mądrzejszy, ale na pewno lepiej zna życie. Może on wymyśli, jak to się mogło stać? – stwierdziła. Wyjęła kartę i ruszyła w stronę stojącego nieopodal samochodu.

- I jak tam? – Bakan odwrócił głowę, w momencie, gdy Dorota zatrzaskiwała drzwi od środka. – Kasa się zgadza?

- Robert, jak to możliwe... – rozpoczęła bez zbędnych tłumaczeń – że mam wyczyszczone konto?

- No ja tego nie zrobiłem – wypalił asekurancko. Chciał, aby odebrała to jako żart, bo prawdę mówiąc w jej ustach zabrzmiało to jak oskarżenie, choć co oczywiste nie mógł być pewny jej intencji.

- Domyślam się. – Podsumowała i pociągnęła nosem. – Gdybym nie miała do ciebie zaufania, to bym tu teraz nie siedziała. Wiesz, co mi chodzi w tej chwili po głowie?

- Nie mam pojęcia. – Odpiął pas i przekręcił ciało na fotelu, aby swobodniej na nią patrzeć.

- Nie miałam na koncie jakiejś kosmicznej forsy, ale chodzi o sam fakt, jak on je zabrał?

- Rozumiem, że miał dostęp do karty – Bakan bardziej stwierdził, niż zapytał.

- Była w torebce.

- No tak.

- Skąd wziął PIN? – Jej brwi uniosły się ku górze, ale wzrok nadal błądził gdzieś, w trudnej do uchwycenia przestrzeni.

- A może sama mu pani go podała, a teraz tego już nie pamięta?

- Nie pamiętam?... Nie pamiętam? – powtórzyła kilkukrotnie i wreszcie spojrzała na Bakana. – No właśnie! – dodała niemalże triumfująco.

- Przepraszam, ale nie nadążam. – Zupełnie nie rozumiał do czego Palicka zmierza.

- Chodzi o pamięć! Nie mogłam mu podać hasła, bo nigdy nie byłam w stanie zapamiętać tych czterech pieprzonych cyferek! Nigdy, rozumiesz?

- Zaraz, zaraz. Nie chcę być niegrzeczny, ale nie ma w tym ni krzty logiki – odpowiedział spokojnym głosem, aby nie wywołać burzy. Starał się okazać przydatnym, ale w jej przypadku co chwila dochodziło do wybuchu jej temperamentu.

- Dlaczego niby nie ma? – Popatrzyła na niego ze zdziwieniem, ale i z nieskrywaną ciekawością.

- Przecież nie tak dawno sprawdzała pani stan konta, czy może chciała wypłacić forsę z tamtego bankomatu. Logicznym jest, że musiała pani wstukać PIN, inaczej się nie da.

- O, Boże! – prawie krzyknęła. – Przecież mam w torebce karteczkę z numerem. Pewnie przetrzepał, co mam w środku i znalazł. Jak mogłam tego nie skojarzyć? No i nie skojarzyć, że trzymam karteczkę w łapach?!

- No cóż. Takie rzeczy się zdarzają. – Stwierdził. Zabrzmiało to bezosobowo, a przecież miało ją pocieszyć. – Dużo tego było?

- Dla niektórych niedużo, a dla innych, trochę albo sporo – odpowiedziała złośliwie. – Jedziemy do domu – dodała rozkazującym tonem i oparła wygodniej na siedzeniu. W ten sposób jej zdaniem zakończyła dyskusję.

Dla Bakana nie było to jednak tak oczywiste, gdyż właśnie pojawiła się kolejna zagwozdka. Tym razem to on wzniósł brwi i zapytał: – Do jakiego?... Znaczy do czyjego domu?

- Do mojego, człowieku! To przecież jasne, że nie do twojego. Przypominam ci, że w moim domu mam wszystkie swoje rzeczy. Z tego co wiem, ty w swoim nie masz moich gaci i podpasek?

- Nie, nie mam. To tak, oczywiste, że bardziej oczywiste być nie może. – Westchnął, zagryzł zęby, przekręcił ciało na siedzisku i ponownie przepasał się. Minutę później jechali już do jej domu.

Przez całą drogę nie zamienili ze sobą ani słowa. Jak stare małżeństwo po poważnej kłótni, które jest ze sobą już tak mocno zgrane, że wie, iż swoje trzeba odczekać, aby wszystko powróciło do normy. Bakan pod pozorem śledzenia tego co nieodzowne do prowadzenia pojazdu, co chwila zerkał w wewnętrzne lusterko. Za każdym razem gdy to robił natykał się na ciekawskie spojrzenie Palickiej. Twarz miała ściągniętą i trudno z niej było wyczytać i rozszyfrować emocje, ale widać było, że jej uwaga jest czymś bardzo zaabsorbowana. Z początku go to speszyło, ale później uznał, że to nie jest jego problem. Po kilkunastu minutach zatrzymał się pod jej domem i rzucił żartobliwie: – Koniec kursu.

Dorota spojrzała na widok za szybą i uśmiechnęła kwaśno. Perspektywa spędzenia czasu w rodzinnym domu była wielce kusząca, ale i napawała nieokreślonym lękiem. A co jeżeli tamten palant dorobił sobie klucze i zechce ją odwiedzić? Co wówczas zrobi, skoro ledwo trzymała się na nogach? Niby zwykło się mawiać, że dom jest moją twierdzą, ale w tym przypadku jej zamek potrzebował załogi. Odpięła pas, głęboko odetchnęła i poprawiła włosy. Przekierowała wzrok na wewnętrzne lusterko i stwierdziła, że Robert nadal nie spuszcza z niej wzroku. Nie wiedziała, jak to zaklasyfikować. Dbał o nią, czy może zwyczajnie był bezczelny. Nie miała ochoty ani tym bardziej siły, żeby zareagować. Następne co zrobiła to otworzyła drzwi, a gdy zaczęła wysiadać rzuciła do wnętrza, niby od niechcenia: – Robert, chodź ze mną.

Nie usłyszała dokładnie, co odpowiedział, ale chyba chodziło o to, że musi gdzieś zaparkować. Stanęła na chodniku, po drugiej stronie ulicy i spojrzała w swoje okna. Nigdzie nie paliło się światło, co jej specjalnie nie zaskoczyło. Już nie pamiętała, kiedy ją ktoś odwiedził. Nie miała w zwyczaju zapraszać kogokolwiek, nie wspominając już, że była tylko jedna osoba, która miała klucze. Dobry miesiąc temu w przypływie słabości dała Julianowi zapasowe klucze, ale szybko tego pożałowała, gdy zdała sobie sprawę, że ten gest był dla niego symbolem, iż zamierza związać się z nim w poważniejszym związku. Tak więc, Julian mógł być tą jedyną osobą, która mogła na nią czekać, ale jak wskazywały zaciemnione okna – nie czekał.

- Jestem. – Męski głos zza pleców uświadomił jej, że pora ruszać na górę.

- To dobrze, chodźmy. – Nie spojrzała na Roberta, ale nie, dlatego, że była na niego obrażona, wręcz przeciwnie, potrzebowała go w tej chwili bardziej niż kiedykolwiek, gdyż niespodziewanie uświadomiła sobie, że jest obserwowana. To było subtelne odczucie, które nazywamy instynktem lub szóstym zmysłem. W tym przypadku nie było jednak subtelności, a wręcz pewność. Wiedziała nawet, w którą stronę powinna spojrzeć, aby przekonać się, że ma rację. Nie zrobiła jednak tego tylko powolnym krokiem ruszyła w stronę wejścia do budynku. – Myślę, że jesteśmy obserwowani – powiedziała szeptem, ale na tyle głośno, aby jej towarzysz usłyszał.

Bakan też to wiedział, ale nie, dlatego, że coś przeczuwał. Gdy parkował auto, to zauważył, że zza drzewa wystaje głowa mężczyzny. Ta sama głowa, którą wcześniej ujrzał, jak zwisała bezwładnie z opartego o ścianę ciała. Niewiele jednak mógł zrobić. Z tą jego chorą nogą nie było sensu puszczać się w pogoń. Lepiej było udawać, że oboje nie są świadomi obecności obserwatora.

- Był tam. – Dorota właśnie przekręcała klucz w zamku, a za chwilę pchała skrzydło drzwi i naciskała na włącznik światła. Głos jej drżał, choć chciała to ukryć. Teraz jej priorytetem było znaleźć się w środku i zamknąć drzwi za sobą.

- Widziałem go – chował się za drzewem – ale uważam, że on nie jest głupcem, żeby tutaj przyjść. Zwłaszcza jak się przekonał na własne oczy, że nie jest pani sama. – Sapał ciężko, bo zmęczyła go wspinaczka po schodach.

- Robert, daj już spokój z tym paniowaniem. Jesteś ode mnie sporo starszy, a ja tobie mówię po imieniu, a ty mi nie. To nie jest normalne. Zwłaszcza po tym, co dla mnie zrobiłeś. – Spojrzała w jego stronę, jakby z wyrzutem, po czym zamknęła drzwi i przekręciła zamek.

- Okej, mogę mówić na ty. – Wzruszył nonszalancko ramionami i rozejrzał po korytarzu. Szybko zakończył obserwację, gdyż nie było czego podziwiać.

- Zrobię nam po kawce. – Dorota powoli odzyskiwała spokój ducha. Nie mam bladego pojęcia co jest w lodów... – nie dokończyła, tylko spojrzała na swojego gościa z nieskrywanym niepokojem. – Robert?

- Tak? – Patrzył na nią i widział, że coś ją przestraszyło. – Coś nie tak? – szybko dopytał.

- Ja nawet nie zapytałam, którego dziś mamy, jaki to dzień? Przez to nie mam pojęcia, jak długo mnie nie było?

- No, trzynasty. – Przełknął z trudem ślinę, jak gdyby powiedział coś niestosownego.

- Nie było mnie aż tydzień! – stwierdziła i zrobiła wielkie oczy.

- Na to wygląda – potwierdził. – Czas szybko biegnie, chociaż nie zawsze.

- Ten chuj więził mnie przez siedem dni! Boże, siedem dni! – Załkała i ruszyła szybkim krokiem.

Pokuśtykał za nią, ciekaw dokąd się udaje. Gdy zniknęła za drzwiami łazienki stanął bezradnie, nie wiedząc co dalej. Stać tu, gdzie jest i czekać, czy rozgościć się i na przykład zrobić kawę, o której wspominała. Odrzucił jednak ten pomysł, bo musiałby grzebać jej po szafkach, a to by na pewno nie było mile widziane. Uznał, że zaczeka, tu gdzie jest. Poczeka cierpliwie, aż ona przetrawi to wszystko i wyjdzie z łazienki.

Dorota usiadła na krawędzi wanny i przetarła zapłakane powieki. Nie rozumiała, dlaczego po tym wszystkim, co przeszła akurat ten fakt, że była więziona przez tydzień sprawił, że się rozsypała. Przecież najgorsze już miała za sobą. Czuła, że to wszystko co budowała z takim mozołem legło w gruzach i szybko się nie podniesie. Świat przez ten tydzień stanął na głowie, a później upadł z wielkim hukiem, rozsypując się na miliony kawałków, jak olbrzymi wazon kryształowy. Jak będzie wyglądało jej życie za tydzień, miesiąc? Z tą blizną na twarzy będzie mogła co najwyżej założyć jakąś agencję promującą młode modelki, a to zdecydowanie nie było to, co chciałaby robić.

- Muszę się wziąć w garść – wyszeptała, po czym wysmarkała nos i z przyzwyczajenia zerknęła w lustro, które miała po prawej stronie. Rozciągało się od podłogi do sufitu, aby mogła podziwiać swoją figurę. Na jej twarzy pojawiło się przerażenie, gdy dostrzegła swoje odbicie i nie o figurę jej chodziło, a o twarz. Wiedziała doskonale co robi, gdy odmówiła spojrzenia w lustro po tym, jak doktorek ją poskładał. A teraz to zrobiła i natychmiast pożałowała. Jej twarz wyglądała koszmarnie i tu już wcale nie chodziło o ten opatrunek na policzku. Nie wiedziała, że ma podbite oko, skaleczoną wargę oraz zasiniały nos. Do tego jeszcze dochodziły dwa siniaki. Nie dziwota, że Kacper tak zareagował na jej widok. Nie była głupia i wiedziała, że rany się zagoją, taka kolej rzeczy. Gorzej będzie z psychiką. Z czasem dojdzie do siebie, czy może do końca swojego życia budzić się będzie w nocy, z krzykiem?

- Jestem głupia i sama się nakręcam. Muszę się koniecznie czymś zająć, bo inaczej zwariuję. – Podsumowała i usiadła na sedesie za potrzebą. – Muszę teraz jakoś ugościć mojego wybawiciela – Wyszeptała już spokojniejszym tonem. Spuściła wodę i wyszła z łazienki.

- Robert będziesz musiał pójść na zakupy. Z tego co pamiętam nie mam nic, co by się nadawało do jedzenia po tygodniu leżenia w lodówce. – Uśmiechnęła się gdy zobaczyła, że jej gość stoi tam, gdzie go pozostawiła. – Mogłeś się rozgościć. Słuchaj, wiem, że to może ci się wydać banalne, ale musimy coś zjeść, jeżeli chcemy tu zostać do jutra.

- Do jutra? – powtórzył końcówkę zdania. – Ale ja też mam dom i...

- Oczywiście, że masz, ale obiecałeś robić mi za ochroniarza. Nie zostanę sama w tym domu na noc, zwłaszcza po tym, jak się dowiedziałam, że ten fiut wie, gdzie mieszkam, i że jestem w domu. Zrobię ci listę zakupów i dam gotówkę. Zamknę się od środka i jako tako doprowadzę do porządku. Wiem, że wyglądam, jak upiór. Jak wrócisz zadzwonisz i zagwiżdżesz motyw z „Deszczowej Piosenki". Znasz to? Zagwizdała melodyjkę i parsknęła śmiechem. – Kurwa, bez tych wyrwanych zębów, nawet gwizdać nie potrafię.

# 27.

- Co to ma być? Pobudka, ty stary śpiochu. – W mieszkaniu rozległo się kobiece nawoływanie.

Dorota właśnie wyszła z kuchni, gdzie przed momentem zaparzyła dwie mocne kawy. Po kilku sekundach zatrzymała się metr od łóżka, na którym leżał Bakan, opatulony kołdrą. Jedynie dwie bose stopy wystające poza krawędź łóżka i sporych rozmiarów kształt przypominający człowieka, świadczyły że w jej mieszkaniu nocuje właśnie mężczyzna.

- Robert wstawaj, ale to już! Pamiętaj, że nadal jesteś w robocie. – Chwyciła zdrową ręką za krawędź materiału i zaczęła ściągać kołdrę, aż do momentu, gdy ukazała się cała głowa. Szybko oceniła w jakim jest stanie. Jej gość nie wyglądał dobrze. Kilkudniowy zarost i potargane włosy z pewnością nie dodawały mu uroku. To jednak nie było ważne. Miała przecież przed sobą człowieka, który wyrwał ją ze szponów szaleńca. I choć ten mężczyzna nie wyglądał na księcia, to ona jednak miała prawo czuć się jak księżniczka, uwolniona z wysokiej wieży.

- Co ja niby... – Bakan jeszcze nie do końca rozumiał, gdzie jest i co ma znaczyć ta cała sytuacja.

Z trudem otworzył oczy i spojrzał w górę. Zobaczył nad sobą kobiecą sylwetkę zwieńczoną twarzą, którą znał, aż nazbyt dobrze. To akurat wydawało mu się oczywiste, ale nie mógł pojąć, dlaczego widzi ją z perspektywy łóżka. Nie przypominał sobie, aby kładł się spać. Chwilę trwało nim przypomniał sobie, że wczoraj został wysłany, jak jakiś dzieciak z kartką na zakupy. Później zdaje się było picie i jakieś jedzenie, które mu nie smakowało.

- Dochodzi dziesiąta. Zawsze tak późno wstajesz? – Dorota miała satysfakcję widząc, jak Robert nie może dociec, gdzie jest i co się z nim dzieje. Wczoraj wypili dwie butelki wódki i chyba po raz pierwszy w życiu widziała tak spitego faceta. Poszli spać około północy, choć nie dałaby się pokroić za to, że równie dobrze mogła to być pierwsza.

- Nie, nie zawsze. Najczęściej budzę się wcześniej. – Ziewnął przeciągle i przeorał palcami włosy. – Dlaczego leżę w twoim łóżku i do tego... – odchylił kołdrę i spojrzał na dolną część swego ciała – nagusieńki?

- Bo zwykle tak się budzą kochankowie – odpowiedziała wyraźnie rozbawiona.

- Czyli, że my...? – Nie był w stanie dokończyć. Patrzył na nią i chyba musiał wyglądać na niezbyt rozgarniętego, ponieważ szybko dodała.

- Dokładnie. Zebrało ci się na bzykanie, a że ja też byłam nieźle wstawiona, to... No wiesz?

- Słodki Jezu – wymamrotał. Sam do końca nie wiedział, czy jest przerażony tym faktem, czy bardziej zniesmaczony i zażenowany. – Nie wierzę, że ja...

- Choć prawdę mówiąc, to nie wszystko poszło tak, jak powinno. – Tym razem patrzyła na niego z powagą.

- Co to znaczy, że nie poszło, jak powinno? Nie rozumiem, co masz na myśli? – Czuł, że niepotrzebnie drąży ten temat.

- Duch ochoczy, ale ciało słabe – powiedziała powoli, jak gdyby celowo, żeby mieć pewność, że zrozumiał.

- Znowu nie rozumiem. – Wypowiedział te trzy słowa niemalże charcząc.

- Boże, Robert? Próbowałam być delikatna, człowieku. Ale jak chcesz to powiem dosłownie. Nie stanął ci!

- O Jezu słodki. Nie wiem co gorsze? To, że chciałem, czy to, że nie sprawdziłem się jako mężczyzna? – Poczuł się tak, jakby za moment jego sekret miał zostać wystawiony na widok publiczny. Jeszcze nigdy nie czuł się tak upokorzony. – Przepraszam, Dorota. Widzisz, ja...

- Nie przeżywaj tego tak, człowieku. – Dostrzegła jak się czerwieni i z trudem powstrzymywała się od parsknięcia śmiechem. Wiedziała jak faceci potrafią być zakompleksieni w temacie swojej męskości, ale żeby aż tak? Właśnie się przekonała, że niewiele wie o mężczyznach.

- Przecież ty mogłabyś być z racji różnicy wieku moją córką. To nie jest normalne.

- Tak, akurat. Nie rób z siebie pedofila, bo ja nie mam dwunastu lat. Parsknęłabym teraz śmiechem, ale boję się, że mi szwy puszczą. Idę do kuchni pić kawę, bo mi wystygnie, a ty wciągaj gacie na dupę, bo nie zniosę widoku gołego faceta paradującego ze swoim wackiem na wierzchu. I pośpiesz się, bo musimy coś obgadać.

Bakan odprowadził ją wzrokiem, aż zniknęła mu z oczu. Odczekał jeszcze chwilę, nie wiedząc, co powinien zrobić. Oczywiście należało się ubrać, ale tak banalna czynność mocno się skomplikowała, gdy uświadomił sobie, że nie ma bladego pojęcia, gdzie może znajdować się jego bielizna. Bieganie po pokoju na golasa i szukanie ubrania niezbyt wydawało mu się atrakcyjne.

- Ale się wpierdzieliłem – mamrotał do siebie rozglądając się nerwowo w poszukiwaniu majtek. – Gdzie ja mam rozum? Toż to jeszcze dzieciak i jeszcze ta impotencja. Trzeba przestać pić i bzykanie też trzeba odłożyć na lepsze czasy. – Wstał i natychmiast ukucnął szukając pod łóżkiem.

- Długo jeszcze mam czekać?! – Dobiegło z kuchni. – Kawa już prawie zimna.

- Nie mogę znaleźć... no tych... bielizny szukam – odkrzyknął poirytowany, że musi się tłumaczyć. Już sam fakt, że zapodział gacie był sam w sobie uwłaczający, a do tego jeszcze musiał wołaniem informować, z czym ma problem.

- Wsunęłam ci czyste pod poduszkę! Są Juliana, ale to przecież bez znaczenia.

- Taa, Juliana. I jeszcze mi przyjdzie chodzić w czyichś gaciach. Masakra! – spuentował zdenerwowany.

Szybko chwycił róg poduszki i podniósł ku górze. Nie żartowała, więc dwie minuty później wciągał już spodnie. Szło mu to nieco nieporadnie i byłby się przewrócił, gdyby nie oparł się o łóżko.

- Powiedz mi, jak do tego doszło, że zostałaś porwana? – Bakan pociągnął spory łyk i niewiele brakowało, a byłby się zakrztusił, gdy w przełyku wylądowało sporo fusów. Odstawił kubek na bok z gorącym przeświadczeniem, że już więcej się z niego nie napije. Suszyło go bardzo, ale pomysł z ugaszeniem pragnienia, kawą nie był najszczęśliwszy.

- Niewiele mogę sobie przypomnieć. Jakby mi ktoś pamięć wyczyścił. Pamiętam kłótnie z Julianem, podróż taksówką do baru, a później już nic. Ocknęłam się przykuta łańcuchem do ściany, jak jakaś niewolnica.

- To trochę dziwne. – Bakan pokiwał głową z niedowierzaniem. – Zwykle scenariusz takich porwań jest trochę... a właściwie to zupełnie inny.

- To znaczy? – upiła niewielkiego łyczka.

- Przede wszystkim okup. W dziewięćdziesięciu dziewięciu procentach chodzi o pieniądze, a tylko w jednym przypadku na sto o zemstę. – Rozpoczął wykład z kryminologii. – Porywający kontaktuje się zazwyczaj z rodziną uprowadzonej osoby i oznajmia, że więzi poszukiwaną osobę. Przekazuje jakiś dowód, że mówi prawdę i podaje cyfrę, jakiej kwoty oczekuje za uwolnienie oraz miejsce, no i sposób przekazania pieniędzy. Zazwyczaj, aby wywrzeć presję opisuje ze szczegółami co się stanie z ofiarą, jeżeli jego postulaty nie zostaną spełnione. A tu z tego co wiem, chyba niczego takiego nie było. Mam rację?

- Ja praktycznie nie mam już rodziny. – Nie odpowiedziała na zadane pytanie, tylko podjęła własny temat. – Wyrzekliśmy się siebie nawzajem. – Końcową część stwierdzenia wypowiedziała niemalże szeptem i odwróciła głowę, aby nie mógł niczego wyczytać z jej twarzy. Zapadła krępująca cisza.

- No, z tymi rodzinami to już tak bywa. Nie ty pierwsza i nie ostat...

- Pieprzenie! – warknęła przerywając mu w pół słowa.

Bakan spojrzał w jej stronę i nadział się na obraz kobiety pełnej buty, ale i pewności siebie. Gdyby sytuacja wyglądała inaczej, to pewnie pokręciłby głową z niedowierzaniem. To był jakiś fenomen, jak ona potrafiła przeskakiwać z jednego stanu do innego. Od paniki, czasami rozpaczy, do spokoju, a nawet dobrego nastroju, aż po atak wściekłości, a czasami wręcz dzikiej furii. Nie znał jej długo, ale już zdołał sobie wyrobić pogląd, że coś z nią jest nie tak.

- Ja się strasznie żarłem z moim ojcem – kontynuował. – Byliśmy jak dwa psy, które walczą o sukę, aż w końcu się pobiliśmy, a właściwie to ojciec mnie stłukł. Wprawdzie byłem już mężczyzną, bo miałem 19 lat, ale on był ode mnie silniejszy i chyba bardziej szalony... A jak wiesz ludzie szaleni są bardziej odważni od tych przeciętnych, czyli normalnych. Pamiętam, że wtedy uciekłem z domu, ale i tak wróciłem na drugi dzień. Co niby miałem robić, jak nie miałem roboty, a co za tym idzie i forsy? No w sumie to z robotą by jeszcze uszło, ale co z mieszkaniem? A w sumie to już nie wiem. – Machnął ręką z rezygnacją. – Trzydzieści lat już ponad minęło i sam już dobrze nie pamiętam, co mi tam wtedy po głowie chodziło?

- I co, przyjął cię z powrotem?

- Przyjął, ale od tamtego momentu traktował jak powietrze. Ojciec miał robotę i dobrze zarabiał, a więc wszystko co lądowało na talerzu było jego zasługą i oboje o tym wiedzieliśmy. Każdy kęs mięsa, czy łyżka zupy były dla mnie upokorzeniem. Czułem się, jakbym dostawał jałmużnę od kogoś kto mną gardzi.

- A co na to twoja matka? – Ton jej głosu zmienił się na bardziej przyjazny.

- Matki już nie było. Coś koło pięciu lat wcześniej umarła na raka. Jakieś kobiece sprawy, a rodzeństwa nie było, bo starzy woleli się najpierw dorobić, zanim spłodzą mi braciszka albo siostrzyczkę.

- Biedak. – Dorota wysunęła rękę w jego stronę, jak gdyby zamierzała go pogłaskać po głowie.

Odchylił głowę do tyły. Nie był w nastroju, na tego rodzaju pieszczoty, tym bardziej, że nadal miał w pamięci to, co się wydarzyło, a właściwie to podobno nie wydarzyło, poprzedniej nocy.

- Spokojnie, chłopie. Czego się boisz? Już nie będzie ciupciania. Dostałeś jedną szansę i jej nie wykorzystałeś. – Jej oczy się śmiały.

Bakan poczuł się jak nastolatek. Nie widział w tej chwili swojego odbicia w lustrze, ale był pewien, że skóra na jego twarzy przybrała bordowy kolor. Pomyślał, że jeśli rzeczywiście się czerwieni, a ona w dodatku to widzi, to odarł się w tej chwili z resztek męskości. Ona miała coś takiego w sobie, co odbierało facetowi pewność siebie. Uznał, że koniecznie trzeba jak najszybciej zmienić temat.

- Też mi się zebrało na zwierzenia i wspominki. To przecież ty chciałaś o czymś rozmawiać. – Dopił powolutku kawę i oparł się plecami o ścianę.

- Tak, chciałam, ale ty nie dokończyłeś wykładu o porwaniach. – Uśmiechnęła się krzywo, a on nie miał pewności, jak odczytać ten grymas.

- A no tak, rzeczywiście. Na czym to ja...? Aha, już pamiętam. Powiedz mi Dorota, czy ty widziałaś jego twarz, czy przez cały czas był zamaskowany?

- Z początku zamaskowany, ale później pokazywał mi coraz więcej, aż w końcu przestał się skrywać pod maską.

- No tak, yhm. A czy wspominał coś o pieniądzach? Że chce okupu, że zrobił to dla kasy?

- Ani słowem nie wspomniał o pieniądzach. To ja raczej zaproponowałam mu pieniądze, jeżeli mnie tylko puści.

- I co on na to?

- Ten skurwiel nie wykazał zainteresowania forsą – odpowiedziała bezemocjonalne i poprawiła włosy.

- A może wspomniał, dlaczego to zrobił?

- Zrobił to... nie to głupie i bez sensu. – Zmieniła wyraz twarzy.

- Powiedz, proszę, a to ja uznam, czy to ma sens. Ładnych parę lat robiłem jako glina.

- Powiedział, że zrobił to, żeby się ze mną... ożenić. – Spojrzała na niego niepewnie.

- Ożenić? – powtórzył. – Nie, to rzeczywiście chore.

- A dlaczego, do cholery chore?! – Naskoczyła na niego. – Co ja jestem jakaś ostatnia?!

- Spokojnie. – Zasłonił się wyciągniętymi dłońmi. Nie spodziewał się takiej reakcji, tym bardziej, że powiedział to w dobrej wierze. – Tu nie chodzi o twoją atrakcyjność. Jesteś, byłaś... Kurwa, co ja plotę, przepraszam! To oczywiste, że nadal jesteś bardzo piękną kobietą, ale ja po prostu nie wierzę, że to jakaś wersja nieszczęśliwej miłości. Porwania kobiet, po to, aby wziąć je sobie za żonę skończyły się dwieście lat temu. Może gdzieś w Afryce jeszcze coś takiego występuje, ale nie tu.

Dorota patrzyła na Bakana i przez dobrą minutę zastanawiała się, czy powinna mu wszystko powiedzieć. W końcu już było po wszystkim i można było nabrać dystansu do całej sprawy. Po namyśle uznała, że może kiedyś, w przyszłości, a być może wcale. Nie musiał w końcu wszystkiego wiedzieć o jej życiu.

Muszę dorwać tego skurwiela, pomyślała. Nie mogła mu odpuścić tego co jej zrobił. Myślisz gnoju, żeś mnie zastraszył? Może trochę, ale już mi przeszło. Teraz to ja na ciebie zapoluję. Przejdziesz przez to samo, co ja, a nawet przez więcej. Zadarłeś z niewłaściwą osobą. Kobiety potrafią mieć większe jaja, niż wielu facetów. I ty właśnie trafiłeś na kogoś takiego. Czas zemsty się zbliża. Jeszcze będziesz mnie prosił o litość, ale wtedy okaże się, że w moim słowniku nie ma takiego słowa.

- Dorota, słuchasz mnie? – Głos Roberta wyrwał ją z jej świata.

- Tak, oczywiście. – Chrząknęła. – A o czym ty, bo się trochę zamyśliłam. Mam cały czas przed oczami tego palanta i nie mogę o nim przestać myśleć. To jest jak miłość, tylko odwrotnie.

- Mówiliśmy o tym, jaki był powód uprowadzenia. – Bakan nie czuł się z tym dobrze, że musi ją ciągnąć za język, choć przecież widać było, że nie jest specjalnie skora do rozmowy. A przecież, jeżeli nie chciała, to po co było to drążyć? Nic na siłę. Jak będzie gotowa, to sama opowie.

- Może skończmy już z tym przesłuchaniem. To nie jest zbyt komfortowe i miłe, nawet jeśli się występuje w roli świadka lub ofiary. Nie lubię, nie chcę i nie mam ochoty. A ponieważ to ja tu rządzę, to wiesz...?

- Oczywiście. – Odetchnął z ulgą, że to ona zrezygnowała.

- Tak naprawdę, to ja nic o tobie nie wiem – stwierdziła, czy może zapytała.

- A co byś chciała wiedzieć? – Nie lubił takich rozmów. Za moment będzie musiał opowiadać o sobie, czego wręcz nienawidził.

- Bo ja wiem? – prychnęła ustami. – Wszystko.

- Nie ma na to czasu, a poza tym moje życie jest strasznie nudne. Masz tylko jedno pytanie.

- Tylko jedno? – wyglądała na zawiedzioną. – No dobra. Jaką muzykę lubisz? Czego słuchasz?

Westchnął z ulgą, że zapytała o tak banalną rzecz. Chwilę się zastanawiał. – Pink Floyd.

- Może być. Staroć, ale może być – skwitowała.

Wstał zadowolony, że już koniec, chwycił oba naczynia po kawie i ruszył w stronę zlewu, aby je umyć.

- Tu jest zmywarka. Wiesz, co to? – Powiedziała to złośliwie. Miała już dosyć dzisiejszego dnia, choć prawdę mówiąc dopiero się zaczynał. Najchętniej wskoczyłaby teraz do łóżka i przespała resztę dnia. Jednak perspektywa, że tamten zboczeniec czai się gdzieś obok, był bodźcem do działania, którego nie mogła powstrzymać.

- To nic, lubię zmywać. – Zlekceważył jej zaczepkę.

- Oooo! No proszę. Jeżeli jeszcze lubisz sprzątać, to się z tobą ożenię – rzuciła w jego stronę i parsknęła śmiechem.

- Raczej wyjdziesz za mnie. – Poprawił ją i spojrzał przez ramię w jej stronę. Chyba nie usłyszała, bo siedziała zgarbiona i oglądała swój ranny palec. Twarz miała teraz niezwykle poważną, jakby dosłownie przed chwilą spotkało ją coś przykrego, a ona przecież dosłownie kilka sekund wcześniej zażartowała. To nie było normalne. Była rozchwiana emocjonalnie i tak prawdę mówiąc trochę go to przerażało. Choć nie mógł przed sobą skrywać, że było w tym też coś podniecającego. Odwrócił głowę i skupił uwagę na zmywaniu.

- A wiesz, że niewiele pamiętam z tamtego wieczoru?

Ponownie usłyszał za plecami głos Doroty, ale mówiła tak cicho, że ledwie zrozumiał. Nie odpowiedział, chrząknął tylko, odstawił mokry kubek obok zlewu i zakręcił wodę. Odwrócił się i sięgnął po ręcznik, który wisiał na oparciu krzesła. Wyglądało na to, że dopiero teraz zebrało jej się na zwierzenia. Nie rozumiał dlaczego do tego powraca, przecież już to przerabiali.

- Coś tam musisz pamiętać – powiedział wycierając dłonie. – Opowiedz, co pamiętasz, a ja ocenię, co ma znaczenie. Może tak być?

- Może, może... a właściwie to musi – uśmiechnęła się cierpko i spojrzała mu w oczy. – Napiłabym się czegoś.

- Ja też, ale mam to pieprzone auto, a w każdej chwili moja kierowniczka może zażądać, żebym ją gdzieś zawiózł. – Tym razem to on był złośliwy.

- Pani kierowniczka jest potwornie zmęczona i ma w dupie wszystko. Dorwiemy chuja jutro albo pojutrze, jeśli tak nam pisane, a dzisiaj odpoczywam. Wczoraj myślałam, że dam radę, ale są takie momenty, że chce mi się zwyczajnie wyć. Rozumiesz mnie?

- Oczywiście, że cię rozumiem. Tyle przecież ostatnio przeszłaś, no i... ty tu rządzisz. Jak mniemam, mam pewnie skoczyć do sklepu, a później odgwizdać pod drzwiami tą kretyńską „Deszczową piosenkę”? – Jego usta skrzywiły się w uśmiechu. Tak naprawdę to również i jemu nie chciało się teraz bawić w polowanie na złego człowieka.

- Tak, jak mówisz. Dam ci kasę, a ty kupisz, co uznasz za stosowne. Mam nadzieję, że mnie zaskoczysz. Jedzenie zamówię przez kuriera z restauracji. Jak wrócisz to sobie usiądziemy i wtedy spokojnie pogadamy.

- Dobra to ja pędzę. – Wstał z krzesła, ale jej głos sprowadził go na ziemię.

- A pieniądze? Zaczekaj tu, przyniosę. – Wyszła z kuchni, poprawiając po drodze szlafrok.

- Racja, oczywiście – wymamrotał pod nosem.

Nie ma do mnie zaufania, stwierdził i spojrzał w okno. Nie chciał, żeby wyglądało na to, że śledził dokąd poszła. W sumie to powinien ją zrozumieć. Obcy facet w mieszkaniu i ona sama. Taka mieszanka dla kobiety nigdy nie wróżyła niczego dobrego.

- Proszę oto forsa i pamiętaj, „Deszczowa piosenka". – Wręczyła mu dwa banknoty stuzłotowe i pokiwała głową na boki, co zapewne miało coś w jej mniemaniu znaczyć. Patrzyła jak chowa pieniądze do portfela, a później klepnęła go zdrową ręką w ramię i ruszyła w stronę wyjścia.

Gdy tylko Bakan zniknął za drzwiami poszła do łazienki i spojrzała w lustro. To co zobaczyła nie napawało niestety optymizmem. Minęło zbyt mało czasu, aby opuchlizna i siniaki zdążyły choć częściowo zniknąć. Powoli odkleiła opatrunek z policzka. Patrząc w swoje odbicie zastanawiała się, co z tego udałoby się ukryć pod makijażem. Rany po nożu nawet nie próbowała oceniać. Usta miały lekkie pęknięcie blisko lewego kącika, a tego przecież pomadka nie zamaskuje. Puder wprawdzie potrafi czynić cuda, ale...

Dzwonek umieszczony nad drzwiami wejściowymi zadzwonił jak zawsze, ale tym razem – choć słuchała go już chyba po raz tysięczny – podskoczyła przestraszona.

- Jezu, czego ja się boję? – szepnęła i jakby dla podkreślenia, że nad sobą panuje, ziewnęła przeciągle. Zraniony policzek natychmiast przypomniał, że powinna uważać. Spojrzała w lustro sprawdzając, czy szwy nie puściły, po czym uspokojona wyszła z łazienki. Chwilę nasłuchiwała, licząc, że dźwięk się nie powtórzy, ale się zawiodła. Kilkanaście sekund później ponownie usłyszała znajome tony.

- Po co dzwonisz, palancie?! – wyszeptała i podeszła cichutko do drzwi. – Kto tam? – zapytała jak kretynka, bo przecież na co innego umówiła się z Robertem i delikatnie przystawiła ucho do drzwi.

Z drugiej strony dobiegło trochę nieudolne pogwizdywanie umówionego utworu.

- Za pierwszym razem lepiej ci poszło – powiedziała na głos, odruchowo poprawiła włosy i z uśmiechem na ustach przekręciła zamek.

Coś szarpnęło skrzydłem drzwi, tak mocno, że wypuściła klamkę i ułamek sekundy później to coś skoczyło na nią i odepchnęło. Zatoczyła się i uderzyła głową oraz plecami w ścianę, którą miała tuż za sobą. Nawet nie krzyknęła. Zapomniała po prostu, że może zrobić coś takiego. Zamiast tego zamknęła oczy i zsunęła się na podłogę. Poprzez nie do końca zamknięte powieki ujrzała, że coś pochyla się, a może kuca i znajduje się teraz dokładnie przed jej twarzą.

- Myślałaś, że to się tak skończy? – Usłyszała znajomy, męski głos. I o ile jego barwa mogła być jedynie złudzeniem, to ten jakże charakterystyczny zapach, a właściwie smród wody kolońskiej upewnił ją, że to on. Otworzyła gwałtownie oczy i ujrzała na wysokości swojej głowy jego twarz.

- To ty – wyszeptała przerażona.

- Zaskoczona? Wystarczyło stanąć na dole, żeby usłyszeć, jak ten palant wygwizduje ci pod drzwiami melodyjkę. Wprawdzie zrobił to nieco składniej niż ja, ale tobie to było obojętne. Nie wiem jakie ty masz IQ, ale chyba niezbyt wysokie? A teraz jestem tu i zamierzam się z tobą zabawić.

- Nie będzie żadnej zabawy, ty nędzny fiucie! – warknęła w jego stronę. Sama nie wiedziała skąd wziął się u niej ten przypływ energii. Przed momentem była przerażona, a teraz jedynie wściekła. – Wystarczy, że krzyknę, a zaraz zleci się tu połowa kamienicy.

- Ciekawe. A to ciekawe? – Przechylił lekko głowę i popatrzył na nią z ukosa. – A jak będziesz krzyczeć, jak nie będziesz miała języka?

W jego ręku błysnął nóż. Trzymał go w prawej dłoni na wysokości jej głowy, a jego lewa błyskawicznie chwyciła ją za brodę, w miejscu, gdzie szczęka łączy się z czaszką i silnie nacisnęła. Wycharczała jedynie „ała", bo nic lepszego nie przyszło jej do głowy. Nie spuszczała wzroku z ostrza noża, modląc się w duchu, aby nie zrobił tego, o czym wspomniał. Jej modły zostały chyba wysłuchane, gdyż jego ręka oderwała się od jej twarzy, a nóż gdzieś zniknął.

- I co, nadal chce ci się wzywać pomocy? – zapytał i zmrużył oczy, co sprawiło, że wyglądał teraz jak postać z filmów o psychopatach. Wzdrygnęła się z przerażenia. Teraz jednak było to nieco inne odczucie i chyba trąciło czymś, co zahaczało o stan umysłu, który można było nazwać podnieceniem. Nie rozumiała, co się dzieje, ale tak właśnie to odczuwała.

- Nie, ń...nie, nie! – odpowiedziała drżącym głosem. – Będę posłuszna, tylko mnie nie krzywdź.

- Wiem, że będziesz – wycedził przez zęby, a potem prychnął ustami. – Nie masz wyjścia. Takie jak ty muszą być grzeczne. Będziesz posłuszna?

W odpowiedzi pokiwała energicznie głową, potakując po kilkakroć.

- Nie słyszałem. – Chwycił jej ranną dłoń, obrócił ją spodem do góry i przyłożył nóż do skóry. Nie zważał przy tym na jej unieruchomiony palec. Syknęła, gdy go trącił, a niezwykle silny impuls bólowy pomknął do mózgu.

- Będę, będę. Poczuła jak spod powiek wypływają łzy.

- Widzisz suko, jak to miło, że jesteś taka spokojna. Jednak dla pamięci zostawiam ci pewną przypominajkę.

- Nie, nie, proszę. – Próbowała wyrwać dłoń, kiedy ostrze rozcinało jej wewnętrzną stronę, ale mężczyzna trzymał ją mocno za nadgarstek. Patrzyła poprzez łzy, jak ostrze pozostawia cienki ślad, który natychmiast zaczął obficie krwawić.

- No i tak jest dobrze. Spotkamy się w bardziej sprzyjających okolicznościach i wtedy sobie dłużej pogadamy. – Odstawił ostrze, a zaraz potem zbliżył do swoich ust i wysunął język. Patrzyła, jak z ironicznym uśmieszkiem na twarzy zlizuje krew z noża. – Jak rozumiesz, żebym mógł z tobą porozmawiać, to jednak musisz mieć ten swój niewyparzony języczek. Na razie, do zobaczenia, Dorotko. Zamknij teraz te swoje piękne oczka i nie waż się patrzeć jak wychodzę, bo jak będziesz podglądać to ci jedno z nich wydłubię.

Wykonała posłusznie polecenie i siedziała nieruchomo tak długo, aż usłyszała odgłos zamykanych drzwi, a kilka sekund później do jej uszu dotarły dźwięki szybkiego schodzenia po schodach. Odetchnęła głęboko z nieskrywaną ulgą i uniosła powieki.

- Skurwiel! – krzyknęła i natychmiast podniosła się, po czym ruszyła ku drzwiom, aby je zamknąć od środka. Kiedy to uczyniła wylała z siebie cały stres i wściekłość, mamrocząc głośno do siebie: – Skurwiel, jebany, pierdolony skurwiel! Znowu był cwańszy ode mnie, ale to już ostatni raz! Tak właśnie, ostatni raz! Następnym razem to ja będę górą i to z moich ust padnie – szach mat!

Przypomniała sobie o świeżej ranie, gdy nieznacznie poruszyła zdrowymi palcami. Spojrzała na zakrwawioną dłoń, a później na niewielkie kropelki czerwonej cieczy na podłodze, w miejscach, które przebyła, aby dotrzeć do drzwi. Ścisnęła mocno nadgarstek, aby w ten sposób choć trochę przyhamować krwawienie. Chwilę stała zastanawiając się co dalej, a potem skierowała kroki do kuchni. Zatrzymała się przy zlewie i odkręciła zimną wodę. Odczekała kilka sekund, po czym włożyła dłoń pod strumień. Patrzyła, jak zabarwiona ciecz spływa do odpływu i znika. Na szczęście rana nie okazała się zbyt głęboka i wkrótce krwawienie zmniejszyło się. W czasie, kiedy opatrywała nieco nieudolnie ranę zastanawiała się, po co jej prześladowca tu przyszedł. Nie chciał jej zabić, to było oczywiste. Owszem skrzywdził ją, zranił, ale po co? Tak dużo zaryzykował, żeby ją tylko postraszyć? To nie miało sensu. Ale czy cokolwiek miało sens?

Bakan wrócił dwadzieścia minut później. Dorota w tym czasie zdążyła zamówić catering ze zdrowym jedzeniem, ale miał dojechać dopiero za jakiś czas, bo na mieście były korki. Modliła się w duchu, aby do tego czasu Robert już wrócił z zakupów, bo inaczej nie otworzyłaby drzwi kurierowi. Jedzenie dotarło piętnaście minut po Robercie. Z rozmową zaczekali do momentu, gdy już przystąpili do posiłku i wzięli się za alkohol. Bakan nie był przyzwyczajony do tego rodzaju jedzenia, gdzie królowały warzywa i ledwo tknął to co miał na talerzu. Za to Dorota zjadła wszystko, jak gdyby nie jadła od tygodnia.

- Wiesz, że ten skurwiel faszerował mnie fasolką po bretońsku? Niczym innym – zagadnęła z pełnymi ustami. – A ja czegoś takiego wręcz nie cierpię.

- A ja lubię fasolkę. Moja babcia świetną gotowała – odpowiedział w pośpiechu. – Lubię też bigos i schabowe, a kurczaki z rożna to wręcz uwielbiam.

- Czyli typowe kawalerskie żarcie. Nie dziwota, że tak wyglądasz.

Bakan pochylił głowę i spojrzał na swój brzuch. Oboje jak na komendę parsknęli śmiechem. Jako pierwsza opanowała się Dorota, a Bakan dopiero wtedy, gdy usłyszał: – A wiesz Robert, że ten chuj tu był?

- Kto taki? – zapytał pełen złych przeczuć.

- Ten który mnie porwał – wyjaśniła jak gdyby od niechcenia.

- Jak to? Nie rozumiem. Naprawdę? I ty to mówisz tak spokojnie, jak gdyby nic się nie stało?

- A jak mam mówić? Rzucić ci się w ramiona i płakać? Jak wyszedłeś usłyszałam dzwonek do drzwi i umówioną melodię. Myślałam, że to ty i otworzyłam, a on wskoczył do środka i zagroził mi nożem. Skaleczył mnie w rękę i gadał, że to jeszcze nie koniec. – Uniosła rękę i pokazała opatrunek. Bakan ku jej zaskoczeniu ledwo spojrzał na jej kolejną ranę.

- Boże, Dorota. Oczywiście, że widziałem bandaż, ale nie pomyślałem... A skąd on znał umówioną melodię?

- Twierdził, że usłyszał ją za pierwszym razem, jak wróciłeś. Musiał iść wtedy za tobą.

- No tak, to oczywiste. – Zerknął w bok, jak gdyby szukał tam natchnienia.

- Mam nadzieję, że coś wymyślisz. Faceci myślą inaczej niż kobiety – zagadała nie spuszczając z niego wzroku.

- No cóż... – zaczął nieco enigmatycznie, powrócił do niej wzrokiem i kontynuował. – Myślę, że jesteś na mnie skazana. Jeżeli masz być bezpieczna, to nie mogę cię zostawiać samej.

- A nie ma innej opcji? – Skrzywiła twarz niezadowolona. – Wiesz lubię cię, ale nie chcę cię mieć przy sobie cały czas. I tak już się czuję jak mężatka.

- A może gdybym ściągnął tu mojego kumpla. To poczciwy chłop. – Bakan wyraźnie się ożywił. – Na zmianę byśmy cię pilnowali; ja w środku, a później on na zewnątrz. Dałabyś mu jakieś krzesło i tam, na klatce by sobie sie...

- Tak, akurat! – weszła mu w słowo. – A jak by mu się zachciało sikać albo co innego? Zaczęłoby się od gadek o pogodzie, a później próbowałby się do mnie dobierać. Nie chcę w moim domu żadnego więcej faceta. Ty i tamten porąbany skurwiel w zupełności mi wystarczycie.

- Rozumiem cię, ale nie ma trzeciej drogi. – Złapał za szklankę i powoli zbliżył do ust. Pił powoli, a Dorota w tym czasie intensywnie myślała.

- Jak już skończysz to ci powiem, co ja myślę. – Zmrużyła oczy i czekała.

Adresat jej słów nie dopił do końca, tylko nieco teatralnym gestem odstawił szklankę na miejsce i spojrzał na nią pytająco. Mimowolnie beknął i uniósł dłoń w przepraszającym geście.

- Tak sobie myślę... Albo nie! To by było jak wybieganie przed szereg.

- Powiedz, proszę, co ci chodzi po głowie. – Próbował ją zachęcić.

- Nie pierdol, Robert! Powiem, jak zechcę – warknęła w jego stronę. – To ja tu jestem szefową. Wypijmy i skończmy na razie ten temat.

- Rządzisz. – Wzruszył ramionami i ponownie złapał naczynie. W tym momencie opuściła go ochota na picie.

## *28.*

- Robert zadzwoń wreszcie do niego. – Dorota wyszła z łazienki i gestem głowy wskazała na telefon. Jedynym jej strojem był jasnobiały kąpielowy ręcznik, który zawiązała sobie ponad piersiami. Był na tyle duży, że sięgał aż do kolan

- Do kogo, do Józka? – zapytał i zmienił pozycję podkurczając nogi, bo strasznie ścierpł czekając na jej powrót. Łóżko może nadawało się do spania, ale do siedzenia już nie. Był w samych slipach i podkoszulce na naramkach. Dla kogoś patrzącego z boku sytuacja byłaby oczywista – ona niemalże naga, a on w bieliźnie. Tym razem jednak miał pewność, że w nocy nie działo się nic takiego, co mogłoby sprawić, że ponownie poczułby się zażenowany.

- Nie, do premiera, cholera! Nie wiem jak ma na imię ten twój funfelek, ale oboje wiemy o kogo chodzi.

- No tak, jasne, ale może najpierw coś zjemy? – Próbował nieco odwlec w czasie „telefon do przyjaciela", bo miał przeczucie, że niczego konkretnego się nie dowie.

- Zjemy, zjemy, ale najpierw zadzwoń. Nie będę przesadzać jak powiem, że trochę mi się śpieszy. Nie chcę w taki sposób przeżyć kolejnego tygodnia, bo mi wątroba wysiądzie. – Usiadła naprzeciwko Bakana w wezgłowiu łóżka i poprawiła włosy. – Ja też mam kaca, ale to nieważne. Zamierzam dorwać tego skurwysyna i to jak najprędzej. Wczoraj się fajnie piło, a teraz trzeba działać. Bierz telefon i gadaj! – Wskazała palcem na telefon.

Przymuszony odnalazł właściwy numer i niechętnie zadzwonił do kolegi, aby zapytać, czy są jakieś postępy. – No cześć, Józiu. Co tam u ciebie? – zagadał i uśmiechnął się przy tym szeroko, jakby rozmawiał z użyciem kamerki. W odpowiedzi usłyszał jedynie głośne chrząknięcie, dlatego zdezorientowany szybko dopytał: – Józek, wiemy może już coś więcej?

- Kumpel mówi, że ten telefon zmienia lokalizację, jak piłkarz na boisku. – Ton głosu trącił wyraźnym rozbawieniem.

- Cholera, a szło by tak zrobić, żeby dajmy na to jeździć, znaczy podążać za tym sygnałem? Rozumiesz o co mi chodzi?

- Tak, oczywiście. Chciałbyś śledzić lokalizację obiektu będąc samemu w ruchu. Ale to jest niemożliwe. – Tym razem przybrał ton znudzonego belfra.

- Niby, dlaczego?

- Bo mój kumpel ma prywatne życie i dobrą pracę, której nie chce stracić. Nie może się cały czas w to angażować. I chyba rozumiesz, że ja nie będę go specjalnie naciskał. Obiecał, że jak tylko pojawi się jakiś stały namiar to da mi znać.

- Ale...

- Panimaju, Robert?

- Tak, tak, jasne że panimaju. – Rozumiał, że nie ma sensu oponować, bo to nie on rozdawał tu karty.

- No to Robercik przestań mi na razie zawracać głowę i czekaj na telefon ode mnie. Nie ma potrzeby, żebyś do mnie co chwila wydzwaniał. Pamiętasz jeszcze, że ja też chodzę do roboty?

- Dobra i obym nie musiał długo czekać. – To miał być żart, ale zabrzmiało nazbyt poważnie.

- A co ty myślisz, że mam na to jakiś wpływ? Przecież to nie ode mnie zależy.

- No co ty, jasne, że nie. Nawet by mi coś takiego przez myśl nie przeszło. Wiedz, że jesteś dla mnie bardzo w porządku. To cześć, przyjacielu.

Westchnął ciężko, jak gdyby miał naprawdę wielki problem, którego nie jest w stanie w żaden sposób rozwiązać i spojrzał poważnie na Dorotę. Siedziała oparta o ścianę, a jej ciało było tylko do pępka przesłonięte kołdrą. Zajęty rozmową nawet nie zauważył, że zrzuciła ręcznik i przykryła się powłoką. Miała rzeczywiście piękne piersi. O ile nie skłamała z tą operacją, to tamten chirurg naprawdę odstawił kawał dobrej roboty, a jeżeli nie było żadnej operacji to matka natura była dla niej nad wyraz łaskawa. Kobieta, od której nie potrafił teraz oderwać wzroku miała wręcz doskonałe ciało. Gładka, opalona zapewne w solarium skóra wręcz krzyczała – dotknij mnie. Wiedział, że jest przez Dorotę obserwowany, ale nie chciał spojrzeć nieco w górę, aby nie zepsuć sobie pozytywnego wrażenia widokiem jej twarzy. Była bezsprzecznie piękną kobietą, ale jej oblicze odbiegało teraz od doskonałości i to bardzo.

Boże, co ja odstawiam? zapytała w myślach samą siebie. Zachowuję się, jak jakaś pierwsza z brzegu szmata. Zawsze się szanowałam, a teraz? Co się ze mną dzieje? Czy to, że się zmieniłam jest zasługą mojego wybawiciela, czy może oprawcy?

Udawała, że nie widzi jak na nią patrzy, ale przecież właśnie po to zrzuciła ręcznik i przykryła się tak jak się przykryła, aby eksponować swoje wdzięki, ale bez przesady. Chciała się przekonać, jak teraz będą ją postrzegać faceci. To było oczywiste, że jej piersi w tej chwili były atrakcyjniejsze od twarzy. To było zrozumiałe, a jednocześnie irytujące. Zmieniłam się, stwierdziła. To przez co przeszłam odmieniło mnie. Kiedyś byłam pruderyjna, a teraz? Leżę prawie naga przed obcym facetem, który jest tak stary, jak mój ojciec i nie wstydzę się. To jest chore, a może nawet zboczone. Porąbało mnie i to solidnie.

Ciekawe, co on sobie teraz myśli? Jasne, że mu się podobam. Facet to jednak facet. Zawsze ma tylko jedno w głowie. Cholera, jestem mu winna dozgonną wdzięczność za to co zrobił, a ja co? Testuję go jak jakiegoś królika laboratoryjnego. Tak nie można. A może można? Do diabła, to w końcu ja tutaj rozdaję karty.

- Nie spojrzysz na mnie? – Powiedziała spokojnie, ale w tym jednym krótkim zdaniu było coś, co trąciło żalem, czy może raczej smutkiem.

- Przecież patrzę na twoje... znaczy na ciebie – odpowiedział nieco przewrotnie. Wiedział jednak, że w taki sposób nie uda mu się jej zbyć, a ich spojrzenia i tak za moment się spotkają. Nie był w nastroju do tłumaczeń, a tym bardziej do kłótni.

- Ale nie patrzysz mi w oczy. Jest mi z tego powodu smutno, a jednocześnie się tam w środku wściekam, bo czuję się jak płatna dziwka. – Pomachała mu dłonią przed twarzą. – Spójrz mi, proszę w oczy!

- Ale po co? – Uśmiechnął się, licząc, że odbierze to jako żart.

- Spójrz na mnie i powiedz, że to nie była chwila słabości, do cholery! Że nie zrobiłeś tego, z litości, żeby mnie pocieszyć. Spójrz mi w oczy i powiedz, że jestem piękna.

- Ale przecież do niczego między nami nie doszło.

- Ale mogło!

Przełknął głośno ślinę i głęboko odetchnął, jak gdyby robił to po raz ostatni. Nie był w stanie rozszyfrować tej kobiety i dlatego nie miał pojęcia co zaraz nastąpi. Mogły być typowo kobiece łzy albo napad furii. W jej przypadku nie wiedział, co gorsze, ponieważ nienawidził jak kobieta płacze, a z drugiej strony poznał już co ona potrafi.

- A więc spojrzałem i co? – Patrzył na jej oblicze i starał się zachować kamienną twarz.

- Co widzisz oprócz ładnych cycków i tego co poniżej? No, wykaż się, do cholery inwencją. – Zacisnęła zęby i czekała.

- Boże, Dorota. Przecież wiesz jak wyglądasz. Na pewno setki razy mówiono ci, że jesteś piękna.

- Oczywiście, że tak. Nie jestem taka jak myślisz i nie chcę teraz usłyszeć komplementu. Wszystko, co słyszałam na temat mojej urody... – przerwała na moment i nie wiadomo dlaczego podciągnęła kołdrę aż pod szyję, zasłaniając wszystko, co wcześniej podziwiał. – pochodziło z czasów, zanim mnie oszpecono. Wiem jak wyglądałam, a teraz chcę, abyś mi powiedział, co widzisz, gdy na mnie patrzysz.

- Doskonale cię rozumiem... – Zaczął, ale nie dane mu było dokończyć.

- Gówno rozumiesz! – fuknęła. – Kupczyłam urodą, a teraz wszystko się nagle skończyło. Ten etap w moim życiu został zakończony i nic już tego nie zmieni. To kurestwo na mojej twarzy zostanie ze mną do końca życia. Doktorek mi powiedział, że rana jest głęboka i że mogą być poprzecinane niektóre włókna nerwowe. Tamten chuj zrujnował mi życie! – Wybuchnęła płaczem, a Bakan nie wiedział czy pozwolić jej się wypłakać, czy spróbować pocieszyć.

- Dorota! – Podniósł głos, ale nie poruszył się nawet na centymetr. – Jesteś piękna i nic tego nie zmieni. Ta blizna, to tylko detal i da się z tym żyć. Musisz nauczyć się patrzeć w lustro i tego nie dostrzegać. To jest możliwe, moja ty pię...

Dźwięk telefonu sprawił, że nie dokończył myśli. Natychmiast zaczął szukać urządzenia, gdyż nie zakodował sobie, co z nim zrobił. Po chwili pochylił się i złapał komórkę, która leżała na podłodze. Niecałą sekundę zajęło mu odczytanie napisu na wyświetlaczu.

- Józek – powiedział i zerknął na Dorotę ukradkiem. Patrzyła na niego zapłakana, choć jej oczy emanowały zainteresowaniem. Kiwnęła głową, jak gdyby dawała mu przyzwolenie na rozmowę. Odkiwnął i przystawił aparat do ucha.

- Tak, Józiu? – Chciał od razu zagadać, czy chodzi o telefon, ale uznał, że lepiej pozostawić inicjatywę swojemu rozmówcy.

- Mam lokalizację, a jeżeli jesteś wierzący to się módl, żeby to było to. Masz coś do pisania?

- Mów, zapamiętam przecież głupi adres – Ponownie spojrzał na Dorotę szukając u niej wsparcia. Powtórzył na głos adres, gdzie powinni się udać i natychmiast skojarzył, że znał to miejsce. – Dzięki Józiu – podziękował krótko i podniósł się z łóżka.

- Czyli jedziemy – Dorota powiedziała to bez najmniejszych emocji, tak że trudno było ocenić, czy to pytanie, czy może stwierdzenie.

Wstała w taki sposób, że kołdrę zostawiła na łóżku i stanęła przed nim nago. Stała odwrócona do niego plecami, dlatego nie widział jej miny. Pobieżnie zlustrował jej sylwetkę i zaczął się w pośpiechu ubierać.

- Wiesz dokąd jedziemy? – zapytał wciągając spodnie.

- Na tamten adres, który ci podał ten twój Józef. Pomożesz mi ze stanikiem? Ten pieprzony palec sprawia, że mam prawie całkowicie niesprawną rękę, chociaż o dziwo, rana od noża specjalnie mi nie przeszkadza.

- Tak, oczywiście. – Podszedł do niej i trochę niezdarnie zapiął haftkę. – Ubiorę się szybciej od ciebie i zejdę na dół. Podjadę pod dom. Może być, czy chcesz coś jeszcze ode mnie?

- Nie, już nic. Poradzę sobie. Muszę jeszcze tylko skorzystać z łazienki.

Pięć minut później auto stało na ulicy, na przedłużeniu chodnika, który prowadził do wejścia do budynku, w którym mieszkała. Bakan co chwila zerkał na zegarek, ale jednocześnie starał się nie tracić z oczu miejsca, gdzie powinien w każdej chwili dostrzec osobę, na którą czekał. Czas zdecydowanie nie był ich sprzymierzeńcem.

- Boże, babo! – wyszeptał i zacisnął zęby z wściekłości. – Co ty tam robisz?

W końcu Dorota pojawiła się w drzwiach. Zatrzymała się i rozejrzała niepewnie. Na nosie miała okulary przeciwsłoneczne, a na głowie jasną chustkę zawiązaną pod brodą. Musiała zmienić opatrunek, bo teraz był dużo mniejszy i z tej odległości ledwo widoczny. Ubrana była w ciemne spodnie i podobnej barwy sweter, który sięgał jej poniżej bioder. Wreszcie dostrzegła samochód albo tylko udawała, że go szuka i powolnym krokiem ruszyła w jego stronę.

- Przepraszam, że tak długo, ale nie mogłam poszukać pewnej rzeczy. – Zamknęła drzwi i zaczęła zapinać pas.

Bakan niecierpliwie czekał, na zakończenie tego irytującego rytuału. Jego samochód miał wykrywacz, czy pas jest zapięty. Wolał chwileczkę odczekać niż przez jakiś czas słuchać powtarzającego się sygnału informującego o nie zapiętym pasie bezpieczeństwa. Miał wielką ochotę zapytać, czego tak zawzięcie szukała, ale uznał, że widocznie miała ważny powód, żeby tego nie zdradzać. Za kilkanaście minut, może za pół godziny wszystko się wyjaśni, a on zainkasuje swoją wypłatę i więcej jej nie zobaczy. To zdecydowanie nie była kobieta dla niego. I wcale tu nie chodziło o różnicę wieku. Nadawali po prostu na różnych falach, a to że poszli do łóżka niczego nie zmieniło.

Podróż trwała około dziesięciu minut, choć prawdę mówiąc nie kontrolował upływu czasu. Jechali w milczeniu, jak gdyby nie mieli sobie nic do powiedzenia. To było nieco krępujące, ale i zarazem wygodne. Wreszcie dojechali na miejsce. Auto zatrzymało się nieco z boku i w pewnym oddaleniu, tak aby pozostać niezauważonym dla kogoś, kto znajdował się na terenie posesji. Tuż obok bramy wjazdowej stała taksówka. Na pewno nie spodziewał się, że ujrzy ponownie znajomą sylwetkę Citroena. Uśmiechnął się z przekąsem, bo to świadczyło, że tym razem mają farta.

- Zostań tu. – Obrócił się na fotelu i spojrzał na Dorotę, która akurat odpinała pas. Chciał, aby zabrzmiało to na tyle przekonująco, żeby nie musiał walczyć z jej przekornym i buntowniczym charakterem. – Pójdę pierwszy i sprawdzę co i jak, a jak będzie bezpiecznie, to cię zawołam.

- Tak, akurat. Gówno mnie zawołasz! – Dorota zdjęła z nosa okulary i wsparła swoje słowa wojowniczym spojrzeniem, który zdawał się mówić: To ja tu ustanawiam zasady.

Bakan westchnął i skrzywił twarz w wyrazie bezradności. Jak miał jej zapewnić bezpieczeństwo skoro to ona musiała mieć ostatnie słowo. Zamierzał ostro zaprotestować i w ten sposób postawić na swoim, ale z jego zamiarów wyszło jedynie jedno krótkie, zdawkowe słowo: – Dorota.

- Robert... kochanie – powiedziała nieco cieplejszym tonem i pogłaskała go delikatnie po policzku. – Tam nie ma być bezpiecznie. Jeżeli tak będzie to tylko wtedy, gdy okaże się, że ten fiut zwiał. A wtedy znajdziemy się znowu na początku. Musimy to zrobić oboje. Musimy się wspierać, ochraniać i w ten sposób zyskamy przewagę.

- Dorota, czy ty nie rozumiesz, że może ci grozić niebezpieczeństwo? Jak mam załatwić tamtego gnoja, jeżeli będę musiał się troszczyć o ciebie? Możesz posłuchać i zrozumieć, że mam rację, czy nie?

- Daj spokój. Może i jestem trochę poobijana, ale wierz mi, że nadal potrafię zasadzić facetowi solidnego kopa w jaja. – Zrobiła niewinną minkę, jak dziewczynka, która przyznaje się do tego, że była niegrzeczna i liczy na wybaczenie. – A poza tym jestem cholernie zmotywowana. I... no i nie ustąpię.

- Jak sobie chcesz! – skomentował poprzez zaciśnięte zęby, bo doprowadziła go do granicy wściekłości. Powrócił do poprzedniej pozycji i wyjął kluczyki ze stacyjki. Rozmowa z tą kobietą mijała się z celem. Powinien był już sobie zakodować, że to ona w tej parze nosi spodnie. – Bądź chociaż ostrożna, kobieto, bo jesteś nakręcona jak zegar ścienny

- Zegar ścienny? A to dobre. Nikt mnie nigdy nie porównywał do czegoś takiego. – Zachichotała.

- To nie miało być śmieszne – powiedział szeptem, tak żeby nie usłyszała, chwycił za klamkę i otworzył drzwi.

- Odmieniłeś mnie, Robert. Kiedyś wydrapałabym ci oczy za takie słowa, a teraz się śmieję. Nie wiem jak, ale mnie zmieniłeś. – Drzwi od jej strony również stanęły otworem i po chwili znaleźli się poza samochodem.

- Pozwolisz mi chociaż iść jako pierwszy? – zapytał sarkastycznie i nie krył tego. Chciał, żeby była świadoma, że jest konkretnie wkurzony.

- Oczywiście, kochanie – odpowiedziała w pośpiechu.

Choć nie widział jej twarzy, to mógł sobie wyobrazić, jaki ma wyraz. Rozejrzał się pobieżnie wokół. Za chwilę będzie miał dużo poważniejsze problemy niż kaprysy i fochy Doroty. Ruszył powoli w stronę budynku, omijając taksówkę i nie zawracał sobie głowy tym, czy ona za nim podąża. Dopóki będzie miał ją za plecami, to wszystko powinno być okej. Zdał sobie sprawę z faktu, że nie ma opracowanej żadnej strategii. Uznał więc, że najprostsze rozwiązania są zwykle najlepsze. Po prostu pójdą do tego domu i wejdą do środka, a jeżeli drzwi będą zamknięte, to zadzwonią. A jeżeli nikt nie otworzy... No właśnie. O tym nie pomyślał, a włamanie to była ostatnia rzecz, którą chciałby zrobić.

- I pamiętaj, jak już będzie nasz, możesz mu dokopać za to co ci zrobił, ale bez przesady. Później wzywamy policję. – Zatrzymał się i spojrzał do tyłu. Dorota również się zatrzymała, dwa, może trzy metry za nim. Stała zgarbiona i potakiwała głową. On jednak wiedział, że wcale nie będzie tak, jak zaplanował. – Zachowujmy się cicho – dodał nim ponownie ruszyli.

Furtka ustąpiła bez żadnego protestu i do tego bezszelestnie. Teraz tylko trzeba było tak ją zamknąć, aby zachowała się równie cicho. Dorota przeszła obok niego, a on delikatnie zwolnił klamkę. Powoli, jak gdyby uczestniczyli w zawodach, na jak najpowolniejsze chodzenie podążyli w stronę budynku. Jak do tej pory nie wydarzyło się nic nietypowego. Okna świeciły pustką i bezruchem, choć przecież za firanami mógł się czaić niewidoczny dla nich obserwator.

- Mam stuprocentowe przeczucie, że on jest w domu, bo to chyba jego dom, co nie? I tamta taksówka, to pewnie też jego? – Usłyszał za plecami. Na szczęście zachowywała się cicho, ale musiał jej uzmysłowić, że w domu – o ile się dostaną do środka – nie powinna się w ogóle odzywać.

- Dorota, od teraz całkowita cisza – szeptał. – Idziemy do wejścia, a potem do środka. Módl się, żeby tam był.

- Nie będę się modliła – odpowiedziała pośpiesznie.

Drzwi wejściowe o dziwo nie były w ogóle zamknięte. Niewielka szpara pomiędzy skrzydłem, a futryną pozwalała podsłuchiwać, czy z wnętrza dobiegają dźwięki typowe dla każdego domostwa. Pomimo iż Bakan przystawił ucho najbliżej, jak tylko się dało wychwycił jedynie jakieś nieokreślone skrzypnięcia i szmery, a i to mogło być złudzeniem. Odwrócił głowę i gestem poinformował, że zaraz powinni wejść do środka. Przystawił dłoń do skrzydła i delikatnie pchnął. Drzwi powolutku ustępowały tworząc coraz szerszą przestrzeń, w którą zaraz się zagłębią. Niespodziewanie gdzieś za plecami zaszczekał pies, a kolejny mu odpowiedział. Ten psi dialog odbywał się na szczęście gdzieś daleko, a poza tym zwierzęta dość szybko się zniechęciły i zamilkły. To był dobry moment, aby przekroczyć próg.

Ganek, na którym się znaleźli, był typowym pomieszczeniem, jakich jest wiele w starszym jednorodzinnym budownictwie. Wymiary mniej więcej dwa na dwa metry, z wieszakiem na ubrania, sporym oknem i kolejnymi drzwiami oraz niewielką szafką.

Kolejne drzwi również były uchylone, ale jeszcze bardziej, jak gdyby zapraszały do wejścia. Bakan zerknął na Dorotę, a ona na niego. Przyłożyła palec wskazujący do ust i zasugerowała to co było oczywiste. Gdy znaleźli się na korytarzu pomyślał, że dobrze by było się rozdzielić, aby szybciej sprawdzić pomieszczenia. Gestem pokazał, gdzie się udaje, a dokąd powinna pójść ona. Po chwili stracili siebie z oczu.

Dorota znalazła się w czymś, co przypominało naprawdę sporych rozmiarów pokój, ale pokojem tak naprawdę nie było. Wyglądało raczej na salon połączony z klatką schodową. Właściciel tego przybytku niezbyt dbał o wystrój domu, a do tego cierpiał na chroniczny brak gustu. Meble może nie były zbyt stare, ale na pewno nigdy nie były modne. Od razu wychwyciła ten niuans, który mówił, że ma do czynienia ze starym kawalerem. Po prostu nie było widać ani tym bardziej czuć w tym kobiecej ręki. Nie było brudno, ale też i przesadnie czysto. Gdyby ona miała coś zrobić z tym pomieszczeniem to na pewno zaczęłaby od firan i zasłon. Złapała się na tym, że obmyśla zmiany, choć nie po to tu przyszła. Szybko wyrzuciła z głowy niepotrzebne myśli i skupiła uwagę na tym co ważne. Jej spojrzenie z powrotem powędrowało na schody. Wiodły one, co oczywiste na piętro i były wyścielone wąskim dywanikiem, a u ich podnóża, nieco z boku znajdowały się zamknięte, pomalowane na zielono drzwi.

Tam jest pewnie piwnica, pomyślała i natychmiast podeszła do tego miejsca. Nie rozumiała, dlaczego akurat uznała, że najniższa kondygnacja budynku wymaga najpilniejszego przeglądu. Coś ją tam jednak pchało, a ona z tym czymś nie chciała walczyć. Serce waliło jej jak oszalałe, gdy naciskała na klamkę. Drzwi ustąpiły pod niewielkim naciskiem i niejako samoistnie rozwarły się do środka. Niżej, co było normą w przypadku piwnic znajdowały się kolejne schody, które tonęły w półmroku. To co teraz robiła było irracjonalne. Zachowywała się dokładnie tak, jak te wszystkie idiotki z horrorów, które z uporem maniaczki pchają się dokładnie tam, gdzie nie powinny. Spojrzała w lewo i ujrzała na wysokości swojej głowy włącznik oświetlenia. Bez namysłu przesunęła palcem po plastiku i pomieszczenie zalała fala światła. Odetchnęła z ulgą i zaczęła schodzić na dół. Miała niewiele stopni do pokonania, więc po kilku sekundach była na dole. Od razu natknęła się na zestaw czterech drzwi, z tym, że wszystkie były zamknięte. Nie miała specjalnej ochoty otwierać ich ani tym bardziej lustrować znajdujących się za nimi pomieszczeń, jednak wiedziała doskonale po co tu przyszła.

- Nie bój się, ty głupia cipo – wyszeptała słowa, którymi chciała się zmotywować. Poskutkowało i już po chwili wchodziła do pierwszego z pomieszczeń. Od razu wychwyciła, że nie ma tu okna, co wydawało się trochę dziwne. Namacała kolejny włącznik i następne pomieszczenie rozświetliła pojedyncza żarówka. Powoli, stąpając jak najciszej, weszła do środka.

- O Jezu! – jęknęła, kiedy stanęła przed dużą tablicą wyłożoną różnej wielkości kartkami. Zawieszona na ścianie była łudząco podobna do tablic szkolnych, jak gdyby ktoś wyniósł ją ze szkoły i przytaszczył tutaj. Na niewielkim parapeciku u podnóża czarnej powierzchni dostrzegła nawet ślady białej kredy. Wiedziała na co patrzy, ale pomimo tego postanowiła podejść jeszcze bliżej.

Zrobiła wielkie oczy, gdy przyglądała się poszczególnym elementom układanki. Było dokładnie tak, jak w filmach sensacyjnych, które tak uwielbiała oglądać. Kolejne skojarzenie z filmami wydawało się mocno naciągane, ale tak właśnie było. Wszystko na co patrzyła dotyczyło jej osoby. Były zdjęcia, notatki z gazet i karteczki zapisane ładnym, wręcz kaligraficznym pismem. Najwięcej było wyciętych z przeróżnych pism fotografii, ale były też zdjęcia zrobione amatorsko. Wszystkie one, co oczywiste nie były pozowane, a ona nie była świadoma, że jest fotografowana. Wpatrywała się, nie wiedząc, co powinna o tym myśleć. Nagle jej uwagę odciągnął jakiś ruch za plecami. Odwróciła się błyskawicznie, spodziewając się najgorszego. Szybko przekonała się, że patrzy na mniej więcej metrowej wysokości stoliczek, na którym stoi coś przykrytego ręcznikiem, czy może raczej suknem. Powoli podeszła do tego miejsca i wyciągnęła rękę.

Bakan wszedł do kuchni i rozejrzał się ostrożnie. Oprócz typowych przedmiotów charakterystycznych dla tego typu pomieszczeń nie dostrzegł niczego podejrzanego. Kilka szafek wiszących, stół, dwa taborety, lodówka i zlew, to było wszystko. Tak naprawdę nie interesowały go szczegóły wyposażenia, a raczej właściciel tego przybytku. Jego stary, policyjny nos podpowiadał mu, że gospodarz musi być na pewno w środku. Gdyby było inaczej drzwi byłyby zamknięte i to na klucz, a on nie byłby teraz we wnętrzu budynku. A do tego jeszcze był ten samochód pozostawiony przy wjeździe na posesję.

O dziwo zupełnie nie czuł się teraz zdenerwowany, czy podniecony. To, że gdzieś obok może czaić się mężczyzna, który z pewnością nie jest zadowolony z ich odwiedzin, nie miało większego znaczenia. Kiedyś, gdy był o dobrych kilkanaście lat młodszy i o tyleż kilogramów lżejszy lubił się bić. Szczególnie z tymi napakowanymi gośćmi, którym się wydawało, że mięśnie to wszystko, co potrzebne, aby rozstrzygnąć bójkę na swoją korzyść. Teraz jednak był już facetem w średnim wieku i wszystko co najlepsze miał za sobą. Gdyby jednak doszło do szarpaniny to na pewno by nie odpuścił.

Stąpał bardzo powoli, wręcz tak wolno, że czasami przystawał, jak gdyby grał w filmie, gdzie kadry puszczono w zwolnionym tempie. Nieustannie nasłuchiwał, ale jego zmysł słuchu nie wychwycił żadnego nietypowego, czyli podejrzanego dźwięku. Zbliżył się do lodówki i nie wiadomo dlaczego zajrzał do środka. Nie wiedział po co to robi. Być może kierowała nim zwykła ciekawość. Produkty, które wypatrzył były typowe dla kogoś, kto chyba niezbyt lubi gotować. Kilka słoików z gotowymi daniami i jakieś konserwy. Jego uwagę przykuł rząd butelek z piwami, ustawionych na drzwiach od lodówki. Przełknął ślinę i sam siebie zapytał, czy stałoby się coś złego, gdyby jedno zabrał. Zbeształ się w myślach, zamknął drzwiczki i ruszył ku wyjściu.

Wyszedł z kuchni i skierował kroki ku kolejnemu pomieszczeniu. Tym razem znalazł się w niewielkim pokoju, który niewątpliwie pełnił rolę sypialni, choć to określenie było mocno na wyrost, ponieważ pojedyncze łóżko i niewielki stoliczek, na którym stała donica z kwiatem były jedynymi sprzętami. Pociągnął nosem i poczuł dziwny zapach. Wcześniej tego nie czuł, a teraz niezbyt przyjemny aromat był dość intensywny. Był facetem, od razu więc rozpoznał, że chodzi o wodę kolońską. To mogło oznaczać tylko jedno, miał towarzystwo i w dodatku męskie. Okręcił się na pięcie, na tyle szybko, na ile było stać jego ciało i stanął oko w oko przed czymś, co przypominało sylwetkę człowieka. Zanim jego wzrok zaczął przekazywać szczegóły do mózgu, poczuł potwornie silny ból w górnej części głowy. Nogi się pod nim ugięły, a oczy natychmiast przesłoniła ciemność. Nie był już świadomy, gdy jego ciało obsunęło się na miękki dywan, który leżał na podłodze. Człowiek, który zadał mu cios w głowę kijem bejsbolowym oparł go o ścianę, przeszedł ponad jego ciałem i skierował kroki ku piwnicy.

- Markiz?... Mój mały ptaszek. – Uśmiechnęła się, jak gdyby spotkała kogoś bliskiego. – Co ty tu robisz? Kto cię zamknął w klatce? – Zasłoniła usta dłonią, kiedy pojęła, że powiedziała to za głośno.

Ptak miał do swojej dyspozycji komfortowe wręcz warunki, oczywiście jak na więzienie, którym przecież była każda klatka. Woda i karma w dwóch osobnych naczyniach, a do tego sterylna wręcz czystość sugerowały, że ktoś bardzo dba o swojego pupila. Nie było śladów odchodów, jak gdyby ptak został wyszkolony, jak to bywało w przypadku kotów, aby załatwiać się do czegoś w rodzaju ptasiej kuwety. Obiekt jej obserwacji kołysał się na niewielkiej bujawce, którą miał zawieszoną w górnej części i patrzył na nią, śmiesznie przekrzywiając przy tym maleńką główkę. Ptak dotychczas był cicho, ale teraz zaćwierkał, jak gdyby zachęcał ją w ten sposób do rozmowy.

- Markiz, jesteś taki fajny, że jak na ciebie patrzę to zapominam kim jest twój właściciel. Jak ktoś może traktować ptaka lepiej niż człowieka? No jak? On cię chyba bardzo lubi, to zresztą od razu widać. A gdybym tak otworzyła te malutkie drzwiczki i włożyła rękę do środka? Mogłabym się zemścić, gdybym ci ukręciła ten malutki, jebany łeb.

Usta Doroty skrzywiły się w delikatnym uśmiechu. Wyglądała teraz jak kot, który zbliża się do ofiary. Nigdy nie zabiła żadnego zwierzęcia (nie licząc oczywiście owadów), ale teraz czuła, że mogłaby się przemóc i że poczułaby się z tym naprawdę dobrze. Taka namiastka zemsty bardzo korciła i wraz z upływającym czasem czuła, że coraz bardziej jest złakniona niewinnej krwi. Zdawała sobie sprawę, że ten czyn bardzo by zabolał tego świra.

- Dorota! – usłyszała za plecami męski głos. W pierwszej chwili pomyślała, że to Robert, ale sekundę później zrozumiała, że to nie on.

- No proszę. Moja suczka mnie odwiedziła w moim własnym domu. Cóż to za niespodzianka? Dorotko, obróć się w moją stronę, żebym mógł cię obejrzeć. Wygląda na to, że doprowadziłaś się do porządku. No dalej, nie daj się prosić.

Dorota stała nieruchomo, jak sparaliżowana. Nawet nie wiedziała, czy to co teraz czuje to był zwyczajny strach, czy może coś więcej. Powinna była być przygotowana na coś takiego, a tymczasem słowa, które usłyszała zza pleców całkowicie ją zaskoczyły. Przybyła tutaj przecież, aby spotkać się ze swoim oprawcą i wręcz modliła się w duchu, żeby do tego doszło. Skąd więc teraz ta niemożność wykonania jakiegokolwiek ruchu? Żeby chociaż była w stanie cokolwiek powiedzieć, ale zmysł mowy również odmówił posłuszeństwa. W głowie miała pustkę, a z jej buńczucznych zapowiedzi pozostały jedynie opary.

- Dorota, co z tobą? Czy ty się mnie boisz?

Pomimo, że była odwrócona do niego plecami, to i tak wiedziała jak wygląda teraz jego twarz. Jaką przybrał minę i że jest świadom tego, że to on jest górą. Przed oczami przemknęły jej skumulowane obrazy tego, co miało miejsce w ciągu ostatnich kilku dni. Fizyczny i psychiczny ból wymieszały się ze sobą, tworząc skomplikowaną mieszankę.

Co mam zrobić? myślała. Spróbować uciekać, czy może walczyć albo narobić hałasu i liczyć, że Robert się zjawi i zrobi z nim porządek. Muszę coś wymyślić, bo on mi nie odpuści i znowu będę przechodzić katusze. Z tą tylko różnicą, że tym razem już chyba nie wyjdę z tego żywa. Gdzie jest Robert, no gdzie? Zwiedza sobie ten cholerny dom, a ja tu... A co jeżeli Robertowi coś się stało? Zrobił mu krzywdę, związał? Yyyy! A może on go zabił?! Nie taki był plan, do cholery! Nie taki! Jeżeli Robert leży gdzieś tam martwy, to jest moja wina, ale ja nie chciałam. Boże, ja tego nie chciałam. Co teraz, co teraz?

- Dorota, ty suko! nie graj ze mną na czas. To w niczym nie pomoże, bo czas działa teraz na moją korzyść. – Bardzo prędko wypowiedziane słowa wyrwały ją z zamyślenia.

- Gdzie jest Robert? – zapytała odwracając się jednocześnie w stronę swojego prześladowcy. Chciała, żeby zabrzmiało to spokojnie, ale głos jej zadrżał.

- Ten twój Robert nie jest już problemem. – Złośliwy, a może triumfujący uśmiech wykwitł na jego twarzy. – Leży tam u góry i szybko się nie podniesie. – Na potwierdzenie swoich słów przejechał palcem wskazującym po swoim gardle.

- Zabiłeś go, ty...

- A po co miałbym go zabijać? – Nagle spoważniał. – Nic mi przecież nie zrobił. Trochę się posprzeczaliśmy, jak ode mnie odchodziłaś, ale to nie powód... Dostał po łbie i tyle.

- To dobrze. – Odetchnęła z ulgą.

- Dobrze? Dziewczyno; dobrze to ja ci dopiero zrobię. Ale po kolei. – Sięgnął do tyłu i wyciągnął przed siebie coś, co nie od razu rozpoznała. Dopiero jak tym pomachał zrozumiała, że trzyma kajdanki.

- To dla mnie? – zapytała jak kretynka.

- Brawo, Dorotko! – zachichotał. – Cóż za żelazna logika i przenikliwość. Załóż je, proszę. Nie chcę się z tobą na razie szarpać, dlatego bądź grzeczna.

- A jak nie będę? – zapytała hardo. – Coś ją do tego podkusiło, choć rozumiała, że za moment może tego pożałować. Była na tyle inteligentna, aby wiedzieć, że rzucaniem wyzwań nic nie wskóra. Należało raczej zachować trzeźwą głowę i próbować w jakiś sposób wyrównać szanse albo nawet uzyskać przewagę. Znajdowała się na jego terenie, w jego domu, ale to na pewno nie było miejsce, gdzie czuł się tak pewnie, jak w tamtym budynku, w którym ją więził. Tutaj nie mógł sobie pozwolić na głośniejsze odgłosy, a wezwania pomocy mógł usłyszeć przypadkowy przechodzień.

- Jak nie będziesz, to zdzielę cię czymś w łeb, wyjdę stąd i za kilka minut wrócę z palcem albo czymś jeszcze lepszym, co należy do tego twojego kochasia.

- Nie, nie, nic mu nie rób! To ja go w to wplątałam. Nie wiem co zamierzasz, ale wiedz, że w ostateczności mogę zacząć krzyczeć.

- Oj, Dorotko, co ty masz z tym krzyczeniem? – Rzucił w jej stronę kajdanki. Spróbowała je odruchowo złapać, ale nie zdołała. Upadły obok jej nóg, więc posłuszna schyliła się, aby je podnieść. – Załóż to proszę, jak grzeczna dziewczynka i bądź cicho. Wiedz, że nienawidzę hałasów. Na moich lekcjach zawsze jest cisza. Dzieciaki wiedzą, co to jest dyscyplina.

- Jesteś nauczycielem? – wyrwało jej się, gdy wracała do pozycji wyprostowanej.

- No i widzisz, wygadałem się. Bez przerwy mnie obdzierasz z tajemniczości. Jak na mój gust już za dużo o mnie wiesz. Nawet trafiłaś do mojego domu, a to na pewno nie było częścią mojego planu. – Sięgnął ponownie ręką za plecy i szybko skierował jakiś przedmiot w jej stronę. Zanim zdążyła zareagować strumień czegoś śmierdzącego prysnął w jej stronę.

- O je... – krzyknęła, ale nie dane jej było dokończyć. Wciągnęła głęboko do płuc powietrze i stało się coś dziwnego. Nagle zaczęło ją szczypać w gardle i stopniowo traciła kontrolę nad swobodnym oddychaniem. Powietrze stało się skażone i drażniło płuca, jakby było nafaszerowane metalowymi wiórkami. Zakręciło jej się w głowie i straciła orientację. Upadła krztusząc się, a męski głos gdzieś z góry oznajmił:

- No to mam cię z głowy, na dobre pół godziny. Jeżeli mam zrobić co zaplanowałem, to muszę cię stąd jakoś wywieźć.

- Dobry Boże. O kurwa mać! – Bakan ocknął się chyba tylko, dlatego, że potworny ból głowy przedarł się przez zasłonę nieświadomości związanej z utratą przytomności. Bolało, jak diabli, ale o dziwo poza tym miał czysty, otwarty umysł. Wiedział, że został powalony ciosem w głowę i domyślał się czyja to zasługa. Pamiętał również, że gdzieś tam jest Dorota i że zapewne jest w niebezpieczeństwie. Teraz tylko należało podnieść się i jak najprędzej dojść do siebie.

Ta podstawowa część planu okazała się jednak bardziej skomplikowana i dużo trudniejsza niż przypuszczał. Najpierw należało otworzyć oczy, aby sprawdzić, czy nadal jest w miejscu, w którym go zaatakowano. To, że jest sam dyktowało mu przeczucie. Nie po to przecież odcięto mu zasilanie, aby go obserwować do momentu, aż się ocknie. Uniósł powieki i zatrzepotał nimi, co sprawiło, że wzrok szybko mu się wyostrzył. Odetchnął głębiej kilka razy i spróbował wstać. Leżał na plecach, a więc najpierw należało się obrócić i wesprzeć na dłoniach. Jak zaplanował tak zrobił, ale jego osłabione ramiona nie zdołały udźwignąć reszty ciała. – Kurwa! – zaklął i spróbował ponownie. Tym razem czynił to wolniej, dając sobie czas. Zdawał sobie sprawę z faktu, że powinien się śpieszyć, ze względu na Dorotę, ale rozumiał też, że pośpiech jest złym doradcą. Ciało potrzebowało czasu, aby powrócić do sprawności.

Z wielkim trudem udało mu się uklęknąć, ale ramiona nadal musiały stanowić podporę. Kilkanaście sekund tkwił w tej pozycji, aż wreszcie wyprostował się i podniósł. Kiwał się próbując utrzymać równowagę. Wreszcie poczuł, że już nie ma problemu z pewnym staniem. Potrzebował jednak wspomagacza, a pamiętał, że jak zajrzał do lodówki, to zobaczył na drzwiach kilka piw. Teraz właśnie tego potrzebował, jeżeli zamierzał jak najprędzej dojść do siebie. Ruszył chwiejnym krokiem do kuchni. Nasłuchiwał nietypowych odgłosów, ale w domu panowała cisza. Kilka sekund później trzymał w ręku alkohol i zastanawiał się, jak dobrać się do złocistego płynu. Na stole ujrzał stołową łyżkę i to ona posłużyła za otwieracz. Dopiero gdy wypił piwo i cichutko beknął uznał, że może iść szukać Doroty.

Wrócił do pomieszczenia, w którym został obezwładniony. Stanął i rozejrzał uważnie, szukając czegoś, sam nawet nie wiedział czego. Chwilę trwało nim wypatrzył kij bejsbolowy, który stał oparty o ścianę. – To tym mnie zdzielił, ten szajbus? – zapytał szeptem i odruchowo dotknął palcami miejsca, gdzie jego czaszka spotkała się z drewnem. Wyczuł palcami olbrzymiego guza. Po czymś takim nie powinienem tu teraz stać, stwierdził. Facet chyba nie chciał mnie zabić, a jedynie ogłuszyć? No nic, nie będę mu za to dziękował. Chwycił kij prawą dłonią i zważył go, kiwając nim kilkukrotnie.

- Dałem się podejść, jak głupi szczeniak. – Warknął, a potem, jak gdyby nigdy nic, uśmiechnął się nieznacznie i ruszył kontynuować zwiedzanie. – Trzeba koniecznie znaleźć Dorotę.

# *29.*

- Jest twój, Dorota.

Bakan pochylił się w stronę leżącego mężczyzny i zaczął mu grzebać w kieszeniach. Po chwili wyciągnął coś z jednej z nich i ruszył w jej stronę. Niewielki kluczyk trafił do zamka kajdanek, które krępowały jej ręce..

Dorota śledziła jego ruchy i nie mogła wyjść z podziwu, że ręka mu nie zadrżała gdy rozpinał i ściągał z jej nadgarstków kajdanki. Był kiedyś policjantem, a więc musiał to robić setki, jeśli nie tysiące razy, ale i tak wprawa z jaką to robił, budziły szacunek. Wiedziała, że stara się jak może, żeby być delikatnym.

Oczy miała załzawione, ale pomimo tego w miarę dobrze widziała. Kiedy skończył, podszedł do leżącego ciała, przewrócił na plecy i skrępował ręce w taki sposób, że spoczęły na brzuchu. Powalony przez niego mężczyzna leżał jak przysłowiowa kłoda i chyba nie był niczego świadomy. Cios jaki mu Robert zadał powaliłby konia. W pierwszej chwili pomyślała nawet, że patrzy na trupa, ale spazmatycznie unosząca się pierś podczas oddechów uświadomiła jej, że jest inaczej. Spod powiek nadal spływały łzy, ale cieszyła się, że płacze, gdyż wypłukiwały substancję, którą została spryskana. Kilka minut wcześniej udławiła się własną śliną i zwymiotowała, a teraz z nosa tak jej ciekło, że nie nadążała z wycieraniem. Czuła się koszmarnie, a oczy paliły tak, jakby nasypano na nie pieprzu. Właśnie to skojarzenie nakierowało ją na podejrzenie, że to mógł być gaz pieprzowy. Słyszała jedynie o takim produkcie, ale nie wiedziała, jak ta substancja działa. Zresztą jakie miało znaczenie czym ją potraktował. Szczypało jak cholera i teraz oddałaby miesięczne dochody za butelkę wody do przemycia oczu i przepłukaniu ust. Mogła używać zmysłu wzroku, choć obraz był nieco rozmazany. Na szczęście podczas ataku wykazała się refleksem i zdążyła odwrócić głowę, tak że strumień trafił ją w bok głowy i szyję. To jednak wystarczyło, aby uczynić ją bezwolną.

- Dostałaś gazem pieprzowym. – Bakan potwierdził jej podejrzenia. – Dorota, broń Boże nie trzyj oczu, bo tylko pogorszysz sprawę. Złap mnie za rękę. Zaprowadzę cię do łazienki. To trzeba przemyć i to konkretnie. Z czasem całkiem przejdzie.

Złapała jego dłoń i posłusznie jak mała dziewczynka ruszyła za nim. Mogła sama iść. Robiłaby to trochę po omacku, ale dałaby radę. Nie protestowała jednak, bo czuła się dobrze z faktem, że ktoś się o nią troszczy. Kilka minut później znalazła się w łazience i pochyliła nad wanną. Bakan zamknął za nią drzwi, a wcześniej oznajmił, że idzie popilnować tego faceta, bo nie wiadomo kiedy się ocknie. Odkręciła kurek z ciepłą wodą, ale po chwili doszła do wniosku, że zimna będzie lepsza. Myła twarz, nie oszczędzając wody przez dobrych kilka minut. Chyba z kilkanaście razy wysmarkała się i przepłukała gardło oraz usta. Im dłużej tu była tym lepiej się czuła. Wreszcie uznała, że tyle wystarczy i rozejrzała się za czymś do wytarcia. Jedyny ręcznik jaki zobaczyła wzbudził w niej obrzydzenie, gdy skojarzyła, że należy do niego. Na niewielkiej półeczce dostrzegła paczkę z papierem toaletowym. Wyjęła jedną z nich i zaczęła wycierać ręce, a później twarz, uważając przy tym na wszystkie poranione miejsca. Wracając do piwnicy zajrzała jeszcze na moment do kuchni.

- Jestem już, Robert – powiedziała wchodząc do pomieszczenia, gdzie znajdowali się obaj mężczyźni. – Co z nim? Nie oberwał zbyt mocno, żyje?

- Wbrew pozorom... – Bakan oderwał od niej wzrok i spojrzał na leżącego – nie chciałem go zabić, a tylko obezwładnić. Nic nam po martwym. Byłyby tylko kłopoty.

- Jakie znowu kłopoty? – zapytała nie rozumiejąc jaki kłopot mógłby sprawić nieboszczyk.

- To by było zwykłe morderstwo, moja droga. I do tego jeszcze dokonane u niego w domu. Nie ma żadnych dowodów, że cię porwał, no może poza naszymi zeznaniami. Ale my jesteśmy w to zamieszani, więc nasze słowa niewielką mają wartość dla prokuratora i sądu. – Podszedł do leżącego i trącił nogą jego ramię.

- Ten skurwiel zasługuje na śmierć – stwierdziła.

- Może i tak, ale nie mnie o tym decydować.

- Ale mnie tak! – warknęła.

- Tak, jak wspomniałem, pozwolę ci się z nim pobawić, bo wiem jak słodka potrafi być zemsta. Zresztą należy ci się.

- Oczywiście, że mi się należy. Nareszcie ten gnój jest mój.

- Aha, jeszcze jedno. Znalazłem telefon. Jak mi się zdaje jest twój. Tak, czy nie? – podszedł i podał jej komórkę.

- Mój, mój – odpowiedziała bez patrzenia.

- O Boże, nawet nie zerknęłaś – stwierdził oburzony. – Trochę się natrudziłem, żeby go znaleźć. Może to kogoś innego, a jest tylko trochę podobny.

- Dobrze, dobrze, już patrzę. – Przewróciła oczami i sapnęła gniewnie. Weszła w menu i skupiła uwagę na wyświetlaczu. Stopniowo jej twarz stawała się smutna.

- Co jest? – Bakan nie wiedział jak odbierać tę zmianę nastawienia. – Dorota, coś nie tak?

- Patrzę na nieodebrane połączenia. Mam kilka od jednego gościa z branży i mnóstwo od Juliana.

- To chyba dobrze, że chłopak się o ciebie niepokoił. – Postarał się powiedzieć to spokojnie, ale przy tym zdecydowanie, aby wreszcie pojęła, że facet jest w niej zadurzony.

- Tak, pewnie, że dobrze – odpowiedziała nie odrywając wzroku od telefonu. – Tylko, że od kilku dni nie ma ani jednego kontaktu. Przestał się mną interesować.

Bakan patrzył, jak wyłącza telefon i zerka w jego stronę, ale szybko odwraca wzrok, gdy widzi, że jest obserwowana. Spodziewał się ujrzeć łzy, a dostrzegł w jej oczach jedynie wściekłość.

Zapadła cisza, która z pewnością nie była naturalna. Nie patrzył już na Dorotę. Udawał, że całą jego uwagę przykuwa ten facet, dla którego oboje się tu znaleźli, ale jego myśli krążyły gdzie indziej. Nie widział co ona robi i prawdę mówiąc niewiele go to obchodziło. Kącik jego ust powędrował leciutko ku górze, gdy nabrał pewności, że są podsłuchiwani. Już miał o tym powiadomić Dorotę, ale ona zagadnęła pierwsza.

- Ten skurwiel jest nadal nieprzytomny. Jak długo mam czekać?

- Już kilka minut temu się ocknął. – Uśmiechnął się melancholijnie. – Chyba jeszcze, zanim wróciłaś z łazienki. No, no. Cwany z niego gość.

- Skąd wiesz?

- Wiem. A teraz przypniemy go do czegoś, żeby ci nie uciekł. – Bakan rozejrzał się. – Najlepiej będzie do kaloryfera. Kurczę, kto w piwnicy wiesza kaloryfery? – zapytał retorycznie i powlókł skutego do poziomej rurki biegnącej do grzejnika.

- Ciągnąłeś go jak worek, a mówiłeś, że się ocknął. – Dorota już się w tym trochę gubiła.

- Ocknął się na pewno, tylko udaje żeby nas zmylić.

- Skoro tak twierdzisz?

- Dorota, być może się powtarzam, ale powiem, że jest twój. Masz tu na podłodze ten gaz, którym cię potraktował. Jest jeszcze prawie pełny, więc możesz go zużyć, a ja...

- Już po was! – Skuty mężczyzna nagle poderwał się i szarpnął silnie ramionami. Łańcuch kajdanek, który był przewleczony od strony ściany naprężył się gwałtownie, ale nie ustąpił. – Dobiorę się do was, a wtedy zobaczycie co was czeka!

- Dobra, dobra, gadaj zdrów, palancie. Przegrałeś i koniec. A ty Dorota nie bój się. Ten łańcuch wytrzyma, chociaż nie wygląda zbyt okazale. Musisz tylko trzymać się w bezpiecznej odległości. Zostawiam was samych. Miłej zabawy, Dorotko. Tylko pamiętaj, bez przesady. On musi trafić w ręce policji. Teraz, gdy odzyskałaś swój telefon, możesz zadzwonić, żeby przyjechali.

- Bez obaw, trafi tam, gdzie trzeba. – Dorota powiedziała to zbyt cicho, aby oddalający się Bakan mógł to usłyszeć. Gdy zniknął za drzwiami powróciła wzrokiem do swojego oprawcy, który teraz stał się jej ofiarą.

- Ty suko! I co teraz? Zostaliśmy sami. – Patrzył na nią jak drapieżnik na zdobycz, choć to on był przecież na jej łasce. Następnie spuścił wzrok i zapadła cisza.

Dorota również milczała. Wreszcie się doczekała tej chwili, gdy to ona jest górą. Była zadowolona, wręcz szczęśliwa, że to się tutaj skończy. Wprawdzie nie miała żadnego planu, ale to nic. Improwizowanie w tym momencie stało się jej drugą naturą. Spojrzała na pojemnik z gazem, a zaraz potem wyciągnęła zza pleców kuchenny nóż.

- No cóż, ty mały fiutku – powiedziała ironicznym tonem. – To teraz moja kolej.

- Co ja robię? – Bakan szeptał do siebie idąc w stronę auta. – Przecież to oczywiste, że ona nie wezwie policji. Pytanie, do czego się posunie? Może jednak nie przekroczy tej cienkiej linii.

Szedł powoli. Stopa trochę przeszkadzała, ale to w sumie dobrze. Dzięki temu miał więcej czasu na przemyślenia. Wiedział, że jak dotrze do samochodu, to już nie wróci. Obejrzał się za siebie i zlustrował budynek, z którego przed chwilą wyszedł. Wyglądał jak jeden z wielu, ale przecież to tam dojdzie albo już doszło do czegoś niedobrego. W każdym domu, który już był wiekowy, ktoś kiedyś umarł, ale w ilu kogoś zabito? W sumie to śmierć jest śmiercią. Naturalna, czy spowodowana przez drugą osobę, zawsze jednak była tragedią.

- Nie każdy potrafi zabić – gadał do siebie. – To wbrew pozorom wcale nie jest takie proste. Nacisnąć na spust i pozbawić życia z dużej odległości, kiedy się nie widzi dokładnie twarzy i nie słyszy jęków i odgłosów konania, to jeszcze. Ale zabić kogoś nożem. Ubroczyć się w cudzej krwi, słuchać rzężenia, kwilenia, błagań o ocalenie. Nie to jest wyczyn, który wypacza psychikę nawet największych twardzieli. Nie, ona nie jest do tego zdolna.

Tamten dom mógł mieć około pięćdziesięciu lat. Potwierdzał to jego charakterystyczny kształt i inne szczegóły, takie na przykład jak układ okien. Wychował się w podobnym, który zbudował ojciec, jeszcze, zanim on się urodził. Skoro budynek nie był zbyt stary, to istniało prawdopodobieństwo, że żaden duch nie błąka się jeszcze w jego murach. Kiedyś, gdy był jeszcze dzieckiem uwielbiał słuchać opowieści babci, która chyba lubiła go straszyć. Zapamiętał, jak opowiadała historię mężczyzny, który umarł w swoim łóżku na jakąś nieznaną chorobę. Jego dusza tak była związana z miejscem, gdzie rozdzieliła się od ciała, że pozostała na miejscu. Babcia twierdziła, że tak się dzieje wiele razy, choć żyjący nie zawsze zdają sobie sprawę z faktu, że mają współlokatora z innego świata.

- A co mnie naszło z tymi duchami? – zapytał poirytowany. – Co to ja medium jakieś, czy co?

Odrzucił wspomnienia, które go nawiedziły i skupił uwagę na teraźniejszości.

Miał mętlik w głowie. Jeżeli Dorota z niczym nie przesadzała, to tamten sukinsyn narobił wiele złego. Nigdy w swoim życiu nie spotkał sadysty. Wiele słyszał o ludziach, którzy czerpią przyjemność z krzywdzenia innych, ale nigdy na swojej drodze nie napotkał kogoś takiego. Naprawdę sporo lat przepracował jako gliniarz. Jeździł na interwencje, gdzie głowa rodziny w pijackim szale znęcała się nad dziećmi i żoną. Zwykle jednak było tak, że po wytrzeźwieniu zatrzymany pijaczyna żałował tego co zrobił i okazywał skruchę. Bywały też przypadki, gdy pokrzywdzeni wycofywali skargę twierdząc, że agresor nie był sobą, a to co zrobił były zasługą alkoholu. Ten facet jednak nie wyglądał na menela, czy choćby alkoholika. Sprawiał wrażenie pedantycznego realizatora własnych planów.

- Dokument! – warknął, gdy przypomniał sobie o kartce znalezionej w biurku.

W myślach przywołał jej treść, choć nie do końca wszystko spamiętał. Nie o szczegóły tu jednak chodziło, a o sam fakt, że to była umowa pisemna pomiędzy dwoma stronami, które nigdy, przenigdy nie powinny stworzyć pisma podobnej treści. Westchnął ciężko i mimowolnie zerknął w prawo. Dostrzegł tuż przy ogrodzeniu niewielką drewnianą ławeczkę. Bez namysłu skierował kroki w tę stronę. Kiedy tylko usiadł stwierdził, że pomimo, że nie powinien, to jednak spędzi tu chwilę. Trzeba było przemyśleć kilka rzeczy, a to wymagało czasu. Zanim dotrze do samochodu i ewentualnie odpali silnik, musi mieć już w głowie obraz sytuacji, która najwyraźniej go przerastała. Kiedy Kosma zjawił się w tamtym barze, od razu wyczuł okazję do naciągnięcia na kasę bogatego i w dodatku naiwnego frajera. Zawarli niepisaną umowę, którą każda ze stron w każdej chwili mogła zerwać, a to dawało mu pole manewru. Mógł przecież szukać Doroty bez końca, ciągle wołając o pieniądze na drobne, nieprzewidziane wydatki.

- Dorota jest dziwna – rozpoczął szeptany monolog. – W życiu nie spotkałem takiej kobiety. Po tym, co przeszła powinna się rozsypać na miliony kawałków, a ona jest... no przynajmniej wydaje się, że jest cała. Ja sam pewnie bym pękł, gdybym się znalazł w jej sytuacji. Przecież ten skurwysyn znęcał się nad nią fizycznie i jeszcze próbował złamać psychicznie.

Przerwał na moment, gdy gdzieś w okolicy zawył pies. Te zwierzęta chyba go sobie upodobały i wyczuwały jego obecność. Przeraźliwe wycie niemalże wtargnęło w jego ciało wywołując dreszcze. To było jak preludium do tego, co może się zaraz wydarzyć. Wyciu zawtórowało szczekanie i nagle wszystko ucichło. Zrobiło się tak cicho, że słyszał jak wiatr kołysze źdźbłami traw. Zamknął oczy, kilka razy wciągnął głębiej powietrze do płuc i kontynuował.

- A co, jeżeli tekst jest prawdziwy? Jakie szaleństwo mogło ją wepchnąć w objęcia czegoś takiego? Nie, to nawet nie jest szaleństwo, a wręcz obłęd. A może Dorota jest rozkapryszonym, zepsutym dzieckiem, które zrobi wszystko, aby dostać zabawkę, którą sobie wymarzyła? To jest oczywiście prawdopodobne, ale czy możliwe? Kto z nudów... Nie, nie, nie. – Gwałtownie pokręcił przecząco głową.

Wstał i ruszył do samochodu. Uznał, że już zrobił swoje. Jeżeli tamto pismo było prawdziwe, to tym bardziej nic tu po nim. Ten etap zakończył. Nawet nie wiedział czy powinien się cieszyć, że poznał Dorotę? Było jeszcze coś, co nie dawało mu spokoju – Kosma. Oczywiście skontaktuje się z nim, bo pieniądze nie leżą na ulicy, ale co mu wtedy powie? Facet wyglądał na wrażliwego i w końcu to on zasponsorował wyprawę ratunkową. Dorota jednak była żmiją. Mogła przecież przynajmniej poudawać, że jest wdzięczna swojemu kochasiowi za troskę i za ratunek. W końcu gdyby nie Kosma, to nie byłoby jego. A gdyby nie było jego, to ona nadal tkwiłaby w łapach tego szaleńca. W tym obskurnym budynku, śmierdzącym pokoju, cuchnąca fekaliami.

Zanim otworzył drzwi obejrzał się i popatrzył raz jeszcze na budynek. Chciał w jakiś oryginalny sposób spuentować zakończenie misji, ale nic nie przychodziło do głowy. Machnął z rezygnacją ręką i wsiadł do środka. Zanim odpalił silnik zaklął pod nosem rozładowując w ten sposób emocje.

- A więc to koniec. – Mężczyzna bardziej stwierdził niż zapytał. Uniósł skute kajdankami ręce, przetarł otwartą dłonią spocone czoło i spojrzał na nią niezwykle poważnie. Jego oczy nie wyrażały już sadystycznej wręcz nienawiści. Teraz patrzył na nią normalny, zwykły mężczyzna, który nawiązuje tym stwierdzeniem do niezbyt istotnej rzeczy.

- Pewnie, a co ty sobie myślałeś? Że nie będą mnie szukać? Jestem zbyt znaną kobietą. Porwałeś się nie na tą osobę co trzeba, gnoju. – Dorota uśmiechnęła się z wyższością. Teraz to ona była górą.

- Pani chyba nic nie rozumie. – Z tonu głosu można było wyczytać, że mężczyzna jest teraz wyraźnie rozbawiony, choć jego twarz tego nie wyrażała.

- A co mam niby rozumieć? – Dorota zaśmiała się, gdyż podchwyciła ten sposób prowadzenia rozmowy. To przecież ona była wreszcie górą, a ten, który był zdany na jej łaskę, chyba nie pojmował w jakim znalazł się położeniu. W tym momencie wiele stracił w jej oczach.

- To ja.

- Wiem, że to ty, fiucie! Skurwielu porwałeś mnie, okaleczyłeś moje ciało i poniżyłeś, a teraz moja kolej!

- Tak było trzeba.

- Cooo? – Pochyliła się w jego stronę. – Tak było trzeba? Co ty pieprzysz, świrusie?! Jaki głos w twojej chorej, porypanej głowie kazał zrobić to, co zrobiłeś?!

- Jezu, kobieto! – warknął, tym razem wyraźnie rozdrażniony. – Spisaliśmy umowę.

- Dokładnie, to koniec – Dorota wyszeptała, po czym głośno westchnęła. – Spisaliśmy umowę, że teraz to ja jestem górą i jeśli zechcę to obetnę ci jaja. Zaczniemy od gazu pieprzowego. Tak na rozgrzewkę.

Chwyciła opakowanie i skierowała w jego stronę. Zamknął oczy i skulił głowę, odwracając ją przy tym na bok. Nadusiła na korek i powtórzyła jego gest, bo nie wiedziała czy sama nie odczuje skutków. W ten sposób przestała dokładnie celować. Niewielki strumień minął go i uderzył w ścianę powyżej.

- Stop, stop! – zawołał i odsunął gwałtownie od miejsca, gdzie ciecz spływała po ścianie. Ograniczała go tylko długość rurki. – Pani nic nie rozumie!

- Czego niby nie rozumiem? – Uniosła brwi wyraźnie teraz zaabsorbowana. – Nie rozumiem, jak ty mnie rozebrałeś do naga? Nie rozumiem, jak kazałeś mi się wypróżniać tam, gdzie stałam?

- Nie, nie, to nie tak. – Patrzył na nią i teraz już nie krył tego, że jest przestraszony.

- A jak? – Dorota zaczęła się przechadzać, nie spuszczając przy tym z niego wzroku. – Sama sobie rozcięłam policzek i złamałam palec. I sama też wyrwałam kolczyki. A te zęby? Wyrwano ci kiedyś zęba na żywca? Zęby też sobie sama wyrwałam? Tak było?

- Proszę panią, z tamtym ma pani rację. Skrzywdziłem panią, ale tak było trzeba. To była robota na zlecenie. Podjąłem się jej, bo miała pani szczęście.

- Co ty bredzisz, człowieku? – wycedziła przez zęby. Zmrużyła oczy i patrzyła na niego, jak na człowieka zagadkę. Wreszcie role się odwróciły, a on zamiast prosić o wybaczenie albo spróbować walczyć wymyślił na poczekaniu historię, której nie pojmowała. – Ktoś ci zlecił moje porwanie? Po co, kto?

- Dokładnie. I zaraz wszystko wyjaśnię. Mogę już wstać? – zapytał w pośpiechu.

- Waruj tam, gdzie jesteś, psie! – Wskazała czubkiem noża miejsce, które zajmował. – A wracając do zlecenia, to o kim ty mówisz?

- Pani naprawdę nie pamięta. A już myślałem, że to rodzaj jakiejś nowej gry. – Patrzył teraz na nią z nieskrywaną ciekawością. – Prawdę mówiąc jest pani dobra w różne gierki. Aż byłem zszokowany, że tak to wyszło.

- Prawdę mówiąc, świrze, zaintrygowałeś mnie, choć nie pojmuję o czym ty gadasz. Dla mnie to brzmi jak pieprzenie od rzeczy. Co niby mam pamiętać?

- Pamięta pani, jak rozmawialiśmy w tamtym pubie, do którego panią zawiozłem? Pani piła i to ostro, a ja się dosiadłem, bo miałem dosyć czekania na zewnątrz.

- Pamiętam, jak ktoś się wtedy do mnie przysiadł. Ale co z tego, czy piłam sama, czy w towarzystwie, bo nie do końca rozumiem? A tak z czystej, babskiej ciekawości... To byłeś ty? Nie kręcisz?

- Miałem czekać w aucie, ale po jakimś czasie mi się znudziło i wszedłem tam za panią. Miała pani szczęście, że to byłem ja.

- Szczęście, niby dlaczego?

- Bo to Bóg mną kierował. To on mi podpowiadał, co robić, gdy już nie miałem pomysłów. I to on kazał mi przyjąć to zlecenie.

- Bóg ci kazał się do mnie dosiąść? A to dobre! Jesteś głupi albo chory.

- Nie jestem, proszę panią. Ani jedno, ani drugie.

- No już dobra. Mniejsza o Boga. Dosiadłeś się i co dalej? – Chrząknęła i głośno przełknęła ślinę. Podświadomie czuła, że zaraz usłyszy coś ciekawego, jeśli nie szokującego. – I co my tam... ty też piłeś?

- Ja nie, przecież kierowałem. Rozmawialiśmy na luzie o wszystkim i o niczym. W pewnym momencie poruszyliśmy temat sensu życia, a właściwie jego braku.

- No i...?

- Twierdziła pani, że życie jakie wiedzie jest nijakie i tak naprawdę to jest do dupy. – Kiedy skończył mówić zaczął się powoli podnosić.

- Bo tak jest. – Wzruszyła nonszalancko ramionami i ponownie pokazała gestem, aby pozostał w poprzedniej pozycji.

- Chciałem tylko zmienić pozycję, bo trochę ścierpłem – wyjaśnił, z powrotem opadając na podłogę.

- Gówno mnie obchodzą twoje niewygody. Gadaj dalej, bo przyznam, że mnie zaintrygowałeś.

- Pani wówczas powiedziała, że chciałaby przeżyć coś ekscytującego i sprawdzić się, ile może wytrzymać.

- Co ty pieprzysz?! Czego niby wytrzymać, do kurwy nędzy?! – warknęła i przykucnęła obok niego.

- Nooo... tortur, ran, obelg i tego wszystkiego, co potrafi złamać człowieka.

- To jest popieprzone, co mówisz. Ja nigdy bym... – Nie dokończyła, a jej wzrok spoczął na jakimś punkcie ponad głową mężczyzny.

To prawda, że moje życie jest popieprzone i nudne, jak msza w kościele. Jednak ja nigdy bym nie rozmawiała na takie tematy z obcym gościem – podsumowała w myślach.

- Mnie też to zdziwiło, że tak się pani otwiera – dodał, jak gdyby rozszyfrował o czym myślała.

- Gówno mnie obchodzą twoje doznania! – Pogroziła mimowolnie nożem. – Coś kręcisz i to jeszcze rozumiem, bo chcesz się ratować, tylko nie traktuj mnie jak idiotki. Słyszysz, ty fiucie?!

- Słyszę i rozumiem, proszę panią.

- To dobrze. Co to za rozkoszne uczucie, gdy to ja mam władzę i mogę ci w każdej chwili odpłacić. – Pochyliła się nad nim i nakazała, aby zamknął oczy. Posłusznie wykonał, co kazała. Gdy tylko jego powieki opadły, szybkim ruchem, używając czubka noża przejechała po skórze na jego policzku. W pomieszczeniu rozległo się wycie. Odskoczył w bok, jak oparzony, a z rany natychmiast pociekła krew.

- Aała! Co pani robi, do cholery?! Za co to?

- Tyle mi na razie wystarczy, mów dalej – powiedziała spokojnie i ponownie się wyprostowała.

- To boli, jak diabli! Będę miał bliznę – zakwilił. Do spływającej krwi dołączyły też łzy.

- Widzisz, jak to boli? Też tak miałam. Nie kwil mi tu, jak baba, tylko gadaj dalej. – Czy tego chciała czy nie, musiała odczekać kilka minut, zanim się uspokoił.

- Była pani wtedy nieźle wstawiona i chyba stąd ta otwartość – kontynuował przerwany wątek. Jedną z dłoni nieporadnie dotknął rany i syknął z bólu. – Pierwszy raz w swoim życiu rozmawiałem z kobietą na takie tematy.

Na Dorocie to nie zrobiło żadnego wrażenia. Patrzyła teraz na niego, ale tak, jak gdyby go w ogóle nie widziała. Był dla niej teraz jak domofon, do którego się mówi, i który odpowiada. Dopiero po chwili zrozumiała sens jego słów.

- Zaraz, zaraz, chcesz mi wmówić, że ja chciałam, żebyś mnie przeleciał na sado macho, czy jakoś tak? – Jej oczy zrobiły się duże i chyba sama nie wiedziała, jakiej odpowiedzi oczekuje.

- Nie o seks tu chodziło.

- No to już nic nie rozumiem. Daję ci minutę, a później pożałujesz, że się urodziłeś. – Pochyliła się i ponownie pogroziła nożem, a ostrze znowu znalazło się blisko ciała mężczyzny.

Cofnął się odruchowo i rozejrzał, niczym ktoś, kto panicznie szuka pomocy. Wzrok następnie skupił na ostrzu noża, jak gdyby wierzył, że w ten sposób je powstrzyma. Do tej pory uważał, że jest odporny na ból, ale teraz się okazało, że nie miał racji. widocznie obraził czymś Boga i ten go w ten sposób ukarał.

- A więc dobrze, tylko niech pani nic więcej nie robi tym nożem. Nie chcę cierpieć. Powiem najprościej jak tylko potrafię. Otóż wynajęła mnie pani, żebym panią porwał i torturował.

- Co ty pierdolisz, człowieku?! – Poderwała się energicznie i spojrzała na niego z góry. – Masz mnie za jakąś zboczoną, a przede wszystkim głupią babę? Myślisz, że uwierzę w te brednie?!

- Nie wiem, czy pani uwierzy? Prawdę mówiąc ja też bym na pani miejscu nie uwierzył.

- To oczywiste ty... ty... popaprańcu! Ty gadzie, świrze i fiucie! – Dorota czuła wzbierającą furię.

- Dlatego też spisaliśmy umowę – dodał szybko, jak gdyby obawiał się, że może nie zdążyć wszystkiego wytłumaczyć.

- Umowę...? Jaką znowu umowę? – Nóż niemalże wypadł jej z ręki.

- Tak, droga pani. Zgodziłem się na to, ale właśnie pod tym jednym, jedynym warunkiem, że wszystko będzie na papierze. Nie chcę trafić do pierdla, za to, że realizowałem pani perwersyjne fantazje. Na tamtej umowie jest wszystko ze szczegółami, a na końcu są nasze podpisy.

- Gdzie jest ta umowa?! Chcę ją zobaczyć, ale już!

Mężczyzna pokiwał głową ze zrozumieniem i próbował wstać. Dorota gestem nakazała mu, żeby został tam, gdzie jest. Jego ciało zastygło nieruchomo bokiem do niej.

- Masz mnie za idiotkę, jakąś pieprzoną kretynkę? – Pochyliła się i przykucnęła za jego plecami. Dostawiła mu nóż do gardła, położyła kluczyk do kajdanek na podłodze, niedaleko jego kolan i wycedziła prosto do ucha: – A teraz rozepniesz te pierdzielone kajdanki i skujesz się za plecami. Jak spróbujesz coś kombinować, to jak mi Bóg miły... Z największą przyjemnością poderżnę ci te twoje pierdolone gardło! – Nie widziała jego twarzy, ale gdy zakończyła mówić, to poczuła, jak przez jego ciało przebiegł dreszcz.

- Nie dosięgnę – stwierdził nieco enigmatycznie.

- Do czego?

- Do kluczyka.

- Aha, no tak. Dobra, trzymaj. – Wsunęła mu kluczyk w prawą rękę. – I pamiętaj, żadnych sztuczek.

Na jej oczach zrobił co mu nakazała. Trwało to minutę albo dwie. Gdy od niego odeszła klęczał jak pokutnik na obu kolanach z rękoma skrępowanymi za plecami. Teraz czuła się o wiele spokojniejsza, no i bezpieczniejsza.

- I tak jest dobrze, ty skurwielu! – zawołała triumfalnie, jak gdyby w ten sposób rozładowywała negatywne emocje. Od razu poczuła się lepiej. Wprawdzie nie był już przykuty do rurki od centralnego ogrzewania, ale był teraz całkowicie bezbronny. – A teraz powiedz, gdzie jest ten świstek papieru, który nazywasz umową.

- Zrobiłem kilka kopii... Tak na wszelki wypadek. Jedną mam u siebie w domu, czyli tutaj.

- Gdzie? – Podeszła bliżej i czubkiem noża dotknęła jego ciała na wysokości lewego obojczyka. Ostry czubek pchała przed siebie dociskając go, jakby zamierzała zagłębić ostrze w jego skórze. Kiedy syknął z bólu poczuła wyraźną satysfakcję. Pchnęła raz jeszcze, mocniej, ale gdy zobaczyła łzy w jego oczach cofnęła dłoń, jakby się przestraszyła swojego zachowania.

- Mam to w pokoju na piętrze. Możemy tam pójść i wtedy pani sobie wszystko przeczyta, od „a" do „zet".

- Dobra, idziemy. A spróbuj tylko coś kombinować, to wiesz...

- Wiem, wiem, poderżnie mi pani gardło. – Zacytował jej poprzednie słowa, a ona na końcu zdania wychwyciła nutkę rozbawienia. Nie była jednak tego w stu procentach pewna, dlatego odpuściła. Teraz chciała już tylko zobaczyć tę pieprzoną umowę.

- Dlaczego zabiłeś tamtą bidulkę? – zapytała i ponownie dźgnęła go lekko nożem. Tym razem nie zareagował, jak gdyby wcale tego nie poczuł.

- Niby kogo?

- I do tego zgwałciłeś – sprecyzowała, gdy zaczęli wspinać się na schody.

- To nie była kobieta – odpowiedź była zbyt enigmatyczna, aby zrozumiała.

- To kto? – zapytała nie wiadomo po co. Przecież doskonale wiedziała, że to była kobieta.

Mężczyzna zatrzymał się, obrócił i spojrzał na nią.

- To była lalka z sex shopu. Kupiłem ją, bo wyglądała bardzo realistycznie, a ja potrzebowałem, żeby pani uwierzyła.

- Kłamiesz – stwierdziła, choć nie miała pewności, czy jednak nie mówi prawdy.

- Przysięgam, na Boga. To była tylko gra.

- No dobra, powiedzmy, że wierzę. A tamten kaleka na wózku?

- To byłem ja. To również było przedstawienie. – Patrzył jej teraz w oczy, a jego wzrok mówił, że nie kłamie.

- Czyli, że mnie nabrałeś. Może to i lepiej. Dobra, dosyć już wyjaśnień. Jazda na górę, skurwielu!

Przeczytanie kartki zajęło jej niecałą minutę, ale przeanalizowanie, co znaczy ten tekst, to był proces wręcz żmudny. Mężczyzna, który się nad nią znęcał, klęczał na podłodze i przez cały czas nie spuszczał jej z oczu. Siedziała pochylona na krześle, a jej usta poruszały się w trakcie zapoznawania się z umową. Im dłużej to trwało tym jej mimika ulegała zmianie. Rysy twarzy z napiętych stawały się coraz luźniejsze, aż w końcu na jej ustach zagościł delikatny uśmieszek.

A więc to prawda, stwierdziła, gdy po raz kolejny dotarła do dwóch podpisów na końcu. Jego podpisu co oczywiste nie znała, ale swój rozpoznała bez problemu. Nie mogło być mowy o jakimkolwiek fałszerstwie. Z początku była zszokowana, ale z czasem zaczęło jej się to podobać coraz bardziej. Prawdą było, że zapomniała o wszystkim, gdy ten facet zaczął realizować szczegóły umowy. To, że nic nie pamiętała, wydawało się być darem od Boga. Była niczego nieświadoma, a to dodawało smaczku wszystkiemu co przeżyła. Oczywiście przeżywała katusze, ale przecież o to w tym wszystkim chodziło, aby bolało. Mogła zapomnieć wszystkie te fizyczne rany, ale w tym było coś więcej. Nie dała się złamać i teraz była z siebie niezwykle dumna. Wiedziała, że to nie jest normalne, ale ona nie pragnęła normalności. Normalność to nuda, a ona potrzebowała bodźców. Snuła te plany od dobrego roku, ale dopiero teraz odważyła się wprowadzić je w życie. Zlepek przypadków sprawił, że jej marzenia się ziściły – czegóż można było pragnąć więcej.

Nie była teraz w nastroju do dłuższych przemów. Rozumiała, co trzeba zrobić i prawdę mówiąc nie mogła się już tego doczekać. Czuła się usatysfakcjonowana, wręcz spełniona. Pozostały do zrobienia pewne drobiazgi, ale to było nic w porównaniu z wydarzeniami z ostatnich dni. Chciało jej się krzyczeć z radości, ale cały czas pamiętała, że nie jest tu sama.

- Mam nadzieję, że jest pani zadowolona? Włożyłem w to całe serce. – Jego słowa wyrwały ją z zamyślenia.

- Wiem, bo odczułam to na własnej skórze, ale tak przecież miało być. A co do zadowolenia, to tak, jestem i to bardzo.

- Na pewno?

- Człowieku dałeś mi więcej rozkoszy niż jakikolwiek kochanek.

- Wie pani, że to co teraz mówi jest porąbane? – Patrzył na nią, a jego spojrzenie trąciło bezczelnością.

- No cóż... może dla ciebie. – Nie zamierzała się tłumaczyć, a zwłaszcza komuś takiemu.

- To co teraz będzie?

- Nie wiesz? Taki z ciebie bystrzak, a pytasz? – Uśmiechnęła się ironicznie.

- Nie jestem bystrzak. Kiedyś tak myślałem, ale teraz już nie. A wie pani, dlaczego?

- Mów.

- Bo za diabła nie pojmuję, po co to było?

- Co?

- To wszystko, ten cały cyrk. Różne rzeczy w życiu robiłem, ale nigdy czegoś choćby zbliżonego do tego szaleństwa. Nudzi się pani w życiu?

- Czy się nudzę? Dokładnie. Życie jest nudne, a dzień się za dniem ciągnie, jak ten wodny strumień, co nigdy się nie zaczął i nigdy nie skończy. Dzień w dzień to samo. Praca, dom, praca, dom. Od czasu do czasu jakiś nieudany sex i to wszystko.

- A więc potrzebowała pani rozrywki. – Bardziej stwierdził niż zapytał.

- Której ty mi dostarczyłeś, aż w nadmiarze.

- Było warto?

- Było. – Spróbowała się uśmiechnąć, ale rana na twarzy skutecznie ograniczała mimikę. – Najważniejsze jednak było to, że nie byłam świadoma, że to jest ukartowane. Gdybym wszystko pamiętała, to byłoby inaczej.

- Ale te blizny zostaną do końca życia. Nie wiem czy nie przesadziłem.

- Nie. Właśnie o tego rodzaju doznania mi chodziło. Jasne, że w świecie mody jestem skończona, ale świat to nie tylko wybiegi dla kretynek. Nie masz bladego pojęcia, co czułam? Jaką ekscytację przeżywałam, gdy do mnie podchodziłeś, a ja nie wiedziałam co mnie czeka.

- Uwolni mnie, pani? – zapytał, a w jego oczach pojawiła się nadzieja, ale i niepewność.

- Co?... A tak, jasne. Odwróć się, rozkuję cię.

Zrobił co kazała, a ona wstała i podeszła do niego od tyłu. W jednym ręku trzymała nóż, a w drugim kluczyk od kajdanek. Uklękła za nim i wysunęła obie dłonie do przodu. Coś tam gadał do siebie, czy może do niej, ale nic ją to nie obchodziło. Przez moment przeskakiwała wzrokiem z przedmiotu na przedmiot, jak gdyby była niepewna, co powinna zrobić.

Nóż wbiła pomiędzy łopatki mężczyzny na połowę ostrza. Ofiara jej ataku zawyła z bólu i próbowała powstać. Drugi i trzeci cios padły bardzo szybko i poskutkowały tym, że runął jak długi. Nie widziała jego twarzy, ale oczami wyobraźni ujrzała przerażenie wymalowane na jego wrednej gębie. Pochyliła się do przodu i jak gdyby przybijała stemple na poczcie uderzała raz po raz. Nie liczyła ciosów, ale musiało ich być kilkanaście. Mężczyzna był już z pewnością martwy, gdy skończyła. Koszula, w którą miał na sobie przypominała mieszaninę strzępów tkaniny i skrwawionego mięsa. Kałuża krwi rozpływała się coraz szerzej, tworząc wokół ciała nieregularny kształt.

Dorota powstała z trudem. Teraz dopiero zauważyła, że nóż trzymała w dłoni, którą miała poranioną. Wyłamany palec o dziwo nie przeszkadzał w zadawaniu ciosów ani najświeższa rana. Więcej się już nad tym nie zastanawiała. Dyszała ciężko, ale była szczęśliwa, że zrobiła to co należało. Zemściła się, a to przecież musiało być częścią planu.

U góry była niewielka łazienka. Umyła ręce i sprawdziła, czy nie ma śladów krwi na ubraniu. Ku jej zaskoczeniu ubranie miała czyste, nie licząc śladu po wymiocinach (pozostałość po gazie pieprzowym). Teraz należało jakoś zatrzeć ślady. Uznała, że wypalenie tego gniazda zła będzie najlepszym rozwiązaniem. Zeszła po schodach i rozpoczęła poszukiwania czegoś do rozpalenia. W domu nic nie znalazła, ale za to na zewnątrz, w pomieszczeniu gospodarczym był kanister z benzyną. Z trudem wniosła go na górę i wylała zawartość. Kilkanaście minut później płomienie ogarnęły pomieszczenie, w którym dokonała egzekucji, a ona spokojnym krokiem ruszyła w stronę furtki. Idąc zerknęła w górę. Od strony centrum miasta nadciągała olbrzymia, ciemna chmura. Zanosiło się na deszcz. To, że zmoknie nie miało znaczenia. Gorzej z pożarem, który wznieciła. Jeżeli deszcz będzie intensywny, to strażacy zyskają potężnego sprzymierzeńca.

- Ja mam zawsze pod górkę – westchnęła i przyśpieszyła kroku.

Czekał ją długi spacer. Nie chciała rzucać się w oczy, więc zwolniła kroku. Uznała, że nie będzie zamawiać taksówki zbyt blisko tego miejsca. W drodze podejmie decyzję, czy już może to zrobić. Z tym opatrunkiem na twarzy zbyt mocno przyciągała uwagę, ale w tej kwestii, nie miała jakiegoś specjalnego pola do manewru. Kilkanaście minut po opuszczeniu budynku usłyszała charakterystyczny odgłos syreny straży pożarnej. Poprawiła na ramieniu torbę, którą sobie pożyczyła. Zabrała ze sobą kilka rzeczy, które wydały jej się potrzebne. Co z nimi zrobi? jeszcze nie wiedziała.

# *30.*

- Julian jak zawsze ma problemy nawet z taką pierdołą, jak otworzenie drzwi – Dorota powiedziała do siebie, dusząc przy tym po raz enty na przycisk dzwonka. – A co jeśli go nie ma? – wyszeptała pytanie i natychmiast na nie odpowiedziała. – To do niego zatelefonuję... No tak, ale wtedy będą nici z niespodzianki – podsumowała zawiedziona.

Ubranie nadal było mokre, ale to nie miało znaczenia. Na szczęście deszcz nie okazał się zbyt intensywny. Bolały ją nogi, bo musiała przejść kilka kilometrów na piechotę. Po drodze doszła, do wniosku, że poradzi sobie bez podwózki. Jej determinacja skończyła się po kwadransie. Pierwsza taksówka, jaka się napatoczyła podwiozła ją pod dom Juliana. Z początku planowała wrócić do swojego mieszkania, ale później stwierdziła, że należy odwiedzić go i podziękować za ratunek. Poza tym miała jeszcze jedną sprawę do niego. Teraz, gdy stała pod jego drzwiami była bardzo ciekawa, jak wyglądała sytuacja na miejscu pożaru. Większość benzyny wylała na zwłoki licząc, że ciało tak się zwęgli, że nikt nie zauważy licznych ran. To było oczywiste, że straż pożarna prędzej czy później opanuje pożar.

Za drzwiami wreszcie zaczęło się coś dziać. Usłyszała pisk, najprawdopodobniej nienaoliwionych zawiasów u drzwi i jeszcze inne, trudne do zdefiniowania dźwięki. Nasłuchiwała więc dalej i w końcu usłyszała coś, co zidentyfikowała jako odgłosy powolnego człapania w zbyt dużych laczkach. Chciała zawołać, żeby szybciej otworzył, że to ona, ale uznała, że wyraz jego zaskoczonej twarzy będzie wart wszystkich pieniędzy.

- Kto tam? – Męski głos z drugiej strony drzwi nie pozostawił złudzeń, kto za moment je otworzy. Nie odpowiedziała. Wykrzywiła usta w niewinnym uśmieszku i czekała. Nagle coś ją tknęło i ukryła się z boku drzwi, aby jeszcze mocniej go zaskoczyć. Przylgnęła plecami do pomalowanej na seledyn ściany i zastanawiała się, czy lepiej wyskoczyć mu przed twarzą, czy może poczekać, aż ją wypatrzy.

Drzwi uchyliły się powoli, a z wnętrza mieszkania wypadło nieco światła na klatkę schodową. Zobaczyła cień rzucany przez męską sylwetkę, a chwilę później usłyszała nieco rozkojarzone pytanie: – Co jest?

Wstrzymała oddech, gdy zobaczyła, jak robi kilka kroków i wychodzi z mieszkania. Widziała teraz jego profil i czuła się jak mała dziewczynka, która bawi się w chowanego. Był ubrany jedynie w spodnie od pidżamy i był boso, co oznaczało, że tamte dźwięki musiała źle zidentyfikować. Przeskoczyła spojrzeniem ze stóp na jego głowę i dostrzegła na twarzy kilkudniowy zarost, co nigdy jeszcze mu się nie przytrafiło. Zawsze był elegancki i czysty, aż do przesady. Golił się codziennie i prawdę mówiąc nawet nie wiedziała jakiego koloru może mieć zarost. Owszem miał ten swój gogusiowaty wąsik i chyba go farbował, gdyż był wręcz czarny. W jednej chwili Julian obrócił się na pięcie i wrócił do mieszkania. Dorota zerwała się z miejsca i ruszyła za nim. Właśnie się odwracał, aby zamknąć drzwi, gdy wreszcie ją zobaczył.

- Dorota?! Jezu, słodki Boże, to ty? – Zrobił wielkie oczy, co sprawiło, że wyglądał teraz jak kretyn.

- Nie, wróżka chrzestna – wypaliła. – Szkoda, że nie widzisz teraz swojej miny. Zaprosisz?

- Ale co ty tu...? – Nie mógł dojść do siebie. – Boże i jak ty Dorota wyglądasz?!

- Wiesz co, Julian? – Popatrzyła na niego wyzywająco. – Pierdol się, człowieku! Znowu robisz wszystko, żeby uchodzić za palanta. Będziemy tak stali w progu, czy może mnie wygnasz na dwór?

- Nie, oczywiście, przepraszam. – Poderwał się, jak gdyby prąd go kopnął. – Wejdź, wejdź, proszę. – Cofnął się szybko ustępując miejsca. Nie odrywał przy tym wzroku, od jej twarzy. Nie była umalowana, więc mógł dostrzec wszystkie szczegóły. – Rozgość się, Doruś. Chcesz coś do picia? Kawa, herbata? A może jesteś głodna?

- Daj spokój z tym jedzeniem. Zrób mi coś mocnego do picia – powiedziała wchodząc do środka. Torbę zostawiła pod ścianą i dopiero teraz zamknęła ją suwakiem. – Ale nalej tylko mnie, bo ty masz chyba dosyć. Mam nadzieję, że coś ci jeszcze zostało z zapasów, bo wyglądasz jakbyś chlał od tygodnia.

- Bo tak było, Doruś. Po twoim zniknięciu całkiem się rozsypałem. Co ci zrobić? – Zamknął drzwi i ruszył za nią. – Ale teraz już jest dobrze, bo wreszcie się odnalazłaś i...

- Pośpiesz się lepiej Julian z tym drinkiem, bo mam ci coś do powiedzenia. – Weszła mu w słowo. – Nie masz chłopie bladego pojęcia co się działo w ostatnim czasie. A co do drinka, to wykaż kunszt. – Wypatrzyła fotel i bez pytania o zgodę rozsiadła się wygodnie. Kilka minut później w jej dłoni spoczęła pękata szklanka z drinkiem, którego składu mogła się tylko domyślać.

- Siadaj, bo to co opowiem zwali cię z nóg. – Przejęła rolę gospodyni i wskazała mu miejsce na drugim fotelu. Posłusznie zrobił co mu kazała, a ona rozpoczęła wywód.

Kosma pozwolił jej opowiedzieć historię i choć bardzo go korciło, aby przerywać i zasypywać ją pytaniami, to jednak powstrzymał się. Wiedział doskonale, jak Dorota reaguje, kiedy ktoś próbuje wejść jej w słowo. Starała się mówić spokojnie, ale co chwila podnosiła głos i przyśpieszała. Była wyraźnie podniecona, ale i zarazem rozbawiona tym co zrobiła. Popijała opowiadając, a szklankę opróżniła, zanim dokończyła opowieść. Nie był, co oczywiste świadomy, że pominęła ostatni wątek, bo wiedziała, że czymś takim nie powinna się chwalić. W końcu to było przecież morderstwo, czyli najgorszy rodzaj przestępstwa.

- Boże przenajświętszy, Dorota... Co to miało być? – Zapytał zszokowany.

Siedział naprzeciwko, jak skamieniały i nie wiedział, co powinien teraz zrobić? A przecież należało koniecznie coś zrobić. Mógłby oczywiście pobawić się we wzorcowego obywatela i zadzwonić na policje, ale co by to zmieniło? Ona by się wściekła, a on zrobiłby z siebie idiotę, bo na pewno by wszystkiemu zaprzeczyła. Przecież gdyby chciała zawiadomić policję, to dawno już by to zrobiła. Bakan powiadomił go telefonicznie, że wykonał zadanie, ale nie chciał opowiadać o szczegółach. Twierdził, że Dorota na pewno go odwiedzi, żeby mu o wszystkim opowiedzieć. Tyle mu wystarczyło. Tak więc powinien być przygotowanym na tę wizytę, ale nie był.

- Dobra zabawa, Julian – odpowiedziała po czasie, jak gdyby pozwalała mu roztrząsnąć dylematy, które nim teraz zawładnęły.

- Co, zabawa? – Nie od razu zrozumiał. – Zabawa? Ty to nazywasz zabawą? – Wstał z siedzenia i wyprostował się. Patrzył teraz na nią z góry i nie wierzył, że mogła zrobić coś takiego. – Czy ty mnie aby nie okłamujesz? Nie robisz sobie ze mnie jaj, kobieto?

- Ja pierdolę, człowieku? Dla ciebie jest ważne tylko to, co mu zrobiłam, a nie to, co on zrobił mnie? Tak się zachowuje ktoś, kto twierdził, że jestem jego narzeczoną.

- Przepraszam, ale nie potrafię myśleć logicznie. I wcale teraz nie myślę... nie, zaraz. Dorota, kurwa! Oczywiście, że moim priorytetem jest to, co on ci zrobił. Skrzywdził cię, to oczywiste, ale... to nie ma żadnego sensu. – Westchnął, jak gdyby wydawał ostatnie tchnienie. – A co ty mu zrobiłaś, bo chyba nie napomknęłaś o tym?

- Tak właśnie, nie potrafisz logicznie myśleć. – Uniosła pustą szklankę do ust i natychmiast ją odstawiła, gdy jej usta natknęły się na pustkę. – Zrób mi lepiej jeszcze raz tego swojego drinka, bo czuję, że zaraz wybuchnę. Jestem jak naładowany pistolet, który tylko czeka, żeby go przypadkowo ktoś trącił. I lepiej, żebyś to nie był ty. – Wskazała teatralnie palcem w jego kierunku.

- Dobra, zaraz, potem. – Machnął nerwowo ręką. – Przecież to jest... to jest? Cholera, ja nawet nie wiem jak to nazwać. Tu potrzeba dobrego... Boże, co ja pieprzę. Tu potrzeba laureata jakiejś nagrody z dziedziny psychiatrii.

- Nazywaj to sobie jak chcesz, a teraz dawaj tego drinasa.

- Nie mogę, po prostu nie mogę zrozumieć. – Kosma ruszył z miejsca i podszedł do barku. Kontynuował przygotowując dwa drinki. On również musiał się napić. – Nigdy wcześniej nie słyszałem, żeby ktoś chciał, aby go poniewierano, gwałcono, torturowano. Co tobie odwaliło? Jakim ty jesteś człowiekiem? Nie, to nie może być prawdą.

Pokiwała głową z niedowierzaniem, kiedy zmierzał z pełnymi szklankami. Ten gest był jak magiczny, gdyż chyba sprawił, że z obu naczyń ulało się trochę trunku, rozchlapując się na podłodze. Nawet nie zauważył, gdy jedna z jego stóp natrafiła na niewielką kałużę.

- Nie wiem, Julian, jakim jestem człowiekiem. Ty sam pewnie nie wiesz, jaki jesteś? – Uniosła brwi i spojrzała na niego pytająco. Nie odpowiedział, zajęty siadaniem, a więc kontynuowała: – Ale wiem jedno... Dzięki temu poczułam, że żyję. Moje życie nabrało sensu i tyle. Czasami, aby odnaleźć sens życia potrzeba niewiele, a czasami naprawdę sporo. I tak tego nie zrozumiesz, bo jesteś banalny do szpiku kości. Tobie do szczęścia wystarczy pociupciać raz w tygodniu i kilka innych drobnych rzeczy.

- Daj już spokój z tym gadaniem o seksie. Lubię go jak każdy normalny facet. A wracając do tematu... to chyba normalne, że nie rozumiem. Nikt normalny by tego nie zrozumiał. Już wtedy, jak kazałaś mi poszukać odpowiedniego człowieka, to wiedziałem, że to chore. Jak można wymagać od mężczyzny, który cię kocha, aby znalazł kogoś, kto przywróci ci sens życia w taki sposób. I do tego bez wdawania się w szczegóły, co dokładnie powinien zrobić. Kilku ludzi spojrzało na mnie jak na wariata, gdy tłumaczyłem o co mi chodzi, a raz to nawet chciano mnie pobić.

- Nawet z taką pierdołą nie potrafiłeś sobie poradzić – powiedziała zbyt cicho, aby mógł usłyszeć.

- Wreszcie jednak znalazłem kogoś odpowiedniego, a właściwie to raczej powinienem powiedzieć, chętnego. – Stwierdził, jak gdyby jednak usłyszał jej uwagę.

- Oj Julian, Julian – westchnęła.

- Kiedy zniknęłaś to uznałem, że rzeczywiście chciałaś uciec ode mnie, odpocząć, zrobić coś szalonego, a tamten facet, który niby zgodził się wykonać zadanie odpuścił i nie ma z tym nic wspólnego. Wtedy podczas kłótni powiedziałaś wyraźnie, że musisz odpocząć od tego wszystkiego. – Przechylił szklankę i wypił połowę. Kilka sekund trwało nim złapał właściwy oddech, aby kontynuować. – Ilekroć pojawiał się choćby cień podejrzenia, że ktoś naprawdę mógł cię uprowadzić, to od razu wyrzucałem go z głowy, bo to było zwyczajnie nielogiczne. Nielogiczne, no i zwyczajnie... niemożliwe. Tamten facet, który niby chciał się podjąć zadania wydawał się w miarę normalny, gdy z nim rozmawiałem. A... a... a nikt normalny nie zgodziłby się za forsę bawić w zwyrodnialca i sadystę. Poza tym facet powiedział na koniec, że go to nie interesuje.

- Julian zawsze byłeś palantem i do tego niezbyt lotnym. – Spojrzała na obraz przedstawiający kobiecy akt, który wisiał na ścianie, za jego plecami, a którego tak nie cierpiała i skrzywiła się zniesmaczona. Sama do końca nie wiedziała, czy była to zasługa dostrzeżonego widoku, czy może stwierdzenia oczywistego faktu, że od samego początku ich znajomości zamierzała zmusić Juliana, aby go wyrzucił.

- Tak, oczywiście... – Przerwał, dopił resztę i spojrzał wymownie w jej stronę. Chwilę trwało, zanim zrozumiała o co mu chodzi i pośpiesznie wypiła swojego. Zabrał obie szklanki i ponownie ruszył w kierunku barku. Tym razem nie nalał do pełna i wrócił na miejsce. – W tym przypadku muszę się z tobą zgodzić – kontynuował. – Gdybym był rzeczywiście mądrzejszy i przyjął za pewnik, że facet jednak realizuje zadanie, to przerwałbym to szaleństwo. – Podał jej drinka, a swojego postawił na oparciu fotela i delikatnie usiadł uważając na szklankę.

- To ciekawe, co mówisz, ale nie do końca prawdziwe. Ja nie pozwoliłabym żebyś to przerwał. A poza tym mówiłam, że masz zrobić drinka tylko dla mnie.

- Jestem u siebie w domu i mogę robić co chcę. A poza tym jestem dorosły, no i... to już drugi, jeżeli nie zauważyłaś. – Uniósł ostentacyjnie szklankę i powoli usiorbał małego łyczka.

- W sumie to masz rację. Nie będę ci matkować. – Poszła w ślady gospodarza i również się napiła. – O czym to ja...? Aha, już wiem. To nie ty nająłeś tego faceta.

- Jak to?

- To był taksówkarz, który zabrał mnie kiedy się pożarliśmy po tamtym pokazie.

- Taksówkarz? A jak wyglądał?

Dorota poprawiła włosy na czole i zaczęła opis. Kosma patrzył w jakiś nieokreślony punkt ponad jej głową i czekał, aż skończy. Trwało to zaledwie kilkanaście sekund.

- Nie wiem, czy to cokolwiek zmienia, ale Doruś, to on. Nie mam wątpliwości.

- Tak? No dobra. A w sumie, to jakie to ma znaczenie? Mam to w dupie, kto komu i jak? Jednak to ja go zwerbowałam, jak siedzieliśmy w pubie.

- A wiesz, że ten facet jest z zawodu nauczycielem?

- Był – sprostowała.

- Jak to, był?

- Bo nie żyje.

- Nie żyje? – Zrobił duże oczy.

- Zabiłam go. A co miałam mu odpuścić, po tym co mi zrobił? Poderżnęłam skurwielowi gardło, ale wcześniej na żywca obcięłam ręce, którymi mnie skalał. – Uśmiechnęła się mimowolnie widząc jego reakcję.

- Nie wierzę. – Pokiwał głową z niedowierzaniem. – Ty nie byłabyś zdolna do czegoś takiego.

- Julian... – Prychnęła ustami. – Skąd ty możesz wiedzieć do czego ja jestem zdolna?

- Przez ten czas odkąd jesteśmy razem poznałem cię na tyle, żeby mieć pewność. Nie mogłabyś zabić człowieka. Nie, ty.

- No dobra. Nie zabiłam go, ale troszeczkę go pokiereszowałam. Długo nie będzie mógł opisać co go spotkało.

- Ty, ty... Jak mogłaś go poranić? – Julian nie wierzył w to co słyszy. – Powiedziałaś przecież przed chwilą, że sama tego chciałaś, na Boga!

Dorota odpowiedziała wzruszeniem ramion, ale za moment otworzyła usta, żeby coś powiedzieć. Chwilę się zastanawiała, lecz w końcu z jej ust nic nie wypłynęło. Patrzyła na Kosmę niezwykle poważnie, ale widać było, że myślami jest gdzieś daleko.

- Dorota, słyszysz, co mówię? – Wziął spory łyk, przełknął i skrzywił się z odrazą.

- Oczywiście, że słyszę. Ty byś odpuścił skurwielowi, który by ci zrobił takie rzeczy, jakie ja przeszłam? Zobacz... – Wstała z fotela i zaczęła pokazywać wszystkie rany, a także ślady po razach, jakie otrzymała. Robiła to powoli, metodycznie, a Kosma patrzył przerażony, ale i zniesmaczony.

Czuł niemalże fizyczny ból, przy każdej ranie, którą oglądał. Najgorsze było to, że sam do tego dopuścił. Oczywiście to był jej pomysł i na etapie planowania nie było najmniejszej szansy, żeby ją od tego odwieźć. Jednak to nie zmieniało faktu, że miał wyrzuty sumienia. Ona była chora psychicznie, to nie podlegało dyskusji, ale może jednak za mało zrobił i powinien bardziej stanowczo próbować odwieźć ją od tego szaleństwa. Właśnie uświadomił sobie, że tak naprawdę nie zrobił nic. Wykonał polecenie, jak posłuszny piesek i zupełnie nie zdawał sobie sprawy, jakie mogą być konsekwencje. Jeżeli miał się za normalnego człowieka – a za takiego się miał – to powinien być bardziej gorliwy. Ona potrzebowała silnego, stanowczego mężczyzny, a on niestety taki nie był. Ale czy mógłby się takim stać, gdyby bardzo chciał? Chyba nie? W końcu natury się nie oszuka.

- Dorota, czemu, po co ty mi to wszystko mówisz, no i pokazujesz? – wyszeptał ochrypłym głosem.

- Żebyś wiedział, Julianku. – Skrzywiła twarz w cynicznym uśmiechu, usiadła z powrotem na fotel i chwyciła prawie opróżnioną szklankę.

- Wiesz doskonale, że nie spłynie to po mnie jak woda. Jestem wrażliwym facetem i...

- Julian, Julian... – nie dała mu dokończyć – ty nie jesteś facetem. Nie masz jaj, żeby nim być. Jesteś imitacją mężczyzny, marną podróbką.

- Dzięki Dorota. Jak zawsze jesteś szczera do bólu i jak zawsze gówno cię obchodzi, co myślą inni. Ty nie nadajesz się do współżycia w grupie. Jesteś aspołeczna i powinnaś zamieszkać na bezludnej wyspie. Najlepiej w dużym domu, gdzie byłoby mnóstwo wielkich luster, żebyś mogła delektować się swoją doskonałością. Jesteśmy parą, ale to ty zawsze o wszystkim decydujesz. – Złapał drżącą ze zdenerwowania ręką za swoją szklankę i przystawił do ust.

- Muszę tak robić, bo ty jesteś zwyczajna dupa. Niby jesteśmy razem, Julian, ale przez ten czas nigdy nie dałeś mi tego czego chciałam.

- A czego chciałaś? – Zaplótł ramiona na piersiach i westchnął ciężko. Ta rozmowa przybrała zły obrót. Oczywiście ucieszył się, że ją widzi, ale po tych kilku minutach rozmowy, już miał jej dosyć.

- A, dobra już, Julian. Dajmy spokój tej durnej gadce. Nie będę się z tobą przekomarzać, kto z kim i dlaczego? Muszę... potrzebuję adres Bakana, a ty na pewno go znasz, bo wiem, że to ty go zatrudniłeś.

- Oczywiście, że znam, ale...

- Co za ale? – Ponownie weszła mu w słowo.

- Ale nie wiem, czy powinienem ci powiedzieć? On już dostał wypłatę i dla niego to koniec.

- Julian, nie wkurzaj mnie człowieku, a raczej durny palancie, bo ci jaja pourywam! – Szarpnęła ciałem, jak gdyby zamierzała na niego skoczyć. – Masz mi natychmiast dać namiary na Bakana i już!

- Jezu, Dorota? Co ty znowu chcesz zrobić?

- Chcę mu tylko podziękować. No i go zobaczyć, bo ja go chyba...

- Nie kończ, proszę. Domyślam się, co chcesz powiedzieć.

Kosma patrzył na nią z politowaniem. W tym momencie właśnie stracił do niej cały szacunek. O uczuciu jakim ją darzył, nie wspominając. Wstał i podszedł do mebla, które stało za jego plecami i wyjął z szuflady niewielki notesik. Przejrzał go, po czym wyrwał jedną z karteczek i podał jej.

- Dzięki, Julian i przepraszam, że tak... – Nie dokończyła. Wstała, podeszła do niego i spróbowała pogłaskać po policzku, ale odwrócił głowę.

- Julian! – warknęła.

Ton jej głosu sprawił, że posłusznie spojrzał w jej stronę. Chociaż rozumiał, że to koniec, to jednak nie czuł się z tym dobrze. Pod powiekami wyczuł, że kanaliki łzowe szykują się do pracy, a bardzo nie chciał, żeby zobaczyła, że się rozkleił. Taki właśnie był i nic na to nie mógł poradzić.

Patrzyła na niego z determinacją i wściekłością wypisaną na twarzy. Zamknął oczy, żeby tego nie widzieć. Silny cios w policzek sprawił, że natychmiast je otworzył.

- Nie olewaj mnie, skurwielu, bo skończysz jak tamten!

Tym razem złapała go za brodę i silnie ścisnęła. Jednocześnie przekręciła jego głowę nieco w bok i przyglądała się, jakby oglądała eksponat. Nie zaprotestował – nie było sensu się kłócić, a tym bardziej walczyć. Pozwolił jej wyładować energię, a kiedy puściła go odwrócił się do niej plecami, pokazując w ten sposób, że uważa, iż to koniec. Słyszał jej nierówny oddech, który znamionował wściekłość. To już jednak nie miało dla niego żadnego znaczenia. Jego świat legł właśnie w gruzach, choć jeszcze kilka dni temu wydawało się, że jest otoczony wielobarwną, cudowną tęczą. Taka zmiana w tak krótkim czasie. Świat to było jednak porąbane miejsce. To on raczej powinien znaleźć się na bezludnej wyspie. Na odludziu na pewno poczułby się dużo lepiej. W tym momencie przypomniał sobie o kobiecie z karetki. Tej ślicznej dziewczynie, która wydawała się być wręcz przeciwieństwem Doroty.

- Lepiej już idź, Dorota, bo pewnie ci się śpieszy. – Nie patrząc w jej stronę poszedł z pustą szklanką nalać kolejną porcję. Patrzył, jak przezroczysty płyn wlewa się do naczynia i wtedy usłyszał, jak drzwi wejściowe zamykają się z charakterystycznym stuknięciem. Przerwał nalewanie i podniósł naczynie, ale ręka zatrzymała się kilkanaście centymetrów od ust. Nasłuchiwał, licząc na to, że może jeszcze wróci, ale nadaremnie. Jedynie odgłos kroków na schodach stawał się coraz cichszy, aż wreszcie ucichł zupełnie. – I wiedz, że poznałem kogoś – wyszeptał. I choć nie było szans, żeby to usłyszała, to jednak poczuł się, jakby zdradził jej wielką tajemnicę.

## *31.*

- Co ty tu robisz? – Bakan nie krył zaskoczenia, gdy przekonał się, kto stoi za progiem.

- To tak się wita gości u ciebie w domu? – Dorota uśmiechnęła się szelmowsko, po czym zakręciła teatralnie oczami.

- Rzadko miewam gości – odpowiedział nieco oschle i szybko złapał się na tym, iż pragnie, aby nie usłyszała co powiedział.

- Skąd wiedziałaś, gdzie mieszkam? – zapytał, bo był pewien, że nigdy jej nie podawał swojego adresu.

- Ma się swoje sposoby. Ale, nieważne. – Dla podkreślenia banalności jego pytania machnęła lekceważąco ręką.

Zapanowała niezręczna cisza, gdy stali nieruchomo, jak gdyby każde z nich czekało na ruch tego drugiego. Nie spodziewał się gości, dlatego stał ubrany jedynie w dół od pidżamy, co nie umknęło jej uwagi. Nie byłaby sobą, gdyby nie wrzuciła kamyczka do jego ogródka.

- Jesteście braćmi, czy jak? – zażartowała nawiązując do identycznego stroju Juliana.

- Kto? Jakimi braćmi? – zapytał zupełnie zdezorientowany.

Nie był w nastroju ani do żartów, ani tym bardziej do dłuższych dyskusji w przeciwieństwie do niej. Tryskała wręcz pozytywną energią, którą chyba chciała zarazić również jego. Zjawiła się tu nieproszona, nie wiadomo skąd i jeszcze rzucała zagadkami, a on był potwornie zmęczony i jedyne o czym marzył, to przespać w spokoju kilka godzin.

- Nieistotne. – Odsunęła go delikatnie na bok i niezaproszona weszła do środka. – Coś szybko o mnie zapomniałeś, mój ty Robercie. A zapamiętaj sobie, że mnie nie wolno lekceważyć. Zwłaszcza jak się mnie widziało na golasa. A do tego jeszcze ta nieudolna próba wsadzenia mi... No wiesz, o czym mówię?

- Proszę, przestań o tym wspominać, a poza tym nie zapomniałem o tobie. Skąd taki pomysł. Wejdź dziewczyno, jak już... przyszłaś. – Zamknął drzwi i ominął ją w wąskim korytarzu ocierając się o jej biodro. – Chodź za mną, zrobię ci kawy.

- Nie chcę kawy ani żadnej pieprzonej herbaty. Wolałabym coś mocniejszego.

Bakan spojrzał na nią z uwagą, ale nic nie powiedział. Miał dobrze zaopatrzony barek, ale nie planował na razie picia. Prawdę mówiąc czuł się przepity. Lubił alkohol, ale ta przygoda z Dorotą kosztowała jego wątrobę już zbyt wiele. – Nie wyglądasz na trzeźwą, chociaż kto wie, po tym co przeszłaś możesz wyglądać jak podchmielona. W sumie za mało cię znam.

- Masz rację, co do tego, że za mało mnie znasz i tak właśnie... – przerwała na moment i uśmiechnęła zalotnie. – Na pewno nie jestem trzeźwa, jak nowo narodzone dziecię. Ale jestem dorosła i odpowiadam za swoje czyny. Chcę się napić. – Zacisnęła zdrową dłoń w pięść i zamachała przed swoim nosem.

- Ale... – spróbował oponować, lecz został błyskawicznie sprowadzony do parteru.

- Rób tego pieprzonego drinka! – fuknęła, a sekundę później już spokojnie dodała: – Damom się nie odmawia.

Zlustrowała pobieżnie pokój, w którym się znalazła. Typowo kawalerskie lokum, umeblowane i wystrojone bez krzty gustu. Jeżeli w kolejnych pomieszczeniach było podobnie, to mieszkanie Roberta potrzebowało kobiecej ręki. Gdzieś zza ściany dobiegły odgłosy szkła uderzającego o szkło. To była oznaka, że drink zaraz trafi do jej ręki. Podeszła do jednego z trzech krzeseł, które stało tuż przy blacie prostokątnego stołu i odsunęła je tak, aby mogła usiąść. Siedziała teraz tyłem do drzwi, ale nie miała wielkiego wyboru, gdyż dwa pozostałe krzesła „robiły" za magazyn, a właściwie składowisko brudnych, pogniecionych ubrań.

Westchnęła ciężko, skuliła się w sobie i skrzywiła twarz ze zmęczenia. Bolały ją wszystkie mięśnie i czuła się całkowicie wyssana z energii. To, że jeszcze jakoś funkcjonowała było zasługą alkoholu, którym szprycowała swój organizm. Rozumiała, że w pewnym momencie i to nie pomoże, ale na tę chwilę działało i tylko to się liczyło. Przyszła tutaj w pewnej istotnej sprawie i znała siebie na tyle, że wiedziała, iż nie wyjdzie stąd dopóki nie postawi na swoim. Zmęczenie i fizyczny ból dało się znieść, choć ciało domagało się odpoczynku. Rozumiała, że tego nie da się lekceważyć, ale mogła z tym walczyć. Upojenie tym wszystkim czego doświadczyła, dodawało jej chemicznej premii, a to sprawiało, że jej stan emocjonalny był nieco lepszy niż fizyczny..

- Masz tego swojego drinka. – Usłyszała za plecami. – Proszę bardzo. A przez ciebie ja też będę musiał się napić.

Odwróciła się i drżącą ręką chwyciła naczynie. Ze szklanką zawieszoną w powietrzu obserwowała, jak jej gospodarz przechyla jedno z krzeseł, strząsając ubrania, po czym siada i stawia swoją szklankę na stole.

- A kto ci każe ze mną pić? Myślisz, że mało razy piłam do lustra? – zapytała, jak gdyby to zagadnienie miało teraz jakiekolwiek znaczenie.

- A więc dobrze. – Bakan spuentował enigmatycznie. Oparł łokcie na blacie, splótł palce pod brodą i wlepił w nią spojrzenie. Czekał kilkanaście sekund na jakiś ruch z jej strony, a kiedy się nie doczekał, dopytał: – To co za wiatry cię do mnie przygnały?

Upiła sporego łyka i pogłaskała policzek, nieopodal miejsca, gdzie znajdowała się rana. Swędziało jak diabli i co rusz ręka samoistnie wędrowała w to miejsce, aby podrapać. Oczywiście blizna pozostanie, ale tym będzie się martwić później. Teraz najważniejsze było to, aby opowiedzieć Robertowi po co tu przyszła i poprosić o coś, o co nigdy nikogo nie prosiła.

- Robert, ja, ja... ja chciałam ci powiedzieć, że spotkanie z tobą jest czymś wyjątkowy, że ty jesteś wyjątkowy. – Westchnęła ciężko, jak gdyby tych kilka słów kosztowało ją mnóstwo siły.

- Dorota, nie wiem do czego zmierzasz, ale zaczynam się bać. Możesz być bardziej rzeczowa? – Zmienił pozycję i sięgnął po szklankę. Pił malutkimi łyczkami, a ona patrzyła na niego, jakby to był jakiś rytuał, który koniecznie powinna obserwować. Dopiero gdy przestał, kontynuowała swój wywód.

- A wiesz, że mam kilka pamiątek po tamtym świrze. – zagadała, powoli cedząc słowa. – Już nawet nie wiem, jak go nazywać.

- O jakich pamiątkach mówisz? – Zignorował drugą część jej wypowiedzi.

- Poczekaj, zaraz zobaczysz. – Podniosła się z krzesła i ruszyła ku wyjściu.

- Gdzie idziesz, Dorota? – zawołał, ale nie usłyszał odpowiedzi. Zniknęła za załomem, a po chwili usłyszał charakterystyczny odgłos otwieranych drzwi. Czekał zastanawiając się, co za moment zobaczy. Kilka sekund po tym, jak drzwi się zamknęły, w pokoju ponownie pojawiła się Dorota, z czarną torbą podróżną w ręku. Położyła ją obok krzesła, na którym siedziała i po chwili zaczęła wyciągać przedmioty zapakowane w szary papier. Kilka niewielkich pakunków i jeden długi przedmiot położyła na stole i wyraźnie zadowolona usiadła z powrotem na krześle.

- No to jestem – powiedziała, zanim sięgnęła po szklankę.

- Co to jest? – zapytał wyraźnie zaintrygowany.

- Jak już mówiłam, pamiątki. – Odstawiła naczynie i złapała niewielki pakunek. Pierwszy z brzegu, zupełnie w przypadkowej kolejności, a może ten, który chciała mu pokazać jako pierwszy. Włożyła dłoń w papierową paczkę i pogrzebała w środku. Wyjęła ze środka malutkie pudełeczko, które natychmiast skojarzyło mu się z etui na pierścionek.

- Chcesz mi się oświadczyć? – zażartował.

Nie odpowiedziała. Otworzyła pudełeczko, ale w taki sposób, aby nie widział co zawiera i dopiero wtedy pokazała mu zawartość. Dreszcz przebiegł mu po plecach, gdy zobaczył co to jest. Pomimo, iż natychmiast rozpoznał z czym ma do czynienia, to jednak mimowolnie zapytał: – Dorota, co to ma być?

- Przecież mówiłam ci, że ten fiut wyrwał mi dwa zęby. Palcem wskazującym i kciukiem chwyciła jeden z zębów i uniosła przed twarz. I zrobił to na żywca. Wiesz, że się posikałam z bólu? Nie, bo niby skąd masz to wiedzieć? Byłeś zapewne nie raz i nie dziesięć u dentysty, nieprawdaż? – Przerwała na moment, a z jej oczu popłynęły łzy. – Każdy kto zamawia wizytę modli się, żeby nie było bólu, a ja to przeszłam na żywca. Kurwa, na żywca, rozumiesz?! Zrewanżowałam się i teraz ma o dwa zęby mniej.

- Współczuję. – Bakan nie był w stanie zdobyć się na nic większego, choć to co powiedział nie było udawane. Bał się dentysty jak ognia i unikał za wszelką cenę. Stąd też ubytki w uzębieniu, które uniemożliwiały szerszy uśmiech, o ile o tym pamiętał. Na szczęście rzadko uśmiechał się spontanicznie.

- Co mi po twoim współczuciu. – Położyła z impetem zęba na stole, tak, że potoczył się i zatrzymał kilkanaście centymetrów dalej.

- To co chcesz usłyszeć? – Starał się mówić spokojnie. – Mam cię przeprosić, że nie przybyłem wcześniej, zanim zaczął cię torturować?

- Pieprzyć to! Nie wiem, co chcę żebyś mi powiedział! Tak naprawdę, to nie mam bladego pojęcia i... i... i prawdę mówiąc mam to w głębokim poważaniu! – Pociągnęła mocno nosem, a łzy zniknęły tak gwałtownie jak się pojawiły.

- Uspokój się, dziewczyno. – Miało to zabrzmieć uspokajająco, ale chyba tak nie zabrzmiało, bo gdy spróbował wesprzeć swój apel gestem i pochylił się w jej stronę, aby pogłaskać jej rękę, to odchyliła ciało do tyłu na tyle, na ile pozwalało oparcie.

Co on sobie wyobraża? zadała sobie w myślach pytanie, na które musiała sama znaleźć odpowiedź. Ja tu się przed nim otwieram, a on mi mówi, że mi współczuje i dodaje żebym się uspokoiła. Jest beznadziejny jak wszyscy faceci, czy tylko zwyczajnie głupi? Pewnie jedno i drugie, ale na szczęście ja temu zaradzę. Wprawdzie z typowej męskiej głupoty go nie wyleczę, Ale sprawię, że stanie się ode mnie zależny, jak piesek od swojej pani. Na szczęście mam jeszcze w zanadrzu kilka asów w rękawie. Jak po nie sięgnę to mu szczęka opadnie. Ale w tym momencie jestem zdana na samą siebie. Kurwa, czy ktoś w ogóle jest w stanie mnie zrozumieć?! Co przeszłam, czułam i czego oczekiwałam od tamtego palanta? Tylko ja to wiem... Niestety, a może na szczęście. – Ściągnęła twarz w grymasie tak mocno, aż zabolała rana na policzku.

- Dorota, gdzie jesteś dziewczyno? – Bakan obserwował ją od dobrej minuty, gdy nagle stała się, jak gdyby nieobecna.

- Co? – Jego pytanie wyrwało ją z zadumy.

- Zamyśliłaś się i gdzieś odleciałaś do swojego świata.

- A teraz druga pamiątka – powiedziała jak gdyby nigdy nic i wyjęła z kolejnej paczki przecięte na pół kajdanki. – To...

- To te, którymi cię skuł. – Bakan dokończył za nią. – Brakowało jeszcze jednej pary, ale co go to mogło obchodzić.

- Tak. Nie wiem jak to zabrzmi, ale bardzo się z nimi zżyłam. Jak myślisz, czy to normalne?

W twoim przypadku nic nie jest normalne, pomyślał, a już na głos podsumował. – Ja cię nie będę analizował ani tym bardziej oceniał. Sporo przeszłaś, więc rób jak uważasz. Jeżeli w ten sposób próbujesz odreagować, to dobrze. A jeśli to jeszcze ci jakoś pomoże, to tym bardziej.

- Dzięki, Robert. Widzę, że zaczynasz mnie rozumieć, to dobrze. – Przesunęła kajdanki w bok i sięgnęła po kolejny pakunek. Długi, około metrowy przedmiot był zawinięty w kilka warstw papieru, które skutecznie maskowały kształt.

- Kij bejsbolowy – stwierdził lakonicznie, chociaż nijak nie potrafił pojąć, po co go tu przywlekła.

- Dokładnie. To dzięki niemu tu jestem. – Uniosła go do góry i kilkukrotnie nim potrząsnęła.

- Boże, Dorota i po co to wszystko?

- To jeszcze nie wszystko – odpowiedziała niemal szeptem i położyła kij na podłogę.

- To co tam jeszcze chowasz, mój ty magiku. Co jeszcze wyciągniesz z kapelusza? – zażartował, choć wcale nie było mu do śmiechu. Nadal nie rozumiał, jaki jest cel jej wizyty ani po co to przedstawienie. Obserwował ją z uwagą, a kiedy się zapominała dostrzegał w jej oczach coś, co wyglądało na objawy szaleństwa.

- No to przyszedł czas na gwóźdź programu. – Na koniec zdania zachichotała a jej ręka ponownie zanurkowała w ostatniej paczce. Bez żadnego skrępowania, bez oporów wyciągnęła, jak gdyby to była banalna rzecz, ludzki palec. Pokręciła nim przed oczami, jak ktoś, kto próbuje się czegoś doszukać w tym co ogląda, po czym z uśmiechem na ustach położyła go na blacie, kilkanaście centymetrów od krawędzi, tuż przy gospodarzu.

Bakanem wstrząsnął ten widok, choć nie dał tego po sobie poznać. Domyślał się, że może coś takiego ujrzeć na sam koniec „pokazu". Dorota przez cały czas wyglądała na zadowoloną i pewną siebie. To były według niej pamiątki po tamtym facecie, ale dla niego były to raczej trofea, które dumny myśliwy przynosi do domu, aby się pochwalić. To był kciuk, a więc jedna z najważniejszych części dłoni. Bez tego jednego, konkretnego, reszta palców była, nic nie warta.

- Zabiłaś go? – spytał i spojrzał jej głęboko w oczy.

- Dostał to, na co zasłużył – odpowiedziała nieco nonszalancko.

- Zabiłaś tego faceta?! – tym razem silniej zaakcentował pytanie.

Dorota powoli wypuściła powietrze z płuc, aby zaraz potem wciągnąć je nieco teatralnie przez nos. Zmarszczyła nos, jakby coś ją zabolało i wreszcie odpowiedziała: – Nie ma go.

- Czy ty wiesz, co zrobiłaś? – zadał kolejne z serii pytanie, ale tym razem nie zaczekał na odpowiedź. – Dałem ci wolną rękę, żebyś mogła się zemścić, ale nie tak.

- A jak?! – Naskoczyła na niego, po czym już spokojnie odłożyła palec z powrotem do opakowania. – Jak inaczej mogłam się zemścić? Zemsta to zemsta. Takie skurwysyny nie mają prawa chodzić po ziemi. Jesteś, byłeś kiedyś gliną, to dobrze wiesz, co może zrobić jeden człowiek, drugiemu.

- Tak, tylko, że wy mieliście spisaną umowę. Umowę na piśmie – zaakcentował mocno i wyraźnie. – I z umowy wynikało, że to był twój pomysł. – Odwrócił od niej wzrok i spojrzał ponad jej głową.

- Ty wiedziałeś o umowie? Od kiedy wiedziałeś? – zapytała półprzytomnie, jak gdyby coś ją wyrwało z transu lub snu.

- Tak, wiedziałem. Od momentu, gdy cię uratowałem. Byłaś wtedy taka bezradna i poturbowana, że strach było na ciebie patrzeć. Było mi cię strasznie żal, a tamtego skurwiela chciałem zabić, za to jak cię potraktował. Jednak gdy znalazłem tamtą kartkę, to byłem zaszokowany. Rzadko bywam, Dorota, bo już niejedno w życiu widziałem. Ludzie potrafią być szaleni, ale to...? – Spojrzał na nią, jakby z wyrzutem. – Boże, Dorota, coś ty sobie myślała?

Odwróciła głowę, nie mogąc znieść jego spojrzenia. Nie miała ochoty powtarzać argumentów, którymi „poczęstowała" Juliana. Robert też na pewno by nie zrozumiał, bo obaj byli w równym stopniu ograniczeni. To co zrobiła było przynależne do jej świata, w którym nie było miejsca dla nikogo innego. Sama też rozumiała, że jej uczynek miał syndromy czystego szaleństwa, ale też zarazem był tak podniecający i niemalże bliski ekstazie, że wszystko było tylko środkiem do osiągnięcia zamierzonego celu.

- Robert, ja cię kocham – włożyła w to wyznanie mnóstwo szczerych emocji. Patrzyła na jego oblicze, bo była bardzo ciekawa jego reakcji.

- Jezu, Dorota. Co ty mówisz, dzieciaku? Jestem starym pierdzielem i znasz mnie dopiero kilka dni. Nie jestem przystojny ani specjalnie inteligentny. To nie jest miłość.

- Jest. To co czuję do ciebie... Jestem pewna swoich uczuć i wiem co mówię.

- Nie, Dorota. Coś sobie ubzdurałaś. Jestem kolejną zabawką, którą chcesz mieć w swojej kolekcji.

- Robert, błagam. Wiem jaka jestem popierdolona, ale się zmienię, przysięgam. Proszę cię, chcę być z tobą i to bardzo, naprawdę. – Pochyliła się nad stołem i chwyciła jego rękę. Przez kilkanaście sekund nie reagował, ale później ją wyrwał i położył na kolanach. Tak naprawdę to chciał, żeby już sobie poszła.

- Dorota, myślę, że już czas na ciebie. Nie wiem, czy go zabiłaś, ale wiem, że przez ciebie oboje wylądujemy w pierdlu. Dzień, w którym cię spotkałem był najgorszym w moim życiu. Idź dziewczyno do domu i zarzucaj swoje sieci na innych frajerów.

- A więc odrzucasz moją miłość? – Zrobiła duże oczy i wcale nie było to udawane. – Robert, nie chcesz mnie?

- Nawet jeżeli przyjmę, że mówisz prawdę, to tak, odrzucam twoją miłość. A teraz wybacz, ale jestem bardzo zmęczony. Proszę za mną, młoda damo. – Wstał, obszedł stół i bez patrzenia w jej stronę ruszył do wyjścia. Nie uszedł daleko, gdyż piekielnie mocny cios w głowę powalił go na podłogę.

Dorota odrzuciła kij i przykucnęła obok leżącego. Bakan leżał nieruchomo i krwawił z rany, którą miał z boku głowy. Kałuża na podłodze zwiększała swój rozmiar, a ona wpatrywała się w nią, jak zahipnotyzowana. Po kilkudziesięciu sekundach wysunęła rękę do przodu i dotknęła miejsca, gdzie drewno uderzyło w czaszkę. Jej palce natrafiły na fragmenty kości, a jeszcze głębiej na coś miękkiego. Cofnęła dłoń i wytarła palce w jego spodnie.

- A mogłeś mieć wszystko, ty głupi palancie. Wszystko o czym tylko mógłbyś zamarzyć – zwracała się teraz do osoby, która już nie była w stanie jej wysłuchać. – Mogłam być twoja, ale ty mnie odrzuciłeś i dlatego poniosłeś konsekwencje. Zapamiętaj sobie, Robert, że tutaj i na tamtym świecie... Nigdzie i nigdy nie wolno mnie ignorować.

Gdzieś na zewnątrz, za szybą zawyła syrena. Najpierw zadrżała, a później podniosła się, wyprostowała niezdarnie i powoli podeszła do okna. Odchyliła delikatnie firankę i zerknęła zaciekawiona. Pod dom akurat podjeżdżał samochód policyjny. Wysiadło z niego dwóch umundurowanych mężczyzn i w iście sprinterskim tempie ruszyło w stronę wejścia. Dorota uśmiechnęła się nostalgicznie.

- Szybko się zjawili – stwierdziła i wróciła do stołu, przy którym usiadła. – Julian to jednak wzorcowy obywatel. Może byłam zbyt wspaniałomyślna i niepotrzebnie go oszczędziłam?

Czekała cierpliwie na to co musiało nastąpić. Odgłosy szybkich kroków stawały się coraz głośniejsze. Kilkanaście sekund później w drzwiach pojawiło się dwóch policjantów. Jeden z nich natychmiast doskoczył do leżącego ciała, a drugi położył dłoń na kaburze i powolnym krokiem podszedł do Doroty.

- Pani Dorota Palicka – bardziej stwierdził niż zapytał.

Dorota przytaknęła i uśmiechnęła smutno.

- Nazywaj mnie francą, jeśli chcesz – wyszeptała.

- Co ty gadasz, kobieto? – Policjant nie zrozumiał o co jej chodzi. – Proszę się odwrócić i położyć ręce na ścianie – zabrzmiała nie znosząca sprzeciwu komenda. – Jest pani aresztowana.

- Może i jestem francą, ale za to taką z najwyższej półki.

- Dokładnie, jest pani nieźle popieprzona – policjant zatrzasnął kajdanki na jej nadgarstkach i spojrzał za siebie, aby sprawdzić, czy nikt nie usłyszy jego dalszych słów.

- Zrobiłam to i nie żałuje. Obaj na to zasłużyli. – Uśmiechnęła się triumfalnie, choć nikt nie mógł ujrzeć tego grymasu.

- Nie ma pani pojęcia, jak bardzo pragnąłem, żeby pani coś odwaliła, zanim ją zakułem, abym miał pretekst żeby sięgnąć po broń. No cóż, trochę mnie pani zawiodła. Nie znam definicji słowa Franca, ale myślę, że doskonale do pani pasuje – wyszeptał jej prosto do ucha.

KONIEC.

„Mroki nocy rozświetlił pojedynczy płomień
Miał być błogosławieństwem, lecz zmienił się w ogień
Zrazu dawał ciepło i nawet nie parzył
Gdy dłoń wysunęła nie wierząc swym oczom
Jej modły ktoś wysłuchał, tak wtedy myślała
Strach, bezsilność, panika, wszystko to przejadła
I w swoim ślicznym ciele miejsce porobiła
Dla nadziei, szczęścia, triumfu bez mała
Maska z twarzy opadła, jak kurtyna na finał
Sama sobie dla zachęty brawa wielkie biła
Przyszedł czas na zemstę, którą przechowała
Krew się rozlać musiała, aby wyzdrowiała”.

## PODZIEL SIĘ SWOJĄ OPINIĄ Z INNNYMI CZYTELNIKAMI

Chciałbym podziękować Tobie drogi czytelniku za wsparcie i zachęcić Cię do przeczytania mojej kolejnej powieści, którą w formie eBooka możesz ściągnąć skanując kod QR.

Wojciech Burdelak

# OD AUTORA

wojciechburdelak.pl

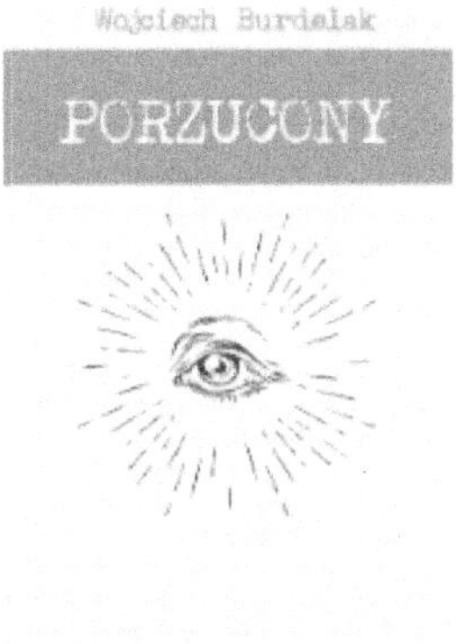

Made in United States
North Haven, CT
10 November 2026

22084241R00186